Als Wunderlich Taschenbücher liegen außerdem folgende «Buffy»-Bände vor:

Nancy Holder: Buffy – Im Bann der Dämonen.
Die Angel Chroniken I (Nr. 26433)
Richie Tankersle: Buffy – Im Bann der Dämonen.
Die Angel Chroniken II (Nr. 26434)
Nancy Holder: Buffy – Im Bann der Dämonen.
Die Angel Chroniken III (Nr. 26435)

Nancy Holder und Jeff Mariotte

Buffy & ANGEL

DIE GEHEIME GESCHICHTE

Roman

Zweites Buch
Das Tor zu einer anderen Welt

Deutsch von
Antje Görnig

Wunderlich Taschenbuch

Das Buch «Buffy & Angel – Die geheime Geschichte.
Zweites Buch. Das Tor zu einer anderen Welt»
entstand nach der gleichnamigen Fernsehserie
(Originaltitel: *Buffy, The Vampire Slayer*) von Joss Whedon
und (Originaltitel: *Angel*) von Joss Whedon & David Greenwalt,
ausgestrahlt bei ProSieben.

Erstveröffentlichung bei Pocket Books, New York 2001.
Titel der amerikanischen Originalausgabe:
Buffy & Angel. Unseen. Door to Alternity.

Veröffentlicht im Rowohlt Taschenbuch Verlag
GmbH, Reinbek bei Hamburg, August 2003
Lizenzausgabe mit freundlicher Genehmigung der
Egmont vgs verlagsgesellschaft, Köln

Umschlaggestaltung: any.way, Wiebke Buckow
(Foto: Twentieth Century Fox Film Corporation 2001)
Druck und Bindung Clausen und Bosse, Leck
Printed in Germany
ISBN 3 499 26457 9

Die Schreibweise entspricht den Regeln
der neuen Rechtschreibung.

Buffy & ANGEL – DIE GEHEIME GESCHICHTE

Das Tor zu einer anderen Welt

Prolog

Los Angeles

Freitagnachts war im Cowtown Burger Ranch stets eine Menge los, und dieser Abend bildete keine Ausnahme. Michael Buckley, groß, dünn und darauf versessen, dem Fastfood zu entfliehen, sobald er ein paar Scheine zusammenkratzen konnte, hatte um neun seine Schicht angetreten und würde bis sechs Uhr morgens bleiben. Er kümmerte sich um den Ansturm der Leute, die ihr verspätetes Abendbrot einnehmen wollten, und um den Ansturm um zwei, wenn die Bars schlossen und die harten Trinker hereinkamen, um ihre Flüssignahrung mit etwas Fettigem anzureichern. Mit neunzehn gehörte Michael zu den wenigen Leuten im Team, die die Friedhofsschicht übernehmen konnten – achtzehn Jahre und älter.

Was ein Glück für ihn war, denn er bekam zehn Cents pro Stunde für diese Schicht zusätzlich; allerdings musste er bei der Arbeit einen Sheriffhut aus Papier tragen.

Aber er hatte den Ausdruck Friedhofsschicht schon immer gehasst. Er hatte etwas eindeutig Unheimliches an sich und lud zu Bemerkungen ein wie: »Werden dann die toten Hamburger begraben?«

Warum hieß es nicht die Mondscheinschicht?

In dieser Nacht, dieser großartigen alten Friedhofsschicht, arbeitete Michael zusammen mit Julianne Mercer und Eric Vicente. Eric war okay, ein netter Kerl, auch wenn er der Arbeit aus dem Weg ging, wenn es sich irgendwie einrichten ließ, und der Bursche hatte definitiv gelogen, als er behauptet hatte, an einer Zwiebelallergie zu leiden, um sie nicht schneiden zu müssen. Wenn es galt, Zwiebeln zu schneiden, mussten deshalb Michael und Julianne diese unangenehme Arbeit übernehmen. Während ihm die Tränen übers Gesicht liefen, machte Michael ein paar unfeine Bemerkungen über seinen Kollegen – nicht weil der sich den Allergietrick ausgedacht hatte, sondern weil es ihm nicht *zuerst* eingefallen war.

Aber zusammen mit Julianne war die Friedhofsschicht okay. Sie war ein Jahr älter als er und besuchte die USC. Ihre langen Haare waren braun und glatt, und er musste den Drang unterdrücken, mit seinen Fingern den Pferdeschwanz zu kämmen, der durch die Öffnung an der Rückseite ihrer Cowtown-Basketballmütze wallte. Sie hatte an der Nase und den Wangen niedliche Sommersprossen, die sich aber kaum von ihrer gebräunten Haut abhoben.

Und sie hatte einen wahrhaft atemberaubenden Körper; selbst ein Cowtown-Polohemd aus Baumwollpolyester und eine Schürze (die *Rusty the Wrangler* zeigte, den Cartoon-Cowboy, der Cowtowns Markenzeichen war) konnten ihre Kurven nicht verbergen. Michael begehrte sie, selbst wenn er Zwiebeln schnitt.

Auf Michaels Vorschlag hin arbeitete sie meistens an der Theke, wenn sie zusammen Schicht hatten – er glaubte, die Kunden fanden es angenehmer, von ihr begrüßt zu werden statt von ihm – und er ließ mehr Burger anbrennen, als Cowtown erlaubte, ignorierte den Grill und beobachtete, wie sie durchs Restaurant tänzelte, die Tische abwischte oder Zwiebelringe in einen Pappbecher schaufelte.

In dieser Nacht war alles wie gewohnt. Eric bediente die Getränkespender, machte Shakes und kümmerte sich um die Fritten und Zwiebelringe. Michael stand am Grill, wendete mit müheloser Präzision die Ranchburger und Meat Lover's Double Ranchburger und warf hin und wieder einen Fishwich in die Fritteuse. Wenn alles lief wie geschmiert – Scherz beabsichtigt –, besaß ihre Arbeit eine geradezu tänzerische Perfektion.

Sobald der Kneipenansturm beendet war, machte Eric Feierabend, und nur Michael und Julianne blieben bis sechs. Michael zählte bereits die Minuten. Bei ihrer letzten gemeinsamen Schicht war nicht viel los gewesen, und sie hatten ein langes und überraschend intimes Gespräch über Liebe, Romantik und das Leben nach dem Tod geführt. Er hoffte, dass sie heute das Gespräch fortsetzen konnten.

Oh, und wie sehr ich das hoffe, dachte Michael.

»Ich sagte zwei Ranchburger!«, schrie Julianne ihn an.

Michael dämmerte, dass er ins Leere gestarrt hatte.

»Danke«, erwiderte er und gab damit die von der Firma verlangte Antwort auf jede Bestellung.

Sie sah ihn durchdringend an, als wollte sie sich vergewissern, dass er tatsächlich zur Erde zurückgekehrt war. Eine Strähne ihrer langen Haare rutschte unter der Mütze hervor und legte sich leicht über ihre hohen Wangenknochen. Ihre haselnussbraunen Augen blinzelten ein paar Mal. Er lächelte, und sie erwiderte es, um ihm dann den Rücken zuzudrehen und sich wieder ihrem Gast zuzuwenden.

He, es gibt schlimmere Aussichten, ging es Michael durch den Kopf.

Er nahm zwei weitere gefrorene Ranchburger-Klopse, die durch Wachspapier voneinander getrennt waren, aus dem Tiefkühlfach neben dem Grill und legte sie auf die heiße Platte. Sie knackten und zischten. Er warf das Trennpapier in den Abfalleimer und drückte die Klopse mit seinem langen Spachtel nach unten. Dann wendete er zum letzten Mal drei weitere Ranchburger und einen Meat Lover's Double Ranchburger, nahm einige Brötchen aus einem anderen Wandschrank, schnitt sie auf und legte sie zum Bräunen auf den trockenen Rand des Grills. Währenddessen wandte sich Julianne einen Moment von der Theke ab, drängte sich an ihm vorbei und warf ihm einen Blick aus den Augenwinkeln zu.

Oh ja, ich komme der Sache definitiv näher, dachte er.

Er stellte sich vor, wie sie beide am Morgen den Laden verließen, Hand in Hand, in ihren Wagen einstiegen (er kam mit dem Motorrad zur Arbeit) und zu ihrem Apartment fuhren. Dort würde er eine Scheibe von Sting auflegen – sie hatte etwas von einem Späthippie Marke Rettet-die-Bäume an sich, was ihn vermuten ließ, dass sie Sting auf CD und vielleicht sogar auf Vinyl hatte, und wenn er sich als Kenner ausgab, würde er bestimmt …

»He! Wann wird man hier endlich bedient?« Ein Kerl in einem schwarzen T-Shirt und Jeans stand an der Theke, und hinter ihm warteten weitere Gäste. Niemand lächelte.

Michael blickte auf. Julianne war nirgends zu sehen, und eine Schlange hatte sich gebildet, während Michael seine Burger im Auge behalten und von süßer, klebriger Liebe geträumt hatte.

»Julianne!«, rief er. »Eric!«

Einen Moment später kam Eric aus der Herrentoilette und trocknete sich die Hände an einem langen braunen Papierhandtuch ab. Wahrscheinlich, dachte er, war Julianne auf dem Damenklo. Aber es passte gar nicht zu ihr, dass sie die Theke verließ, ohne etwas zu sagen.

So wie ich heute drauf bin, kann es natürlich sein, dass ich sie nicht gehört habe, dachte er.

»Hast du Julianne gesehen?«, fragte er Eric.

»In den letzten Minuten nicht«, sagte Eric. Er schlüpfte hinter die Theke.

»Kann ich einen Ranchburger mit Fritten haben?«, fragte der Kerl an der Theke gereizt. Er hatte kurz geschnittene Haare und an jedem Ohr zwei Ohrringe. Auf seinem T-Shirt stand KEINE ANGST KEIN SPASS, und Michael spürte einen Anflug von Neid auf den Lebensstil dieses Burschen: Er auf der anderen Seite der Theke mit Ohrringen und einem flotten Spruch auf dem T-Shirt; Michael auf dieser Seite, wo er wie ein Highschooljunge Burger wendete.

Die Tür öffnete sich, und eine Gruppe kam herein, sechs Leute, die lachten. Offenbar hatte der Ansturm auf die Kneipen begonnen.

»Ranch und Fritten«, wiederholte Michael. »Sie haben, äh, beim Reinkommen nicht zufällig ein Mädchen gesehen, oder?«

»Eine braunhaarige Tussi? Sie stand dort vorn«, sagte der Kerl. »Dann ist sie nach hinten verschwunden und nicht wieder aufgetaucht.«

»Nach hinten«, wiederholte Michael. Ja, sie war an ihm vorbeigegangen, aber nicht zurückgekommen. Hinten lagen der Spülbereich, der Kühlraum, das Büro der Managerin, die Spinde, wo die Angestellten ihre persönlichen Dinge verstauten, und die Hintertür.

»Kann ich rohe Zwiebeln haben?«, fragte der Typ mit dem T-Shirt.

Tonnenweise, dachte Michael. »Sicher.« Er suchte Erics Blick. »Kümmer dich um die Theke.«

Eric nickte. »Schon erledigt, Alter.«

Michael ging nach hinten, am Grill vorbei und bog dann um die Ecke. Er öffnete die Tür der kleinen Kammer, in dem ein großes Spülbecken aus rostfreiem Stahl stand, worin die Angestellten ihre

Utensilien wuschen und die verdammten Zwiebeln schnitten. Keine Spur von Julianne. Er riss die Tür zum Kühlraum auf. Dort befanden sich Regale voller Burgerklopse und Fisch, Brötchen verschiedener Größe, große Behälter mit Pommes frites und panierte Zwiebelringe und fertige Milchshake-Mischungen. Keine Julianne.

»Drei Meat Lovers!«, hörte er Eric rufen.

»Danke!«, antwortete er und schloss den Kühlraum.

Er kehrte an den Grill zurück. Die Burger, die er dort zurückgelassen hatte, brutzelten noch immer, hatten sich aber in kleine schwarze Scheiben in der Größe von Silberdollars verwandelt. Cowtown-Rinderchips, die nur den Cholesterinspiegel erhöhten und sonst nichts.

Er legte sechs weitere Burger und einen doppelten auf den Grill. Es würde alles im Tagesbericht vermerkt werden, und als Verantwortlicher für den Grill würde es sein Job sein, den Schwund zu erklären.

Seufzend kratzte er die winzigen Burgerstücke vom Grill und warf sie in den Abfalleimer.

Eric steckte den Kopf um die Ecke des Grills. »Ein paar Leute hier wollen wissen, wo ihr Essen bleibt.«

Michael deutete mit dem Spachtel auf den Abfalleimer. »Die Burger sind verbrannt, als ich nach Julianne gesucht habe. Ich mache schon neue.«

Eric blickte leicht genervt drein. »Dann beeil dich, Alter. Der Mob ist ungeduldig.«

»Was meinst du, wo sie hingegangen ist?«, fragte Michael.

»Vielleicht hat sie gekündigt.« Er zuckte die Schultern, als wäre es ihm egal. »Du weißt schon, einfach aufgehört.«

»So was würde sie nicht tun.«

»Ganz wie du meinst, Alter.« Eric nickte ihm zu. »Kümmer dich um das Fleisch. Vergiss nicht das Motto unserer Firma: ›Ein hungriger Betrunkener ist ein böser Betrunkener.‹«

»Wo bleibt mein Essen, Mann?«, jammerte der Typ mit dem T-Shirt. »Ich sterbe vor Hunger.«

»Ich glaube, es brennt«, sagte eine schlampige Tussi zu dem Typen und schmiegte sich an ihn. Sie sah aus wie Wendy O. Williams von den *Plasmatics* aus, weiße Haare, schwarze Augen, mit allem Drum und Dran. »Es riecht nach Rauch.«

»Muss am Fraß liegen«, höhnte das T-Shirt.

Eric wandte sich der Fritteuse zu, schüttete zwei Körbe mit Pommes frites hinein und blickte dabei zur Theke. »He, Mann, nur die Ruhe«, fauchte er. »Wir stehen hier ziemlich unter Druck.«

»Beherrsch dich, Eric«, mahnte Michael.

»Zum Teufel.« Eric schüttelte die Körbe mit hochgezogenen Schultern und weit nach vorn geschobenem Kinn. »Ich hasse solche Typen«, sagte er.

Michael warf ein paar Klopse auf den Grill und drückte sie mit der breiten Klinge des Spachtels flach, damit sie schneller gar wurden. Als er weitere aus dem Schrank nahm, die Trennpapiere entfernte und wegwarf und die Burger auf den heißen Grill legte, sah er, wie Eric mürrisch, aber schnell arbeitete, Gläser füllte und Fritten abpackte, die Kasse bediente und Ketchup und Salz ausgab. Schweiß tropfte von Michaels Stirn, landete zischend auf dem Grill und verdampfte. Die Tür öffnete und schloss sich fortwährend, und die Warteschlange wurde länger und länger. Die Leute lachten und scherzten noch, wenn sie hereinkamen, aber nachdem sie eine Weile gewartet hatten, verging ihnen der Spaß. Das Restaurant war voller verärgerter Gäste.

»Ich seh mal nach, ob ihr Wagen noch da ist«, sagte Eric und drängte sich wieder am Grill vorbei.

Michael wollte nicht allein gelassen werden. Er hatte plötzlich eine lebhafte Vision, wie er erschossen wurde.

»Du musst an der Kasse bleiben«, widersprach er.

Eric schnaubte. »Alter, ich kann nicht schneller kassieren, als du sie brätst, oder?« Kopfschüttelnd zwängte er sich an Michael vorbei und eilte zur Hintertür. Michael sah ihm nach.

Aber bevor Eric die Tür erreichte, legte sich ein schimmernder Glanz um seine Gestalt. Er schien von einer leuchtenden Aura umgeben zu sein, einem gelben Licht, das den hinteren Teil der Küche erhellte, wo es eigentlich dunkel sein sollte.

»Eric!«, rief Michael.

Aber da war niemand mehr, der ihn hören konnte.

Erics Umrisse verschwammen, und er war fort.

Verschwunden.

Einen, vielleicht zwei Momente lang suchte Michael nach einer logischen Erklärung. Ein Trick, ein Scherz, eine Halluzination. Er keuchte mit offenem Mund und ging in Gedanken fieberhaft eine Hand voll Möglichkeiten durch, von denen keine funktionierte.

Er bemerkte erst, dass er sich bewegte, als er die Tür erreichte. Da war kein Loch im Boden, kein Trickvorhang, kein Spiegel. Das Leuchten, das er gesehen hatte, war verschwunden, als wäre es niemals da gewesen.

»He, ich glaube, eure Küche brennt!«, rief die Tussi, die mit dem Typen im T-Shirt zusammen war.

»Halt die Klappe!«, schrie er. »Halt bloß die Klappe, denn es ist was passiert!«

Ärgerliches Gemurmel setzte ein, und die Tür öffnete und schloss sich wieder, als die ersten erbosten Gäste das Restaurant verließen. Michael konnte sie nicht sehen. Er war blind vor Panik. Sein Herz hämmerte dermaßen, dass er beide Hände an die Brust drücken musste, damit es nicht herausflog.

»Verdammter Psycho«, brüllte der Typ mit dem T-Shirt.

Fran wird mich feuern, dachte er. Ich bin erledigt.

»He, Leute!«, schrie er schrill, sich wild im Kreis drehend. »He, Leute!«

Nach einer Weile sank er als schluchzendes Häuflein auf dem Boden zusammen, und schließlich rief jemand die Polizei, und man schaffte ihn weg.

Die Freitagnacht-Friedhofsschicht im Cowtown Burger Ranch war vorbei, zumindest bis frisches Fleisch geliefert wurde.

Und wenn es etwas gab, von dem Los Angeles mehr als genug hatte, dann frisches Fleisch.

1.

Los Angeles

An beiden Enden der kurzen Gasse standen Police Officers und hielten ihre Waffen auf Buffy, Riley und Angel gerichtet. Die Blaulichter und Scheinwerfer ihrer Wagen tauchten die Gasse in grellweißes Licht. Riley war der Erste, der die Hände hob, und er wandte sich mit einem freundlichen Lächeln den beiden nächsten Cops zu.

»Nur die Ruhe, Officers«, sagte er. »Keiner von uns macht Ärger.«

Sprich für dich selbst, dachte Angel. Er hatte die Stimme von Bo Peterson erkannt, einem korrupten Cop, und war nur zu gern bereit, Ärger zu machen, wenn es notwendig sein sollte. Ein schneller Blick verriet ihm die Identität der anderen Cops: Neben Bo stand Luis Castaneda, während Doug Manley und Richard Fischer das andere Ende der Gasse versperrten. Petersons korrupte Kollegen. Wäre Angel allein gewesen, hätte er sich bereits auf sie gestürzt oder sich an ihnen vorbeigekämpft und wäre mittlerweile schon auf dem Weg nach Hause. Aber Buffy konnte keinen Kugelhagel überleben – als Jägerin war sie zäh, doch nicht unsterblich. Deshalb versuchte er eine andere Taktik.

»Auf den Boden, sofort!«, rief einer der Cops. »Mit dem Bauch nach unten, Arme ausgestreckt!«

»Macht einfach, was sie sagen«, wies Riley sie an. Seine Zeit bei der Initiative, vermutete Angel, hatte ihm Respekt vor den Gesetzeshütern beigebracht. Einen Respekt, den Angel nicht teilte. Er wollte nicht nur nicht riskieren, dass einer von ihnen im Gefängnis landete, sondern er traute Peterson nicht im Geringsten. Der Kerl und seine Kumpanen hatten einen Menschen getötet und ihr Verbrechen einem Unschuldigen in die Schuhe geschoben – und Peterson war klar, dass Angel davon wusste, was ihn gefährlich machte. Es bestand durchaus die Möglichkeit, dass sie, wenn sie jetzt in einen Polizeiwagen stiegen, an einem stillen Ort enden würden, wo man ihnen ein paar Kugeln in den Kopf schoss.

Was für mich kein Problem, aber schlecht für Buffy und Riley wäre, dachte Angel.

Er drehte sich zu Peterson um, der sich ihnen bereits durch das Scheinwerferlicht näherte, seine Waffe mit beiden Händen hielt und ihnen damit bedeutete, sich auf den Boden zu legen.

»Ihr habt ihn gehört!«, brüllte Peterson. »Runter mit euch!«

Angel schenkte ihm ein breites Lächeln, als würde er einen alten Freund wieder erkennen. »Bo!«, rief er, während er seine Arme ausbreitete und auf den großen Cop zutrat. »Was geht ab, Alter?«

Peterson verharrte, von Angels Reaktion überrascht. Um die Sache zu beschleunigen, ließ Angel für einen Sekundenbruchteil sein Vampirgesicht aufblitzen – so kurz, dass jeder, der es sah, es für eine optische Täuschung halten würde.

Jeder bis auf Bo Peterson, der es bereits kannte und fürchtete.

Bo erstarrte. Angel bewegte sich mit übermenschlicher Schnelligkeit und war einen Augenblick später bei ihm. Als er Peterson erreichte, legte er seine Hand wie einen Schraubstock um den fleischigen Arm des Mannes und lähmte ihn vom Unterarm abwärts. Vorsichtig bewegte er den Arm so, dass Petersons Waffe auf niemanden mehr zielte.

»Es ist viel zu lange her, Mann«, sagte Angel laut. Mit seinem Körper versperrte er den Blick der anderen auf Petersons Arm, den er umklammert hielt. Peterson wollte etwas sagen, aber Angel verstärkte nur seinen Griff, und das Gesicht des Mannes lief rot an. Er stieß zischend Luft aus.

»Sag deinen Freunden, sie sollen ihre Waffen wegstecken«, knurrte Angel leise. »Oder ich breche dir den Arm. Du weißt, dass ich das kann. Ich werde es auch tun.«

Schweiß glänzte auf Petersons Gesicht, als er sich unter Angels Griff wand. Er war ein kräftiger Mann, ein Gewichtheber, und wahrscheinlich nicht daran gewöhnt, so mühelos außer Gefecht gesetzt zu werden. »Bist du verrückt?«, fragte er.

»Was meinst du?«, erwiderte Angel. Er sprach leise, sodass nur Peterson ihn hören konnte. »Hast du ihnen schon von unserem Gespräch erzählt? Soll *ich* es tun? Soll ich ihnen erzählen, dass du sie verraten hast?«

Peterson schüttelte fast unmerklich den Kopf.

»Dieser Kerl ist okay«, rief er den anderen Cops zu. »Es ist in Ordnung. Steckt eure Waffen weg.«

Die drei anderen Cops sahen sich an. »Bo?«, fragte Castaneda. »Was ist hier los?«

»Die beiden da sind meine Freunde«, sagte Angel leise zu Peterson. »Sie kommen mit mir.«

»Ich weiß nicht, ob ich das tun kann«, murmelte Peterson. Er stöhnte gepresst.

»Du kannst. Und du wirst.«

»Aber ...«

»Das hier ist keine Verhandlung«, sagte Angel.

Petersons Augen füllten sich mit Tränen, als Angel den Griff um seinen Arm verstärkte. Noch ein wenig mehr Druck, und der Unterarm des großen Mannes würde brechen. Wahrscheinlich würde er eine Weile langärmelige Hemden tragen müssen, um die Blutergüsse zu verbergen.

»Okay, okay«, sagte er schließlich.

»Und vielleicht solltest du diesen Kerlen zu einem Geständnis raten«, fügte Angel hinzu.

»Das werden sie niemals tun«, erwiderte Peterson. »Sie werden mich töten, wenn ich es ihnen vorschlage.«

»Wir alle müssen im Leben gewisse Risiken eingehen.«

»Nicht solche.«

Angel hielt den Druck aufrecht. »Hier ist nichts passiert. Wir haben den Kerl verfolgt, der dieses Ladenschaufenster eingeworfen hat. Wir hätten ihn auch erwischt, wenn ihr nicht aufgekreuzt wäret und die Gasse blockiert hättet. Das kannst du in deinem Bericht schreiben.«

Peterson sah seine Kollegen an. »Die beiden anderen sind Freunde meines Freundes hier. Er sagt, dass alles ein Missverständnis ist. Sie können gehen.«

»Bist du sicher?«, fragte Manley ihn. Er sah Angel finster an, der freundlich zurücklächelte. Angel wusste, dass derartige Kerle alle möglichen Nebengeschäfte am Laufen hatten und mit einer Vielzahl von Unterweltexistenzen und gelegentlich auch mit Unschuldigen befreundet waren. Man wusste nie, ob der »Freund« eines Cops sein Verbindungsmann zum Drogengeschäft oder der Fußballtrainer seines Sohnes war.

»Es ist in Ordnung«, bestätigte Peterson.

»Ist wirklich alles okay?«, hakte Castaneda nach.

»Ja. Tut einfach, was ich sage.« Petersons Arm musste jeden Moment brechen, und seine Stimme bebte.

»Okay, ihr beiden«, rief Castaneda Riley und Buffy zu. Er gab ihnen einen Wink. »Ihr könnt gehen.«

Buffy und Riley näherten sich den Streifenwagen und traten aus dem Lichtkreis der Scheinwerfer. Sie blieben vor Angel stehen, und Riley warf ihm einen »Was zum Teufel war das?«-Blick zu. Angel ignorierte ihn und ließ Petersons Arm los.

»Gehen wir«, sagte Angel.

»Nun, wie illegal war das jetzt?«, fragte Buffy fröhlich. »Was du da hinten gemacht hast. Du weißt schon, die Sache mit der Polizei, kombiniert mit dem tätlichen Angriff auf einen Officer.«

Sie saßen auf den wahrhaft scheußlichen orangenen Plastikbänken eines rund um die Uhr geöffneten Cafés, das etwa zwei Kilometer von Boyle Heights entfernt war, wo sie Sleepy Ramos aus den Augen verloren hatten. Dutzende von Zigarettenbrandlöchern – aus der Zeit, als Zigaretten in südkalifornischen Restaurants noch erlaubt gewesen waren – verunzierten die Ränder des furnierten Holztisches.

»Ein wenig illegal, schätze ich«, antwortete Angel. »Was habt ihr dort gemacht?«

»Wir waren einem Gangtreffen auf der Spur, an dem Salmas Bruder Nicky teilnehmen sollte«, erwiderte Buffy. Riley schlürfte schweigend seinen Kaffee und überließ den beiden anderen das Gespräch. Was nicht gerade Angels starke Seite war, sodass Buffy den Hauptteil bestritt, was ihr durchaus recht war. »Das nach dem Auftauchen der Polizei höchstwahrscheinlich auf einen anderen Zeitpunkt und an einen anderen Ort verlegt wurde.« Sie schwieg, um Atem zu holen. »Was ist mit dir?«

»Sleepy Ramos, der Kerl, den wir verfolgt haben, wollte mich mit Einzelheiten über die Zusammenarbeit zwischen Gangmitgliedern und korrupten Police Officers versorgen. Zu denen, nebenbei bemerkt, auch die vier Cops gehören, auf die wir gestoßen sind.«

Riley gab einen Pfiff von sich und stellte seine Tasse auf den Tisch. »Wenn wir nicht aufgetaucht wären, würde Ramos also noch immer dort in seinem Wagen sitzen.«

»Das denke ich auch«, stimmte Angel zu. »Nur hätte er eine Kugel im Kopf und würde diesmal nicht wieder aufwachen.«

»Wir haben ihm das Leben gerettet«, sagte Buffy. »Aber ...«

»Aber dann verschwand er durch dieses ... was immer es auch gewesen ist«, vollendete Angel für sie den Satz. »Was war das? Warum hast du mich daran gehindert hindurchzugehen?«

»Ich habe keine Ahnung«, gestand Buffy, während sie an den schimmernden goldenen Kreis dachte, durch den Ramos verschwunden war. »Ich hatte nur das Gefühl, dass es eine spektakulär schlechte Idee wäre, einfach hindurchzugehen. Ich meine, hier in L.A. und in Sunnydale ist einiges passiert. Etwas so Unheimliches wie das sollte meiner Meinung nach untersucht werden. Alles andere wäre purer Leichtsinn.«

»Du hast wahrscheinlich Recht«, räumte Angel ein. »Danke.«

Buffy hatte Angel bereits die kurze Version der Ereignisse der letzten Tage erzählt, aber dies schien der richtige Zeitpunkt zu sein, ihn in die Einzelheiten einzuweihen. Sie und Riley waren nach Boyle Heights gefahren, um dort nach Nicky de la Natividad zu suchen. Der Bruder von Willows Freundin Salma wurde jetzt seit einer Woche vermisst und schien irgendetwas mit der Explosion zu tun zu haben, die ein Ölfeld in Sunnydale zerstört hatte, das einem Milliardär namens Del DeSota gehörte. Da inzwischen Nickys Verschwinden anscheinend mit verschiedenen unheimlichen Ereignissen zusammenhing, war es jetzt noch dringender, ihn zu finden.

Man hatte ihnen gesagt – nach ein paar nicht besonders sanften Überredungsversuchen von der Art, die Buffy und Riley so gut beherrschten, wenn es nötig war –, dass Sleepy Ramos genau wusste, wo das Gangtreffen stattfinden sollte. Aber bevor sie Gelegenheit gehabt hatten, mit ihm zu sprechen, war Angel mit wehendem Mantel aus dem Nichts aufgetaucht und Sleepy war mit dem schnellsten Vierzigmeterlauf seines Lebens im Nichts verschwunden.

Während sie in dem Café saß und zusah, wie er eine Tasse echten Kaffee ohne Blutzusatz trank, wurde Buffy klar, dass sie halb gehofft hatte, dass ihr Telefongespräch ihr einziger Kontakt sein würde und dass sie ihm nicht mehr über den Weg lief, solange sie hier mit Riley in Los Angeles war.

Und zu zwei Dritteln hatte sie das Gegenteil gehofft.

Rechnerisch passte es nicht zusammen, aber ihre Gefühle für Angel waren ohnehin unberechenbar. Sie waren früher ineinander verliebt gewesen. Unsterblich, leidenschaftlich. Diese Liebe hatte sogar die Tatsache überlebt, dass sie ihn getötet hatte.

Doch am Ende hatte sie nicht sein Überleben überlebt. Ein Moment wahren Glücks würde ihn wieder in sein böses Ich verwandeln, und wahres Glück zu vermeiden war für ein junges Liebespaar geradezu unmöglich. Für eine junge Liebende und einen sehr alten Liebenden, korrigierte sie sich im Geiste. Es war definitiv ein Dämpfer für die Beziehung. Angel war nach L.A. gezogen, um dort gegen das Verbrechen zu kämpfen, und um die Untaten wieder gutzumachen, die er in seiner Zeit als böser Vampir begangen hatte; und Buffy war in Sunnydale geblieben, wo sie schließlich mit Riley zusammengekommen war.

Der zwar nicht ganz menschlich war – dank dem militärischen Testchip und den Drogen, die man ihm verabreicht hatte –, aber immerhin menschlicher als Angel.

Sie bemerkte, dass Angel Riley über den Rand seiner Kaffeetasse hinweg ansah. »Ich mag ihn nicht«, hatte Angel einmal über Riley gesagt. Der abschätzende Blick, den er ihrem neuen Freund zuwarf, verriet ihr, dass er seine Meinung in den letzten Monaten nicht geändert hatte.

»Ich mache mir keine allzu großen Sorgen wegen diesen Cops«, sagte Angel, als sie ihre Geschichte beendete. »Sie sind auf jeden Fall korrupt. Ich kann es nur noch nicht beweisen.«

»Es gibt nichts Schlimmeres als kriminelle Cops«, warf Riley ein.

»Vielleicht abgesehen von illoyalen Regierungsagenten«, fügte

Buffy hinzu. Rileys gerunzelte Stirn machte deutlich, dass er ihre Anspielung auf die Initiative nicht für witzig hielt. »Oder nicht«, fügte sie hastig hinzu.

Riley lächelte sie geduldig an. Er fummelte an einem Zuckerstreuer herum. Er fühlte sich unbehaglich. Er mochte Angel ebenso wenig wie Angel ihn.

Was ist bloß mit den Jungs los? Ein Mädchen kann mit der Ex ihres Freundes befreundet sein, aber ein Junge kann diese Gefühle niemals wegschließen und vergessen, dachte er.

»Was haben sie getan?«, fragte Riley. »Diese Officers, meine ich.«

»Unter anderem einen Drogendealer ermordet.«

»Es gibt Schlimmeres«, erwiderte Riley.

»Und den Mord einem unschuldigen Mann in die Schuhe geschoben. Der Dealer arbeitete möglicherweise mit der russischen Mafia zusammen. Und ich denke, das gilt auch für die Cops. Der unschuldige Mann hatte also einen Haufen Ärger, und jetzt sieht's so aus, als hätte auch ich einen Haufen Ärger am Hals.«

Aber es schien Angel nicht besonders zu belasten. Das hatte Buffy schon immer an ihm gemocht; er sparte sich seine Leidenschaft für die richtigen Kämpfe auf und ließ sich nicht von Dingen beirren, mit denen er fertig werden konnte.

Riley ist genauso, erinnerte sie sich. Er ist sogar noch cooler, weil er viel leichter sterben kann, dachte sie.

»Ich habe von diesen russischen Mafiatypen gehört«, sagte Riley, während er den Zuckerstreuer wegstellte und an seinem Kaffee nippte. »Mit denen sollte man sich besser nicht anlegen. Sie sind absolut skrupellos.«

»Nach allem, was ich gehört habe, ist es die blutrünstigste kriminelle Organisation im Land«, warf Angel ein.

»Und du hast sie dir zum Feind gemacht?«, fragte Buffy. Sie warf ihrem Ex einen Blick zu. »Du hast noch nie den leichten Weg gewählt, nicht wahr?«

Angel schüttelte den Kopf. »Wo bleibt da der Spaß?«, erwiderte er mit einem kurzen Grinsen.

Sie kannte dieses Lächeln. Es war so selten wie ein doppelter Regenbogen und doppelt so kostbar.

Sie hätte beinah zu Riley hinübergesehen, aber sie hatte das deutliche Gefühl, dass es schuldbewusst wirken würde. Unnötig, sagte sie sich. Ich bin mit ihm zusammen. Angel ist Vergangenheit.

»Aber es klingt, als wäre ich nicht der Einzige mit einem Gangproblem«, fuhr Angel fort. »Dieser Nicky scheint auch eins zu haben.«

»Es sieht ganz so aus«, stimmte Buffy zu. »Und dann ist auch noch seine Schwester Salma, Willows Freundin, heute aus ihrem Haus verschwunden. Puff, einfach so.« Sie schnippte mit den Fingern, worin sie, trotz ihrer Fähigkeiten auf allen anderen Gebieten, nie besonders gut gewesen war.

»Das ist seltsam«, sagte Angel nachdenklich und kratzte sich auf bemerkenswert menschliche Weise am Kinn.

»Das ist es in der Tat. Ich meine, wir waren alle dabei und ...«

»Ich weiß«, unterbrach Angel. »Puff. Ich meine, es ist seltsam, weil ich an einem ähnlichen Fall arbeite. Nun, hauptsächlich arbeiten Cordelia und Wesley daran, aber ich habe ihnen versprochen, mich darum zu kümmern.«

»Ist noch jemand verschwunden?«, fragte Buffy. Sie sah Riley an, der eine Braue hochzog.

»Ein junges Mädchen verschwand direkt vor den Augen ihrer Freunde«, bestätigte Angel.

»Also sind schon mehrere Menschen verschwunden«, sagte Buffy. »Mysteriös.«

»Scheint so«, nickte Angel. »Ein Verschwundener könnte ein Problem sein, aber gleich zwei Leute, die verschwinden, sind mehr eine Situation.«

»Wenn es zwei gibt ...«, begann Buffy.

»... könnte es noch mehr geben«, schloss Angel.

Riley seufzte. Er unterdrückte ein Grinsen, das in diesem Moment auch kaum angebracht gewesen wäre.

»Wir müssen es herausfinden«, erklärte Angel. »Ich werde Cordelia bitten zu überprüfen, ob in der letzten Zeit noch mehr Personen verschwunden sind. Vor allem Teenager.«

»Das ist Los Angeles«, erinnerte Riley. »Wie viele Teenager laufen jeden Tag von zu Hause weg?«

»Das ist Los Angeles«, wiederholte Angel. »Die Stadt, die Ausreißer magisch anzieht. Das verschwundene Mädchen war eine Ausreißerin.«

»Aber Salma würde so etwas niemals tun«, sagte Buffy. »Wieso hätte sie ausreißen sollen?«

Riley faltete die Hände und stützte mit beiden ausgestreckten Zeigefingern sein Kinn. Buffy hielt ihn ohnehin für extrem gut aussehend, aber diese nachdenkliche Pose fand sie besonders anziehend. Seine dunkelblonden Haare waren noch immer vom Kampf zerzaust, und in seinen blauen Augen blitzte Intelligenz.

»Geld zu haben ist nicht immer ein Zeichen dafür, dass es keine Probleme gibt«, meinte er mit einem Blick auf Buffy. »Vielleicht ist sie vor dem Geld davongelaufen. Hast du nicht gesagt, sie wollte in Sunnydale aufs College gehen, um von ihrer Familie und dem Reichtum und allem wegzukommen?«

»Das hat Will gesagt«, bestätigte Buffy. »Aber sie scheint einfach nicht der Typ zu sein, der abhaut. Sie liebt ihre Familie. Sie hätte sich nicht so viel Mühe gegeben, ihren Bruder zu finden, wenn sie vorgehabt hätte zu verschwinden. Ich denke, es steckt viel mehr dahinter.«

»Ich muss Buffy in diesem Punkt zustimmen«, warf Angel ein. »Diese Fälle von Verschwinden sind ein Problem. Wir müssen weitere Nachforschungen anstellen. Wir sollten davon ausgehen, dass Salma ein Opfer desselben Phänomens ist, dem auch Cordelias Freundin Kayley zum Opfer gefallen ist.«

»Wow, Cordelia hat Freunde, die einfach verschwinden …«, sagte Buffy gedehnt. Angel warf ihr einen strengen Blick zu, und sie erinnerte sich, dass er neuerdings viel mehr Zeit mit Cordy verbrachte als sie. Es war klüger, beim Thema zu bleiben. »Nun, wie sieht unser nächster Schritt aus?«

»Wir gehen in das Hauptquartier der Echo-Park-Band und zwingen sie, Nicky herauszugeben«, sagte Riley. »Nicky wird wissen, was mit seiner Schwester passiert ist.«

»Das ist nur eine Vermutung«, sagte Angel.

»Ja, aber eine gute«, meinte Buffy. »Wir haben dir gesagt, dass wir es hier mit etwas Unheimlichem zu tun haben. Nickys Großmutter ist eine *bruja*, und sie hat sich unten in Mexiko mit Hexerei beschäftigt.«

»Dennoch kann die Vermutung falsch sein«, beharrte Angel. »Ich denke, wir sollten mit Cordelia und Wesley reden. Willow ist hier, sagtest du?«

Buffy nickte. »Will ist hier. Im Haus der de la Natividads.«

»Wir sollten die Köpfe zusammenstecken und einen Plan aushecken«, schlug Angel vor. »Sonst bewegen wir uns nur im Kreis und machen uns doppelte Arbeit.«

»Du hast Recht«, sagte Buffy. Sie sah Riley an, der nicht besonders begeistert wirkte, dass man ihn überstimmt hatte. »Nun, er hat wirklich Recht.«

»Ja, das hat er«, gab Riley zu und zuckte mit den Schultern. Sein Schulterzucken war auch besonders anziehend.

Und ich vergleiche ihn nicht mit Angel, sagte sie sich. Ich versuche nicht, mich auf Riley zu konzentrieren, weil es mich nervös macht, sie beide um mich zu haben.

»Wohin?«, fragte Riley Angel.

»In dein Büro, Angel?«, fügte Buffy hinzu.

»Mein Büro ist ... äh ... ein Trümmerhaufen«, sagte Angel. »Wir benutzen Cordelias Apartment als eine Art provisorisches Hauptquartier.«

»Cordelias Apartment. Wie bezaubernd«, meinte Buffy mit geheuchelter Begeisterung und stand auf. »Gehen wir.«

Riley legte eine Fünfdollarmünze für die Kaffees auf den Tisch, und sie gingen zu ihren Autos.

»Es wurde die ganze Nacht im Radio darüber berichtet«, sagte Wesley. »Sie nennen es den totalen Gangkrieg.«

»Zwischen welchen Gangs?«, fragte Angel. Er saß auf Cordelias Couch. Sie hatten sich alle in ihrem Wohnzimmer versammelt – Buffy, Riley, Willow, Cordelia, Wesley und Angel. Buffy und Willow hatten ihr schönes Apartment neidisch bestaunt, was Angel für Cordelia gefreut hatte.

Dennis war wahrscheinlich ebenfalls in der Nähe, doch falls er da war, hielt er sich im Hintergrund. Es war nach drei Uhr morgens, und mehrere der Anwesenden waren aus tiefem Schlaf geweckt worden, aber bereitwillig dazu gekommen. Nach ein paar Minuten, in denen sie ihrer Wiedersehensfreude nachgegeben und etwas geplaudert hatten, war Ruhe eingekehrt, und Wesley hatte mit seinem Bericht begonnen.

»Offenbar sind mehrere Gangs beteiligt«, fuhr Wesley fort, der zwischen Willow und Cordelia saß. Der kleine Rotschopf hatte sich überschwänglich gefreut, ihn wieder zu sehen, und Wesley war davon sichtlich geschmeichelt gewesen.

»Wie es scheint, kämpfen hauptsächlich mexikanisch-amerikanische Gangs gegen russische Gangs. Heute Nacht hat es fünf Tote gegeben.«

»Das hatte ich befürchtet«, sagte Angel.

»Nun ja, es gab genügend Hinweise darauf, dass die Situation eskaliert. Die Entlassung von Rojelio Flores aus dem Gefängnis war für die russischen Gangs ein Affront, heißt es, denn sie machen ihn immer noch für den Tod ihres Mannes Nokivov verantwortlich.«

»Aber er hat es nicht getan«, warf Cordelia ein. Sie hatte sich nach vorn gebeugt und die Ellbogen auf die Knie gestützt und hörte aufmerksam zu. »Das ist nicht fair.«

»Fairness hat wenig mit der Mentalität einer Gang zu tun«, sagte Riley. »Sie legen zwar großen Wert auf Fairness, aber ihre Version davon ist ziemlich verdreht.«

»Was ist der Grund für die Auseinandersetzung zwischen den mexikanischen Gangs und den Russen?«, fragte Angel. Er bemühte sich um Aufmerksamkeit, aber er war mit den Gedanken woanders und grübelte über die ganze merkwürdige Situation. Buffy, die so nah bei ihm saß, erinnerte sich nicht einmal an den letzten vollen Tag, den sie miteinander verbracht hatten – während er ihn niemals vergessen würde. Sie zu spüren, zu berühren, bei ihr zu sein … Jetzt war sie mit Riley zusammen, der vor ihrem Stuhl auf dem Boden saß und auf eindeutig besitzergreifende Weise den Kopf an ihr Knie gelegt hatte.

Er konnte nicht leugnen, dass es ihm wehtat.

»Soweit ich das beurteilen kann, handelt es sich um wirtschaftliche Gründe«, erwiderte Wesley überzeugt. Der Ex-Wächter war aufgeblüht, seit er nach Los Angeles gezogen war; daheim in Sunnydale hatten ihn Buffy und Willow kaum ernst genommen, aber hier lauschten sie aufmerksam jedem seiner Worte. »Diese Gangs beherrschen schon seit Jahren, in manchen Fällen sogar seit Generationen, große Teile von Los Angeles. Es sind andere Gangs aufgetaucht wie die Crips und die Bloods, aber die Mexiko-Amerikaner haben die Kontrolle über ihre Viertel, ihre ›Reviere‹, bewahrt.«

Die anderen nickten. Das war das L.A., das alle kannten und nicht liebten.

»Aber jetzt sind die reichen und skrupellosen Russen über die Stadt hergefallen, und sie haben keinen Respekt vor den alten Regeln oder den Grenzen der Viertel. Die Mexikaner sind wütend darüber und schlagen zurück«, schloss Wesley.

»Aber bis jetzt wurden keine Unschuldigen bei den Schießereien getötet?«, fragte Angel.

»Bis jetzt noch nicht.« Wesley hob die Schultern, während er Angel musterte. »Aber das kann sich jeden Moment ändern.«

Willow hob ihren rechten Arm, als wäre sie in der Schule. »Äh, das ist alles traurig und so, aber was hat es mit der Suche nach Nicky und Salma zu tun?«

»Das wissen wir noch nicht, Willow«, antwortete Angel, froh, etwas beitragen zu können. »Aber Nicky hat mit einer der mexikanischen Gangs zu tun. Also gibt es möglicherweise eine Verbindung. Zur selben Zeit verschwinden überall in der Stadt Teenager – Cordelia sagte, sie hätte im Internet zwei weitere bestätigte Fälle gefunden, und vielleicht gibt es noch mehr, die entweder der Polizei noch nicht gemeldet oder nicht veröffentlicht wurden. Möglicherweise gibt es keinen Zusammenhang zwischen dem Gangkrieg und den verschwundenen Teenagern, aber wir sollten es trotzdem überprüfen.«

Willow nickte. Dann strahlte sie. »Vielleicht könnte ich uns mit irgendeinem Zauber erleuchten.«

»Das solltest du so schnell wie möglich versuchen, Will«, sagte Buffy. »Ein wenig Erleuchtung würde uns allen gut tun.«

»Ein wenig *Schlaf* würde uns allen gut tun«, fügte Cordelia hinzu.

»Und dürfte ich euch alle daran erinnern, dass ihr in meinem Apartment seid, was mir das Schlafen sehr erschwert?«

»Wir verschwinden gleich von hier, Cordy«, versicherte Angel, als Willow zustimmend nickte und ein Gähnen unterdrückte. »Wir hielten es nur für wichtig, alle so schnell wie möglich auf den neuesten Stand zu bringen.«

»Wegen der drohenden Gefahr, zu verschwinden«, warf Buffy hilfsbereit ein.

»Ich bin nicht sicher, ob wir alle auf demselben Stand sind«, sagte Riley. »Ich bin noch immer nicht überzeugt, dass es überhaupt einen Zusammenhang zwischen den Fällen gibt. Abgesehen von Nickys Verbindung zur Echo-Park-Band ...«

»Die Echo-Park-Band?«, fragte Wesley und hob den Kopf. »Sie gehört zu einer der Gangs, die in den Krieg verwickelt sind. Offenbar haben sie den Russen bereits ein Angebot gemacht, um diesen Konflikt zu beenden, bevor er noch mehr Opfer fordert.«

»Dann besteht also doch eine ziemlich starke Verbindung«, meinte Angel. Der Rest der Gruppe wirkte jetzt überzeugter. »Ihr kehrt zu dem Haus der de la Natividads zurück. Vielleicht könnt ihr dort herausfinden, was mit Salma passiert ist. Willow, du zauberst. Ich werde mich um die Gangs kümmern, während Wesley und Cordelia Nachforschungen anstellen, ob es früher schon Fälle von verschwundenen Kids oder Teenagern gegeben hat.« Er gönnte allen ihren Schlaf, aber ein Teil von ihm wollte, dass Riley das Apartment verließ – und Buffy auch, wenn sie vorhatten, die ganze Nacht Händchen zu halten und sich gegenseitig an ihren Haaren herumzuspielen.

»Wie wär's mit einem Spähzauber für den Anfang?«, fragte Willow.

»Vielleicht«, stimmte Angel zu.

»Klingt gut«, meinte Buffy. »Wir reden morgen weiter – später am Morgen, wenn die Sonne aufgegangen ist – und stellen fest, was wir herausgefunden haben. In der Zwischenzeit lasst uns hoffen, dass niemand verletzt wird.«

»Ich schlafe zuerst«, erklärte Cordelia. »Ich kann meine Augen kaum noch offen halten, noch viel weniger an einer Computertastatur sitzen und tippen, tippen, tippen, während sich Wesley über meine Schulter beugt und mir seinen Atem ins Gesicht bläst.«

Wie aufs Stichwort hin öffnete sich die Wohnungstür.

»Dennis, sei höflich«, mahnte sie.

»Ich blase dir nicht meinen Atem ins Gesicht«, sagte Wesley, als alle aufstanden und sich müde zur Tür begaben.

»Tust du doch«, widersprach sie. »Und nebenbei, dieses Mundwasser mit Zimtduft ist definitiv zu viel.«

»Gute Nacht«, sagte Buffy.

Riley legte seine Hand auf ihre Schulter und sie verließen das Apartment.

Angel stand im Türrahmen und sah ihnen nach.

Nicky drehte sich zu Che um, der seinen mitternachtsschwarzen Porsche Boxter in eine Parklücke am Straßenrand steuerte. »Bist du dir sicher, Mann?«, fragte er den Anführer der Echo-Park-Band.

»Wie oft willst du mich das noch fragen? Der Mann will reden. Wir reden. Wenn es zu keiner Einigung kommt oder er respektlos ist, gehen wir. So einfach ist das.«

Nicky öffnete die Beifahrertür des kleinen Wagens und stieg aus. Che hatte vor einem Café angehalten, das um diese Zeit geschlossen und mit einem Metallgitter verrammelt war. Das Café nahm allerdings nur das Erdgeschoss eines teuren Bürogebäudes in Downtown ein, und im neunzehnten Stock brannte trotz der späten Stunde noch Licht.

»Ich meine nur, wenn der Kerl wirklich an einem ernsthaften Gespräch interessiert wäre, hätte er uns tagsüber getroffen oder so.«

Che verdrehte die Augen und zog die Schultern hoch. Er steckte seine Schlüssel in die Seitentasche seiner engen schwarzen Lederhose. »Du weißt, wie diese russischen Typen sind, Alter. Er scheucht uns nur herum, lässt uns zu sich kommen und nach seiner Pfeife tanzen. Wir lassen ihn in dem Glauben, dass er die Fäden zieht, bis wir unsere Forderungen stellen, dann wird er merken, dass wir es ernst meinen. Außerdem ist sein Sohn getötet worden, *macho*, sodass er in diesen Tagen wahrscheinlich nicht gut schläft.«

Neben dem Café führte eine gläserne Doppeltür in die Lobby des Gebäudes. Sie traten durch die unverschlossene Tür, und ein schläfrig wirkender Wachmann winkte ihnen hinter einem breiten Empfangstisch zu.

»Kann ich Ihnen helfen?«, fragte er.

»Wir wollen zu Teodor Nokivov«, erwiderte Che. »Wir werden erwartet.«

Der Wachmann nickte. »Neunzehn«, sagte er. »Der Aufzug ist dort drüben.«

Nicky und Che durchquerten die Lobby. In der nächtlichen Stille klapperten ihre Schuhe auf dem Marmorboden. Als sie die Aufzüge erreichten, öffnete sich eine Tür. Sie traten in den Aufzug, und der Knopf 19 leuchtete auf.

»Der Wachmann bedient den Fahrstuhl von seinem Tisch aus«, sagte Che, als die Tür zuglitt. »Die anderen Knöpfe funktionieren wahrscheinlich nicht.«

»Finden wir es heraus«, schlug Nicky vor. Er drückte den Knopf Nummer 17. Nichts passierte.

Che bedachte Nicky mit einem düsteren Blick. »Du hast deine Knarre dabei, richtig?«

Nicky berührte zustimmend die rechte Außentasche seiner Windjacke. Er hatte darin eine 9 mm Halbautomatik und in der anderen Tasche drei Magazine.

»Das ist cool«, sagte Che. »Man sollte diese Kerle nicht unbewaffnet besuchen.« Die Kabine fuhr nach oben, vorbei am siebzehnten Stock, und hielt im neunzehnten.

Die Aufzugtür ging auf. Drei kräftige Männer in dunklen Anzügen warteten draußen, die Hände hinter dem Rücken.

Einer von ihnen blickte zu Che, dann zu Nicky. »Mein Name ist Karol Stokowitsch«, sagte er mit starkem Akzent auf Englisch. Er hatte lange dunkle Haare, die nach hinten gekämmt und zu einem Pferdeschwanz gebunden waren. Für Nicky sah er wie die Parodie eines kolumbianischen Gangsters aus den Achtzigern aus, wie er sie damals in *Miami Vice* gesehen hatte. Aber in seinen Augen lag keine Spur von Humor. »Mr. Nokivov hat mich beauftragt, Sie zu ihm zu führen.«

»Deshalb sind wir hier«, sagte Che. »Um unseren Respekt zu erweisen und festzustellen, ob wir Frieden schließen können.«

»Sie werden mit Mr. Nokivov darüber sprechen müssen«, erklärte Stokowitsch. »Diese Herren werden Sie durchsuchen. Gibt es irgendetwas, vor dem Sie sie warnen möchten, bevor sie anfangen?«

»Ich habe eine Knarre dabei, die ich nicht abgeben werde«, erwiderte Che. »Sie steckt in einem Gürtelhalfter an meinem Rücken. Das ist alles, was ich an Waffen trage.«

Nicky klopfte wieder an seine Tasche. »Eine Neun«, sagte er. »Ich behalte sie.«

»Was ist, wenn ich Ihnen sage, dass Sie nicht mit Mr. Nokivov sprechen können, ohne vorher ihre Waffen abzulegen?«

»Dann *adios*«, antwortete Che. »Kein Gespräch, kein Frieden. Ich glaube nicht, dass Mr. Nokivov das will. Aber wir geben unsere Knarren nicht ab.«

»Er dachte schon, dass Sie das sagen würden. Sie können die Waffen behalten. Diese Männer werden sich überzeugen, dass Sie nicht noch andere dabei haben, von denen wir nichts wissen. Ist das fair?«

Nicky wartete auf Ches Antwort. Che nickte, zog seine Sig-Sauer-Automatik aus dem Halfter und hielt sie in die Luft, wobei er beide Hände hob. Einer der Russen trat zu ihm und tastete ihn ab. Nicky folgte Ches Beispiel und hielt seine Waffe ebenfalls hoch. Der andere russische Gangster filzte ihn.

Nach einem Moment hatten die beiden Russen ihre Arbeit beendet und nickten Stokowitsch zu.

»Stecken Sie Ihre Waffen ein«, wies Stokowitsch Che und Nicky an. »Wir werden bei Ihrem Gespräch anwesend sein. Wenn Sie nach den Pistolen greifen, sind Sie tot.«

»Cool«, sagte Che und klang dabei völlig gelassen. Nicky war von seiner Selbstsicherheit in Situationen wie dieser beeindruckt. Er wollte genauso sein wie er. Seine Nacht der langen Messer hatte zweifellos geholfen – auch wenn die Wirkung des Unverwundbarkeitszaubers inzwischen nachgelassen hatte, spürte er ein Selbstvertrauen, wie er es nie zuvor gehabt hatte, eine Entschlossenheit und ein Vertrauen in seine eigenen Fähigkeiten. Er würde sich immer an dieses Gefühl erinnern, wie er durch das Ölfeldfeuer spaziert war, das er entzündet hatte, von Hitze umhüllt, die ihm die Haare versengte, ihm aber keinen Schmerz zufügte, ihn nicht töten konnte.

Stokowitsch führte sie den Korridor hinunter in eine luxuriös eingerichtete Bürosuite. Der blaue Teppich war dick und weich, die Holzmöbel waren auf Hochglanz poliert. Nicky verglich im Stillen diesen Ort mit den heruntergekommenen Häusern, in denen die Echo-Park-Band und seine Latin Cobras ihre Hauptquartiere eingerichtet hatten, und entschied, dass die Russen es richtig machten. Dies sah wie eines der Firmenbüros seines Vaters aus, nicht wie das Hauptquartier einer Gangsterbande. Er war an den Luxus derartiger Umgebungen gewöhnt, aber er bezweifelte, dass es Che genauso ging.

Sie folgten Stokowitsch durch die Bürosuite. Er blieb vor einer Doppeltür aus dunklem Edelholz stehen. Dann, mit einem Blick zu Che und Nicky, stieß er die Türflügel auf und wich zurück, um den Gästen den Vortritt zu lassen.

Sie betraten einen luxuriös eingerichteten Konferenzraum. Ein riesiger Tisch, der so groß war wie manche der Zimmer, in denen Nickys Cobra-Freunde schliefen, dominierte den Raum. Um ihn herum waren Lederstühle arrangiert, denen man selbst von der Tür aus ansah, dass sie butterweich waren. Am fernen Ende des Tisches saß Teodor Nokivov, der Anführer der russischen Mafia von L.A. Ein Notizblock und eine Reihe Schnellhefter lagen vor ihm auf dem Tisch.

Als sie eintraten, legte Nokivov den Mont-Blanc-Füller zur Seite, mit dem er etwas auf den Notizblock geschrieben hatte, und stand auf. »Willkommen«, sagte er mit einem breiten Lächeln. Er war ein kräftiger Mann mit muskulöser Brust und breiten Schultern, über denen sein teurer Anzug spannte. Sein dichtes, stahlgraues Haar war frisch frisiert und nach hinten gekämmt. Sein Gesicht war gerötet und von einem kantigen Kinn geprägt. Seine hervorstehende, knollenähnliche Nase erinnerte Nicky an eine Kartoffel. »Fühlen Sie sich wie zu Hause«, sagte er mit einer weit ausholenden Handbewegung, die den ganzen Konferenzraum umfasste.

Nicky war sich bewusst, dass die drei anderen Russen das Zimmer betreten und die Tür geschlossen hatten. Aber er konzentrierte sich auf Nokivov, der auf sie zutrat und freundschaftlich die Hand ausstreckte. Che ergriff die Hand, drückte sie kurz und nervös und ließ sie dann wieder los. Der Russe trat zu Nicky. Nicky bot ihm seine Hand an, und Nokivov ergriff sie und umfasste Nickys Unterarm mit der anderen Hand, während er sie schüttelte.

»Nette Hütte«, sagte Nicky beiläufig.

»Danke. Die Schönheit Amerikas«, erwiderte Nokivov. »In meiner Heimat konnten sich damals nur die einflussreichsten Parteimitglieder ein derartiges Büro leisten.«

»Waren Sie ein einflussreiches Parteimitglied?«, fragte Nicky ihn.

»Ich?« Nokivov lachte lautlos. »Nein, ich nicht. Damals nicht. Und dann zerfiel natürlich die Sowjetunion. Unter den Herrschern, die danach kamen, Mr. Gorbatschow und Mr. Jelzin und jetzt Putin, galten andere Regeln. Wer weiß, wo ich jetzt wäre, wenn ich dort geblieben wäre? Im Gefängnis? In Sibirien? Im Chefbüro des KGB?«

Che schien nicht zu wissen, was er von Nokivovs Monolog halten sollte, und entschied sich, einfach seine vorbereitete Rede zu halten. Nicky hatte sie auf der Hinfahrt mit dem Boxter zweimal gehört, allerdings hatte sie bei diesen Gelegenheiten wesentlich nachdrücklicher geklungen.

»Mr. Nokivov, wir sind hier, um Ihnen unser tiefstes Bedauern über den Tod Ihres Sohnes und unsere Trauer über die Tatsache auszudrücken, dass Mitglieder Ihrer und unserer Organisation jetzt auf den Straßen sterben. Wir würden gern einen Weg finden, der es uns ermöglicht, den Reichtum zu teilen, den Los Angeles zu bieten hat.«

Nokivov lachte kurz, aber ohne jeden Humor. »Den Reichtum zu teilen ist ein Konzept, das mir am Herzen liegt«, sagte er. »Schließlich bin ich Kommunist. Einer, der sich für viele Aspekte des Kapitalismus interessiert, aber nichtsdestotrotz ein Kommunist bleibt.« Das Lächeln verschwand von seinem Gesicht. »Allerdings«, fuhr er fort und klang plötzlich zornig, »sind Sie nicht hier, um eine Vereinbarung auszuhandeln. Ich bin Kommunist, aber ich bin auch ein Vater, und mir wurde mein Sohn genommen. Ich habe

Grund zu der Annahme, dass er von einem Mexikaner ermordet wurde – vielleicht von dem, der verhaftet und dann unerklärlicherweise freigelassen wurde, vielleicht aber auch von einem anderen. Aber seine Ermordung ist ein Verbrechen, das gerächt werden muss, und wenn sich der Mörder nicht stellt, werde ich Rache üben, indem ich so viel mexikanisches Blut wie möglich vergieße.«

»Mir gefällt nicht, was Sie sagen«, erklärte Che. Er klang aggressiv, und Nicky spürte einen Anflug von Furcht. »Wir haben uns entschuldigt und …«

Nokivov brachte Che mit einer herrischen Handbewegung zum Schweigen. »Wenn es noch etwas gibt, das Sie mir sagen möchten …«

»Wir haben Ihnen nichts mehr zu sagen«, erwiderte Che zornig.

»Nun gut«, nickte Nokivov.

Nicky hörte hinter sich das unverkennbare Klicken, mit dem Waffen entsichert wurden.

»Nicky, weg!«, schrie Che. Er hatte es auch gehört. Er warf sich nach rechts und tauchte unter den massiven Konferenztisch. Kugeln schlugen in das dicke Holz ein, und der Raum war plötzlich vom ohrenbetäubenden Hämmern von Schüssen erfüllt. Nicky warf sich in die andere Richtung und zog die 9 mm aus seiner Jacke. Schmerz durchzuckte seinen Arm, als er auf dem Boden aufschlug. Ohne zu zielen rollte er sich zu einem Ball zusammen und feuerte mit seiner Pistole Richtung Tür.

Beißender Rauch hing in der Luft, und Nicky wusste, dass er bei der Schießerei in diesem Raum sterben würde. Er konnte nichts mehr sehen oder hören, denn seine Augen brannten von dem Rauch, und seine Ohren klingelten vom Krachen der Schüsse. Aber als er ein paar Mal mit den Augen geblinzelt hatte, glaubte er Che zu sehen, der wieder auf den Beinen war und wild zur Tür deutete. Che hatte seine Sig Sauer in der Faust, und er schoss mehrmals auf die am Boden liegenden Körper.

»Lauf, Mann!«, glaubte er Che schreien zu hören. Dann riss Che die Doppeltür auf und verschwand nach draußen. Nicky folgte ihm. Im letzten Moment wagte er es, einen Blick zurückzuwerfen und sah, wie Nokivov eine Schrotflinte unter dem Konferenztisch hervorzog. Auf dem Boden schob Stokowitsch die Leichen seiner beiden Kumpane zur Seite und kroch zu seiner Waffe, die er verloren hatte. Bevor der Mann sie erreichte, stürmte Nicky durch die große Türöffnung.

Sein linker Arm brannte. Eine Kugel hatte ihn am Oberarm getroffen, und Blut durchtränkte seine Jacke. Aber er hatte keine Zeit, sich darum zu kümmern. Che war bereits außer Sicht.

Einen Moment lang befürchtete Nicky, nicht mehr den Weg aus der Bürosuite zu finden. Aber als er um eine Ecke bog, sah er den Eingang vor sich, und er wusste, dass der Aufzug auf der anderen Seite der Tür wartete. Wäre jemand draußen, würde Che ihn jetzt erledigen, aber er hörte keine Geräusche, die auf einen Kampf hindeuteten. Und so stieß er mit seiner linken Schulter die Tür auf, die 9 mm noch immer in der Faust. Che stand auf der anderen Seite und atmete schwer, mit Panik in den Augen.

»Wir müssen weg von hier, Mann«, drängte Che. »Ich wollte dich schon abschreiben. Wir müssen uns beeilen.«

»Hast du den Aufzugknopf gedrückt?«, fragte Nicky.

»Die Treppen, du Idiot«, sagte Che. »Du willst doch wohl nicht in diesen Aufzug steigen! Der Kerl unten kontrolliert ihn, schon vergessen?«

Nicky hatte es vergessen. Ohne Che wäre er ein dummer toter *cholo*.

Che führte ihn zu einem Treppenhaus mit einem grünen AUSGANG-Schild über der Tür, und sie rannten nach unten, nahmen bei jedem Sprung vier, fünf Stufen gleichzeitig. Jede harte Landung verursachte erneut Schmerzen in Nickys Arm und Schulter, und einmal glaubte er, ohnmächtig zu werden. Aber sie hörten, wie über ihnen die Tür zum Treppenhaus geöffnet wurde, und er zwang sich weiterzulaufen. Von oben wurden ein paar ungezielte Schüsse abgegeben, sodass Kugeln von den Betonstufen abprallten, aber die Schützen feuerten blind und trafen sie nicht. Einen Moment später tauchte die Tür zum Erdgeschoss vor ihnen auf.

Che zögerte nur eine Sekunde. »Wir wissen nicht, was dort draußen ist, *mano*«, sagte er.

Nicky blickte nach oben. »*Orale*, wir wissen, was dort oben ist.«

Che grinste. Es war ein verrücktes, aber ehrliches Grinsen – als würde ein Teil von ihm, vielleicht ein großer Teil, diesen Wahnsinn genießen. »*Vaya con dios*, Baby«, sagte er. »Also los.«

Er und Nicky stürmten mit den Waffen in den Händen durch die Tür in die Lobby, wie Butch und Sundance am Ende des Films. Nicky erwartete halb, von den Gewehrkugeln einer Hundertschaft bolivianischer Soldaten niedergestreckt zu werden. Aber niemand wartete auf sie – selbst der Wachmann am Empfangstisch hatte seinen Posten verlassen. Sie rannten durch die leere Lobby nach draußen und stürzten sich in Ches Porsche. Einen Moment später rasten sie mit quietschenden Reifen durch die Straßen von Los Angeles und schrien und heulten wie Verrückte.

Nein, dachte Nicky. *Wie Überlebende.*

Teodor Nokivov war wütend.

Dreckige Mexikaner. Ich hätte wissen müssen, dass man ihnen nicht trauen kann, dachte er.

Er führte die notwendigen Telefonate, bellte Befehle in sein Handy wie ein Ausbilder zu seinen Soldaten in der Grundausbildung. Zu diesem Zeitpunkt saß er bereits auf dem Rücksitz eines schwarzen Lincoln Continental mit getönten Scheiben und wurde durch die Stadt gefahren. Binnen zehn Minuten nach der Schießerei – bevor sich die ersten Sirenen dem Bürogebäude näherten – säuberten Teodors Leute die Büros, leerten jeden Schreibtisch und Aktenschrank und Papierkorb, wischten jede Türklinke ab und beseitigten alle Hinweise darauf, wer die Räume genutzt hatte. Die Leichen der beiden Männer, die Che erschossen hatte, waren auf dem Weg zu ihrer letzten Ruhestätte im Pazifischen Ozean. Der KGB war stolz auf die Effizienz seiner Aufräumtrupps gewesen, und Teodor Nokivov hatte denselben Stolz seiner Mafia in Los Angeles eingepflanzt.

Die Schnelligkeit und Effizienz seiner Leute gefiel ihm. Aber er war wütend auf Che, der so mühelos seiner Falle entkommen war. Er war wütend auf Stokowitschs Männer, die die beiden Punkgangster hatten entkommen lassen – wären die Männer nicht gestorben, hätte er sie persönlich getötet oder es Stokowitsch überlassen, sie zu erschießen. Er hatte noch immer nicht entschieden, was er mit Stokowitsch machen sollte, aber ihm war klar, dass die Unentschlossenheit für ihn arbeitete – solange Stokowitsch wusste, dass er über sein Schicksal nachdachte, würde er Höchstleistungen erbringen. Und seinen nächsten Auftrag ohne Pannen ausführen.

Aber sein größter Wunsch war gewesen, Che noch vor Sonnenaufgang zu töten, und das war jetzt nicht mehr möglich. Die mexikanischen Gangs, glaubte er, hatten die Stadt schon zu lange unter ihrer Kontrolle gehabt. Jetzt waren sie ihm im Weg, behinderten seine Geschäfte und gefährdeten mit ihren lächerlichen Bandenkriegen und Kämpfen um Stolz und Ehre seine Pläne.

Und Teodor Nokivovs Pläne waren überaus ehrgeizig. Sein Ziel war nichts Geringeres als die Wiederherstellung der Sowjetunion mit ihm als Führer, mindestens aber als graue Eminenz, die im Hintergrund die Fäden zog. Sollte sich dieses Ziel als zu schwierig erweisen, hatte er immer noch einen Reserveplan – Mütterchen Russland wieder unter kommunistische Herrschaft zu bringen.

Er wusste, wie er es schaffen konnte. Man brauchte nur Geld. Und Geld gab es in den Vereinigten Staaten im Überfluss. Es galt nur, es in die richtigen Kanäle zu leiten.

Vierzig Minuten später hielt der Lincoln vor einem bescheidenen vorstädtischen Ranchhaus in Hawthorne an, unweit der Ecke Mount Vernon und Fairway. Niemand würde je vermuten, dass der Schlüssel zur Wiederherstellung des kommunistischen Regimes in Russland in diesem uramerikanischen Gebäude lag – dem Inbegriff der kapitalistischen Nachkriegsgesellschaft. Aber so war es. Teodor lachte leise vor sich hin, als er über die Steinplatten der Auffahrt zur Haustür ging.

Als er sich der Tür näherte, wurde sie von innen geöffnet. Mrs. Wischnikoff stand dort, den blonden Kopf leicht geneigt, die Augen gesenkt. Er ging hinein, ohne seine Schritte zu verlangsamen. Als sie hinter ihm die Tür schloss, drehte er den Kopf, sah sich im Foyer um und sprach die drei Worte, die den Lauf der menschlichen Geschichte ändern würden.

»Es ist Zeit.«

2.

Los Angeles ist nachts ein sehr einsamer Ort. Es ist nicht wie in New York, der Stadt, die niemals schläft. In New York kann man um drei Uhr morgens alles tun, Antiquitäten kaufen oder zur Hochschule gehen. In Los Angeles gehen die Menschen früh zu Bett – zumindest die nach dem Maßstab von Los Angeles erfolgreichen Menschen –, die Schauspieler und Regisseure, die für die Dreharbeiten früh aufstehen müssen; ihre geschäftigen Manager und aggressiven Börsenmakler, deren Leben um die Öffnung und Schließung der Büros und Börsen auf der ganzen Welt kreist.

Wenn es sechs Uhr morgens in Los Angeles ist, ist es im Big Apple bereits neun Uhr und in London fast Teezeit. Wer das große Geld machen will, muss sich beeilen.

Die Nächte in Los Angeles riechen nicht nach Parfüm, Champagner oder Geld; der Geruch, der am weitesten verbreitet ist, besteht aus einer Mischung von Ozon und frisch gesprengtem Rasen. Die Rasensprinkler schalten sich kurz vor Morgengrauen ein. Vor dem ersten Morgengrauen klingeln die Wecker, und in den Häusern gehen die Lichter an. Computergesteuerte Kaffeemaschinen brühen die erste Tasse Jamaica Blue Mountain auf, meistens die erste von vielen in dieser hyperaktiven Stadt.

Willow fragte sich, wie das Haus der de la Natividads so früh am Morgen wohl aussah. Sie konnte es kaum erwarten zurückzukommen, sich ins Bett zu legen und ein wenig zu schlafen.

Als das Treffen endlich zu Ende war, stolperte Willow dicht hinter Buffy und Riley müde aus Cordelias Apartment. Die Welt von Los Angeles erwachte gerade. Es war surreal, wie es in Willows Leben oft war: Man musste nur die Oberfläche der Welt ankratzen, und scharlachrote Dämonenaugen glühten im Dunkeln auf und starrten einen an. Gebogene Palmenstämme verwandelten sich in die gekrümmten Rücken von Drachen; Mülltonnen waren stämmige Trolle, die auf irgendetwas – oder irgendjemand – lauerten.

Und wir reden hier nicht nur von Märchen, dachte Willow.

Buffy und Riley waren ebenfalls müde und schweigsam, als sie zu dem schwarzen SUV gingen, den sich Riley von einem seiner alten Initiative-Freunde geliehen hatte. Er stand am Straßenrand, und unter dem Scheibenwischer klemmte ein neonfarbener Flyer, der das Konzert einer L.A.-Band namens *Velvet Chain* ankündigte. Willow nahm und las ihn, während Riley die Türen aufschloss. Vielleicht tat sie es aus alter Gewohnheit, aber ihr Leben mit Oz hatte ihr Interesse an der Musikszene geweckt.

Müde stiegen sie ein. Riley hatte Willow gegenüber erwähnt, dass sein eigener Wagen noch immer in Iowa war, und sie fragte sich, ob es Buffy nicht störte, dass er nicht all seine Sachen nach Sunnydale gebracht hatte. Für Willow bedeutete dies, dass er Iowa noch immer als sein Zuhause ansah. Er war nach wie vor unentschlossen, ob er für immer in Südkalifornien bleiben sollte. Vielleicht interpretierte sie zu viel hinein; jedenfalls war sie am Boden zerstört gewesen, als Oz einen Brief an Devon geschickt und ihn gebeten hatte, ihm seine restlichen Sachen zu schicken. Dies war ein deutliches Zeichen für das Ende ihres Lebens als Paar gewesen – ob es Oz zu diesem Zeitpunkt nun bewusst gewesen war oder nicht.

Riley ließ den Motor an und fädelte sich in den Verkehr ein, der nicht besonders dicht war, obwohl schon eine Reihe Autos unterwegs waren. Willow war kein großer Fan von überfüllten Highways; Sunnydale war in vieler Hinsicht eine ruhige Kleinstadt, und Verkehrsstaus gehörten nicht zu ihren Problemen. Vielleicht weil es zu viele Wesen gab, die Autos fraßen, aber nicht zu viele Menschen, die welche fuhren.

»Cordelia scheint ein nettes Mädchen zu sein«, meinte Riley beiläufig. »Sie kam mir gar nicht so versnobt vor, wie ihr immer behauptet habt.«

»Sie wirkt jetzt viel umgänglicher«, stimmte Willow zu.

Riley warf Buffy einen Seitenblick zu. Sie sagte nur: »Sicher.«

Sie ist abgelenkt. Hat sie nostalgische Gefühle?, fragte sich Willow. Für diese Stadt? Vielleicht hat es mit Angel zu tun. Es ist schon seltsam. Riley wirkt auch gestresst – ich muss ihm sagen, dass er sich keine Sorgen zu machen braucht. Sie liebt ihn.

Im Lavendelgrau des dämmernden Morgens schlurften die Obdachlosen von den Straßen in die Gassen und zu den Häusern.

Sie trugen zerlumpte Kleidung, und auf ihren Gesichtern lag eine Patina aus Grau, Alter und Armut. Die Bürgersteine waren rissig und die Gebäude mit Graffiti beschmiert. Metallgitter schützten die Schaufenster der Geschäfte.

Als wäre Los Angeles ein großes Gefängnis, dachte Willow, und wir sitzen drinnen und blicken nach draußen.

»Tut mir Leid, dass du so viel fahren musst«, sagte Buffy zu Riley. »Du musst völlig erledigt sein.«

»Ich bin okay.« Er schenkte ihr ein Lächeln. »Der Verkehr ist auch nicht besonders dicht. Ich dachte, L.A. wäre immer verstopft.«

»Auf den Freeways wird bald eine Menge los sein«, erklärte Buffy. »Dann fahren all die Filmstars mit ihren Limousinen zur Arbeit. Diese Leute ...« Sie deutete aus dem Fenster auf die Passanten. »Die gehen nirgendwohin.«

Willow lehnte sich zurück und schloss die Augen. Sie wünschte, Tara wäre gekommen. Oder lieber doch nicht. Mir ist es lieber, wenn sie außer Gefahr ist. Natürlich gibt es auch in Sunnydale Gefahren, aber ...

»Willow!«, schrie Buffy.

Im selben Moment zerplatzten rechts und links von Willow die Scheiben.

Mit einem *Piiing* pfiff etwas an ihrer Nase vorbei. Sie erkannte Schüsse, wenn sie sie hörte, nur dass sie normalerweise nicht so nah waren. Einen vollen Herzschlag lang war sie wie erstarrt, dann warf sie sich auf den Boden des SUV und schützte ihren Kopf mit den Händen.

Von draußen drangen Rufe und Schreie; der Wagen schlingerte, als Riley das Lenkrad herumriss und auf die Bremse trat. Er stieß die Fahrertür auf und schrie: »Willow, bleib unten!«

»Was ...?«

»Bleib unten, Willow!«, rief Buffy und öffnete ebenfalls ihre Tür.

»Okay«, sagte Willow mit dünner Stimme, als eine Kugel die Tür durchschlug; sie spürte, wie sich die Haare an ihrem Hinterkopf aufstellten, als die Kugel ihren Nacken nur um Zentimeter verfehlte. Ein kalter Schauer lief ihr über den Rücken; sie zitterte unkontrolliert, als ihr dämmerte, dass sie fast getroffen worden wäre. Sie konzentrierte sich und murmelte einen Schutzzauber für sich, den Ex-Agenten und die Jägerin, und sie dachte erneut an Tara.

Weiteres Gebrüll ertönte, gefolgt von Stöhnen, Schreien und Schüssen. Willow konnte ihren Puls in den Ohren hören. Sie atmete schnell und flach. Sie flüsterte weitere Worte auf Latein, während ihr Tränen in die Augen traten. Sie hatte Todesangst.

»Man sollte meinen, dass man sich daran gewöhnt«, murmelte sie. »An Lebensgefahr, Schüsse. Nur wird daheim nicht so viel geschossen.«

Riley und Buffy warfen die Türen zu und liefen um den Wagen herum zu einer Reihe überquellender Mülleimer. Riley blickte zu dem Auto hinüber, in dem Willow auf dem Boden hockte, und suchte im trüben grauen Licht der Morgendämmerung die Straße ab. Buffy hatte den Schützen zuerst entdeckt, aber Riley hatte im Laufen ebenfalls einen Blick auf ihn erhascht, wie er unter einer Straßenlampe stand; es war ein blonder Kerl in einer Lederjacke und mit einer Kalaschnikow in den Händen. Der Bastard war zum Auto gerannt, hatte direkt in die Tür geschossen und war auf dieser Seite der Straße verschwunden. Es gab hier eine Menge Ecken und Winkel, in denen man sich verstecken konnte, und Riley war sich schmerzhaft bewusst, dass er und Buffy hervorragende Ziele abgaben.

»Hast du gesehen, wo er hin ist?«, murmelte Riley der Jägerin zu, als er sich neben sie kauerte. Beide duckten sich und warteten auf eine Gelegenheit zum Zuschlagen. Sie schüttelte den Kopf.

Riley steckte den Kopf hinter dem Mülleimer hervor, der nach Verfaultem roch. Es war zu dunkel, um zu erkennen, was es war, aber es konnte sich um nichts Gutes handeln.

»Muss jemand von einer Gang gewesen sein«, sagte er. »Wer sollte sonst auf einen unschuldigen SUV schießen? Oder auf unschuldige Leute, die in ihm sitzen?«

»He.« Buffy stieß ihn an. »Sieh mal.«

Riley drehte den Kopf in die Richtung, in die Buffy mit dem Daumen zeigte. Blaues Neonlicht erhellte die Silhouette eines Kerls, der eine zerknitterte Mütze trug. Er kroch auf ihrer Seite die Straße hinunter, ohne die beiden zu bemerken. Er trug eine weite Cargo-Hose und ein kariertes Hemd. In den Armen hielt er eine Uzi und er robbte wie ein erfahrener Soldat.

Der Mann fluchte auf Spanisch. Seine Augen waren auf die andere Straßenseite gerichtet. Er war kein erfahrener Straßenkämpfer, so viel war sicher. Er machte eine Menge Fehler, sodass Riley vermutete, er würde es nicht zu dem reifen Alter von, sagen wir, neunzehn schaffen.

Das Rattern der Kalaschnikow des blonden Kerls übertönte das Brummen der vorbeibrausenden Autos, deren Fahrer nicht bemerkten, was vor sich ging, und der Spanisch sprechende Mann schrie auf und rollte auf den Rücken.

Er war nicht tot. Leise stöhnend tastete er mit der rechten Hand nach seiner Uzi. Eine Blutpfütze bildete sich unter ihm, und die Waffe lag etwa dreißig Zentimeter außerhalb seiner Reichweite.

Auf der anderen Straßenseite rief der Blonde etwas auf Russisch. Riley lächelte grimmig. Buffy bemerkte seinen Gesichtsausdruck und fragte: »Was hat er gesagt?«

»Dass alle Mexikaner etwas sind, das man zur Hauptsendezeit nicht sagen darf«, erwiderte Riley. Als sie auf weitere Erklärungen wartete, schüttelte er den Kopf.

Sie schnitt eine Grimasse, die blauen Augen halb geschlossen und diesen Mund, den er so liebte, zu einem Lächeln verzogen, das verriet, wie sehr ihr sein Gefühl für Anstand gefiel. »Manchmal benimmst du dich mir gegenüber wie der typische Farmerjunge aus Iowa. Ich bin kein empfindliches Mädchen, weißt du?«

»Oh, ich weiß.« Sie sahen sich für einen Moment in der Dunkelheit an, dann konzentrierten sie sich wieder auf die aktuelle Situation. Erschossen zu werden war schließlich nicht besonders hilfreich, wenn man romantische Erinnerungen aufbauen wollte, die ein Leben lang halten sollten.

Er sagte: »Ich wusste, ich hätte meine Waffe aus dem Handschuhfach nehmen sollen, als wir Cordelias Apartment verließen.«

»Ich mag es nicht, eine Waffe zu tragen«, erklärte Buffy. »Aber

Sterben ist auch nicht schön.« Sie wies in die Richtung des Russisch sprechenden Mannes mit dem losen Mundwerk. »Glaubst du, er ist allein?«

»Könnte sein. Wir haben sonst keine Schüsse gehört.« Er verspannte sich. »Bis auf …«

»Ja.«

Jemand war hinter ihnen und schlich sich heimlich und leise an. Riley warf Buffy einen Blick zu. Sie zählte mit den Fingerspitzen an ihrem Oberschenkel ab, eins, zwei, drei, und beide stürzten hinter den Mülltonnen hervor, wobei sich Riley nach rechts und Buffy nach links warf.

Kugeln durchschlugen die Mülleimer und brachten sie zum Stürzen. Die Deckel klappten auf, und Kaffeesatz, durchnässte Zeitungen und Melonenschalen ergossen sich auf den Boden. Riley und Buffy duckten sich und rollten sich ab; und als der Schütze losstürmte, sprang Riley aus der Vorwärtsrolle hoch und stürzte sich auf den Kerl. Beide gingen zu Boden; Riley schlug ihm die Waffe aus der Hand und Buffy ergriff sie.

Dann wirbelte sie herum und trat einem zweiten Kerl gegen das Kinn. Ein weiterer brusthoher Tritt nach links schaltete einen dritten aus.

Auf der anderen Straßenseite hagelten erneut Schüsse, nur dass sie diesmal aus mehr als einer Waffe kamen. Buffys zweiter Angreifer verwandelte sich in eine Leiche, während sie aus der Schusslinie sprang. Der erste Kerl schrie auf und kroch ebenfalls aus der Gefahrenzone; es wäre komisch gewesen, wenn es nicht so ausgesehen hätte, als würde er in den nächsten zehn Sekunden sterben.

Direkt über Rileys Kopf zerplatzte ein Fenster im ersten Stock, als eine weitere Salve loshämmerte; zu seiner Rechten sprang eine Holztür auf und ein halbes Dutzend Kerle stürmte heraus und schoss, während sie ihre Verwundeten oder Toten aufsammelten. Riley war nicht gerade in der Stimmung, ihnen zu helfen, aber er wollte auch nicht erschossen werden, und so packte er Angreifer Nummer zwei unter den Armen, wuchtete ihn hoch und übergab ihn zweien seiner Kumpanen.

Während sie damit beschäftigt waren, holte Riley Buffy ein, die zum Auto rannte. Willow musste sie beobachtet haben, denn die Fahrertür wurde aufgestoßen.

Als der eine noch funktionierende Scheinwerfer die Dunkelheit erhellte, schlüpfte Buffy hinein und kroch am Lenkrad vorbei auf den Beifahrersitz. Riley folgte ihr und schlug die Tür zu.

Der Motor heulte auf, und das Auto fuhr los und erfasste den hellblonden Kerl, der direkt vor den Wagen gelaufen war, um die Insassen zu erschießen. Er ging zu Boden, und Riley schaltete in den Rückwärtsgang, schleuderte eine Mülltonne zur Seite und raste die Straße hinunter.

»Willow? Wie wäre es mit einem Schutzzauber?«, fragte Riley, während der Wagen durch die Straßen schlingerte. Der rechte Vorderreifen war platt und erschwerte das Fahren ungemein.

»Hekate, erhöre mein Flehen«, intonierte Willow. »Große Göttin, mach uns den Weg frei und beschütze uns. Wir bitten dich, sorge für unsere Sicherheit und binde uns an dich.«

Der linke Vorderreifen platzte. Riley reagierte schnell und kämpfte mit dem Lenkrad, trat aber nicht auf die Bremse. Der Wagen wurde langsamer; nacktes Metall schepperte über den Asphalt, bis er schließlich zum Stehen kam.

»Was ist mit Hekate los?«, fragte Buffy verärgert.

»Buffy, sieh mal«, sagte Riley.

Rechts von ihnen stürmten noch mehr bewaffnete Männer auf den Wagen zu. Und links von ihnen ... stürmten weitere Bewaffnete auf den Wagen zu.

Riley ließ den Motor an, drückte aufs Gaspedal ... und der Wagen fuhr ruckartig ein paar Zentimeter weiter. Dann rastete irgendetwas ein, und er raste mit beeindruckender Geschwindigkeit los.

Riley sah im Rückspiegel Willow an, die konzentriert die Augen geschlossen hatte, aber leicht lächelte. Er nahm sich die Zeit, das Lächeln zu erwidern, und richtete seine Aufmerksamkeit dann wieder auf die aktuelle Krisensituation. Das Auto war schwer beschädigt, überall durchlöchert, und Rauch quoll unter der Kühlerhaube hervor. Es war ein Wunder, dass niemand verletzt worden war.

Jedenfalls niemand, den ich kenne, dachte Riley, als er sich an den

Kerl erinnerte, der in einer Pfütze seines eigenen Blutes gelegen hatte. Einen Moment empfand er Zorn: all die Schüsse und die Verwundeten, und keine sich nähernden Polizeisirenen. Soldatenschicksal – gut und böse, richtig und falsch, ohne Grauschattierungen – aber Riley war nicht so naiv. Einige dieser Gangster hatten im Leben auf faire Behandlung und Gerechtigkeit gehofft und sich dem Verbrechen zugewandt, nicht weil sie arm waren, sondern weil sie es satt hatten, diskriminiert zu werden, nur weil sie braune Haut hatten und Spanisch sprachen. Sie hatten es satt, in Sonderschulklassen abgeschoben zu werden, nur weil ihre Muttersprache nicht Englisch war. Viele von ihnen waren amerikanische Bürger, aber die Cops hielten sie an, durchsuchten und verhörten sie, als wären sie Illegale in ihrem eigenen Land.

Dennoch, dachte Riley, man lässt sich von niemandem töten, nur weil man Mitleid mit ihnen hat. Und man lässt sie nicht mit Mord davonkommen.

Sie fuhren unter einer Brücke hindurch, und es wurde stockfinster; Riley gefiel das nicht. Buffy auch nicht, die sich kerzengerade hinsetzte und durch die Windschutzscheibe starrte. Und Willow auch nicht, deren Singsang etwas unsicher wurde und die kurz die Augen öffnete, um sich umzusehen.

Riley war den Großteil seines Erwachsenendaseins auf derartige Situationen vorbereitet worden; man hatte ihn von den Spezialeinheiten zur Initiative abkommandiert. Dann hatte Maggie Walsh ihn behandelt und in einen Supersoldaten verwandelt.

Er wusste, dass der Ziegelstein von der Brücke flog, bevor er ihn sah; er traf die Windschutzscheibe mit der Wucht einer Granate, sodass sie zerplatzte und die drei Insassen mit Bruchstücken aus dickem Glas überschüttete. Schließlich verlor er die Kontrolle über den Wagen und schlingerte nach rechts. Metall zersplitterte, als Buffys Wagenseite an einem riesigen Steinpfeiler vorbeischrammte.

Splitter hatten sich in seine Stirn und Wangen gebohrt, aber er hatte verdammtes Glück gehabt; keiner hatte seine Augen getroffen. Willow schrie; die Innenbeleuchtung funktionierte; ihr Gesicht im Rückspiegel war von einem Dutzend Wunden übersät. Buffy an Rileys Seite hatte es härter erwischt; ihr ganzes Gesicht blutete.

Doch als der Motor stotternd erstarb und der Wagen zum Stehen kam, löste Buffy ihren Sicherheitsgurt und versuchte ihre Tür zu öffnen. Doch sie hatte sich durch den Zusammenstoß mit dem Betonpfeiler verzogen. Buffy griff auf Plan B zurück und kletterte durch die zerschmetterte Windschutzscheibe. Sie fand auf der Kühlerhaube Halt, sprang dann vorne herunter und rannte zu einer Fußgängertreppe.

Riley beugte sich zum Handschuhfach, um seine Waffe herauszunehmen, doch es hatte sich durch den Unfall ebenfalls verzogen. Er gab auf, öffnete seine Tür und eilte an ihre Seite. Der Adrenalinstoß linderte den brennenden Schmerz in seinem Gesicht, und er deckte Buffy den Rücken, als sie einen dunkelhaarigen Mann im Halbschatten sah und ihn auf die Treppe schmetterte.

»He«, knurrte sie, packte ihn vorne am Hemd und schmetterte ihn erneut auf die Treppe. »Wer seid ihr? Warum greift ihr jeden an, der durch euer kostbares Revier fährt?«

»He, Mann«, protestierte der Gangster. »Wir waren zuerst hier.«

»Nein, die Indianer waren zuerst hier«, sagte Buffy, »wie dir meine Freundin im Wagen gerne erklären wird.« Sie holte mit der Faust aus, um ihn niederzuschlagen. »Verzeihung, die amerikanischen Ureinwohner.«

Über ihren Köpfen hämmerten Schüsse. Der Kerl schrie etwas auf Spanisch; Riley beherrschte zwar eine Vielzahl von Sprachen, aber in dem Lärm konnte er kein Wort verstehen. Kugeln umpfiffen sie; er konzentrierte sich und versetzte sich in diesen ruhigen, wachsamen Zustand, den er bei den Spezialeinheiten gelernt hatte. Fast gelassen wandte er sich zur Treppe. Er eilte hinauf und nahm mit jedem Schritt zwei Stufen.

Buffy riss ihren neuen Freund hoch und schrie: »He! Wollt ihr etwa euren Kumpel erschießen?«

Weitere spanische Worte wurden gebrüllt, die Riley diesmal verstand, und die meisten von ihnen waren in keinem Lehrbuch zu finden. Grimmig rannte Riley über die Brücke, während am Horizont die Sonne aufging. Ein Kerl in einem schwarzen Pullover und Jeans kauerte am anderen Ende der Brücke und legte auf ein Ziel unterhalb von ihm an.

Riley sprang ab und landete auf ihm; die beiden rollten nach rechts zur Treppe und polterten die Betonstufen hinunter. Riley spürte jede Schramme; ich habe schließlich nicht die Superkräfte der Jägerin. Er nutzte den Schwung seines Sturzes, um am Ende der Treppe auf seinem Gegner zu landen. Er holte weit aus und schlug ihn bewusstlos.

Riley lief wieder nach oben und fand die Halbautomatik des Gangsters. Er packte sie und suchte die Umgebung nach weiteren Schützen ab. Es waren keine Schüsse mehr zu hören. Die Luft war stattdessen vom Grunzen und Stöhnen eines Mannes erfüllt. Dann sah er Buffy, die dem anderen Gangster in den Magen schlug.

»Schatz«, sagte Riley. »Wir sind gut.«

Sie verpasste ihm einen weiteren Schlag und sagte: »Wenn wir Narben davontragen, bist du tot.«

Blut floss aus der Nase des Kerls. »He, he«, protestierte er, als er zurückwich. Sein Gesicht war blutverschmiert.

Gangster Nummer eins sank auf die Knie. »He, he.« Sein Gejammer klang Mitleid erregend wie das eines kleinen Jungen.

»Du hältst dich wohl für einen großen Mann, solange du Ziegelsteine auf jemand werfen kannst, was?«, sagte Riley drohend. »Solange du eine Waffe in den Händen hältst?«

Buffy sagte: »Ich seh mal nach Willow«, und rannte zum Wagen.

Der Typ kippte nach vorn und fiel auf seine Hände. Er stöhnte. Er blickte zu Riley auf und sagte: »Aber das ist unser Gebiet«, als würde dies seine Taten rechtfertigen.

Riley schüttelte angewidert den Kopf und wandte sich ab.

Draußen war es noch immer dunkel, und der Zauberladen hatte offiziell noch nicht geöffnet. Aber der derzeitige Besitzer spürte böse Schwingungen und hatte Giles, Tara und Anya bereitwillig hereingelassen, damit sie Schutzzauberzutaten kaufen konnten. Er war ein großer, massiger Mann mit schütteren rotblonden Haaren und so vielen Hautfalten um die Augen, dass er vage an ein Schwein erinnerte. Er hatte sich bereits um seinen Laden und sein Haus gekümmert und alles mit einem Schutzzauber belegt, aber er musste zugeben, dass damit seine magischen Fähigkeiten erschöpft waren.

»Ich habe eine Platte in meinem Kopf«, erklärte er und klopfte an seinen Schädel. »Vom Krieg. Sie erschwert mir das Zaubern.«

»Das tut mir schrecklich Leid«, sagte Giles, als er und Tara nach ihren braunen Einkaufstüten griffen und sich zur Tür wandten.

»Ich habe immer Probleme mit Metalldetektoren«, fuhr der Mann fort. »Auf Flughäfen.« Er zuckte die Achseln. »Was soll man machen?«

»Sie könnten Ihr Gehirn gegen das eines frisch ermordeten Psychopathen austauschen«, schlug Anya hilfsbereit vor. Als sie den entsetzten Ausdruck auf den Gesichtern von Tara und Giles sah, sagte sie: »Das war ein Film, richtig? Keine Dokumentation.« Sie zuckte die Schultern und schenkte dem anderen Mann ein entschuldigendes Lächeln. »Manchmal verwechsle ich die beiden.«

»Wir sollten jetzt gehen«, meinte Giles. Er nickte dem Mann zu. »Danke, dass Sie den Laden für uns geöffnet haben.«

»Kein Problem.« Der Mann winkte ihnen mit einer fleischigen Hand zu. »Ich bin froh zu sehen, dass ein paar besorgte Bürger bereit sind, etwas zu unternehmen. Hier draußen ist die Hölle los.« Er seufzte. »Manchmal denke ich, ich sollte wegziehen, aber, he, ich habe ein Haus hier, verstehen Sie?«

»Passen Sie auf, dass Sie nicht getötet werden«, erwiderte Anya. »Einige der ehemaligen Besitzer dieses Ladens sind auf schreckliche Weise ums Leben gekommen.«

Der Mann sah sie stirnrunzelnd an. Giles sagte: »Bitte, Mädchen, lasst uns gehen.«

Die Glocke über der Tür läutete fröhlich, als das Trio den Laden verließ. Die Luft draußen war kühl und frisch.

Einen halben Block weiter sprang etwas aus einer Gasse hervor und versperrte ihnen den Weg. Das Ding erinnerte an ein Dimensionstor, war ungefähr einen Zentimeter dick und schwebte leuchtend und pulsierend in der Luft. Von ihm ging eine derartige Hitze aus, dass Tara sie spüren konnte, obwohl sie gut anderthalb Meter entfernt war.

Sie hielt die Einkaufstüte mit den Schutzzauberzutaten fest, starrte das karmesinrote schimmernde Ding an und sagte: »Was ist das?«

Anyas Augen funkelten. »Wow. Ich hatte die ganz vergessen. Es ist ein …« Sie brach ab. »Ich weiß nicht, wie man sie nennt. Ich weiß nur, was sie sind.«

»Und das wäre?«, fragte Giles, als das Ding auf sie zu trieb. Er wich nach links aus und trat vom Bürgersteig. »Wir sollten besser weitergehen.«

»Es ist der Rückstand irgendeines Zaubers. In diesem Fall eines Zaubers, der im Zorn gewirkt wurde, schätze ich.« Anya musterte es mit wachem Interesse und einem wehmütigen Lächeln im Gesicht. »Ihr hättet den Rückstand sehen sollen, den Nostradamus absonderte, nachdem er Sex hatte.«

»Kommt«, wiederholte Giles, während er dem Objekt auswich. »W-willst du damit sagen, das dies eine Art Artefakt ist? Dass jemand – oder etwas – es von sich gegeben hat?«

»So ungefähr. Es ist wie Schweiß. Oder etwas in der Art.« Anya legte den Kopf schief und betrachtete das schimmernde Objekt. »Vielleicht ein Nachglühen.«

Tara folgte Giles und umkreiste vorsichtig das Ding. Sie drückte die Einkaufstüte an sich und fragte: »Du hattest Sex mit Nostradamus?«

Anya seufzte. »Er war natürlich nicht so gut wie Xander. Niemand ist so gut wie Xander.« Als sie an Tara vorbeikam, spähte sie in ihre Tasche. »In diesen Tüten ist nicht viel, das uns davor schützen könnte.«

Plötzlich glitt das Objekt auf Giles zu, der blitzschnell auswich; der leuchtende Kreis trieb an ihm vorbei und näherte sich ihm dann erneut.

»Unser bester Schutz ist also …?«, drängte er.

»Die Flucht«, sagte Anya ruhig. »Ansonsten könnte es uns verbrennen.«

»Sollen wir jetzt laufen?«, fragte Tara.

»Ja. Jetzt ist gut«, nickte Giles.

Sie rannten die Straße hinunter, nur um am anderen Ende des Blocks von einem grünen eidechsenartigen Wesen gestoppt zu werden, das an ihnen vorbeihuschte; es bewegte sich so schnell, dass Tara es nicht deutlich erkennen konnte. Aber es machte ihr Angst, und sie eilte zu Giles, während Anya sagte:

»Nun, das war ein Vordulac. Ich habe noch nie einen in dieser Dimension gesehen.«

»Gefährlich?«, fragte Giles, als er an Anyas Seite trat.

»Nur wenn er hungrig ist.« Anya jonglierte mit einer kleinen, perlenbesetzten Handtasche und ihren Einkaufstüten und strich sich eine blonde Haarlocke aus den Augen. »Dann muss man vorsichtig sein.«

»Ist der hier hungrig?«, fragte Giles mit einem Blick über die Schulter.

»Schwer zu sagen. Wenn er einen von uns verschlingt, würde ich Ja sagen.« Ihre Stimme klang ruhig. Sie zog die Augenbrauen hoch und sagte zu Tara: »Was ist? Du siehst mich so komisch an.«

»I-ich habe gerade nur gedacht, was für eine großartige F-fremdenführerin du abgeben würdest«, log Tara, während sie versuchte, mit Giles Schritt zu halten. Er war viel größer als sie und hatte längere Beine.

»Fremdenführerin«, wiederholte Anya. »Das könnte ein interessanter Beruf sein. Aber wo sollte ich als Fremdenführerin arbeiten?«

»Vielleicht in der Hölle?«, schlug Tara vor.

Anyas Gesicht wurde ernst. »Die Höllengewerkschaft nimmt nicht jeden auf. Es ist wirklich schwer, dort Mitglied zu werden.«

Das grüne Eidechsending huschte erneut an ihnen vorbei, diesmal aus der anderen Richtung.

»Schneller laufen?«, fragte Giles.

»Schneller laufen«, bestätigte Anya.

»Ich dachte, du wolltest schlafen«, sagte Wesley. Er lag auf ihrem Wohnzimmersofa, hatte die Füße auf die Armlehne gelegt und seinen Kopf auf ein Kissen gebettet.

»Aah!«, kreischte Cordelia erschrocken. »Ich dachte, du wolltest gehen.« Sie hatte sich eine Tasse Tee aus der Küche holen wollen und hatte ihn im Vorbeigehen plötzlich entdeckt. In ihrem Pullover sah sie eindeutig unattraktiv aus. »Du hast doch noch immer eine eigene Wohnung, oder? Du wohnst nicht hier? Denn ich muss meinen Vermieter informieren, wenn noch jemand einzieht.«

Die Lampen flackerten.

»Abgesehen von dir, Dennis«, fügte sie hinzu.

»Natürlich habe ich noch immer eine eigene Wohnung«, erklärte Wesley. »Aber dieses Treffen ... Ich hielt es für das Einfachste, hier zu bleiben, damit wir nach dem Aufstehen sofort mit den Nachforschungen beginnen können.«

»Die größte Freude meines Lebens«, sagte sie und ließ sich in einen Sessel fallen. »Nachforschungen über Dämonen anstellen.«

»Diesmal nicht«, erinnerte er sie. »Wir stellen Nachforschungen über das Verschwinden von Menschen in Los Angeles an.«

»Richtig«, sagte sie. »Für den Fall, dass schon in der Urzeit etwas Derartiges passiert ist.«

»Hast du überhaupt geschlafen?«, fragte er.

»Ich habe im Bett gelegen. Zählt das nicht? Schau dir meine Haare an.« Sie fuhr mit den Fingern durch ihre zerzauste Mähne. »Ich schätze, ich habe mich mehr herumgewälzt als geschlafen. Was ist mit dir?«

»Ich habe versucht, mir aus allem einen Reim zu machen«, sagte er ernst. »Die Gangs, die verschwundenen Kids – es muss irgendwo einen Zusammenhang geben. Ich habe ihn bloß noch nicht gefunden.«

»Warum muss es einen geben?«, fragte sie. »Warum kann es nicht nur ein Zufall sein? Die Welt ist voll davon. Als Angel und ich nach L.A. kamen und wir uns auf Margos Party getroffen haben – das war ein Zufall, richtig?«

»Nun ja, ich denke schon«, räumte Wesley ein. »Aber ich kann mich des Gefühls nicht erwehren, dass ...«

»Nun, als du herkamst und uns gefunden hast«, fuhr Cordelia fort und ignorierte seine Worte, »war das alles andere als ein Zufall. Du hast uns aufgespürt wie ein ... Spürhund.«

»Ich bitte um Verzeihung, aber das war wirklich ein Zufall. Der Dämon, dem ich auf den Fersen war, hat euch um Hilfe gebeten. Ich bin ihm bloß gefolgt, und das führte mich zu Angel.«

»Okay, siehst du? Jede Menge Zufälle! Sie sind häufiger als ... was auch immer das Gegenteil ist.«

»Ein Punkt für dich, Cordy«, sagte Wesley. Er gähnte. »Vielleicht sollten wir versuchen etwas zu schlafen, bevor wir mit diesen Nachforschungen beginnen.«

Cordelia nickte. »Ich bin ganz deiner Meinung«, erklärte sie. »Wenn mich jemand braucht, sag ihm, er soll warten.« Sie tappte zurück ins Schlafzimmer und schloss die Tür.

Während die Frauen auf Einkaufstour waren, döste Xander auf der Couch. Spike hatte seine aktuelle Vampirfreundin Cheryce ins Bad getragen, und beide lagen jetzt aneinander geschmiegt in der Badewanne und hatten zum Schutz vor der Sonne, die bald aufgehen würde, eine Decke über sich gelegt. Das war besser, als mit ansehen zu müssen, wie er neben etwas erwachte, das nach menschlichem Ermessen eine Leiche in einem wirklich schlimmen Zustand war. Xander wusste, dass sie wieder gesund werden würde, und er wusste, dass Vampire unsterblich waren, aber die ganze Sache war ihm trotzdem unheimlich.

Wenn ein Monster einem von uns so etwas antun würde ..., sinnierte er, ohne den Gedanken fortzusetzen.

Das Telefon klingelte, während gleichzeitig die Tür aufgestoßen wurde, eine Art Überraschung in Stereo, und Xander sprang von der Couch, als Giles, der zuerst eintrat, rief: »Xander, um Himmels willen, geh ans Telefon.«

»He, äh, hallo, ich freue mich auch, Sie zu sehen«, erwiderte Xander und strich seine Haare zurück. Als Anya ihm einen Blick zuwarf, sagte er: »Was? Ich bewache Spike.«

Giles nahm den Hörer ab, als Tara hereinkam und die Tür verriegelte.

Er sagte: »Hallo?«, und Tara sagte zu Anya: »Kann es Wände oder Türen durchdringen?«

»Nostradamus konnte alles penetrieren«, erklärte Anya mit jenem Lächeln im Gesicht, das sie immer aufsetzte, wenn sie mit

Xander im Bett gewesen war. »Aber er war schließlich auch … Nostradamus.«

Xander drehte den Kopf hin und her und versuchte alles mitzubekommen, was rund um ihn passierte; dann drang eine verärgerte Stimme aus dem Bad: »He! Kann ein Vampir hier nicht in Ruhe schlafen?«

»Buffy, hallo.« Giles brachte die anderen mit erhobener Hand zum Schweigen. »Interessant.« Xander trat ein paar Schritte näher und versuchte mitzuhören, was Buffy sagte. »Verschwunden«, murmelte Giles. Er hörte wieder zu und unterbrach dann. »Nun, hier ist einiges passiert, Buffy. Mehr als einiges, würde ich sagen.«

»Aber es ist nicht durch Sex entstanden«, wandte sich Anya an Tara, »also können wir wahrscheinlich davon ausgehen, dass es die Wände nicht penetrieren und uns hier im Haus nichts anhaben kann.« Sie hob ihre Stimme und rief: »Der Rückstand hat nichts mit Sex zu tun.«

Giles warf Anya einen Blick zu und ging mit dem Telefon in die Küche, wo er, wie er hoffte, ungestört war.

»Was ist da los bei Ihnen?«, fragte Buffy.

»Oh, das war Anya, Gott sei's geklagt«, erwiderte er. »Du weißt, wie sie ist.«

»Nein, ich meine, Sie sagten, bei Ihnen wäre einiges passiert«, erklärte Buffy. »Was ist los?«

»Oh, das. Ich möchte dich damit nicht belasten. Auch wenn es ein wenig belastend ist.« Er schob seine Brille hoch.

»Wie das? Details, Giles?«

»Tut mir Leid.« Er beugte sich über die Anrichte und wechselte den Hörer zum anderen Ohr. Im Wohnzimmer plapperten Anya und Tara weiter. »Äh, ich glaube, man könnte es am besten mit dem Wort Monster umschreiben.«

»Es gab schon Monster, als ich wegfuhr.«

»Das ist richtig. Es ist jedoch schlimmer geworden, Buffy. Sie sind zahlreicher geworden, und ich fürchte auch bösartiger. Es ist … es ist schlimm, Buffy.« Er schluckte. »Es macht mir Angst.«

»Ich komme zurück«, sagte sie.

»Aber … du hast dort noch einiges zu tun, oder?«

»Ja, aber hallo, der Höllenschlund? Wenn sich die Lage in Sunnydale verschlechtert, wird's dem Rest der Welt bald genauso ergehen. Ich denke, Angel kommt in L.A. auch ohne mich zurecht.«

»Ich möchte dich wirklich nicht beunruhigen.«

»Ich weiß, Giles«, sagte sie mit tröstender Stimme. »Aber wenn ich beunruhigt werden muss, muss ich beunruhigt werden. Dafür bin ich schließlich da, nicht wahr? Und als mein Wächter ist es Ihre Aufgabe, mich auf mögliche Schwierigkeiten hinzuweisen, damit ich dementsprechend handeln kann.«

»Vermutlich.«

»Dann ist das also geklärt. Ich komme zurück.«

»Nun gut«, sagte Giles. »Wir sehen uns in Kürze.«

»Warten Sie.« Buffy schien einen Moment jemandem zuzuhören. »Ist Tara da?«

»Ja. Sie ist im anderen Zimmer.«

»Willow will sie sprechen.«

»In Ordnung, einen Moment«, sagte er. »Und, Buffy, sei vorsichtig.« Er trug das Telefon zu Tara. »Tara, Willow möchte mit dir sprechen«, sagte er.

Taras Gesicht leuchtete auf, als sie den Hörer nahm und zärtlich murmelte: »Hi.« Ihre Wangen wurden rosig, und ihre Lippen verzogen sich zu einem süßen Lächeln.

Giles wandte sich ab, um sie in diesem intimen Moment nicht zu stören, verließ das Wohnzimmer und betrat das Bad. Er fragte: »Spike, wie geht es Ihrer ... Freundin?«

Spike setzte sich in der Wanne auf und zog die Decke weg. Er knurrte: »Verdammt schlecht. Sie ist in einem schrecklichen Zustand. Sehen Sie?«

Das war sie in der Tat. Es war ein entsetzlicher Anblick.

Wenn dasselbe Monster einen von uns erwischt hätte, dachte er. Wahrscheinlich ist es das Beste, wenn Buffy zurückkommt.

Er hielt sich eigentlich für recht tüchtig. Er war schließlich ein Wächter gewesen. Aber seit er vom Rat gefeuert worden war – und vor allem, was etwas seltsam war, seit er seinen Job als Bibliothekar der Highschool verloren hatte, die nicht mehr existierte – fühlte er sich irgendwie fehl am Platz. Er hatte keine Aufgabe mehr, trug keine Verantwortung. Versuchte nur, sich nützlich zu machen. Und die ganze Zeit wurde Buffy reifer und entwickelte ihre Fähigkeiten weiter, während er mehr und mehr zurückfiel.

Er wandte sich ab und kehrte ins Wohnzimmer zurück.

»Leute«, sagte er fast so, als würde er eine Klasse zusammenrufen. »Wir haben ein Problem, um das wir uns kümmern müssen.«

»Ich war es nicht«, sagte Xander. »Ich habe den Toilettendeckel immer nach unten geklappt. Wie man es mir beigebracht hat.«

»Nun, äh, danke für diese Mitteilung, Xander, aber darum geht es nicht.«

»Was ist los, Mr. Giles?«, fragte Tara.

»Nun, natürlich gibt es alle möglichen Probleme. Aber es treibt sich noch immer ein tödliches Schattenmonster in Sunnydale herum«, erklärte er. »Oder zumindest müssen wir bis zum Beweis des Gegenteils davon ausgehen, dass es noch immer hier ist.«

»Sie sollten besser davon ausgehen«, warf Spike ein. »Und es ist stärker als Cheryce, was einiges heißt.«

»So ist es«, nickte Giles. »Das scheint mir ein recht handfester Beweis dafür zu sein, dass wir dieses Problem noch immer nicht los sind. Und ich möchte hinzufügen, dass wir nichts erreichen, wenn wir einfach hier herumsitzen.«

»Sie wollen also, dass wir nach draußen gehen und dieses Ding bekämpfen, das stark genug ist, um Spikes Freundin fertig zu machen?«, fragte Xander.

»Ich denke, wir sollten genau das tun«, bestätigte Giles. »Buffy hat gerade angerufen und gesagt, dass sie zurückkommt, weil hier so viele Monster ihr Unwesen treiben.«

»Sie denken also, Sie haben sie enttäuscht«, bemerkte Anya mit der für sie typischen unschuldsvollen Offenheit.

»Enttäuscht?«, wiederholte Giles. »Das würde ich nicht unbedingt sagen, aber ... nun, vielleicht. Vielleicht hätten wir das eine oder andere besser machen können. Eigentlich kann ich nur sagen, dass sie darauf vertraut hat, dass wir den Job hier erledigen. Aber sie kommt jetzt zurück, weil wir den Job nicht erledigt haben. Was sagt uns das?«

»Dass wir versagt haben?«, bot Xander an.

»So würde ich es wiederum auch nicht ausdrücken«, sagte Giles.

»Und wie sieht der Plan aus, Mr. G.?«, fragte Xander. »Rausgehen und es töten?«

»Ich würde eher sagen, dass wir uns etwas besser vorbereiten sollten, Xander«, erwiderte Giles. »Aber im Großen und Ganzen, ja. Etwas in der Richtung.«

Xander hob einen Finger. »Geben Sie uns einfach Bescheid, Giles. Wir sind hier. Ein Wort genügt, und wir töten.«

»Vielen Dank, Xander«, sagte Giles, »für deine treue Unterstützung.«

Als Doña Pilar Willows Gesicht und die von Buffy und Riley mit Wundsalbe behandelt hatte, schnüffelte Buffy und fragte: »Ist da Vanille drin?«

Doña Pilar lächelte sanft, als sie den Deckel wieder auf das wunderschöne, mit Türkisen und Silber verzierte Alabasterdöschen schraubte. »Es hilft auch gegen Falten. Ich habe Salma etwas davon zur Schule mitgegeben. Man sollte es jeden Tag auftragen, wie Sonnencreme.«

»Verstanden«, nickte Buffy. »Magische Bain du Soleil.«

Buffy berührte die Schnitte in ihrem Gesicht. Sie hatte eine Menge davon, aber der stechende Schmerz ließ bereits nach. Die Verletzungen von Jägerinnen heilten schneller als bei anderen Menschen, und Riley und Willow waren der Beweis dafür, denn bei ihnen hatten die Schnitte an den Wangen und der Stirn genäht werden müssen. Riley hatte außerdem zahlreiche Blutergüsse davongetragen und bewegte sich sehr steif.

Aber jetzt war keine Zeit sich den Kopf über ein paar leichte Verletzungen zu zerbrechen. Sie mussten nach Sunnydale zurückkehren, und er war offenbar völlig erschöpft.

»Wir werden zuerst etwas schlafen«, sagte Buffy.

Riley schüttelte den Kopf. »Ich bin fit genug zum Fahren.«

»Schlafen. *Ich* bin müde.« Buffy hatte ein wenig das Gefühl, dass sie ihn bemutterte, sich kleiner machte, um sein männliches Ego zu streicheln, und das machte sie ein wenig traurig. Willow beobachtete sie, und sie hatte das Gefühl, dass ihre Freundin sie durchschaut hatte.

»Ich rufe Angel an, um ihn auf den neuesten Stand zu bringen«, sagte Buffy. »In Sunnydale läuft eine Monstershow, und ich bin schließlich die verantwortliche Superheldin.«

Sie ging zum Telefon, nahm den Hörer ab und zögerte.

»Was ist?«, fragte Riley.

Sie runzelte die Stirn und zog dann ihre handschriftliche Liste von Angels und Cordelias Telefonnummern aus der Hosentasche. Sie überflog sie, fand ANGEL und wählte die Nummer, während sie zu Riley sagte: »Ich habe die Nummer vergessen.«

Rileys Gesicht blieb ausdruckslos. Ihres auch.

Die Verbindung wurde hergestellt; am anderen Ende klingelte ein Telefon.

Los Angeles

»Verdammt«, fluchte Angel, als sein Handy klingelte und die Stille zerstörte.

Die beiden jungen Gangmitglieder hinter Angel rannten davon.

Er rannte hinterher.

Die Jungen flitzten um eine Ecke und verschwanden in einer Gasse; sie kannten die Gegend, und sie liefen die Gasse hinunter und bogen in eine andere, wo sie durch ein Labyrinth aus Mülleimern und Holzkisten voller verwelktem Bok Choy und Selleriewurzeln rannten. Angel sprang über die Kisten, und einen Moment kam er sich wie eine Figur aus einem Videospiel vor. Er wich einem Mülleimer aus, duckte sich unter einer herabhängenden Regenrinne und rutschte auf dem glitschigen Boden aus, als die Jungen die Straße erreichten und fast von einer langen Limousine mit schwarz getönten Scheiben erfasst wurden.

Der Kleinere entkam, aber Angel rammte den Größeren und brachte ihn zu Fall. Als er über den Boden rollte, erkannte Angel geschockt, dass er noch jünger war, als er zunächst angenommen hatte; er konnte nicht älter als dreizehn, vierzehn sein.

»He, Mann«, protestierte der Junge. »Was soll das, Mann?«

»Du wolltest mich überfallen«, informierte Angel ihn.

»Bist du ein Cop?«, fragte der Junge misstrauisch.

Angel schwieg und hielt ihm seine Hand hin. Der Junge ergriff sie, noch immer argwöhnisch, und ließ sich von Angel auf die Beine helfen.

»Die Straßen sind kein sicherer Ort.« Angel ließ ihn los und wartete, bis der Junge sich wieder gefasst hatte. »Manchmal verschwinden Leute.«

»Mann, ich bin schon vor langer Zeit verschwunden.« Der Junge lächelte ihn schräg an. »Die Straßen sind der sicherste Ort, den ich kenne.«

Sein Komplize spähte hinter einem geparkten Auto hervor. Angel blickte zu ihm hinüber.

»Das ist mein kleiner Bruder«, erklärte der Junge. »Wir arbeiten zusammen, Mann. Wir kommen prima klar.«

»Indem ihr Fremde überfallt und ihnen die Brieftaschen klaut?«, fragte Angel und musterte ihn ruhig. Der Junge musste etwas in seinen Augen gesehen haben, ein Millionstel der Schrecken, die Angel erlebt hatte – *die er begangen hatte* – und wich einen Schritt zurück.

»Geh nach Hause«, sagte Angel müde.

Der Junge sah ihn kurz an. Ein müder, hungriger, verängstigter Junge.

»Mann«, flüsterte der Junge, »wir *sind* zu Hause.«

Er wandte sich ab und winkte seinen kleinen Bruder zu sich. Der kleinere Junge rannte zu ihm und ließ Angel dabei nicht aus den Augen. Die beiden gingen wie zwei Gespenster die Straße hinunter. Dann schrie der kleine Junge Angel zu: »Das ist unser Viertel! Das ist unser Revier!«

Sein Bruder gab ihm einen Klaps auf den Kopf, und Angel wich in die Schatten der Häuser zurück. Er zog das Handy aus der Tasche, drückte *69, um den Anrufer zurückzurufen. Buffy meldete sich.

»Hast du mich angerufen?«, fragte er.

»Das kommt darauf an«, sagte sie und klang dabei, als würde sie ein Gähnen unterdrücken. »Warum hast du dich nicht gemeldet?«

»Ich habe jemanden verfolgt«, erwiderte er. »Du hast es verpatzt.«

»Tut mir Leid, Angel.«

»Du konntest es nicht wissen. Also, was ist los?«

»Monster«, sagte sie. »In Sunnydale.«

»Erzähl mir was Neues.«

»Nein, ich meine mehr als sonst. Laut Giles sind sie überall. Eine richtige Invasion.«

»Und?«, fragte er vorsichtig. »Du willst damit sagen, dass ...?«

»Ich muss zurück.«

Er spürte eine seltsame Betäubung und identifizierte sie als unterdrückte Enttäuschung. Ich hatte gehofft ..., dachte er.

Nein, hatte ich nicht.

Hatte ich nicht.

»Sofort?«, fragte er.

»Sie werden nicht herumsitzen und warten, bis ich zurückkomme, Angel. Sie bringen Menschen um. Und ich mache mir Sorgen – was ist, wenn es am Höllenschlund liegt? Wenn ihn jemand wieder geöffnet hat und das Böse herauskommt?«

»Glaubt Giles, dass es so ist?«

»Nun, nein«, gab sie zu. »Offenbar nicht. Aber wenn dies das Problem ist, muss ich da sein, um es zu lösen.«

»Okay«, seufzte Angel. »Ich verstehe.«

»Du kommst hier allein zurecht, oder?«

Er lachte leise. »He, das ist meine Stadt.«

»Das habe ich schon gehört.« Da war ein Unterton in ihrer Stimme, der ihm verriet, dass ihr seine Antwort nicht gefiel. Er hasste, was er als Nächstes sagte.

»Fahr ruhig«, murmelte er. »Wir kommen hier schon klar.«

»In Ordnung. Ich, äh, melde mich, wenn wir angekommen sind.«

Sie hatte wir gesagt. Riley würde sie demnach begleiten.

»Gut«, sagte er. »Ich höre von dir.«

»Okay. Mach's gut, Angel.« Sie legte auf. Er steckte das Handy in seine Tasche. Es wurde Zeit, dass er nach Hause zurückkehrte.

In Kürze würde es hell werden.

Er durfte nicht draußen sein, wenn die Sonne aufging.

3.

Nachdem Buffy und Riley ausgeschlafen und das Haus der de la Natividads verlassen hatten, trank Willow eine Tasse starken, mit mexikanischem Kakao gewürzten Kaffee und aß ein leckeres Teilchen. Zucker und Koffein halfen ein wenig gegen den Schlafmangel, aber hielten nicht lange an. Sie fühlte sich benommen und hatte verquollene Augen und war außerdem ziemlich erledigt von der Fahrt mit Buffy.

Oh, okay, und von den Monstern, dachte sie.

Doña Pilar traf sie an der Küchenspüle an, wo sie versuchte, ihr Geschirr abzuwaschen, obwohl ein hartnäckiges Hausmädchen darauf bestand, es für sie zu erledigen. Die Matrone der Familie redete freundlich auf Spanisch auf das Hausmädchen ein, das scheu lächelte, mit den Schultern zuckte und dann zu Willow sagte: »Con permiso.« Sie reichte ihr das Spültuch und verließ die Küche.

Doña Pilar goss sich eine große Tasse Kaffee ein, lehnte sich an die Anrichte und betrachtete Willow, während sie trank. Sie trug ein schwarzes Seidenkleid, schwarze Schuhe mit flachen Absätzen und hatte ihre Haare im Nacken zu einem Knoten gebunden. Ein prunkvolles goldenes Kruzifix hing an einer Kette um ihren Hals.

Sie sagte zu Willow: »Ich war in der Messe.«

Willow nahm dies zur Kenntnis; als sie ihre Tasse zum Trocknen auf den Ablauf stellte, fragte sie höflich: »Wissen Sie, dass ich Jüdin bin?«

Die *bruja* sah Willow über den Rand ihrer Tasse hinweg an. »Natürlich.«

»Macht Ihnen das, ähm, Sorgen? Vielleicht funktioniert unsere Magie zusammen nicht richtig oder ...«

Willows Geständnis schien die ältere Frau zu amüsieren und zu rühren. »*Mi'ja*, ich respektiere alle Seelen auf dieser Ebene – und auf der anderen – die für die Macht des Guten arbeiten.«

Willow errötete, spülte ihren Teller ab, stellte ihn auf den Ablauf und drückte das Spültuch aus. »Es hat ein paar Gelegenheiten gegeben, bei denen ich ziemlich stark in Versuchung gekommen bin schwarze Magie zu benutzen.«

»Genau wie ich«, sagte Doña freimütig. »Und ich war nicht nur in Versuchung. Aber am Ende habe ich immer dafür bezahlt, wenn ich den leichteren Weg gewählt habe.« Sie drohte Willow mit dem Finger. »Vergiss nicht; alles kommt zurück ...«

»In dreifacher Stärke«, nickte Willow. »Oder in siebenfacher, je nachdem, welcher Wicca-Tradition man anhängt. Ich weiß.«

Doña Pilar legte ihren Kopf zur Seite. »Lass uns einfach ›mehrfach‹ sagen und es dabei belassen. Nun, ich denke, wir sollten einen neuen Zauber ausprobieren. Buffy und ihr *novio* haben mir erzählt, was du in Sunnydale bei meiner Enkelin gesehen hast. Die fremden Kreaturen. Ich denke, wir beide sollten die Sache näher untersuchen.«

»Oh. Nun, es könnte da draußen ziemlich gefährlich werden«, sagte Willow. »Bei der Untersuchung. Ich könnte einen Schutzzauber wirken ... denke ich.« Sie verzog das Gesicht. »Ich will damit nicht andeuten, dass Ihre Magie genauso schwach ist wie meine.« Dann dämmerte ihr, was Doña Pilar wirklich vorhatte, und sie strahlte. »Aber Sie meinen eine magische Untersuchung. Mit einem Zauber.«

»*Sí.* Du bist ein sehr intelligentes Mädchen. Hätte Salma nur nachgedacht ... sie hätte sofort zu mir kommen müssen, als sie sich Sorgen um ihren Bruder gemacht hat.«

»Sie wollte Sie wahrscheinlich nicht beunruhigen«, vermutete Willow. Sie trocknete ihre Hände am Geschirrtuch ab und strich ihr orangenes T-Shirt mit dem Mandalasymbol glatt. »Ich bin bereit für den Zauber, wenn Sie es auch sind, Doña Pilar.«

»*Bueno.*« Die Frau bedeutete Willow mit einem Wink, ihr zu folgen. »Und was Salma betrifft, so galt ihre Sorge Nicky, und nicht mir. Sie wollte nicht, dass er in Schwierigkeiten gerät. Das ist das eigentliche Problem mit meinem Enkel gewesen. Niemand wollte ihm Vorschriften machen oder zu streng mit ihm sein.«

Sie warf Willow einen Blick über die Schulter zu. »Wenn du einen kleinen Hund hättest, den du sehr liebst, und in einer verkehrsreichen Straße wohnen würdest, würdest du ihn dann ohne Leine laufen lassen?«

»Natürlich nicht«, antwortete Willow.

»Nicky hatte nie eine Leine. Seine Eltern glaubten, dass sie ihm ihre Liebe beweisen mussten, indem sie ihm keine Grenzen setzten. Deshalb hat er nie gelernt, dass es Grenzen gibt. Für ihn existieren keine Beschränkungen.«

Willow hörte schweigend zu, während sie Doña Pilar in ihre Hexenküche folgte. Auf dem Boden waren mehrere Glaskrüge kreisförmig angeordnet, die offenbar mit klarem Wasser gefüllt waren. In der Mitte des Kreises lag ein braunes Hühnerei.

Die ältere Hexe reichte der jüngeren einen zugenähten Beutel von der Größe ihrer Faust. Er war aus Sackleinen und mit kleinen, flachen magischen Symbolen aus eingewirkten Silberfäden verziert. Willow betrachtete sie. Eins war ein Herz, ein anderes ein Auge, das dritte ein kleiner Vogel. Der Beutel roch leicht nach Anis.

»In diesem *saco* befinden sich mächtige Gewürzkräuter. Wahrscheinlich riechst du Zimt, aber da sind noch viele andere. Ich werde dir später alles erklären. Jetzt sollten wir uns erst mal an die Arbeit machen, hm?«

Doña Pilar nahm einen zweiten Beutel von ihrem Arbeitstisch und trat in die Mitte des Kreises neben das Ei. Sie strich drei Mal mit dem Beutel über das Ei und sang dabei. Sie sagte zu Willow: »Komm zu mir in den Kreis und schließ deine Augen. Stell dir vor, du bist der Flügel oder die Kralle.«

»Ich werde der Flügel sein«, sagte Willow, der die Vorstellung missfiel, eine Kralle zu sein. Krallen, die Fleisch zerfetzen. Schon sind wir wieder bei den Monstern und der Gewalt, ging ihr durch den Kopf. »Vorausgesetzt, Sie wollen nicht der F...«

Ein blendender Blitz hüllte Willow ein, gefolgt von einem rauschenden Laut und einem durchdringenden Brummen wie von einem großen Stromgenerator. Schwindel ergriff sie plötzlich wie ein Schlag in den Magen, und grelles Licht wechselte sich mit grauen Lichtwellen ab, als sie schwankte, die Arme ausstreckte und um ihr Gleichgewicht kämpfte.

Ich stürze.

Sie blinzelte und ruderte wild mit den Armen. Die Geschwindigkeit, mit der sie fiel, verringerte sich, und sie sah im Sturz vor sich ein Bürogebäude aus Beton und Glas. In einer der Fensterscheiben entdeckte sie ihr Spiegelbild: Willow hatte sich in einen mittelgroßen Vogel mit glänzenden schwarzen Federn verwandelt.

Ich bin eine Krähe!

Benommen stellte sie sich einen Moment lang Xander vor, wie er zu ihr sagte: »Und nach dem Vogel verwandelst du dich in einen Fisch, und dann wirst du das Schwert aus dem Stein ziehen, stimmt's?«

Der Verkehr unter ihr war überwältigend. Autos, Lastwagen und Limousinen kämpften sich auf den mehrspurigen Straßen vorwärts. Die Bürgersteige waren voller Fußgänger und Bettler, die sich rasch und hektisch bewegten. Autohupen dröhnten, Musik plärrte, am Himmel brummte ein Flugzeug. Die Luft war von Auspuffgasen und dem Geruch von Kaffee und Frittierfett geschwängert.

»Pass auf, *mi'jita*«, rief Doña Pilar. Willow sah nach links und rechts, bis ihr dämmerte, dass die Hexe in ihrem Kopf sprach. »Bist du vorher noch nie in anderer Gestalt gereist?«

»Eigentlich nicht«, gab Willow zu. »Aber ich bin durch andere Dimensionen gereist. Oh, und ich habe diese Freundin namens Amy, die sich selbst in eine Ratte verwandelt hat und sich dann nicht mehr zurückverwandeln konnte. Wir konnten es auch nicht. Wenn ich zurückkomme, könnten wir vielleicht daran arbeiten.«

»Pass auf«, sagte die Frau wieder. »Schlag mit den Flügeln. Versuche einen Aufwind zu finden.«

Willow kam sich ein wenig albern vor, als sie wilder mit den Flügeln schlug. »Ich tanze den Hühnertanz«, murmelte sie.

Warme Luft trug sie nach oben, und sie entspannte sich. In den spiegelnden Fensterscheiben eines anderen Gebäudes beobachtete sie, wie der Vogel flog. Und das sogar recht elegant.

Versuchsweise stieß sie in die Tiefe hinab und verlor die Kontrolle, als der Boden auf sie zuraste. Der strahlend blaue Himmel über ihr drehte sich. Sie war schrecklich benommen. Ich bin mir nicht sicher, ob Vögel innere Ohren haben, aber mein Gleichgewichtssinn ist schwer gestört, dachte Willow.

»Gut?«, fragte Doña Pilar sie. »Kannst du deinen Flug kontrollieren?«

»Ich komme zurecht«, meldete sie der Bodenkontrolle. »Nicht besonders gut, aber ich versuche zu manövrieren.«

»Dann werde ich jetzt den zweiten Teil des Zaubers durchführen.«

»Den *zweiten* Teil?«

Plötzlich wurde es stockfinster. Farben und Formen verschwanden, Willow fror, und Herzschläge durchpulsten sie. Einige waren schnell, andere langsam, ein paar waren unregelmäßig. Alle lenkten sie ab.

»Doña …«

»Pst, Willow. Ich horche«, erklärte die Hexe. »Ich hoffe, ich kann Nickys Herzschlag lokalisieren.«

»Wow«, machte Willow und verstummte dann.

Sie flog weiter durch die allumfassende Finsternis, bis sie buchstäblich blind flog. Sie fragte sich, ob es in diesem Zustand möglich war, gegen ein Gebäude, einen Baum oder eine Stromleitung zu prallen. Ich könnte auch einen anderen Vogel rammen oder vom Triebwerk eines Flugzeugs angesaugt werden oder abstürzen, und nichts davon gefällt mir, dachte sie.

Die Finsternis veränderte sich, und sie spürte, dass schemenhafte Gestalten nach ihr griffen. Sie wich ihnen aus, aber als sie nach ihr griffen, rissen sie den Himmel auf, sodass dicke Flecken aus noch dunklerem Schwarz entstanden. Aus den Rissen quoll etwas Rotes und tropfte hinunter in die schattenhafte Schwärze wie Blut aus schrecklichen Wunden.

Willow floh vor den scharlachroten Wasserfällen. »Äh, ich weiß nicht, ob das gut geht.«

»Willow, bleib ruhig. Versuch nicht zu denken«, sagte Doña Pilar. »Fremde Kreaturen dringen auf irgendeine Weise in unsere Dimension ein. Ich weiß noch nicht wie. Aber ich werde dich beschützen.«

Willow holte tief Luft, hielt sie in der Lunge und atmete langsam wieder aus. Sie sagte sich, dass Doña Pilar eine mächtige Hexe war und wusste, was sie tat. Ihr Auftreten und ihre Zauberkünste hatten eine Autorität, die Willow erst noch erreichen musste. Sie ist nicht der Typ, der einen anderen Menschen auf eine Selbstmordmission schickt.

Äh, glaube ich zumindest.

»Es dürfte bald besser werden«, sagte Doña Pilar.

Die Dunkelheit zog sich zurück und langsam konnte Willow wieder etwas erkennen, und die Herzschläge, obwohl weiter hörbar, wurden leiser. Kühle Luft umstrich Willows Körper, dann stieß sie anmutig in die Tiefe, hinunter zu einer unnatürlich stillen Straße. Alles war in ein seltsames gedämpftes Licht getaucht, das den Leuten und anderen Objekten eine graue Tönung gab. Die Farben waren verschwommen und blass, als wären sie von Hand aufgetragen.

Sie flog weiter. Und dann, am anderen Ende der Straße, sah sie eine einsame Gestalt. Es war die eines Mannes, und wichtiger noch, im Gegensatz zu allem anderen warf sie keinen Schatten.

»Nicky«, sagte Doña Pilar. Sie hob die Stimme zu einem Schrei, der in Willows Kopf widerhallte. Es war ein Befehl, der gleichzeitig Furcht und Zorn ausdrückte. Der Schrei löste derartige Schmerzen in Willows Kopf aus, dass sie glaubte, er würde im nächsten Moment zerspringen.

»Nicky!«

Diesmal stöhnte Willow, obwohl es mehr wie ein ersticktes Krächzen klang. Dann raste sie direkt auf die Gestalt zu, stieß auf sie hinab, aber sie konnte ihre Geschwindigkeit nicht kontrollieren. Sie krähte wild. Ihr Kopf schien zu zerspringen.

Kurz vor dem Aufprall drehte sich die Gestalt um und schrie: »*Abuelita!*«

Im nächsten Augenblick befand sich Willow wieder in Doña Pilars Zauberraum. Die ältere Frau packte Willow an den Schultern und drückte sie auf einen dreibeinigen Hocker. Tränen strömten über Doña Pilars Gesicht.

»Er ist noch am Leben«, sagte sie zu Willow und bekreuzigte sich.

Willows Kopf schmerzte nicht mehr, doch sie war völlig ausgelaugt. Sie war so erschöpft, dass sogar ihre Fingernägel müde waren. Sie fragte: »Welcher Teil von Los Angeles war das? Denn jetzt könnten wir hinfahren und ihn holen.«

Die Frau schüttelte den Kopf. »Ich konnte es nicht erkennen. Du vielleicht?«

»Ich kenne die Stadt nicht gut«, erinnerte Willow sie. »Ich habe auch keine Straßenschilder gesehen. Oder Gebäude, die ich aus irgendwelchen Filmen kenne. Schließlich ist das hier L.A.« Sie zog eine Braue hoch. »Ein Suchzauber?«

»Vielleicht wird es diesmal funktionieren.« Doña Pilar sah verunsichert aus. »Wenn nicht, können wir vielleicht den Ort feststellen, indem wir alles aufschreiben. Vielleicht liefert das irgendwelche Hinweise.«

»Oder ich könnte zurückkehren.« Willow unterdrückte ein Gähnen und versuchte, so zu tun, als würde sie nicht im nächsten Moment zusammenbrechen.«

»Du musst dich ausruhen. Du bist erschöpft.« Die Frau machte ein schuldbewusstes Gesicht. »Und ich bin zu alt, um die Rolle des Flügels zu übernehmen.«

Willow ergriff Doña Pilars Hand und drückte sie. »Wir werden sie beide finden, Salma und Nicky«, versprach sie der besorgten Großmutter. »Und zwar unversehrt.«

Doña Pilar tätschelte Willows Hand und lächelte matt, ein Lächeln, das ihre Augen nicht erreichte. »Natürlich, Willow. Danke für deine Zuversicht.« Sie beugte sich zu ihr und küsste sie auf die Stirn. »Geh in dein Zimmer und schlafe ein wenig, Kleines.«

Willow wollte die Frau nicht allein lassen, aber sie konnte sich kaum noch bewegen. Sie nickte und stand auf. In Gedanken versunken ging sie in ihr Zimmer.

Ich bin geflogen. Es war so cool. Ich kann es kaum erwarten, Tara davon zu erzählen, dachte sie.

Sie betrat ihr Zimmer, schlug die Bettdecke zurück, streifte ihre Schuhe ab und legte sich ins Bett.

Sie schlief ein, bevor sie die Decke über sich ziehen konnte.

Cordelia hatte in ihrem Apartment einen halb ernst gemeinten Streit mit Phantom-Dennis um die Kontrolle über den Fernseher. Sie wollte sich ein Video anschauen, das Wesley mitgebracht hatte, eine Geschichte des Verbrechens, die hauptsächlich von berühmten Entführungen in Los Angeles handelte, aber Phantom-Dennis gehörte zu den Leuten, die ständig die Nachrichten sehen mussten. Jedes Mal, wenn Cordelia nach der Fernsehbedienung griff und zu Robert Stacks monotonem Kommentar umschaltete, wechselte Dennis wieder zu KTLA oder CNN.

»Phantom-Dennis«, schimpfte Cordelia, des Spieles überdrüssig.

Dann erschien Kayley Mosers Foto auf dem Bildschirm; Cordelia setzte sich auf und sagte: »Dennis, warte.«

Der Ton wurde lauter und Cordelia beugte sich nach vorn und hörte zu. Im Wesentlichen ging es darum, dass weitere Personen verschwunden waren und Kayleys Eltern eine Belohnung von $ 100.000 für Informationen über ihren Verbleib ausgesetzt hatten.

»Das ist eine Menge Kohle«, keuchte Cordelia. Sie machte sich große Sorgen um Kayley und wunderte sich gleichzeitig über die Mysterien des Erwachsenwerdens: Kayley war überzeugt gewesen, dass sie ihren Eltern völlig gleichgültig war, und trotzdem boten sie hier jedem, der ihnen bei der Suche nach ihrer Tochter half, ein Vermögen an.

Könnte sie doch nur hier sein, um das zu sehen – oder hätten ihre Eltern ihr doch nur früher ihre Liebe gezeigt. Aber es sah aus, als wäre es jetzt zu spät. Wohin auch immer Kayley verschwunden war, es kam Cordelia unwahrscheinlich vor, dass sie die L.A.-Fernsehsender empfangen konnte.

In diesem Moment schlurfte Angel ins Wohnzimmer und murmelte: »Hi, Cordelia.« Seine Haare waren zerzaust und er sah sehr müde aus.

»Kaffee steht auf dem Herd, Blut ist im Kühlschrank«, sagte sie, während sie weiter die Nachrichten verfolgte. »Und du musst dich draußen auf den Straßen umsehen.«

Angel warf einen Blick auf den Fernseher. »Das habe ich auch vor«, sagte er.

Er tappte in die Küche und öffnete den Kühlschrank. »Da ist kein Kaffee drinnen«, murmelte er. »Oh. Richtig. Kaffeekanne. Herd.«

Sie grinste vor sich hin.

Angel war wirklich *kein* Frühaufsteher.

Kate Lockley las die Zusammenfassung des Berichts, den Bo Peterson an diesem Morgen am Ende seiner Schicht geschrieben hatte. Sie hatte verlangt, dass alle Unterlagen von oder über Peterson, Manley, Fischer und Castaneda sofort auf ihren Schreibtisch wanderten.

Der Bericht enthielt nur wenige brauchbare Einzelheiten – ein unbekannter Täter hatte ein Schaufenster mit einem Mülltonnendeckel eingeschlagen und war dann zu Fuß entkommen. Vermutlich, dachte sie, hatte Peterson den Bericht schreiben müssen, weil die Alarmanlage des Geschäftes losgegangen war und zwei Streifenwagen darauf reagiert hatten. Aber sie konnte sich nicht erinnern, in all ihren Jahren bei der Polizei einen Bericht gelesen zu haben, der mit so vielen Worten so wenig aussagte.

Außerdem störte sie, dass ausgerechnet die Besatzungen dieser beiden Streifenwagen so nahe am Tatort gewesen waren. Nach allem, was Angel ihr erzählt hatte, waren die vier Cops korrupt und wahrscheinlich in einen Mord verwickelt. Sicher, wir haben einen harten Job, und es gibt eine Menge Versuchungen, aber wie kommt es, dass so viele von uns denken, sie würden über dem Gesetz stehen, das zu schützen sie einst geschworen haben?

Denken Männer wie diese Cops denn, dass niemand sieht, was sie treiben? Dass sie unsichtbar sind?

Das Schlimme an der Sache war, dass ausgerechnet Angel sie über diese vier Cops aufgeklärt hatte. Aber es machte wenig Sinn, den Boten zu erschießen, auch wenn sie manchmal glaubte, dass sie es genießen würde. Sie fragte sich, wie er mit seinen Ermittlungen vorankam.

Ich schätze, ich muss ihm einen Besuch abstatten, entschied sie. Nachdem er etwas geschlafen hat. Sie war erschöpft, schlief aber in diesen Tagen nicht sehr gut. Es gab Momente, in denen der Tod ihres Vaters – und die Ereignisse, die dazu geführt hatten – sie mehr bedrückte als sonst. Es war fast zyklisch, aber sie konnte keinen besonderen Grund dafür erkennen. Aber wehe dem Ganoven – *oder Vampir* – der ihr in diesen Momenten in die Quere kam.

Angel ging sehr lässig mit Dingen wie Vorschriften und Regeln um. Sie glaubte, dass er seine Informationen nur dann mit ihr teilte, wenn er es musste, um seinen Feind ... oder Dämon ... oder irgendein scheußliches, unheimliches Wesen aus der Hölle zu erwischen. In der letzten Zeit dämmerte ihr allerdings mehr und mehr, dass Angel ihr auch dann Informationen zukommen ließ, wenn ihn nichts dazu zwang, weil er wollte, dass auch sie ihre Verbrecher erwischte. Das sollte sie eigentlich dazu veranlassen, ihm zu vertrauen.

Was nicht der Fall ist.

Aber ich vertraue ihm mehr als vier korrupten Cops, dachte sie.

Sie stand auf, gähnte und streckte sich hinter ihrem Schreibtisch. Ich werde ihm noch ein paar Stunden geben, beschloss sie.

»He, Detective, harte Nacht gehabt?«, fragte eine junge Polizistin, die mit einem Rollkarren voller Akten den Raum durchquerte. Sie kam frisch von der Akademie, bereit, für Xena und die amerikanische Lebensweise zu kämpfen. Sie trug kein Make-up und hatte ihr Haar unter die Mütze gesteckt.

Kate schüttelte den Kopf. Die Frau fragte: »Was ist mit den verschwundenen Teenagern? Gibt es irgendetwas Neues?«

Kate grinste innerlich. Sie war eine ehrgeizige junge Polizistin und versuchte sich mit ihrer Vorgesetzten anzufreunden. Kate mochte das. Sie mochte sie.

»Nein.« Kate schüttelte den Kopf. »Haben Sie auf der Straße irgendetwas gehört?«

Die junge Frau schüttelte den Kopf. »Die Leute haben Angst. Sie reden von Entrückung.« Sie lachte leise. »Das ist, wenn alle guten Menschen ins Himmelreich geholt werden und nur wir sündigen Bastarde zurückbleiben.« Sie schnippte mit den Fingern. »Einfach so. Die Leute um einen herum verschwinden, und man weiß, dass man erledigt ist.«

»Entrückung«, wiederholte Kate. »Das sagen die Leute?«

»Ja, Ma'am.«

Kate seufzte. »Vielleicht haben sie Recht. Das würde ein paar Dinge erklären.«

»Ja, Ma'am«, sagte die Frau wieder, diesmal etwas unsicher.

Kate warf einen Blick auf ihr Namensschild. »Valdez«, las sie.

Die Frau nickte. »Ja, Detective Lockley.«

»Sie sind ein guter Cop, Valdez«, sagte Kate. »Weiter so.« Sie grüßte andeutungsweise und ging hinaus in die späte Morgensonne zu ihrem Streifenwagen.

Als Spike erwachte, war er extrem benommen und allein.

Moment, das ist nicht richtig, dachte er, als er den Schlaf abschüttelte.

Er hatte seinen englischen Landsmann und Willows Freundin dazu überredet, sich um die arme Cheryce zu kümmern. Nachdem die beiden verschiedene Heilzauber für Vampire angewandt hatten – Gott sei Dank hat der alte Rupe den verdammten Rat verlassen, man hätte ihn sonst dafür exkommuniziert –, hatten sie darauf bestanden, dass Spike sie fortbrachte für den Fall, dass sie hungrig erwachte. Er verstand ihre Besorgnis und teilte sie sogar. Seine atemberaubende Mobile-Home-Königin war eine Frau mit beeindruckendem Appetit. Niemand konnte sagen, was sie mit der Bande tun würde, wenn sie sich erst einmal erholt hatte.

Wäre ein spaßiger Anblick, dachte er, aber die Schweinerei ...

Er hatte überlegt, sie zurück zu ihrem Wohnwagen zu bringen, aber dann änderte er seinen Plan: er würde eine bessere Chance haben, nicht wieder hinausgeworfen zu werden, wenn er sie zu seinem eigenen Schlupfwinkel brachte. Xander hatte ihn hingefahren, Spike sich unter einer Decke versteckt, und sie hatten sie in sein gemütliches Heim gebracht.

Dann hatte er sie vorsichtig in den Sarkophag gelegt, in dem er sonst schlief, den Deckel geschlossen und ein Nickerchen gemacht.

Erschöpft war er in einen tiefen Schlaf gesunken. Er hatte einen Traum gehabt, in dem unglücklicherweise Dru die Hauptrolle spielte und sich schließlich in Harmony verwandelte, bis sich die blonden Haare und das Gesicht ein wenig veränderten. Dann dämmerte ihm, dass es nicht mehr Harmony war, sondern ...

»Hu?«

Spike erwachte.

Er runzelte die Stirn, unfähig, sich an das Mädchen aus seinem

Traum zu erinnern, griff nach seiner Zigarettenpackung und bemerkte, dass der Deckel, auf dem er geschlafen hatte, bewegt worden war. Statt auf dem steinernen Sarkophag zu liegen, in dem seine Herzdame ruhen und genesen sollte, lag die Steinplatte auf dem Boden.

»Cheryce?«, fragte er, als er ein brennendes Streichholz an die Zigarette hielt, sie anzündete und einen Zug nahm. Er stieß den Rauch aus, stand auf und wirbelte ein paar vertrocknete Blätter hoch, als er zu dem Sarkophag zurückkehrte und hineinsah.

Er war leer.

»Hu.«

Er schlurfte zur Tür und öffnete sie einen Spalt breit. Das Tageslicht war unerträglich hell, und er schloss die Tür, bevor ein Strahl ihn verbrennen konnte, und lehnte sich an sie.

Hätte er ein lebendes Herz gehabt, hätte es jetzt vor Sorge schneller geschlagen. Cheryce war verschwunden, und es gab keinen unterirdischen Tunnel, der diese Gruft mit dem Friedhof verband. Wollte man die Krypta verlassen, musste man hinaus ins helle Tageslicht. Es war fast Morgen gewesen, als er sie hierher gebracht hatte, und er hätte es bestimmt bemerkt, wenn sie vor dem ersten Tageslicht aufgestanden und nach draußen gegangen wäre.

Entweder hatte jemand sie weggebracht oder sie war verschwunden wie diese Kids, über die Buffys Freunde mit Cordelia am Telefon gesprochen hatten.

Keine gute Sache, dachte Spike. Ich habe den Chip in meinem Kopf, sie ist weg, vielleicht gepfählt, vielleicht aus meiner Dimension entführt worden. Jedenfalls stehe ich wieder am Anfang.

Er setzte sich auf seinen Hintern, rauchte die Zigarette und überlegte, was er tun sollte.

Am besten mache ich mich auf die Suche nach ihr. Sobald die Sonne untergegangen ist.

Oder ich versuche irgendeinen Weg zu finden, dieses verdammte Ding aus meinem Kopf zu entfernen.

Sein Name war eigentlich Tony Tataglia – Tony T, wie man ihn in den Straßen von Philly nannte –, aber jetzt, da er Hollywood fast erreicht hatte, war er Anthony St. James. Er liebte diesen Namen, liebte es, ihn auszusprechen. Er benutzte ihn, seit er das erste Straßenschild mit der Aufschrift Los Angeles gesehen hatte.

»Hallo«, sagte er mit tiefer Stimme. »Ich bin Anthony St. James.«

Er hatte sich in die Cowtown Burger Ranch-Filiale gesetzt, aber wie es schien, wollte heute niemand einen Anhalter mitnehmen. Er war höflich von Tisch zu Tisch gegangen, hatte dabei versucht, nicht zu Mitleid erregend, bedrohlich oder hungrig auszusehen, und gefragt, ob ihn jemand »in die Stadt« mitnehmen konnte. Das konnte im Großraum Los Angeles eine Menge bedeuten, so viel war Tony klar; aber es wurde für ihn immer dringender, einen Ort zu finden, an dem er seine müden Knochen ausstrecken konnte, der näher am Geschehen war als ein Fastfood-Restaurant mit einem AUSHILFE GESUCHT-Schild im Fenster.

Drei Mädchen in wunderschönen Kleidern platzten herein, lachend und in ihre Handys plappernd. Reiche Mädchen. Partygirls. Tony T.'s Lebensgeister erwachten. Mit Tussis kam er prima zurecht.

Er grinste sie an und wurde sich bewusst, dass sie einen attraktiven Typen in Jeans und einem T-Shirt mit der Aufschrift HAST DU ANGST? sahen. Tony hatte unterwegs peinlich genau auf Sauberkeit geachtet, sich in öffentlichen Toiletten gewaschen, seine Kleidung gesäubert; und er sah im Allgemeinen nicht wie ein Herumtreiber aus. Das war das Geheimnis eines erfolgreichen Anhalters, der raus aus Philly und hin zum Ruhm wollte. Wenn er irgendetwas von den anderen Männern der Tataglia-Familie gelernt hatte, dann war es das.

Die Tussis lächelten zurück – Wow, ist das Gwynneth Paltrow? Nein! Kann nicht sein! – und Tony schlenderte zu ihnen hinüber, als sie an die Theke traten und Spiegelei bestellten. Doch der Kellner entgegnete, dass es lediglich Rührei gab. Die drei zogen einen Schmollmund und sahen ihn bittend an. Aber der Kerl lächelte nicht einmal und ließ sich nicht erweichen. Er stand da, als würde er den Eingang zum Pentagon bewachen.

»Hi.« Tony trat an ihre Seite.

»Kannst du uns Spiegelei besorgen?«, fragte die große Rothaarige. Sie trug ein trägerloses, dunkelrotes Wickelkleid. Wenn Tonys Schwester Angela in so einem Kleid angekommen wäre, hätte sie gleich ihre Koffer packen können.

»Nicht hier«, erwiderte er grinsend. »Daheim in Philly vielleicht.«

»Philadelphia«, flötete die kleine Blonde. »Wir haben dort ein Haus.«

»Wo?«

Sie zuckte die Schultern. »Ich weiß nicht genau. Ich bin noch nie dort gewesen.« Dann grinste sie ihn aufreizend an. »Wer will schon nach Philadelphia?«

Die beiden anderen Mädchen lachten.

»Ich nicht«, versicherte Tony. »Lasst uns Downtown etwas essen gehen.«

Die drei musterten ihn abschätzend – das dritte Mädchen hatte dunkle Haut und volle dunkelbraune Locken –, drehten sich dann um und kicherten, als hätten sie einen Gastauftritt in *Sex and the City.* »Okay«, meinte die Blonde.

Sie führten ihn nach draußen zu einem schicken kleinen PT Cruiser, wo er mit dem Rotschopf auf dem Rücksitz Platz nahm, und ließen den Motor an.

»Weißt du schon, wo du wohnst?«, fragte ihn das dunkelhäutige Mädchen einladend.

Tony grinste sie an. »Eigentlich wollte ich unter dem Namen Anthony St. James auftreten. Aber in Wirklichkeit heiße ich Tony Tataglia.«

Die Mädchen lachten wieder. Die Blonde sagte: »Hast du eine Ahnung, wer mein Vater ist?«

»Nö.«

Fröhlich fuhren sie weiter und weiter und weiter.

Als Tony vom Rücksitz verschwand – *puff!* –, kreischten sie und flippten völlig aus und rannten zurück in die Cowtown Burger

Ranch-Filiale. Der Kerl hinter der Theke bestätigte ihre Geschichte, die sie wochenlang auf allen Partys erzählten: *Tony Tataglia: Jesus, der verschwundene Anhalter oder ein Geist?*

Der Vater der Blonden entschied, einen Film über das Verschwinden von Tony zu drehen.

Und so war der Junge aus Philly nicht ganz umsonst verschwunden.

4.

Los Angeles

»Willow«, begrüßte Cordelia sie strahlend. Sie trug einen Frotteebademantel und hielt ihn mit einer Hand zu, während sie den anderen Arm linkisch um die rothaarige Wiccanerin legte und Willows auf die Wange küsste. »Was für eine ... Überraschung.«

»Hat Angel dir nicht gesagt, dass ich zurückkomme?«, fragte Willow sie.

»Schon möglich, dass er es erwähnt hat«, räumte Cordelia ein. »Aber du weißt, wie Vampire sind, wenn es um Details geht.«

»Nein«, erwiderte Willow. »Wie sind sie denn?«

»Oh, okay, ich hab's vergessen«, sagte Cordelia. »Die Wohnung ist in einem schrecklichen Zustand, und es sind hier so viele Leute ein- und ausgegangen, du eingeschlossen, und ...«

»Cordelia, ich bin nicht im Auftrag von *Schöner Wohnen* oder so hier. Mir ist es egal, wie dein Apartment aussieht.«

»Natürlich ist es *dir* egal«, sagte Cordelia mit jenem hochnäsigen Unterton, der in Sunnydale ihr Markenzeichen gewesen war. »Aber ... warum bist du zurückgekommen? Ich meine, nicht dass ich mich nicht wahnsinnig freue, dich zu sehen und so weiter. Allerdings wollte ich jetzt, da das Apartment endlich leer ist, ein Bad nehmen.«

»Ich bleibe nicht lange«, versprach Willow. Sie schaute sich in dem Apartment um, das jetzt, da es nicht wie eine Scooby-Convention aussah, für L.A.-Verhältnisse überraschend geräumig und luftig wirkte. Sie nahm an, dass geräumige, luftige Wohnungen in L.A. wahrscheinlich ziemlich teuer waren.

»Angel hat bei den de la Natividads angerufen. Er hat sich Sorgen um dich gemacht, weil in der Stadt so viele Leute verschwunden sind, und ich sagte ihm, ich würde bei dir vorbeigehen und einen Zauber gegen das Verschwinden wirken.«

Cordelia schüttelte ernst den Kopf. »Was du brauchst, ist ein Anti-Alien-Zauber«, meinte sie.

»Anti-Alien?«

»Sicher«, bestätigte Cordelia. »Ich habe intensiv darüber nachgedacht. Alles deutet auf Entführungen durch Aliens hin. Sie beamen die Kids hinauf in ihre Raumschiffe, um irgendwelche kranken Experimente mit ihnen zu machen und äh … Sonden einzuführen.«

»Sonden?«, wiederholte Willow.

»Du weißt schon.« Cordelia fuchtelte mit dem Zeigefinger. »Sonden.«

Willow verzog das Gesicht. Sie wollte es sich nicht bildhaft vorstellen. »Kapiert«, sagte sie. »Sonden. Wie kommst du darauf, dass Aliens dahinter stecken?«

Cordelia zuckte die Schultern. »Warum nicht? Nicht alles kann aus einer anderen Dimension stammen, verstehst du? Ich meine, wer sonst würde planlos Teenager aus ganz Los Angeles entführen? Etwa der Besetzungsleiter für eins dieser lahmen Highschool-Dramen über irgendein Startup-Unternehmen?«

»Genau das versuchen wir herauszufinden«, erklärte Willow. Sie nahm die Zutaten, die sie für ihren Zauber brauchte, aus ihrer Segeltuchtasche. »Aber soweit ich weiß, haben wir eine Alien-Spur bisher noch nicht verfolgt.«

»Ich will damit nur sagen, dass wir auch den Himmel im Auge behalten sollten«, erklärte Cordelia.

Als Willow mit ihrem Zauber fertig war – der unglücklicherweise absolut nichts mit Aliens zu tun haben schien – und das Apartment verließ, setzte Cordelia ihr Bad fort. Sie hatte sich inzwischen daran gewöhnt zu baden, obwohl Dennis natürlich im Apartment war, und es sogar zu schätzen gelernt, dass er ihr ein Handtuch oder eine Haarbürste reichte, wenn sie sie brauchte. Sie machte sich keine Sorgen mehr, ob er nun ein voyeuristischer Typ war oder nicht – als Geist konnte er schließlich jederzeit alles sehen, was er wollte, und wahrscheinlich war ihm das nach einer Weile ohnehin ein wenig langweilig geworden.

Aber während sie badete, dachte sie an die verschwundenen Leute, an die Willow sie erinnert hatte, und ihr fiel dabei natürlich

Kayley Moser ein. Und als sie an Kayley dachte, kamen ihr die anderen Mädchen in den Sinn, die Möchtegern-Vampire, denen sie begegnet war. Bei ihrer letzten Begegnung in der Downtown-Zweigstelle der Stadtbibliothek von Los Angeles hatten sie den Angriff eines Vampirs namens Kostov und seiner Gefährten abgewehrt. Die Mädchen hatten Kostov eingeladen, damit er ihren irregeleiteten romantischen Traum erfüllte und sie in Vampire verwandelte. Wesley und sie hatten das in letzter Sekunde verhindern können.

Von plötzlicher Sorge erfüllt trocknete sie sich hastig ab, kämmte ihre Haare, schlüpfte in ein rotes, ärmelloses Top und eine dunkle Hose und verließ das Apartment. Sie würde allein sein, aber sie glaubte nicht, dass sich dies als Problem erweisen würde – sie ging nur los, um sich zu vergewissern, dass das Unmögliche nicht geschehen war, weil es nun unmöglich war. Es würde noch ein paar Stunden hell sein, und Angel ruhte sich nach der anstrengenden Nacht aus. Wesley hatte sich auf die Suche nach einem Dämon gemacht, der angeblich darauf spezialisiert war, kleine Kinder zu entführen und zu fressen – sie glaubte nicht, dass die Suche sich lohnte, denn es waren Teeanger und keine kleinen Kinder, die verschwanden. Aber nach Wesleys Ansicht hatte der Dämon den Tod verdient, selbst wenn sich herausstellte, dass der Dämon nicht verantwortlich für das Verschwinden der Teenager war.

Zwanzig Minuten später hielt sie an der Ecke des großen Bibliotheksgebäudes am Straßenrand an. Sie kannte den Weg durch die verlassenen Gänge, die die Erde unter dem Gebäude durchzogen und in die Bibliothek führten, aber er war kompliziert und barg das Risiko, erwischt zu werden. Und so passierte Cordelia den im altkalifornischen Stil gehaltenen Eingang der Bibliothek und ging zu einem leer stehenden Haus auf der anderen Straßenseite. Sie sah nach rechts und links, um sich zu vergewissern, dass sie nicht beobachtet wurde, schlüpfte hinein, watete durch den Müll der Leute, die dieses Gebäude als Schutz vor den Elementen benutzten, und fand an der Wand den Eingang zu den Tunneln. Sie holte tief Luft und hielt den Atem an, um nicht den Gestank im ersten Teil des Tunnels riechen zu müssen, zog den Kopf ein und ging hinein. Ein paar Minuten später stieg sie eine knarrende Treppe hinunter und erreichte die Gänge unter dem Bibliotheksgebäude.

Cordelia Schritte klapperten auf dem Fliesenboden des alten Ganges. Niemand schien sich hier unten aufzuhalten. Sie spähte in die Nischen und Winkel, die Kayley ihr gezeigt hatte, aber sie waren leer. Ihre Besorgnis wuchs – hatten die Mädchen weitere Vampire gefunden? Hatte Kostov irgendwie überlebt und war zurückgekehrt? Cordelia kämpfte gegen ihre aufsteigende Furcht an. Waren die anderen Mädchen derselben Macht – Aliens aus dem Weltraum oder wem auch immer – zum Opfer gefallen, die auch Kayley entführt hatte? Was war, wenn ...

»Cordelia?«, erklang hinter ihr eine leise Stimme. »Bist du das?«

Cordelia war so erschrocken, dass sie fast einen Schrei ausstieß. Sie hielt sich die Hand vor den Mund und fuhr herum. Hinter ihr stand Amanda, ein etwa sechzehnjähriges Mädchen mit durchtrainierter Figur, zerzauster Grufti-Frisur, blasser Haut und dunklem Lidschatten und Lippenstift.

»Amanda?«, fragte Cordelia, obwohl sie das Mädchen erkannte. Amanda wirkte gehetzt; ihr verschmiertes Make-up konnte die tiefen Ringe unter ihren Augen nicht verdecken, und ihre Wangen schienen in den letzten Tagen eingefallen zu sein. »Wie geht es dir?«, fragte Cordelia. Sie wies in den leeren Gang. »Wo sind die anderen?«

»Fort«, erwiderte Amanda.

»Verschwunden? Wie Kayley?«

Amanda schüttelte langsam den Kopf. Sie sah niedergeschlagen aus. »Nein, das nicht. Einfach fort. Eine nach der anderen. Zuerst ging Pat, dann Holly, dann die anderen. Sie hatten genug, schätze ich. Sie sind vermutlich nach Hause gegangen.«

»Was ist mit dir?«, fragte Cordelia.

Amanda zuckte sichtlich deprimiert die Schultern. »Ich weiß nicht, wo ich hin soll.«

»Es muss irgendeinen Ort geben«, sagte Cordelia überzeugt. »Alles ist besser als hier unten allein zu sein, meinst du nicht auch?«

Amanda blickte sich in dem dunklen Korridor um, als würde sie ihn zum ersten Mal sehen. »So schlimm ist es nicht«, sagte sie. »Niemand kommt hier herunter. Niemand stört einen.«

»Warum gehst du nicht nach Hause? Deine Eltern müssen sich schreckliche Sorgen machen.«

Amanda blickte zu Boden. »Meine Eltern machen sich keine Sorgen um mich. Sie haben andere Dinge im Kopf. Die Börse, die Kinokasse, das Hausmädchen.« Sie sah zu Cordelia auf. »Sie haben sich nie Sorgen um mich gemacht. Wahrscheinlich haben sie nicht einmal gemerkt, dass ich weg bin.«

»Ich bin sicher, du irrst dich«, sagte Cordelia und dachte an die hohe Belohnung, die auf Kayley Moser ausgesetzt war. Bestimmt waren Amandas Eltern genauso besorgt wie die Mosers.

»Klar, und wie lange kennst du meine Familie schon?«, fauchte Amanda sie an. Dabei machte sie den Eindruck, als wollte sie, dass Cordelia ihr sagte, dass sie tatsächlich ihre Familie kannte und dass sie, Amanda, sich in dieser Hinsicht irrte.

»Nun, offenbar kenne ich deine Familie nicht«, erwiderte Cordelia. »Aber ich kenne Familien im Allgemeinen und manche Familien im Besonderen, und normalerweise kümmern sie sich um ihre Angehörigen.«

»Das hast du sehr schön ausgedrückt«, konterte Amanda. »Aber du irrst dich gewaltig.«

Cordelia versteifte sich. Sie musste dieses Mädchen überzeugen ... denn dies war die einzige Möglichkeit, Amanda daran zu hindern, endgültig abzudriften, wenn nicht körperlich, dann zumindest geistig. Jedes ihrer Worte drückte Schmerz aus.

So überzeugend wie möglich erklärte sie: »Ich irre mich nicht.«

Amandas Augen wurden feucht. »In diesem Fall schon. Und du hast es auch nicht schön ausgedrückt. Das war Sarkasmus, falls du es nicht bemerkt hast.«

»Ich kann mich *wunderbar* ausdrücken«, gab Cordelia zurück. »Ich kann besser reden als die meisten Leu ... nun, lassen wir das. Hör mir einfach zu, Amanda.« Sie legte eine Hand auf Amandas Schulter. »Ich will nicht, dass du das tust. Du kannst nicht für immer hier bleiben. Es ist nicht sicher.«

Amanda schob grob ihre Hand weg und trat einen Schritt zurück in den Schatten. »Das hast du auch Kayley erzählt. Sie hat auf dich gehört, und dann bist du aufgetaucht und hast verhindert, dass wir Vampire werden. Dann ist Kayley verschwunden, stimmt's? Glaubst du, das wäre passiert, wenn sie ein Vampir gewesen wäre?« Tränen rannen über ihre Wangen; sie verengte die Augen, biss die Zähne zusammen und ballte die Fäuste, als wollte sie Cordelia schlagen.

»Glaubst du, die anderen Mädchen wären einfach so gegangen, wenn wir alle Vampire geworden wären? Wir wären noch immer zusammen, wenn du nicht aufgekreuzt wärest. Wir waren keine richtige Familie, aber wir haben zusammengehalten. Und eine Person hat das kaputtgemacht.« Amanda fixierte sie mit einem bösen Blick. Purer Hass hatte jetzt den gehetzten Ausdruck ihrer Augen ersetzt. »*Du.*«

Cordelia war – auch wenn es ihr schwer fiel, dies zuzugeben – sprachlos. Was Kayleys Eltern betraf ... Seien wir ehrlich. Es war zu wenig, zu spät, dachte sie.

Amanda wartete nicht ab, bis sie die Sprache wieder gefunden hatte. Sie machte auf dem Absatz kehrt und verschwand in die Dunkelheit, aus der sie gekommen war.

Cordelia blieb einen Moment stehen und suchte nach einer Antwort. Ihr fiel keine ein. Vielleicht hatte sie einen Fehler gemacht. Sie glaubte noch immer, dass es richtig gewesen war, die Vampire daran zu hindern, diese Mädchen zu verwandeln. Sie war überzeugt, dass die anderen Mädchen, die nach Hause gegangen waren, die richtige Entscheidung getroffen hatten.

Aber wir alle wissen, wohin die Straße der guten Absichten führt, dachte sie.

Und so versuchte sie nicht, Amanda zu finden, versuchte nicht, sie zur Vernunft zu bringen, obwohl sie nichts sehnlicher wünschte.

Sie verließ das Labyrinth unter der Bibliothek und hoffte, nie wieder dorthin zurückzukehren.

Sunnydale

Riley saß am Steuer, und während der zweistündigen Fahrt von Los Angeles nach Sunnydale war es seltsam still im Wagen. Hin und wieder versuchten Buffy oder Riley den anderen in ein Gespräch zu verwickeln. Buffy konnte erkennen, wenn Riley den Versuch machte, und sie wollte genauso sehr wie er, dass es funktionierte. Aber sie war tief in Gedanken versunken, die um Angel kreisten, was *immer* passierte, wenn sie nach L.A. fuhr, und diese Gedanken gingen ihr nie lange genug aus dem Kopf, um drei zusammenhängende Sätze zu formulieren. Obendrein war sie unglücklich, dass sie L.A. verlassen musste, obwohl Salma und Nicky noch immer verschwunden waren, aber sie hatte das Gefühl, dass die Monsterinvasion in Sunnydale momentan ihre volle Aufmerksamkeit verlangte.

Und so fuhren sie mit ausgeschaltetetem Radio weiter, ohne ein Wort zu sagen und jeder für sich in Gedanken versunken.

Riley, vermutete sie, fürchtete sich wahrscheinlich vor dem, was der nächste oder übernächste Kilometer enthüllen würde: Monster, Monster oder Monster. Ihre Gedanken waren bei dem, was hinter ihnen lag.

Aber die Straße nach Sunnydale war frei. Die Sonne sank im Westen, tauchte in den Pazifik und verblasste, während sie der Küste folgten. Als sie die Stadtgrenze von Sunnydale erreichten, war es finstere Nacht.

Und Buffy wusste, dass irgendetwas ganz und gar nicht stimmte.

Sie griff nach Rileys Oberschenkel und spürte selbst durch die Jeans seine Spannung.

Er nickte, eine Bewegung, die im matten Licht der Armaturenbeleuchtung kaum zu erkennen war.

»Es ist schlimm«, sagte er.

»Ich weiß«, stimmte Buffy zu. »Ich weiß nur nicht, was es ist.«

Sie hielten auf einer Anhöhe, die vom Freeway ins Zentrum von Sunnydale führte, und blickten schweigend auf die Stadt hinunter. Der Großteil der Stadt, ganze Viertel, lagen in völliger Dunkelheit. Ganze Flecken wie aus Tintenschwärze überzogen die Stadt, wo

Straßenlaternen und erleuchtete Fenster die Nacht erhellten. Die Stadt kam ihr wie ein verdunkeltes Kriegsgebiet vor.

In anderen Teilen sah sie Feuer lodern, Gebäude brannten unkontrolliert nieder. Die tanzenden Scheinwerfer von Feuerwehrautos, Streifen- und Krankenwagen bewegten sich flackernd durch die fast menschenleeren Straßen.

»Du sagtest ›schlimm‹, nicht wahr?«, fragte Buffy, während sie ihre Heimatstadt betrachtete.

Riley nickte. »Das sagte ich.«

»Du hattest Recht.« Sie seufzte. »Und außerdem ist es nicht gut.«

»Ich schätze, das trifft es«, bestätigte Riley. »Es ist definitiv nicht gut.«

»Und schlimm.«

»Das auch. Sehr schlimm.«

»Meinst du, wir sollten in die Stadt fahren?«, fragte Buffy.

»Als hätten wir eine Wahl«, murmelte Riley.

Sie sah ihn an, voller Liebe, voller Stolz. Sie fragte sich, ob er der drohenden Gefahr gewachsen war, oder ob seine Erschöpfung dazu führen würde, dass er schwer verletzt, vielleicht sogar getötet wurde.

»Du hast Recht. Unsere Möglichkeiten sind begrenzt. Wir haben nur wenige Optionen.«

»Es ist Sunnydale«, sagte er schlicht. »Unser Zuhause. Wo unsere Freunde sind. Deine Mom.«

»Und ich bin die Jägerin.«

»Und du bist die Jägerin.«

Sein Lächeln drückte denselben Stolz, dieselbe Liebe und Besorgnis aus, die sie auch für ihn empfunden hatte. Wir passen so gut zusammen, sagte sie sich. Ich habe solches Glück, dass ich ihn habe und nicht wie Angel bin, ganz allein …

»Ganz gleich, was dort unten los ist, ich muss hin und helfen«, fuhr sie fort.

Er nahm ihre Hand, führte sie zu seinen Lippen und küsste ihre Fingerknöchel. Seine Lippen waren warm. Alles an Riley war warm.

»Und ich bin der Freund der Jägerin. Wenn die Jägerin jemandem in den Hintern treten muss, bin ich dabei.«

»Du bist keine Niete in der Abteilung Tretet-sie-in-den-Hintern, Riley Finn«, sagte Buffy. Sie beugte sich zu ihm und küsste ihn zärtlich auf die Wange. »Warum sitzen wir hier noch herum?«

»Ich habe nicht die leiseste Ahnung«, meinte Riley. Er legte den ersten Gang ein und fuhr den Hügel hinunter in die Stadt.

Sie hatten die halbe Stadt durchquert – aus der Nähe erinnerte sie mehr als je zuvor an ein Bombenziel. Rauchschwaden stiegen von über einem Dutzend verschiedener Feuer auf, Fenster waren zerbrochen, auf den Straßen waren zahlreiche ineinander verkeilte, von den Fahrern zurückgelassene Autowracks ... und dann erblickten Buffy und Riley ihr erstes Monster.

Es huschte durch die stillen Straßen, und seine Beine waren nach Buffys Schätzung mindestens zweieinhalb Meter lang. Insgesamt waren es sechs Beine, dünn, seltsam proportioniert und mit Gelenken an Stellen, wo keine Gelenke hinzugehören schienen. Wo die Beine zusammenliefen, befand sich ein muskelbepackter, fast menschlich wirkender Rumpf. Aber der Kopf auf dem Rumpf war kein menschlicher Kopf. Menschliche Köpfe waren gewöhnlich oval oder eiförmig, aber dieser sah aus, als wäre er zu einer fellbedeckten Scheibe zusammengedrückt worden. Rund um den Kopf wackelten sechs Augen an langen Stielen. Ein grausames Maul mit einer ganzen Reihe spitzer Reißzähne klaffte auf, ein roter Fleck im glänzend schwarzen Fell.

Das Wesen bewegte sich durch die Seacrest Street, nur zwei Blocks von der Main Street entfernt. Die Seacrest Street war eine Wohnstraße mit kleinen Apartmentkomplexen und ein paar kleinen Einfamilienhäusern dazwischen. Der Kopf der Kreatur befand sich in Höhe der Fenster des ersten Stocks der Gebäude.

Als Buffy sie entdeckte, gab sie einen gepressten Laut der Überraschung von sich.

»Was ist?«, fragte Riley und trat auf die Bremse.

»Das«, sagte Buffy und stockte. Das Wesen kam direkt auf ihr Auto zu. Ein menschliches Bein baumelte von den Zähnen, wie ein Stück Spinat, das sich dort verfangen hatte.

»Es hat ein Bein.«

»Es hat jede Menge davon«, stellte Riley fest.

»Ich meine in seinem Maul. Ich weiß nicht, wem dieses Bein gehört, aber es sieht menschlich aus. Und vielleicht ist das Ding noch immer hungrig. Ich würde sagen, wir töten es.«

»Hast du so etwas schon mal gesehen?«, fragte Riley sie. »Weißt du, was es ist? Wie man es töten kann?«

»Keinen Schimmer, keine Ahnung«, erwiderte Buffy. »Aber ich wette, es gibt einen Weg. Ein Wesen, das so hässlich ist, kann nicht besonders zäh sein, oder?« Sie suchte nach Schwachpunkten, plante ihre nächsten Schritte.

Riley blickte verwirrt drein. »Wie kommst du darauf?«

»Die Hässlichkeit allein sollte als Abwehrmechanismus reichen«, sagte Buffy. »Außerdem sehen diese Beine ziemlich zerbrechlich aus. Ich kann sie bestimmt wie Streichhölzer knicken.«

Riley stellte den Motor ab und zog die Handbremse an. »Ich werde dir den Rücken decken«, erklärte er.

Sie schenkte ihm erneut ein Lächeln. »Gib mir nur Bescheid, wenn sein großer Bruder auftaucht.«

Buffy stieg aus dem Wagen und stellte sich dem Ding entgegen. Es machte ein paar weitere Schritte in ihre Richtung und schien sie dann zu entdecken. Der Rumpf, menschenähnlich, aber von demselben schwarzen Fell bedeckt wie der Kopf, bäumte sich auf. Der Scheibenkopf drehte sich, als würden die verschiedenen Augen sie nacheinander ins Visier nehmen und abschätzen.

Die Beine zuckten.

Ich muss es schnell erledigen, dachte Buffy. Denn wenn ich es noch länger ansehen muss, kommt mir das Abendessen hoch. Nicht, dass die Raststätte am Freeway eine besonders gute Küche hatte, aber Bulimie ist nicht mein Ding.

Das Wesen riss das Maul auf und fletschte die langen, stachelartigen Reißzähne. Das Bein, das sich an den Zähnen verfangen hatte, löste sich, fiel zu Boden und landete mit einem feuchten Klatschen auf dem Bürgersteig.

Ja, das hilft, dachte Buffy.

Die Kreatur schien eine Entscheidung zu treffen. Buffy konnte nicht sagen, ob sie sie für eine Beute oder eine Bedrohung hielt, aber der unheimliche Rumpf ruckte nach vorn und es rannte auf sie zu.

Buffy wappnete sich.

Sie hatte keine Waffen, die sie gegen dieses Wesen einsetzen konnte – nun, sie hatte einen Pflock, aber das hier war kein Vampir.

Anderseits wirkte die Kreatur nicht besonders gefährlich – lange, zweigartige Beine mit merkwürdigen Gelenken und eine Menge Zähne. Keine Arme. Nichts, das sie packen konnte, abgesehen von dem Maul.

Aber sie hatte dieses menschliche Bein erbeutet. Also war sie nicht ganz so harmlos.

Buffy wartete.

Das Wesen rannte auf seinen sechs dünnen Beinen rasend schnell auf sie zu.

Als es sich Buffy näherte, bückte es sich – auf merkwürdige Art allerdings, da sich seine Gelenke auf unnatürliche Weise beugten –, stieß mit dem Kopf nach ihr, riss das Maul auf und schnappte mit den Zähnen, die von glänzendem Speichel bedeckt waren. Buffy wich zur Seite aus, aber das Wesen folgte ihr. Die Bewegung seiner Beine schien keinem Rhythmus zu folgen – sie drehten und wanden sich wie die Beine einer Comicfigur, an keine Gesetze der Anatomie gebunden. Der Kopf folgte Buffys Bewegungen.

Sie warf sich nach vorn, rollte ab und kam direkt unter dem Monster hoch.

Es steckte blitzschnell den Kopf zwischen die Beine. Buffy konnte seinen heißen Atem spüren und den fauligen Gestank aus seiner Kehle riechen.

Sie würde dem Kopf nicht ewig entgehen können, also änderte sie ihre Taktik, packte ihn mit beiden Händen und zog.

Mit dem nach unten gebeugten Rumpf und dem Kopf zwischen den Beinen hatte es keinen festen Halt.

Als Buffy zog, fiel es um.

Buffy musste zur Seite springen, um sich nicht im Gewirr der langen, haarigen Beine zu verfangen.

Das Monster landete mit einem dumpfen Klatschen auf dem Boden. Die bizarren Beine zuckten und suchten bereits nach Halt.

Buffy fuhr herum, trat gegen eins der Gliedmaßen und hörte befriedigt, wie es brach.

Aber dann wurde sie von einem der anderen Beine getroffen und zu Boden geschleudert. Sie schlug auf, und vor ihrem Kopf war der des Monsters, das Maul weit aufgerissen. Sie konnte die Fleischfetzen sehen, die von seinem letzten Opfer übrig geblieben waren und an den rasiermesserscharfen Zähnen hingen. Einige dieser Zähne strichen über ihre Hüfte und zerrissen den Stoff ihrer Hose.

Schon wieder vierzig Mäuse zum Fenster rausgeschmissen, dachte sie. Vielleicht ist eine Rüstung am Ende doch keine so schlechte Idee.

Als sich der Kopf hob, um erneut zuzubeißen, war sie bereit. Sie streckte die Arme aus, hielt sich mit beiden Händen an dem Schädel fest und zog sich hoch, sodass sie auf der faulig riechenden, fellbedeckten Scheibe fast einen Handstand machte. Dabei hämmerte sie den Kopf auf den Bürgersteig. Sie hörte, wie die Zähne des Monsters klappernd zusammenschlugen.

Sie stieß sich ab, machte einen Salto und landete auf den Beinen. Wieder schmetterte sie den Kopf auf den Betonbürgersteig. Diesmal schien das Wesen vor Schmerz zu winseln.

Sie wich zurück. Der Kopf schwankte jetzt benommen hin und her. Eine dicke, gelbliche Flüssigkeit – Blut, vermutete sie – quoll zwischen den Zähnen hervor. Das Wesen trat mit einem anderen seiner hässlichen Beine nach ihr, aber sie packte es und brach es mühelos. Offenbar wurde es schnell schwächer. Einen Moment spürte sie Mitleid – es war nur ein Lebewesen, das seinen Instinkten folgte. Aber dann dachte sie an das menschliche Bein und wie es sie angegriffen hatte. Es war ein Raubtier. Wenn sie es ziehen ließ, würde es sich irgendwo verstecken, sich von seinen Verletzungen erholen und dann erneut Menschen angreifen.

Jedenfalls war es eine Bestie aus einer anderen Welt. Es gehörte nicht hierher. Es konnte nicht bleiben.

Buffy tötete es.

Als sie ihre Arbeit beendet hatte, ging sie zu Riley, der den Kampf aus der Nähe verfolgt hatte.

»Keine großen Brüder«, meldete er.

»Wenigstens etwas, für das man dankbar sein kann.«

»Ziemlich unangenehm, was?«

Sie nickte. »Darauf kannst du Gift nehmen«, sagte sie. »Wenn beim nächsten Mal eine Spinne auftaucht und ich sage ›Riley, da ist eine Spinne, erledige sie‹, dann …«

»Ja?«

»Dann erledige sie einfach. Erzähl mir nicht, wie du es gemacht hast. Ich will es nicht wissen. Ich will nur nicht auf eine treten müssen, solange ich lebe.«

Riley nahm sie in die Arme und drückte sie an seine Brust.

»Abgemacht«, sagte er.

Salma de la Natividad rieb sich die Augen und wünschte sich, woanders zu sein.

Doch als sie die Hände senkte, war sie nicht woanders. Sie war immer noch hier. Das Problem war, dass sie nicht mit Sicherheit wusste, warum sie hier oder wie sie hierher gekommen war, und sie wusste definitiv nicht, wo dieses »Hier« war. Die ganze Sache machte ihr schreckliche Angst.

Sie war auf dem Grundstück des Hauses ihrer Familie spazieren gegangen und hatte den lauen Sommerwind genossen, als die Luft vor ihr plötzlich zu leuchten begonnen hatte. Neugierig war sie in das Licht getreten und hatte eine wohlige Wärme gespürt. Es war ein Gefühl, als wäre sie nach langer Zeit nach Hause gekommen.

Aber als sie die schimmernde Stelle passiert hatte, war sie von Schwindel erfasst worden, der sie zum Würgen brachte. In dem einen Moment hatte sie fest auf der Erde gestanden, die Füße auf dem gefliesten Weg und hatte das frisch gemähte Gras gerochen und dem Zwitschern ferner Vögel gelauscht, und im nächsten Augenblick war sie kopfüber in ein schwarzes Nichts gestürzt. Sie hatte nichts sehen oder hören oder riechen können, und ihr Magen hatte sich ihr umgedreht, als säße sie in der schnellsten Achterbahn, die je gebaut worden war.

Als sie – war »landen« das richtige Wort dafür? – gelandet war, hatte sie sich auf einer steinigen, windgepeitschten Ebene wieder gefunden, von der sie wusste, dass sie nirgendwo auf der Erde existierte. Der Himmel war von einem dunklen Meergrün und die Felsen waren blau und rostbraun. Fremdartige Pflanzen, wie die Sukkulenten, die sie in Baja gesehen hatte, aber riesig wie Mammutbäume, reckten sich hier und dort in den Himmel. Die Landschaft war dermaßen fremdartig, dass schon der Anblick sie ganz krank und benommen machte.

Salma hatte geschrien und geweint, nach verschiedenen Leuten – ihrem Bruder Nicky, ihren Eltern, ihren Großeltern, Willow und Buffy gerufen – aber nichts geschah. Nach einer Weile hatte sie resigniert festgestellt, dass die Ebene nicht wieder verschwinden würde. Sie war wirklich hier, an irgendeinem Ort, der so fremd war, dass er aus dem Reich der Träume oder Albträume zu stammen schien. Schließlich schlug sie aufs Geratewohl eine Richtung ein und marschierte los. Verschiedene Möglichkeiten kamen ihr in den Sinn, von denen die nahe liegendste war, dass sie den Verstand verloren hatte oder einen sehr intensiven und bizarren Traum erlebte. Aber die Übelkeit, die von der Schwindel erregenden Reise zurückgeblieben war, wirkte zu real. Und so sehr sie auch versuchte aufzuwachen und in ihre normale Umgebung zurückzukehren, es funktionierte nicht. Und so ging sie mit Tränen in den Augen weiter.

5.

Moskau, 1971

Alexis Wischnikoff aß zum dritten Mal hintereinander in der Nacht Rindfleisch. Vorher hatte er in einem kleinen Physiklabor in Minsk gearbeitet, wo Fleisch nur selten auf dem Speiseplan stand. Aber hier in der Hauptstadt aß er wie ein Zar, und er war so außer sich vor Freude, dass er es unbedingt jemandem, irgendjemandem, erzählen musste; doch er war von Leuten umgeben, die fünf, sechs oder sogar sieben Nächte hintereinander Rindfleisch gegessen hatten. *Vielleicht noch länger.*

Er wollte nie wieder aus diesem wundervollen Traum erwachen.

Er saß in einer Kantine, zusammen mit fünfzig oder sechzig anderen Wissenschaftlern in weißen Kitteln, die an dem Volksprojekt arbeiteten; viele von ihnen waren die Idole seiner Kindheit. Da war Juri Puschkin, der mit Gregor Dorodin und Anna Krasowa in der Ecke saß. Wen Ho Ling und Amalia Felix. Wischnikoff konnte sich kaum beherrschen.

Alexis wusste, dass Essen und Schlafen unverzichtbar für gutes Arbeiten waren, aber es fiel ihm sehr schwer, in seiner neuen Umgebung zu essen oder zu schlafen. Die Wissenschaftler wurden gut behandelt, zum Teil, weil so viel auf dem Spiel stand: die Zukunft der Menschheit, die Fähigkeit der Menschen, Herr ihres eigenen Schicksals zu sein. Das Recht auf Träume.

Jenseits der sicheren Grenzen der Sowjetunion war die Welt wahnsinnig geworden. Die Amerikaner waren in Südostasien eingefallen. In Paris probten Studenten den Aufstand. Leute in seinem Alter irrten berauscht durch die Straßen, voll gepumpt mit Drogen, hungrig und schmutzig, in der schrecklichen Massenhalluzination gefangen, dass Degeneration eine Art Rückkehr zu idyllischeren Zeiten war. Sie steckten sich gegenseitig mit furchtbaren Krankheiten an und handelten in jeder Hinsicht völlig verantwortungslos. Noch beängstigender war, dass sie darauf beharrten, dass ihre Lebensweise die einzig richtige war.

Der rücksichtslose Angriff auf die kapitalistische Propaganda hatte letztendlich sein selbstgesetztes Ziel erreicht. Die Massen in Europa und Amerika waren zu Armeen materialistischer Kreaturen geworden, die ihre Seelen für Kühlschränke und Geschirrspülmaschinen verkauften. Jede Initiative und jedes Urteilsvermögen waren ausgelöscht worden. Jetzt waren sie Sklaven des militärisch-industriellen Komplexes, und die kapitalistischen Herrscher formten die Männer und Frauen nach ihrem Bild – Menschen, die die schreckliche, schmerzhafte Leere in ihren Herzen mit endlosen Mengen an schlampig hergestellten, überflüssigen Konsumgütern zu füllen versuchten.

Die einzige Nation auf Erden, die diesem Angriff widerstanden hatte, war die Sowjetunion. Obwohl die Welt sein Land dafür kritisiert hatte, dass es sein Volk beschützte, trug die Sowjetunion allein die Fackel der Freiheit weiter und hielt an den Idealen der Menschheit fest. Alexis' Vaterland stand zwischen der völligen Vernichtung der Zivilisation und einer Rückkehr – falls möglich – zur Vernunft.

Alle um ihn herum aßen und schwatzten. Man hatte Alexis bereits als Genossen akzeptiert, und er war dankbar für diese schnelle Akzeptanz. Er wusste, dass das Projekt für alle an erster Stelle stand, nicht die Fürsorge für neue Mitarbeiter, und dennoch hatten sie sich die Mühe gemacht. Natürlich war es einfacher, mit Leuten zu arbeiten, die freundlich miteinander umgingen.

Gegen neun Uhr abends erklärte Wladimir Markow, der Chefwissenschaftler, dass es Zeit für den letzten Test war. Zigaretten wurden ausgedrückt, die letzten Schlucke Tee getrunken. Kaffeetassen klirrten gegen Untertassen. Als wären sie Mitglieder des Bolschoi-Balletts und nicht Mitarbeiter des Volksprojekts, schoben einige der besten Wissenschaftler der ganzen Welt ihre Holzstühle zurück und standen auf. Als alle die Kantine Richtung Beobachtungsraum verlassen hatte, strömten die Bedienungen herein und räumten die Tische ab.

Das Testgebiet war recht klein, etwa zwanzig Meter mal zwanzig Meter. Es gab einen schwarzen Vorhang, wie man ihn auch in einem Theater fand, und eine dicke Glasscheibe, die vom Boden bis zur Decke reichte und den Beobachtungsraum mit seinen Stühlen vom eigentlichen Testsektor trennte. Der Raum war terrassenförmig angelegt, sodass die Zuschauer in den hinteren Reihen über die Köpfe der vor ihnen sitzenden Wissenschaftler hinweg alles überblicken konnten.

Markow tauchte auf, ein großer Mann, und das nicht nur beruflich, sondern auch körperlich. Er sah aus wie ein russischer Bär, stämmig und haarig, mit zotteligen braunen Haaren und einem Drei-Tage-Bart. Seine Ohrläppchen und sein Handrücken waren behaart und seine Hände waren riesig.

»Genossen«, sprach er jovial ins Mikrofon, das seine Stimme in den Raum hinter der dicken gläsernen Trennwand übertrug, »diese Nacht ist eine besondere Nacht. Wir haben allen Grund, auf einen erfolgreichen Test zu hoffen.«

Eine Frau mittleren Alters mit kurzen dunklen Haaren, die neben Alexis saß, murmelte: »Ich hoffe, sie benutzen nicht wieder ein Ferkel. Da Markow lächelt, nehme ich an, dass sie heute Nacht nicht die Geduld unserer Genossen Hausmeister strapazieren wollen. Oder vielleicht hat er ihnen die Erlaubnis gegeben, unsere Essensreste zu durchwühlen, der große Mann.«

Der Zynismus der Genossin entsetzte Alexis, aber er hatte keine Zeit, seiner Empörung Luft zu machen, denn Markow fuhr fort: »Ich gehe davon aus, dass die neuen Mitarbeiter des Projekts die Handbücher gelesen haben, die man ihnen bei der Einweisung gegeben hat. Lassen Sie es mich kurz zusammenfassen.«

Die Frau rutschte auf ihrem Sitz und verdrehte die Augen. »Das letzte Mal hat seine ›kurze Zusammenfassung‹ eine Stunde gedauert.«

»Der Realitätsindikator«, fuhr Markow fort, »ist die letzte großartige Hoffnung der Menschheit. Mit seiner Hilfe können wir die Welt verändern. Buchstäblich.« Höflicher Applaus brandete auf; die meisten der anwesenden Wissenschaftler hatten seine Rede zweifellos schon öfter gehört.

»Radio, Fernsehen, Filme.« Markow machte eine abfällige Handbewegung. »Berieselungsmusik. Pornografie. Unbewusste Botschaften. Der menschliche Geist wird unablässig mit Bildern und

Reizen bombardiert, die seine Gedanken und Erwartungen umformen sollen, und dieser Angriff wird mit der Genauigkeit und Sorgfalt eines Chirurgen durchgeführt. Gleichzeitig ist er ein brutaler und erbarmungsloser Anschlag auf die Innenwelt des Menschen. Auf seine Selbstachtung. Auf seine Sehnsüchte.«

Die Zuschauer murmelten zustimmend.

»Die Opfer dieser Gräueltat missverstehen die Natur ihrer Unterdrückung und versuchen mit allen erdenklichen Mitteln den Schmerz zu betäuben – Drogen, Sex, Gewalt und der Isolation vom Kollektiv der Menschen. Das Ergebnis? Es herrscht weltweite Depression, Unbehagen und ein Gefühl der Sinnlosigkeit, das einen fähigen, produktiven Arbeiter in den Schatten seiner selbst verwandelt, der fernsieht und Bier trinkt.«

»Klingt gut, wenn man mich fragt«, sagte die Frau leise.

»Genossin, seien Sie bitte still«, zischte jemand hinter ihnen.

Die Frau schnitt eine Grimasse. »Er hat Angst, etwas zu verpassen«, schnaubte sie. »Als würde Markow etwas anderes tun, als ebenfalls Propaganda von sich zu geben.«

»Genossin«, wies eine andere Stimme sie zurecht.

Markows Augen wanderten zu der Frau. Ihr spöttisches Grinsen verschwand, und sie tat so, als würde sie aufmerksam zuhören. Alexis war beunruhigt und hoffte, keine Schwierigkeiten zu bekommen, nur weil er neben dieser dreisten Frau saß. Selbst im Arbeiterparadies gab es so etwas wie Kollektivschuld.

Der Wissenschaftler fuhr mit seinem Bericht fort.

»Deshalb gehen wir von der Annahme aus, dass die Realität von äußeren Kräften geformt wurde und wird. Aber was wäre, wenn wir das Gute, das Wahre und das Nützliche von den Möglichkeiten der Realität trennen könnten? Das Kollektiv wäre in der Lage, das Leben so zu sehen, wie es vielleicht gewesen ist, bevor es jene manipuliert haben, die vom Unglück der Massen profitieren.

Nach einer Weile würde diese Realität die schreckliche Unterdrückung ersetzen, unter der die Menschen in den anderen Teilen der Welt leiden.«

Alexis stieß unwillkürlich ein begeistertes »Ja« aus. Die Frau lachte spöttisch und sagte: »Sie haben wirklich Vertrauen, was?«

»Seien Sie bitte still«, fauchte Alexis und wandte sich von ihr ab.

»Auch das noch«, sagte die Frau. »Ein neues lebendes Versuchstier.«

Eine zierliche junge Frau in einem weißen Laborkittel trug einen Käfig herein, in dem etwas Kleines und Flauschiges saß. Aus der Entfernung konnte Alexis nicht erkennen, um was für ein Tier es sich handelte, aber er spürte, wie die Spannung um ihn herum wuchs.

»Wir hoffen, dass es uns heute Nacht gelingt, eine Verbindung von unserer Realität zu einer anderen herzustellen. Wir wollen dieses Küken durch das Portal schicken, das wir geöffnet haben.«

»Ohne es in Rührei zu verwandeln«, flüsterte die Frau. Diesmal erntete ihre Bemerkung nervöses Raunen.

»Genosse Wischnikoff«, sagte Dr. Markow, »würden Sie mir bitte assistieren?«

»Es ist mir eine Ehre«, antwortete Alexis mit lauter, kräftiger Stimme. Er stand auf und ignorierte die Frau, als sie sagte: »Lassen Sie sich nicht von ihm durch das Portal stoßen.« Er drängte sich durch die Reihe und erreichte den Gang. Seine Schritte klapperten auf der Metalltreppe, als er hinunterstieg.

Als er das Ende der Treppe erreichte, winkte ihm eine andere Frau in einem Laborkittel zu, ihr zu folgen. Sie gingen durch die Tür und durch einen kurzen Korridor und traten dann durch eine weitere Tür. Alexis befand sich jetzt in dem kleinen Raum hinter der Trennscheibe.

Wie die Assistentin in einer Zaubershow stellte die Frau den Käfig mit dem Küken auf einen Holztisch und verließ den Raum, nur um in Begleitung zweier Männer wieder zu erscheinen, die eine Holzpalette mit Rädern hereinschoben. Darauf lag ein Gegenstand, der wie ein silbrig glänzender Feuerlöscher aussah. Er war extrem unauffällig und ähnelte überhaupt nicht dem komplizierten Objekt, das in Alexis' Projekthandbuch beschrieben war.

»Der Realitätsindikator«, erklärte Markow stolz. Er zog die buschigen Augenbrauen hoch, als seine Kollegen applaudierten. »Der Prototyp der Maschine, die die Welt verändern wird.« Er grinste breit. »Was halten Sie davon, Wischnikoff?«

»Es ist ein Wunder«, stieß Alexis hervor. Seine Wangen brannten. »Ich bin stolz darauf, heute Nacht hier sein zu dürfen.«

Markow warf der Frau im Publikum ein Grinsen zu, und sie lächelte zurück. Sofort dämmerte es Alexis: Sie ist vom KGB. Sie hat mich getestet. Meine Loyalität getestet.

»Sehr gut«, sagte Markow, sichtlich zufrieden mit ihm. Er hielt seiner Assistentin die Hand hin. »Das Versuchstier, bitte.«

Sie gab ihm den Käfig mit dem Küken. Markow zog einen Holzschemel heran, der neben dem Tisch stand, und stellte den Käfig darauf. Er schob den Schemel zu der Stelle, die am Boden mit einem X aus schwarzem Klebeband markiert war.

Dann legte er an der Seite des Realitätsindikators eine Reihe Schalter um. Die Maschine gab ein leises Brummen von sich. Die Zuschauer beugten sich erwartungsvoll nach vorn.

An der Spitze des Zylinders glomm ein Licht auf und formte sich zu einer Kugel, die statische Elektrizität und Funken wie von einem Feuerwerk von sich gab. Das Licht hatte einen pastellgrünen Ton, der langsam dunkler wurde.

»Halten Sie es bitte so, wie ich es Ihnen zeige. Halten Sie es ruhig«, wies Markow Alexis an. Er zog eine kleine Metallschachtel aus einer Tasche seines Laborkittels. Dann öffnete er den Deckel und nahm etwas heraus, das Alexis für ein gewöhnliches Glasprisma hielt.

»Dies wird den Realitätsstrahl krümmen«, sagte Markow fast beiläufig. »Halten Sie es so, ja? Ich werde die Kontrollen an der Seite des Indikators bedienen.«

Alexis hielt das Prisma in dem von Markow gezeigten Winkel über der Kugel. Sie wurde jetzt flacher, wie ein Ball aus Quecksilber, der zusammengedrückt wurde. Sie streckte sich, wurde wieder kreisförmig und berührte fast Alexis' Bauch.

Der Kreis wackelte unruhig. Markow drückte ein paar Knöpfe an der Seite des Indikators.

»Nehmen Sie das Prisma weg und treten Sie zur Seite«, sagte er zu Alexis, der sofort gehorchte. Markow wich zurück.

Der Kreis richtete sich pulsierend auf. Die Menge raunte.

»Ich habe ihn so eingestellt, dass er zehn Sekunden stabil bleibt«, erklärte er.

Der Kreis setzte sich in Bewegung und trieb auf den Käfig zu. Alexis hielt wie alle anderen im Raum den Atem an. Und wartete.

Der Kreis berührte den Schemel, und das Licht fiel auf den Käfig. Das Küken piepste. Eine Membran bildete sich über dem Kreis und schimmerte in einem hellen, fremdartigen Licht.

Bitte, dachte Alexis, aber er betete nicht zu Gott – schließlich war er Kommunist –, sondern zum kollektiven Wissen und der Weisheit seiner Genossen Wissenschaftler. Bitte.

Für eine Sekunde, einen kurzen Moment in der Zeit, in der Alexis lebte, war das Küken verschwunden.

Dann explodierte es, und ein Schwall aus Drähten, Blut, Federn und Eingeweiden aus dem Kreis ergoss sich auf den Boden.

Der Kreis brach zusammen und verschwand.

Stille trat ein. Tiefe Enttäuschung.

Dann rief jemand: »Eine Sekunde hat es funktioniert!«

Donnernder Beifall brandete auf, in den Alexis einfiel.

Ich werde mein Leben dieser Sache widmen, dachte er. Ich will alles tun, was ich kann, alles geben, was ich kann, um dies zu realisieren. Ganz gleich, was es kostet.

Sunnydale

Es klingelte an der Tür von Del DeSolas Herrenhaus.

Was nicht sein dürfte, dachte dieser. Schließlich hatte er Wachmänner eingestellt und modernste Sicherheitssysteme installiert – Kameras, Bewegungsmelder, Alarmanlagen –, um nicht auf diese Weise überrascht zu werden. Er war jetzt, nachdem eins seiner Ölfelder von einer Terrororganisation in Brand gesteckt worden war, besonders nervös.

Er griff nach dem nächsten Telefon und gab eine Nummer ein. Seine Sicherheitsleute wussten, dass sie nach dem ersten Klingeln an den Apparat gehen mussten.

Nach dem fünften Klingeln gab er auf und legte den Hörer wieder auf die Gabel.

Es klingelte erneut an der Tür – lang und hartnäckig, gefolgt von einem Klopfen. Mehr ein Hämmern, korrigierte er sich.

Er ging zu seinem Wandschrank, nahm eine geladene Schrotflinte heraus und schlich nach unten. Das Klingeln und Hämmern hielt an.

Neben seinem Büro lag ein kleiner Überwachungsraum mit Monitoren, die das gesamte Grundstück überwachten. Er überprüfte die Kamera über der Tür. Dort stand eine junge Dame. Sie war attraktiv wie ein Showgirl, aber billig zurechtgemacht. Ihre Kleidung war zerrissen und zerknittert, und sie blutete aus dem Mund. Vielleicht hatte sie einen Unfall gehabt. Er eilte zur Tür, die Schrotflinte hielt er für den Notfall immer noch in der Hand, und riss sie auf.

Sie sah zuerst ihn an, dann die Waffe. »Darf ich hereinkommen?«

»Geht es Ihnen gut? Sind Sie verletzt?«, fragte er.

»Ich werde leben«, sagte sie mit einem scharfen Lachen. »Jetzt hören Sie mir zu – darf ich hereinkommen?«

»Ja, natürlich, treten Sie ein. Sie können sich waschen, und ich rufe einen Arzt.«

Sie überquerte die Schwelle und betrachtete das luxuriöse Innere. »Nettes Haus.«

»I-ich bin überrascht, dass meine Sicherheitsleute Sie nicht gesehen ...«

»Ich habe sie gesehen«, unterbrach sie. »Sie sind tot.«

»Tot?«, wiederholte DeSola schockiert. Er erinnerte sich an die Waffe in seiner Hand und hob sie jetzt, als gäbe es jemand, auf den er schießen konnte. »Was ...«

Die junge Dame wischte sich mit dem Handrücken über den Mund und verschmierte das Blut. Dann hob sie wieder ihre Hand und leckte sie ab. »Sie waren köstlich. Wenigstens dieser große Kerl.«

Irgendetwas stimmte hier ganz und gar nicht. Er richtete die Waffe auf sie. »Jetzt hören Sie mir mal zu ...«, begann er.

»Nein, Sie hören mir zu«, erwiderte sie ruhig. Sie ging an ihm vorbei ins Wohnzimmer und ließ sich so hart auf einen antiken Stuhl fallen, dass er glaubte, er würde auseinander brechen. »Ja, ich habe Ihre Wachen getötet. Keine große Sache. So unfähig, wie sie waren, hätten Sie ohnehin neue gebraucht.«

»Danke für die Information«, sagte er. »Aber ich werde trotzdem die Polizei rufen.«

»Schön«, nickte sie. »Machen Sie das. Aber dann werde ich gehen, und Sie werden die Sache mit Ihrem Ölfeld nicht rächen können.«

»Ich habe bereits entsprechende Maßnahmen in die Wege geleitet«, erklärte er und dachte an die Russen, mit denen er Kontakt aufgenommen hatte. Das Treffen hatte noch nicht stattgefunden, aber er wusste, dass es nur eine Formalität war.

»Sicher«, sagte sie. »Nur wette ich, dass Sie in dieser Sache mit Geld nicht weiterkommen werden.«

»Und warum nicht?« Er setzte sich ihr gegenüber auf einen Stuhl, die Schrotflinte quer auf seinem Schoß. Er konnte nicht leugnen, dass die Frau ihn anzog, obwohl sie ihn gleichzeitig abstieß.

»Weil Sie ein Mensch sind«, erklärte sie. »Und ich schätze, dass diejenigen, die Sie für Ihre Rache eingespannt haben, ebenfalls Menschen sind. Aber wer auch immer dieses Feld in Brand gesteckt hat – er ist kein Mensch. Deshalb ist Ihr Plan zum Scheitern verurteilt.«

Er ertappte sich dabei, wie er nickte. »Kein Mensch? Was ist er dann? Oder es?«

»Das weiß ich noch nicht«, gestand die junge Dame. »Ich bin klug, aber keine Hellseherin. Aber ich weiß, dass ich es herausfinden kann.«

»Sie sind sehr tüchtig«, sagte er und dachte an seine Wachen.

»Und noch viel mehr«, stimmte sie zu. »Hören Sie, lassen Sie es uns einfach mal durchgehen. Könnte jemand das Feuer überlebt haben? Die Explosionen? Sie haben meinen Wohnwagen durchgeschüttelt, der Kilometer vom Ölfeld entfernt stand.«

»Nein, bestimmt nicht. Niemand, der sich in der Nähe aufhielt.«

»Aber hat die Untersuchung nicht ergeben, dass derjenige, der die Sprengladungen gelegt und gezündet hat, vor Ort gewesen sein muss? Keine Fernzünder, richtig? Keine Zeitzünder?«

»Das stimmt. Ich kann nicht behaupten, dass es kein Mysterium ist.«

»Es ist nur ein Mysterium«, sagte sie, »weil Sie es nicht aus dem richtigen Blickwinkel betrachten.«

»Und der richtige Blickwinkel ist, dass ich nach einer Art Superschurken suchen muss?«

»Superirgendetwas«, sagte sie. »Sie sollten nach einer Art Monster suchen, einem Dämon, irgendetwas in der Richtung. Ich kann herausfinden, wer dahinter steckt, und ich kann sie rächen.«

»Und was verlangen Sie dafür?« Er sah sie mit einer Mischung aus Neugier und Belustigung an. »Sicherlich gehören Sie nicht zu der Sorte Mensch, die so etwas aus reiner Großzügigkeit macht.«

Sie lachte wieder. »Das sehen Sie ganz richtig, Del«, meinte sie, während sie die Beine übereinander schlug. »Ich darf Sie doch Del nennen, oder? Schließlich sind wir im Geschäft.«

»Geschäft?«

»Geld, Del.« Sie zwinkerte ihm fast zu. »Sie haben es schon verstanden. Ich will Geld. Ich will eine Menge Geld. Sie geben mir, was ich will, und ich geben Ihnen, was Sie wollen. Geld regiert die Welt.«

»Vermutlich haben Sie Recht«, sagte DeSola. Das Feuer hatte ihn eine Menge gekostet. Was bedeutete da ein bisschen mehr Geld, wenn er dadurch seinen Rachedurst stillen konnte?

Als Cheryce das Haus verließ, hatte sie den Ölmilliardär überzeugt, sie für das zu bezahlen, was sie ohnehin tun wollte. Sie hatte nicht gescherzt – sie war schlau. Sie hatte über die Ölfeldexplosion und die Sorte Wesen nachgedacht, die sie am wahrscheinlichsten überleben konnte, und sie hatte über das Schattenmonster nachgedacht, das sie angegriffen und trotz ihrer Gegenwehr fast zerrissen hätte, und sie hatte entschieden, dass es zwischen beiden irgendeinen Zusammenhang geben musste. Sie musste das Schattenmonster aufspüren und würde dafür sorgen, dass es für das bezahlte, was es ihr angetan hatte.

Aber sie war auch bereit weiterzuziehen. Sunnydale war langweilig geworden. Um die Wahrheit zu sagen, war ihr Sunnydale schon zwanzig Minuten nach ihrem Eintreffen langweilig geworden.

Spikes Idee, nach Paris zu reisen, war gut gewesen, abgesehen von dem Teil, dass er mitkommen wollte. *Das ist ebenfalls langweilig, dachte sie.*

Es war besser, wenn Del DeSola ihre Reise zur Stadt der Liebe finanzierte. Sie konnte erster Klasse fliegen, sich irgendwo außerhalb der Stadt ein Chateau mieten und anständig leben. Sie war sich bewusst, dass sie eine Wohnwagenschlampe war – aber es gab kein Gesetz, das einer Wohnwagenschlampe verbot, in die feineren Viertel der Stadt zu ziehen.

Als Spike aus seinem Fiebertraum erwachte – *er hatte irgendetwas mit Buffy zu tun* – verriet ihm seine Unruhe, dass es endlich Nacht geworden war. Er konnte jetzt mit der Suche nach Cheryce beginnen.

Er stieß die Tür der Gruft auf und trat über die Schwelle. Dann sprang ihn etwas an, das nur aus Zähnen und Körpergeruch zu bestehen schien, und versuchte ihm das Gesicht abzubeißen.

Spike war kein Feigling. Er war niemals einer gewesen, würde niemals einer sein; er hämmerte dem Wesen die Fäuste gegen den Oberkörper, dass es zurückflog, und trat so hart zu, wie er konnte. Wer Stahlkappen an den Schuhspitzen hat, kann jemanden damit übel zurichten.

»Verdammter, verfluchter Bastard«, keuchte er, während die Kreatur keinen Laut von sich gab. Sie war ein Fleisch fressender Ghul, nicht mehr, und Spike machte kurzen Prozess mit ihr.

Aber als er abgelenkt war, schlichen sich ein paar ihrer Freunde von hinten an Spike heran und versuchten ihm die Arme auszureißen.

»He, loslassen!«, brüllte Spike und schlug die Arme zusammen, was dazu führte, dass zwei mit ihren Köpfen zusammenschlugen. Der Ghul auf der rechten Seite griff den anderen an und versuchte mit klappernden Zähnen ein Stück aus seiner Wange zu beißen.

»Was zum Teufel habt ihr hier überhaupt zu suchen?«, donnerte Spike. Er fuhr herum und trat einem vierten Ghul gegen den Kopf, dass all seine Zähne durch die Luft flogen, und schickte einen weiteren mit einem wuchtigen Tritt in den Magen zu Boden.

Er strich seine Haare zurück und wischte seinen Trenchcoat ab, als urplötzlich, wie in diesem Michael-Jackson-Video, das er so sehr liebte, unter dem Baum Gestalten auftauchten und auf ihn zukamen. Ihre Schritte waren unbeholfen und schwerfällig, ihr Gang war eindeutig unkontrolliert.

Als sie ins Mondlicht traten, waren ihre Augen leer und ihre Münder standen offen.

»Zombies. Verflucht, was zum Teufel geht hier vor?«, brüllte er. »Ich muss meine Freundin retten, kapiert? Also geht mir aus dem Weg.«

Sie.

Gingen.

Auf.

Ihn.

Zu.

»Oh.« Er war mehr verärgert als wütend oder ängstlich. Was konnten Zombies ihm schon antun?

Eine Menge, wie es schien, wenn es genug von ihnen gab. Und es gab eine Menge. Eine ganze verdammte Armee dieser Mistkerle. Sie schlurften und stolperten auf ihn zu, um ihn einzukreisen und an ihm zu knabbern, auch wenn ein Vampir für einen Fleisch fressenden Ghul wie trockenes Leder schmecken musste …

Dann fielen sie über ihn her. Sie waren wirklich lästige Zecken; ganz gleich, wie viele er erledigte, es kamen immer neue hinzu, um ihren Platz einzunehmen. *Und sie sind abscheulich.*

Er trat und schlug wild um sich, wandte jeden Trick an, den er kannte. Harte Stiefel, noch härtere Fäuste; Spike schlug ihre Köpfe gegeneinander und schubste sie, sodass sie wie Dominosteine umfielen. Er schlug große Breschen in ihre Reihen, aber sofort war Verstärkung zur Stelle.

Langsam begann er zu ermüden.

Und das war der Moment, in dem von allen Menschen auf der Welt ausgerechnet Xander vorbeikam und vom Toreingang aus schrie: »Verdammt, Spike! Was hast du getan? Deine unhörbare Zombiepfeife benutzt?«

»Ha, ha, sehr komisch«, antwortete Spike, während er einem

angreifenden Zombie die Faust ins Gesicht rammte. Das Gesicht beulte sich ein und die Kinnlade löste sich. Spike achtete kaum darauf. »Bestimmt sind Giles und Tara schuld.« Spike atmete keuchend aus. »All diese verdammte Magie. Komm her und hilf mir.«

»Und warum?«, fragte Xander. Er steckte seine Hände in die Taschen.

»Müssen wir wirklich noch mal durchkauen, dass du einer der Guten bist und all dieser Mist?«, schimpfte Spike.

Xander zuckte die Schultern, griff aber nichtsdestotrotz in den Kampf ein und strafte damit den ständigen verbalen Drohungen der Scoobys Lügen, dass sie Spike irgendwann einen Pflock ins Herz rammen würden, wenn er weiterhin Ärger machte. Hier war er, von Ärger umzingelt – wie so oft – und dieser nette junge Blutbeutel riskierte sein Leben, um Spikes zu retten. Es reichte aus, um Spikes untotes Herz zu rühren.

Nein, eigentlich nicht.

Und so kämpften sie zusammen. Xander brachte die Zombies zu Fall, indem er ihnen meistens ein Bein stellte; und Spike schlug ihnen so hart ins Gesicht, dass sich ihre Gesichter von den Köpfen lösten. Überall lagen Schimmel, vertrocknete Haut und verwestes Fleisch herum. Spröde Knochen brachen. Xander sagte ständig »Iiih, igitt« wie ein Idiot, und Spike spürte den fast unkontrollierbaren Drang, sich umzudrehen und ihn zu schlagen. Allerdings war ihm der chipinduzierte Schmerz nicht fremd, den eine derartige Handlungsweise auslösen würde. Solange dieser verdammte Chip in seinem Kopf steckte, war es *verboten*, Menschen zu verletzen ...

Solange ...

Sie kämpften weiter Seite an Seite. Kämpften, kämpften, kämpften. Xander sagte: »Spike, lass uns abhauen. Es sind zu viele, und ich werde langsam müde.«

»Du schwuler Wicht«, höhnte Spike.

Xander schüttelte den Kopf. »Ich nehme mir die Zeit, deinen Hintern zu retten, und das ist der Dank, den ich dafür bekomme?«

In diesem Moment kam ein Zombie herangeschlurft und prallte mit dem Gesicht direkt gegen Spikes Kopf. Er zerfiel zu einer widerlichen Masse aus Schleim mit der Konsistenz von Blut, der zäh über Spikes Nase, Wangen und Kinn tropfte.

»Was machst du überhaupt hier, Harris?«, fragte er.

»Wie ich schon sagte, ich kam, um dich zu retten.« Xander sah ihn an. »Nun, okay, ich wusste nicht, dass du in Schwierigkeiten steckst. Aber ich dachte, jemand sollte, na ja, mal nach dir sehen.«

»Seit wann hast du eine Schwäche für mich?«

»Seit du Monster bekämpfen kannst und wir mit mehr Monstern zu tun haben, als wir bewältigen können«, sagte der Junge offen.

»Und ich kann dir nichts tun.«

»Das ist völlig richtig. Das macht dich zu einem unserer besten Leute – so bezeichnet Riley dich zumindest. Nun, unter anderem. Du solltest hören, wie Buffy dich nennt. Nun ja, da du ein Gewinn für uns bist, dachte ich mir, jemand sollte herüberkommen und deinen wertlosen Kadaver zu Giles zerren, um an einer Strategiesitzung teilzunehmen.«

»Strategie.« Ich bin nicht geschmeichelt, schärfte Spike sich ein. »Klingt so, als käme es aus Rileys Mund.«

»Sie haben dich eben ins Herz geschlossen«, erwiderte Xander. »Ob es dir nun passt oder nicht.«

»Du scheinst ihn nicht zu mögen«, stellte Spike fest.

»Ich mag Riley«, widersprach Xander. »Du bist derjenige, den ich nicht mag.«

Spike überlegte, ob er dem Kerl sagen sollte, sich zu verziehen. Er hatte wenig Lust, gegen die Bösen zu kämpfen, solange Cheryce verschwunden und er mit dem Chip versehen war. Aber Tara hatte magische Kräfte, und vielleicht konnte sie einen Suchzauber wirken und Cheryce für ihn finden. Wenn sie sich weigerte, konnte er ihr immer noch damit drohen, sie zu pfählen.

Das sollte ihr Beine machen, dachte er.

»Also gut«, sagte Spike mit einer Grimasse. »Hauen wir ab.« Er seufzte. »Wir haben genug Spaß gehabt.«

Die Superhelden A und B verschwanden in der Nacht.

Willy hatte das Alibi gründlich renoviert. Jetzt hieß es das *Willy's.* Es war mit einer Fritteuse ausgestattet, weil einige der Dämonen Zwiebelringe mochten. In der Jukebox gab es ein paar neue CD's, die Willy für ein paar Scheine auf dem Flohmarkt des Straßenkinderprojekts erstanden hatte.

Aber Willy selbst war noch immer der alte. Einmal ein Spitzel, immer ein Spitzel. Willy kostete weniger als eine Portion Fritten. Er kostete weniger als Ketchup.

»Buffy«, sagte Willy nervös hinter der polierten Holzbar, als die Jägerin und Riley durch die Tür kamen. »Was führt dich in meinen Laden?«

»Geschäfte.« Buffy lächelte nicht. Riley auch nicht.

»Oh.« Willy blickte ganz und gar nicht erfreut drein. »Äh, wollt ihr was trinken?« Er griff nach einer Flasche Old Reliable.

Riley packte Willy am Kragen und zog ihn hoch, sodass er ihm in die Augen sehen konnte. »Wer hat Rosalie Estrada getötet?«

»Hu?« Willys Augen quollen hervor. »Sie ist tot? Wer ist sie?«

»Es wurde in den Nachrichten gemeldet. Im Radio. Im Internet«, intonierte Buffy, von seiner Vorstellung unbeeindruckt. So sehr sie auch den Tod eines jeden Menschen bedauerte, der Verlust von Rosalie Estrada war für sie hauptsächlich ein Sprungbrett – wenn sie wusste, wer die junge Frau getötet hatte, deren Leiche aufgetaucht war, konnte sie diese Information als Druckmittel gegen die Mörder einsetzen, um Informationen über Nicky zu bekommen.

»Wir denken, dass du davon gehört hast.« Riley kniff die Augen zusammen und funkelte Willy an. »Wir denken, dass du uns alles darüber erzählen wirst. Jetzt.«

Ein paar Dämonen blickten in ihre Richtung. Jene, die wussten, dass Buffy die Jägerin war, hielten sich in sicherer Entfernung. Jene, die es nicht wussten, erfuhren es von den anderen. Das war unter Dämonen eine Art Ehrensache.

Gelegentlich.

Wenn der Preis stimmte.

»Ich habe davon gehört«, gab Willy zu. Er senkte seine Stimme, mit großen und wachsamen Augen, in denen nicht besonders viel Schuld schimmerte. »Wollt ihr, dass man mich umbringt?«

»Ich bin das ganze Jahr brav gewesen«, erwiderte Buffy kalt. »Der Weihnachtsmann schuldet mir was. Und er weiß, wer auf meiner Liste steht.«

Riley übernahm die Initiative und blickte drohend auf den Mann hinunter, der unter Rileys finsterem Blick zu schrumpfen schien. »Auf der Straße heißt es, dass du mit den Latin Cobras dick befreundet bist.« Das stimmte nicht; weder Buffy noch ihr Liebster hatten etwas Derartiges gehört. Aber Willy war der dümmste Spitzel auf dem Planeten Erde.

»Gehen wir in mein Büro«, sagte er hastig. Er schenkte seinen Gästen ein viel zu strahlendes Lächeln und erklärte: »Ich bin gleich wieder zurück. Ihr werdet mich nicht mal vermissen.«

»Da hast du völlig Recht«, lallte einer der Trinker. Ein paar andere lachten leise über den Scherz.

»Mann.« Willy führte sie durch den Korridor und in sein winziges, unordentliches Büro. »Wegen euch wird man mich noch mal umbringen.«

Buffy und Riley warteten. Willy hob die Hände und sagte: »In Ordnung, in Ordnung. Ich arbeitete manchmal für die Latin Cobras und ihre, äh, Muttergang.«

»Die Echo-Park-Band«, warf Riley ein.

Willy erbleichte. »Jesses, ihr wisst ja schon alles. Warum belästigt ihr mich dann? Ich versuche nur, irgendwie klarzukommen. Meine Steuern zu bezahlen, halbwegs anständig zu leben ...«

Buffy stieß ihn gegen seinen braunen Aktenschrank. »Wer hat Rosalie getötet?«

»Ich weiß es nicht«, sagte er. »Ich schwöre es.«

Sie zog ihn an sich und schubste ihn dann wieder gegen den Schrank. »Wer, Willy?«

»Mord. Keine nette Sache«, winselte er. »Ich versuche mich aus derartigen Sachen rauszuhalten. Meine Mom lebt in Jersey Heights.«

Buffy funkelte ihn an. »Ich werde es notfalls aus dir herausprügeln, Willy, aber ich gehe nicht ohne den Namen von Rosalie Estradas Mörder.«

»Okay.« Er hob die Hände. »Nur schlag mich nicht, in Ordnung? Ich habe gerade ein Vermögen gezahlt, um mir die Schneidezähne ersetzen zu lassen.« Er winkte sie näher zu sich. »Es waren zwei Cobras namens Little King und Dom«, flüsterte er. »Wenn ihr irgendjemand erzählt, von wem ihr es erfahren habt, werde ich persönlich zu eurem ärgsten Feind gehen und ihm meine Dienste anbieten.«

Buffy schüttelte nur den Kopf. »Du machst es mir bloß leichter, Willy, das ist alles«, fauchte sie ihn an und zeigte ihm ihre Faust. »Mit jedem Mal wird es leichter für mich.«

»He, ich kooperiere, okay? Du hast kein Recht, mir zu drohen«, beharrte er, als Buffy und Riley das Büro verließen. »Überhaupt kein Recht!«

»Und du hast kein Recht zu existieren. Seltsame Welt«, rief Buffy ihm über die Schulter zu.

Sie verließen sein Büro und durchquerten die Bar, wobei Buffy den hasserfüllten Ausdruck auf den Gesichtern mehrerer Dämonen bemerkte. Allerdings forderte niemand sie heraus, was typisch für das *Willy's* war. Diese Dämonen mochten sie hassen, aber sie fürchteten sie auch. Sie zogen es vor, im Dunkeln gegen die Jägerin zu kämpfen.

»Suchen wir Little King und Dom«, schlug Buffy vor, als sie draußen waren. »Finden wir heraus, was sie über Nicky wissen, und dann schaffen wir sie zu den Cops. Damit Gerechtigkeit geübt wird.«

»Mir gefällt diese Idee«, erklärte Riley.

Dann klopfte er Buffy auf die Schulter und wies nach oben.

Eine langschwänzige Kreatur flog am Mond vorbei. Sie sah wie ein chinesischer Drachen aus. Oder wie der schlimmste Albtraum eines armen Kindes.

»Wir müssen außerdem nach meiner Mom sehen«, sagte Buffy.

»Die Idee gefällt mir auch«, versicherte Riley.

Zusammen verschwanden sie in der Nacht.

6.

Joyce Summers kauerte in einem weißen Pyjama in der Ecke ihres Wohnzimmers und verbrachte keine sehr gute Nacht. Sie wurde belagert, ohne Burggraben, ohne Zugbrücke, und es war keine Jägerin auf einem weißen Pferd in Sicht. Ihr Haus war von so vielen verschiedenen Arten von Monstern umzingelt, dass jemand in der Unterwelt einen Preis für das beste Spezialeffekt-Make-up verdient hätte.

Und das ist der beste Scherz, der mir im Moment einfällt, denn wenn Buffy nicht bald nach Hause kommt, werden diese Wesen eindringen und mich töten, dachte Joyce.

Denn einige der Monster warfen sich bereits gegen das Haus und andere rüttelten an der Türklinke. Gehörnte Dämonen, geflügelte Kreaturen, Monster, die sich so sehr von allem unterschieden, was sie je gesehen hatte, dass sie nicht einmal wusste, wie sie sie beschreiben sollte: Wesen, die halb dunstig, halb flüssig waren, Kreaturen, die nur aus Klauen oder Mäulern voller nadelspitzer Zähne zu bestehen schienen. Wesen, die knurrten und kreischten und jaulten.

Und dann waren da noch die Wesen, die auf so unheimliche Weise an Kindheitsalbträume erinnerten: eine Hexe mit einem spitzen Hut, die kichernd auf ihrem Besen ritt; eine Horde Trolle; und ein wunderschönes junges Mädchen mit heller Haut und blauschwarzen Haaren in einem dunkelgrauen Samtgewand und einem Haarnetz, umringt von einem Zwergenstamm.

Schneewittchen, dachte Joyce, als sie aus sicherer Entfernung aus dem Fenster sah. Sie spürte unendliche Erleichterung bei dem Anblick. Vielleicht weil Schneewittchen eine nette Märchenheldin war und nicht jemand, der am liebsten meine Knochen mahlen würde, um Brot daraus zu backen, ging ihr durch den Kopf.

Etwas prallte gegen das Fenster und brachte das Glas zum Klirren. Joyce zog sich tiefer in die Ecke zurück und unterdrückte einen Schrei: Es war der Kopf eines Dämons, noch frisch und blutend. Das grüne Blut verschmierte die Scheibe, als er zu Boden fiel.

»Das passt«, murmelte Joyce vor sich hin. »Ich habe das Fenster gerade erst geputzt.«

Dann enthüllten die Lichter draußen etwas, das ihr Hoffnung bereitete und sie gleichzeitig in Angst versetzte: ihre Tochter, Buffy die Vampirjägerin, und ihr Freund, wie sie die Monster angriffen.

Die beiden jungen Leute arbeiteten als Team. Riley lenkte sie ab und Buffy schlug sie nieder. Buffy war erstaunlich, schlug Salti, trat im Sprung zu, wirbelte im Kreis herum und landete genau an der richtigen Stelle, um den Gegner zu attackieren. Riley, der offenbar schwächer war und über keine Superkräfte verfügte, war nichtsdestotrotz beeindruckend. Er war groß und sehr stark und, obwohl er vorsichtig war, schien er völlig furchtlos. Joyce bemerkte, wie oft er im Kampf innehielt, um sich zu vergewissern, dass mit Buffy alles in Ordnung war, und ein leises Lächeln huschte über ihr Gesicht.

Während sie durch das Fenster spähte, tauchte ein Dämon mit blutroter Haut und einem wilden, tückischen Gesicht vor ihr auf und drückte die Hände gegen das Glas. Joyce stieß einen schrillen Schrei aus. Aber Buffy bemerkte den Dämon – einen Moment sah sie Joyce in die Augen. Sie packte das Wesen an der Schulter, riss es herum und verpasste ihm einen wuchtigen Tritt in den Bauch.

Das Fleisch des Dämons legte sich um Buffys Fuß, schien ihn aufzusaugen und nicht wieder loslassen zu wollen. Buffy wollte ihren Fuß zurückziehen, aber er steckte fest. Buffy machte den klassischen Fehler und stieß das Wesen mit der Hand, drückte sie gegen die Brust des Dämons, doch auch sie wurde von dem breiigen Fleisch verschluckt. Der Dämon absorbierte Buffy Stück für Stück, hielt sie mit mächtigen Pranken fest und zerkratzte ihr mit scharfen Fingernägeln die Wange, sodass Blut hervorquoll.

Joyce verfolgte voller Entsetzen das Geschehen. Riley konnte nicht helfen – er war unter einem Haufen Dämonen begraben. Und es gab nichts, das sie tun konnte, um Buffy zu helfen; sie wusste, wenn sie auch nur einen Fuß nach draußen setzte, würden sie über sie herfallen, und sie würde ihre Tochter nur ablenken, statt ihr zu helfen.

Buffy strengte sich an und versuchte mit aller Kraft, ihren Arm oder ihr Bein dem Griff des Dämons zu entziehen. Nichts schien zu funktionieren. Aber Joyce Summers hatte keine Verliererin großgezogen. Buffy schien aufzugeben und erschlaffte, und dann, als der Dämon mit keinem Widerstand mehr rechnete, warf sie sich abrupt nach hinten. Als sie rücklings auf dem Rasen landete und abrollte, flog der Dämon über sie hinweg. Buffy dirigierte seine Landung so, dass er mit dem Kopf zuerst aufschlug. Er prallte mit einem schmatzenden Laut, den Joyce sogar im Haus hören konnte, auf den Rasen, und sein Kopf zerfloss und legte sich über den Rasen.

Das schien zu funktionieren. Buffy löste sich von ihm und wich zurück. Sie verfolgte, wie sich der Dämon verflüssigte, teils im Gras versickerte, teils auf den Bürgersteig und auf die Straße floss, wo er, wie Joyce vermutete, im nächsten Gully verschwinden würde.

Sie entschloss sich, bei der nächsten Gelegenheit einen Gärtner zu rufen, damit er den Rasen an dieser Stelle entfernte und ein neues Stück Rasen einfügte. Der Himmel allein wusste, was dort, wo der Kopf des Dämons zerplatzt war, wachsen würde.

Nachdem Buffy den Dämon erledigt hatte, rannte sie zur Tür. Riley hatte seine Gegner abgeschüttelt und folgte ihr. Joyce riss die Tür auf, und beide stolperten über die Schwelle und ins Haus.

»Danke, Mom«, sagte Buffy keuchend. Sie hielt sich die Seiten, während sie nach Luft schnappte.

»Danke, Mrs. Summers.« Riley sah Buffy an und nickte. »Lass uns deine Mom zu Giles bringen.«

»Mr. Giles?«, fragte Joyce errötend. Es war kein Geheimnis – *nicht mehr* –, dass sie und Buffys ehemaliger Wächter Sex gehabt hatten. Unter dem Einfluss von verfluchten Schokoladeriegeln, erinnerte sie sich. Nicht, dass man uns das zugute halten würde.

»Alle sind dort, Mom«, erklärte Buffy. »Du wirst dort sicher sein ... sicherer als hier.«

»Okay.« Sie zögerte. »Möchte einer von euch etwas essen?«

»Im Moment nicht«, sagte Riley höflich. »Vielen Dank.«

»Gehen wir. Halte dich zwischen uns, wenn du kannst. Auf diese Weise können wir dich besser beschützen.«

Joyce holte Luft und nickte. Ehe sie damit fertig war, waren sie bereits aus dem Haus, Buffy an der Spitze, grausige Kreaturen mit Tritten und Schlägen aus dem Weg befördernd. Ein blaues, mit Kiemen versehenes Wesen kroch auf allen Vieren auf sie zu, und Riley rammte ihm seinen Absatz in die Augen; schwarze Flüssigkeit spritzte in die Luft und befleckte Joyces Pyjama.

Sie schafften es über den Rasen und bis zum Bürgersteig, als ein Eiswagen neben ihnen hielt und eine Melodie spielte, die Joyce nicht kannte. Xander saß am Steuer; er winkte ihnen lässig zu und sagte: »Springt rein.«

Sie gehorchten, und er raste mit etwa dreißig Kilometern pro Stunde los.

Buffy und Riley kämpften weiter, unterstützt von Spike, der aus dem Innern auftauchte und an einem Eis leckte. »'n Abend, Missus«, sagte er zu Joyce, schob die Eiswaffel in den Mund und half den anderen jungen Leuten die Dämonen zu vertreiben, die den Eiswagen zu entern versuchten.

Nach einer sehr, sehr, sehr, sehr langen Zeit erreichten sie Giles' Apartment. Dort lauerten nur sehr wenige Monster, und Buffy, Riley und Spike töteten genug, dass sie es bis zur Tür schafften.

Als sie die Treppe hinaufrannten, sagte Buffy: »Komm, Mom.« Sie blickte auf sie hinunter und fügte hinzu: »Warum trägst du keinen Morgenmantel?«

»Es tut mir schrecklich Leid, Schatz«, konterte Joyce, während sie ihr auf nackten Füßen folgte. »Was habe ich mir nur dabei gedacht? Musste ich etwa mein Leben retten?«

»Du hast mich schließlich immer ermahnt, stets frische Unterwäsche anzuziehen für den Fall, dass ich einen Unfall habe.«

Giles öffnete die Tür zu seiner Wohnung.

»Das habe ich nie gesagt«, protestierte Joyce. »Guten Abend, Mr. Giles.«

»Guten Abend.« Er lächelte, als hätten sie niemals Sex auf der Kühlerhaube eines Autos gehabt, und trat höflich zur Seite. Sein Lächeln verblasste, als er Spike sah. »Was wollen Sie schon wieder hier?«

Xander ließ sich neben Anya aufs Sofa fallen. »Es muss kalt draußen sein«, stellte Anya fest. Sie lächelte Joyces Brust an.

»Oh.« Joyce war verlegen. Sie warf Buffy einen Blick zu, und Buffy fragte: »Giles, wo ist Ihr Bademantel?«

»Oben. Im Loft«, antwortete er.

»Ich hole ihn, Schatz.« Joyce wandte sich ab und stieg die Treppe hinauf.

Buffy drehte sich zu Giles um, und sie und Riley erzählten ihm, was in L.A. und in Sunnydale geschehen war. Es ging dabei um Dämonen, Dämonen, Dämonen.

»Was?«, erwiderte Anya auf etwas, das Xander ihr zugeflüstert hatte. Nur dass sie mit lauter, verwirrt klingender Stimme sprach. »Jeder weiß, dass sie Sex hatten. Es ist allgemein bekannt.«

»Jeder weiß auch, dass wir Sex haben«, sagte Xander und kniff die Lippen zu seinem typischen *Ay-Chihuahua*-Lächeln zusammen. »Aber niemand redet gern darüber.«

»Warum nicht? Es ist eine angenehme Aktivität, und unsere Freunde wollen, dass wir uns alle amüsieren.« Sie lächelte Giles an. »Es freut mich, dass Ihnen der Sex mit Buffys Mutter Spaß gemacht hat.«

Über ihnen im Loft schloss Joyce die Augen, während sie den Gürtel von Giles' dickem Frotteebademantel verknotete und den Kopf schüttelte.

Es sieht so aus, als würde ich vor Verlegenheit sterben, statt in Stücke gerissen zu werden.

Vielleicht hätte ich mich von den Monstern töten lassen sollen, dachte sie.

Als sie die Wendeltreppe hinunterstieg, warf Spike ein: »Ich frage mich, ob deine Initiative etwas mit diesen Amok laufenden Monstern zu tun hat.«

Riley blinzelte. Er sagte: »Wir wurden aufgelöst.«

Spike verdrehte die Augen. »Ich habe noch immer einen Chip, und du hattest einen, von dem du nichts wusstest. Man muss kein verdammter James Bond sein, um zu wissen, dass die Regierung nicht auf neue Kontrolltechniken von Menschen verzichtet.«

»Du bist kein Mensch, Spike«, erinnerte Buffy ihn. »Du bist

nichts. Du hast nur deswegen noch einen Chip in deinem Kopf, weil du es nicht wert bist, dass man sich darum kümmert. Dein Versuch, ihn zu entfernen, ist gescheitert, und niemand möchte dir helfen, wieder ein mordender Irrer zu werden. Punkt. Ende der Geschichte.« Sie sah Riley an, und Joyce entdeckte einen Anflug von Sorge auf ihrem schönen jungen Gesicht. »Riley ist in Ordnung, und du bist es nie gewesen. Und du wirst es nie sein.«

Joyce blickte zu Rupert Giles hinüber, der nachdenklich aussah. Glaubt er, dass die Initiative für all das verantwortlich ist?, fragte sie sich.

Dann räusperte sich Spike und sagte: »Hat einer von euch meine Freundin gepfählt?«

»Harmony?«, fragte Buffy mit hochgezogenen Brauen.

»Ah.« Spike seufzte. »Ich meine Cheryce.«

»Hätte ich noch meine Kräfte, würde ich dich jetzt wahrscheinlich töten«, erklärte Anya. »Du bist ein schrecklicher Freund. Zweifellos hätte eine der Vampirinnen, die du betrogen hast, mich gebeten, ihr bei ihrer Rache zu helfen.«

»Nun, du bist keine Dämonin, und Cheryce ist meine ... ist ein Freund, der eine Frau ist ... und sie ...« Er brach ab. »Habt ihr sie gesehen?«

»Wenn ja, dann hätten wir sie längst gepfählt«, meinte Buffy hilfsbereit.

»Aber das habt ihr nicht«, sagte Spike bedächtig.

Buffy sah sich im Zimmer um. Niemand sagte etwas. Joyce bemerkte Spikes enttäuschten Gesichtsausdruck und dachte: Vielleicht sorgt er sich doch um sie.

Giles musterte Spike, und Joyce zog den Gürtel ihres Bademantels enger, als sie sich auf die Couch setzte.

Xander gewöhnte sich allmählich an die Verlegenheit, in die ihn Anya noch immer gelegentlich – *okay*, oft – brachte. Ich bin nicht gerade froh darüber, dachte er, aber es wird allmählich zur Routine. Es ist nur ein weiterer Teil des Lebens, den man ertragen muss, so wie Waschen oder Kaugummi von den Schuhsohlen kratzen.

Und die Vorteile des Zusammenseins mit Anya überwogen eindeutig die peinlichen Nachteile. Alles in allem konnte er sich glücklich schätzen.

Aber die anderen – sie schätzten sich nicht besonders glücklich, soweit Xander dies erkennen konnte. Es hing eine Spannung in der Luft, die ihm nicht gefiel. Hin und wieder milderte Anya sie mit einer ihrer launigen Bemerkungen ab. Aber dennoch, seit das Schattenmonster aufgetaucht und Buffy nach L.A. gefahren und wieder zurückgekehrt war, lief alles schief.

Zunächst einmal lastete viel zu viel auf Buffys Schultern, und der Stress machte sich allmählich bemerkbar. Riley versuchte ihr zu helfen, aber genau das war sein Problem: Er wollte nichts weiter als Buffy beschützen, und er schien nicht zu erkennen, dass sie nicht gerade ein Mensch war, der viel Schutz benötigte. Außerdem, obwohl er Riley mochte – und er mochte ihn wirklich –, störte ihn, dass Riley seine Rolle in der Gruppe übernommen hatte. Er war früher Buffys rechte Hand gewesen. Er hatte ihr nicht so nahe gestanden wie Riley, aber trotzdem – er war ihre rechte Hand gewesen. Jetzt war Riley es. Buffy wandte sich nicht mehr an Xander, wenn sie ein Problem hatte oder wenn sie etwas brauchte. Sie wandte sich nicht einmal mehr an Willow. Sondern nur noch an Riley.

Was außerdem zur Folge hatte, dass der arme Giles immer weniger miteinbezogen wurde. Dieser Mann war richtig daneben, seit er nicht mehr Buffys Wächter war. Er brauchte ein Hobby, eine Freundin, Urlaub und alle drei Dinge auf einmal.

Zuerst hatte Xander sich einfach zurückgelehnt und nur beobachtet, wie sich die Dinge langsam und unaufhaltsam wie tektonische Platten unter der Erdkruste veränderten. Aber während er hier saß und fast alle da waren – sogar Buffys Mom, die viel attraktiver aussah, als es irgendeiner Mom erlaubt war –, dämmerte ihm, dass er etwas unternehmen musste, um die Dinge ins Reine zu bringen. Niemand sonst würde es tun. Es bleibt wieder an mir hängen, dachte er. Die Verantwortung, die Welt wieder ins Lot zu bringen, lastete allein auf den breiten Schultern von Xander Harris.

Er wusste nicht genau, wo er anfangen sollte.
Aber er würde es schon herausfinden.

Los Angeles

Angel ging langsam durch die Straßen und beobachtete die Gesichter der Straßenkinder, während sie ihn beobachteten. Einige von ihnen wirkten ernst; andere versuchten, ihre Furcht zu verbergen. Aber die Reaktion, die ihn am meisten bedrückte, war die hoffnungslose Leere auf vielen Gesichtern, als erwarteten sie nicht mehr, bemerkt zu werden. Als wären sie unsichtbar.

Heute Nacht spürt man nicht besonders viel Liebe, dachte er, während er an ihnen vorbeiging.

Er war auf der Suche nach Informationen, aber die Jugendlichen, denen er begegnete, weigerten sich, mit ihm zu sprechen; sie waren verschlossen und unfreundlich und wichen sogar den harmlosesten Fragen aus. Er konnte sich vorstellen, dass manche dieser Teenager nicht einmal eine ausgestreckte Hand ergreifen würden, die sie aus einem brennenden Gebäude ziehen wollte. Es war, als wären sie nicht nur körperlich, sondern auch geistig ausgerissen. Er verstand es; er hätte an ihrer Stelle genauso reagiert. Er hatte kurz davor gestanden …

Aber dann ist Darla gekommen und hat mich verwandelt …, dachte er.

Geht nach Hause, wollte er den Jugendlichen sagen. Aber für einige von ihnen wäre dies dasselbe, als würde man sie zurück *in* ein brennendes Gebäude stoßen.

Er entdeckte drei dunkelhäutige junge Männer auf der anderen Straßenseite, einer trug einen Pullover mit Kapuze, die sein Gesicht verhüllte. Aber Angel erkannte ihn an seinem Gang und überquerte die Straße.

»He«, sagte Gunn und schlug die Kapuze zurück. »Was zum Teufel ist los, Mann? Überall in L.A. haben die Kids vor Angst die Hosen voll.«

»Es verschwinden noch immer Leute«, erklärte Angel. »Hast du was gehört?«

Gunn zuckte die Schultern. »Eine Menge Kids gehen in die Obdachlosenheime, weil sie Schutz suchen. Die meisten von ihnen denken, dass entweder religiöse Fanatiker oder Aliens dahinter stecken.«

»Das denkt Cordelia auch. Sie ist diejenige, die du im Krankenhaus bewacht hast.«

»Ich würde sie gern noch mal treffen, wenn sie nicht schizophren ist«, sagte Gunn. »Schien eine nette Tussi zu sein. Hätte ich gewusst, dass sie es war, die sich am nächsten Tag unter der Bibliothek herumtrieb, hätte ich Hallo gesagt.«

»Sie ist nett.« Angels Handy vibrierte, und er sah auf die Anzeige. Es war Cordy. Zu Gunn sagte er: »Entschuldige mich.« Er nahm sein Handy aus der Tasche und rief sie an.

»Du wirst es nicht glauben!«, rief sie, als sie abnahm. »David Nabbit hat gerade angerufen. Die Tochter seiner Sekretärin ist verschwunden.«

»Wurde Lösegeld gefordert?«, fragte Angel automatisch. Nur weil eine Menge Teenager auf mysteriöse Weise verschwanden, bedeutete dies nicht, dass es keine normalen Entführungen mehr gab. Vor allem, wenn die Mutter des Opfers für einen Multimillionär arbeitete. Oder ist er Milliardär?

»Noch nicht«, antwortete sie. »Aber du kannst darauf wetten, dass sie eine Menge verlangen werden, wenn sie welches fordern.«

»Irgendwelche Hinweise? Informationen?«, fragte Angel.

»Nein. Aber er möchte, dass du ihn anrufst. Wahrscheinlich nur, um ihn zu beruhigen«, sagte sie. »Er ist ziemlich aufgelöst.«

Angel nickte. »Okay.« Er unterbrach die Verbindung. Auf Gunns fragenden Blick hin erklärte er: »Die Tochter von David Nabbits Sekretärin.«

Gunn pfiff. »Was geht hier vor? Es wurden einige reiche Kids entführt, Mann. Und dann welche, die niemand vermisst.«

Angel sah über die Straße zu den eingefallenen Gesichtern und den hochgezogenen Schultern der Mädchen und Jungen hinüber, die jetzt eigentlich zu Hause sein sollten, um mit ihren Eltern über die Schlafenszeiten und Hausaufgaben zu streiten.

»Ich bin sicher, dass jemand sie vermisst«, sagte er leise. Er wandte sich wieder an Gunn. »Wenn du irgendetwas hörst ...«

»Sag ich dir Bescheid, Mann.«

Sie beließen es dabei. Angel ging den Weg zurück, den er gekommen war. Die Jugendlichen waren noch immer da, lungerten herum und taten so, als wäre es völlig normal, von zu Hause auszureißen und auf der Straße zu leben. Als Angel sie passierte, sah ihn ein Mädchen mit großen, verängstigten Augen an und fragte: »Wollen Sie ein wenig Spaß, Mister?«

Er musterte sie. »Ist es zu Hause so schlimm?«

Die anderen Jugendlichen sahen zuerst ihn, dann sie an.

Sie hob ihr Kinn, biss die Zähne zusammen und zuckte die Schultern. »Wen kümmert's?«, erwiderte sie kalt.

Angel seufzte und ging weiter.

Sunnydale

Der Morgen brach an, und kaum einer hatte richtig geschlafen.

Giles hatte sein Bett Buffy, Tara und Joyce überlassen, aber Buffy hatte den Großteil der Nacht über die anderen gewacht. Anya und Xander schmiegten sich auf der Couch aneinander; sie lag auf ihm, etwas, das nur Verliebte tun und trotzdem schlafen konnten. Spike kauerte in der Badewanne unter einer Decke, und Giles und Riley hatten auf dem Boden ihr Nachtquartier aufgeschlagen.

Das Frühstück war eine chaotische Angelegenheit und bestand hauptsächlich aus Leuten, die nacheinander erwachten und nach etwas Essbarem suchten. Buffy war die Erste, und sie entschied sich für Käse und Cracker. Sie verschluckte sich fast, als Spike hereingetappt kam und knurrte: »Wer hat meinen O-Saft geklaut?«

Giles kochte Kaffee und Tee, und nach ein paar Schluck Kaffee informierte er Buffy und Riley über das, was in der kurzen Zeit passiert war, nachdem sie Sunnydale verlassen hatten. Die Diskussion wurde mehrere Male von verschiedenen Dämonen unterbrochen, die sich gegen Türen und Fenster warfen. Buffy tötete die meisten von ihnen. Riley und Xander erledigten ebenfalls eine stattliche

Anzahl, während Spike sehnsüchtig aus dem schützenden Haus zusah, da er wegen des Sonnenlichts nicht an dem Kampf teilnehmen konnte.

Wie gewöhnlich tat Sunnydale so, als gäbe es für alles eine absolut vernünftige Erklärung – wenn es keine Gangs auf PCP oder Gaslecks waren, dann waren es Gangs aus einer anderen Stadt, mit Gummimasken verkleidet. Niemand störte sich an den Berichten, dass das Schattenmonster seinen mörderischen Amoklauf fortgesetzt hatte, ein drei Meter großer Riese auf dem Campus der U.C. Sunnydale aufgetaucht war oder dass Riesenameisen den weißen Sand von Sunnydale Beach verunsicherten.

»Und was ist mit den Märchengeschöpfen?«, erinnerte Joyce sie.

Sie machten sich an die Arbeit und stellten Nachforschungen im Internet an. Giles tauschte sich per E-Mail mit ein paar Freunden in anderen Ländern aus. Einige vermuteten, dass Sonnenflecken oder Kometen hinter den Ereignissen steckten; andere versprachen, ihre okkulten Bibliotheken nach relevanten Informationen zu durchforsten.

»Die meisten Dämonen scheinen in der Nähe des Höllenschlunds aufzutauchen, was durchaus Sinn macht«, berichtete Giles. »Aber nicht alle, was wiederum keinen Sinn ergibt.«

»Und nicht alle von ihnen sind Höllenbewohner«, warf Riley ein. »Es liegen keine Pheromonwerte vor.«

Alle mussten das erst einmal verarbeiten. Spike murmelte etwas davon, dass er Cheryce vermisste, und verfluchte die »elende Initiative« und den Chip in seinem Kopf, während Buffy entschied, dass es am besten war, den Höllenschlund zu untersuchen, ganz gleich, ob sich dort eine Menge Monster herumtrieben oder nicht.

Riley begleitete sie. Und sie fanden absolut nichts. »Ist das ein Problem?«, fragte Buffy rhetorisch. »Ich meine, vielleicht ist es vorbei. Vielleicht lag es an den Sonnenflecken oder einem Kometen.« Sie sah Riley an.

»Nun«, meinte er, »es ist Tag. Vielleicht kommen sie nur in der Nacht heraus.«

»Du willst den ganzen Tag herumsitzen und warten, bis sie auftauchen?«

»Ich nicht«, erklärte er. »Du?«

Sie schüttelte den Kopf. »Obwohl ich sicher bin, dass wir etwas finden könnten, um uns die Zeit zu vertreiben, glaube ich nicht, dass wir uns im Moment damit beschäftigen sollten.«

»Dann kehren wir am besten zurück, schätze ich«, sagte Riley. »Und melden Giles, dass alles in Ordnung ist.«

»Nun ja, sie scheinen nachts viel aktiver zu sein«, sagte Giles. »Wie Vampire.«

»Aber sie sind keine«, erwiderte Buffy. »Vampire, meine ich. Warum sind sie also nachtaktiv? Ich meine, das Schattenmonster, sicher. Schatten sind tagsüber nicht besonders unheimlich, richtig? Aber der Rest von ihnen? Was sind sie Ihrer Meinung nach?«

»Das versuche ich noch immer herauszufinden«, sagte Giles. »Ich fürchte, ich habe bis jetzt keine Fortschritte gemacht. Sie entsprechen in keinster Weise dem, was in den Büchern aufgeführt ist. Ich fürchte, ich weiß noch immer nicht, was hier genau vor sich geht.«

»Ich sage Ihnen, was vor sich geht«, drang Anyas Stimme von der Tür. Hinter ihr tauchte Xander auf, völlig außer Atem. Spike stand von der Couch auf.

»Habt ihr sie gefunden?«, fragte er. »Habt ihr Cheryce gesehen?«

»Nein, habe ich nicht«, antwortete Xander. »Wir waren bei mir zu Hause. Um frische Kleidung zu holen und nach meinen Eltern zu sehen.«

»Und um Sex zu haben.« Anya lächelte verträumt. »Es war schön.«

»An«, warnte Xander. »Erinnerst du dich, was wir besprochen haben?«

Sie blickte leicht verwirrt drein. »Aber das hat nichts damit zu tun, dass Mrs. Summers und Giles Sex hatten.«

»Kommen wir doch auf deine Bemerkung zurück, dass du weißt, was vor sich geht«, schlug Giles vor.

»Ja«, bekräftigte Xander, froh, das Thema zu wechseln. »Wir waren in meinem Keller und haben, äh, die Waschmaschine beladen, als diese Lady über den Bürgersteig rannte und schrie, dass ein Monster aus einem Lichtkreis gesprungen sei und sie verfolgt hätte.«

Giles zog die Brauen hoch. »Hast du mit ihr gesprochen?«

Xander schüttelte den Kopf. »Ich konnte meine Hose nicht rechtzeitig ... sie war in der Waschmaschine ...«

Anya beugte sich nach vorn. »Wir haben ...«

»Ja, schon gut«, unterbrach Giles und schloss die Augen.

Buffy war amüsiert. Außerdem versuchte sie sich auf die weitschweifige Enthüllung zu konzentrieren, zu der Xander jetzt ansetzte.

»Sie sagte etwas von dem Spielplatz drüben am Weatherly Park, also dachten wir uns, auf dem Rückweg dort mal vorbeizuschauen.«

»Nebenbei, seine Eltern sind nicht gefressen worden«, fügte Anya hilfsbereit hinzu.

»So ein Pech«, sagte Spike zu Xander.

»Danke, Mann«, erwiderte Xander. »Wir gingen also hin, und bada-bing! Dieser unheimliche leuchtende Kreis erscheint und drei kleine, wie Höhlenmenschen aussehende Wesen fallen heraus.«

»Das klingt nach *Ghost Roads*«, warf Buffy ein. Sie sah Giles an. »Haben Sie mit dem Torwächter gesprochen?«

»Das habe ich. Und er hat sie alle geschlossen. Es sollte im Moment keine Zugänge zu ihnen geben«, erklärte Giles.

»Vorausgesetzt, er ist ein sehr guter Torwächter«, brummte Spike.

Buffy warf dem blassen, weißhaarigen Vampir einen Blick zu. Spike mit von der Partie zu haben, war wie in einer dieser Seifenopern, in denen jemand zutiefst böse war und gemeine Dinge anstellte, aber die anderen Charaktere vertrauten ihm trotzdem und machten alle möglichen verrückten Dinge wie ihn zu heiraten oder ihn unbeaufsichtigt in einen offenen Banktresor spazieren zu lassen.

Riley sah Buffy an. Buffy erwiderte seinen Blick. Sie sagte: »Warten wir noch eine Weile. Mal sehen, ob es andauert. Wenn es dunkel wird, kann Spike uns begleiten.«

»He«, sagte Spike. Xander zeigte auf ihn.

»Entweder machst du mit, oder du holst dir eine Sonnenbräune«, warnte er.

Spike zog eine Grimasse wie ein trotziges kleines Kind und sagte: »Wenn mich jemand braucht, ich bin in der Wanne.«

Das Telefon auf Giles' Schreibtisch klingelte. Tara sagte: »Ich glaube, es ist Willow.« Giles forderte sie mit einem Nicken auf, den Hörer abzunehmen, was sie auch tat, und ihre Wangen röteten sich. Sie lächelte Buffy an, die zurücklächelte und dachte, dass niemand außer Willow eine derartige Freude und Erleichterung auf Taras weiche Züge zaubern konnte.

»Hi, Willow«, murmelte Tara und strich ihr blondes Haar hinters Ohr. »Wie läuft es bei dir?«

Tara hörte mindestens eine Minute lang konzentriert zu.

Was eine ziemlich lange Zeit ist, wenn man jemandem zuhört, der am Telefon einem anderen zuhört, dachte Buffy ungeduldig.

»In Ordnung, äh, du auch.« Tara lächelte und legte den Hörer auf.

Sie sagte: »Wisst ihr, wie Willow sich in diese Krähe verwandelt hat?« Alle nickten. »Sie wollen, dass ich es zusammen mit ihnen versuche. Normalerweise muss sich jemand in den ›Flügel‹ und ein anderer in die ›Kralle‹ verwandeln. Der Flügel sucht und die Kralle beschützt. Sie mussten es ohne Kralle tun, weil Doña Pilar für Willow den Anker spielen musste.«

Giles sagte: »Ja, und ich finde dies überaus faszinierend. Sie wollen also das Ritual mit dir wiederholen? Aus der Ferne, wie es aussieht?«

Tara nickte. »Sie hatten beide das Gefühl, dass Nicky in der Nähe war.«

»Gut. Vielleicht können sie ihn dazu bringen, mit dem, was er macht, aufzuhören – was immer es auch ist«, sagte Buffy. Sie zeigte Tara den nach oben gerichteten Daumen. »Ich würde sagen, leg los.« Dann verzog sie das Gesicht. »Ist es sehr gefährlich?«

»N-nein«, sagte Tara, und errötete. »Ja. Ein wenig.«

»Aber so ist es doch immer«, meinte Xander. »Die besten Dinge im Leben sind tödlich. Oder möglicherweise tödlich.« Er runzelte die Stirn, als Anya ihm einen Rippenstoß versetzte. »Für was war das?«

»Ich habe noch nie versucht, dir das Leben zu nehmen«, sagte sie. »Deshalb stehe ich nicht auf deiner Liste der besten Dinge.«

»Jesses, An, reg dich ab. Lauf ich nicht dauernd herum und murmle ›Du wirst noch mal mein Tod sein‹?«

»Bist du sicher, dass du es versuchen solltest?«, fragte Giles Tara. Seine Stimme klang freundlich und besorgt. Buffy war gerührt; erst in der letzten Zeit hatte sie erkannt, wie schwierig es manchmal für Giles sein musste, sie und ihre Freunde in den Kampf zu schicken, wo er ihnen allen doch eher väterliche Gefühle entgegenbrachte.

»Ich muss helfen, wo ich kann«, erwiderte Tara. Sie lief tiefrot an. Sie hat Angst um Willow, dachte Buffy.

»Du hast ihr schon geholfen«, konterte Giles. »Deine Bann- und Schutzzauber sind hervorragend, aber sie müssen bald erneuert werden.«

Sie senkte schüchtern den Kopf. Dann sagte sie: »Ich würde den Zauber gern mit ihnen versuchen. Ich habe ihnen gesagt, dass ich in zehn Minuten bereit bin.«

»Also gut«, seufzte Giles. »Können wir dir irgendwie helfen?«

»Ich brauche Ruhe. Ich muss allein sein«, erklärte Tara.

Aus dem Badezimmer schrie Spike: »Aber das Klo kannst du nicht haben!«

»Wie wäre es mit dem Loft?«, schlug Giles vor. »Du kannst dich auf das Bett setzen. Wir werden versuchen, ganz leise zu sein.«

Anya schnaubte. »Das sagt Xander jedes Mal.«

Tara saß im Schneidersitz auf dem Boden des Lofts und hatte die Hände locker auf die Knie gelegt. Sie hörte, wie die anderen versuchten, so leise wie möglich zu sein, und auf Zehenspitzen herumschlichen, den Kühlschrank öffneten und schlossen. Jemand musste die Toilette benutzen, und Spike fluchte und beschwerte sich darüber, aber selbst er verhielt sich so leise wie möglich.

Nach einer Weile fand sie ihr Zentrum und sperrte nach und nach die Geräusche aus. Sie verwandelten sich in ferne Echos. Die Kühle des Raumes wich – Giles mochte es kühl –, und Wärme hüllte Tara ein. Ihr Körper wurde leichter; sie stellte sich vor, dass sie sich ein paar Zentimeter vom Boden erhob und in die Luft schwebte …

… und dann, urplötzlich, flog sie hoch über der Erde, mit Willow auf der einen Seite und Doña Pilar auf der anderen. Sie bildeten einen Kreis in den Wolken und wandelten als leuchtende, körperlose Gestalten zwischen ihnen. Sie blickte zu Willow hinüber, deren Gesicht von Licht erfüllt war; und dann zu der älteren Dame, die sie noch nicht kennen gelernt hatte. Sie hatte sich noch nie zuvor so ruhig und glücklich und so stark gefühlt, und dann …

… flog sie neben einer schlanken, schwarzen Krähe mit einem Funkeln in den Augen her. Es war ihre Willow, und sie schlug mit den Flügeln, um mit ihr mitzuhalten. Sie kreisten über den Straßen von Los Angeles, und es war ein heller und strahlend schöner Tag. Autos und Busse verstopften die Straßen; die Bürgersteige waren voller Menschen, Farben und Bewegung. Es war ein herrlicher, wundervoller Tag.

»Beim letzten Mal war es nicht so«, sagte Willow; und es war, als hätten ihre Worte sie an einen anderen Ort versetzt.

Finsternis legte sich wie ein eisiges Netz auf sie; Tara flog durch dicke, kalte Schwärze, sirupartig und faulig. Sie blickte sich suchend nach Willow um und sah nichts.

Sie fröstelte und wollte etwas sagen. Aber als sie den Mund öffnete, drang die Finsternis hinein. Sie würgte und spuckte sie dann aus, irgendwie wusste sie, dass sie sie nicht schlucken, dass sie nicht zulassen durfte, dass sie in ihr Wesen drang.

Dann streichelte jemand ihre kleinen Finger, die Dunkelheit verschwand, und sie war wieder im Licht und spürte Liebe um sich herum. Eine unterschwellige Zufriedenheit erfüllte sie, und sie drehte langsam den Kopf. Alles an ihr bewegte sich in Zeitlupe, ihre Gedanken eingeschlossen. Sie sah Funken und silbernes Licht aus ihren Fingerspitzen strömen, und dort, wo ihr Herz in der Brust saß, entsprang goldenes Licht.

»Diese Magie ist stärker als alles, was ich je erlebt habe«, sagte Doña Pilar zu den Mädchen. Auch sie war eine Gestalt aus golden schimmerndem Licht. »Ist euch klar, wie nah wir dem Zentrum des Lichtes sind?«

Plötzlich stellten sich Taras feine Nackenhärchen auf. Sie sagte alarmiert: »Da kommt jemand.«

Die drei wurden wachsam; Tara hörte Herzschläge – drei, nein, vier. Sie lauschte konzentriert. Drei gleichförmige Schläge; der vierte war unregelmäßig und weiter entfernt.

»Da ist jemand vor dem Haus«, sagte Doña Pilar. Zu Tara gewandt: »Bleib im Kreis. Fließ mit uns.«

Sie bewegten sich durch buntscheckigen Nebel, vorbei an verschwommenen Farben und Tönen. Menschen und Gegenstände streckten sich und verloren ihre Form, als die drei sie wie Phantome passierten.

Ein braunes Rechteck schwankte vor Tara, wurde länger und breiter. Es war eine Tür.

Sie öffnete sich.

Tara begleitete die beiden anderen Hexen hindurch. Der Himmel war von einem strahlenden Blau, das Gras unter ihren Füßen pulsierte vor mystischer Energie.

Schreckliche Angst durchfuhr sie und ließ ihre Knochen vor Kälte schmerzen. Sie zitterte und hielt die Hände der anderen Hexen fest. Der Himmel legte sich zur Seite und war jetzt von einem seltsamen matten Purpurgrau wie ein Bluterguss.

Eine riesige schwarze Gestalt richtete sich auf ihren Hinterbeinen auf und öffnete ihr Maul. Grauen und Tod und das Böse quollen heraus, und Tara wich zurück.

»Nicky!«, schrie Doña Pilar.

»Nicht!«, rief Willow.

Aber die alte Dame ließ Tara und Willow los und rannte zu dem Schatten. Sie streckte schluchzend die Hände aus. »*Mi'jo!*«

Der Schatten richtete sich höher, höher und höher auf und brach wie eine Welle in sich zusammen.

»Nein!«, rief Willow wieder und griff nach der Frau.

Das Telefon klingelte.

Auf dem Boden von Giles' Schlafzimmer schreckte Tara aus ihrer

Trance und griff nach dem Telefon, bevor unten jemand reagieren konnte.

»Willow?«, fragte sie.

Am anderen Ende der Leitung war Willow außer Atem. »Ich habe sie. Ich habe sie zurück ins Haus gezogen.«

»War es Nicky?«, fragte Tara.

Eine Pause trat ein. Willow sagte: »Oh, Tara, ich hoffe nicht. Es war *böse.*«

Tara nickte. »Wir haben zusammen mit ihr starke Magie gewirkt, Willow. Vielleicht können wir das Böse zerstören. Falls er es war.« Sie war erschöpft.

»Leg dich hin«, riet Willow, als könnte sie ihre Müdigkeit spüren. »Ruh dich etwas aus. Wir finden schon heraus, was passiert ist.«

»Bitte, sei vorsichtig.« Tara verstärkte ihren Griff um den Hörer. »Wenn dir ... irgendetwas zustößt ...«

»Mir wird schon nichts passieren.« Willows Stimme klang tröstend. »Ruh dich jetzt aus, okay?«

»Okay«, sagte Tara. Aber als sie den Hörer auflegte, dachte sie: Sie kann mir nicht versprechen, dass nichts passieren wird. Ganz gleich, wie stark unsere Magie ist – was auch immer da draußen ist, scheint stärker zu sein.

Unten schimpfte Spike: »Das ist alles, was ihr macht. Ihr benutzt das Klo!«

»Dann versteck dich doch woanders vor der Sonne«, erwiderte Anya gereizt.

Die Stimmen erinnerten Tara daran, dass sie nach unten gehen und den anderen erzählen musste, was passiert war.

Aber dafür musste sie sich bewegen. Sie wollte ihren Arm heben ... oder zumindest dachte sie daran, ihren Arm zu heben. Schon daran zu denken erschöpfte sie.

Mit einem leichten Stirnrunzeln sank Tara in einen tiefen Schlaf.

7.

Moskau, 1983

Alexis Wischnikoff stapfte nach Hause und hielt in einer vergeblichen Geste des Trotzes gegen den eisigen Regen seinen Schirm umklammert. Ein Wind, der geradewegs von der Barentsee zu kommen schien, trieb die stechenden Tropfen gegen ihn, und er drohte bei jedem Schritt auszurutschen. Er hatte gehofft, zu diesem Zeitpunkt ein eigenes Auto, vielleicht sogar einen Fahrer zu haben.

Aber es sollte nicht sein. Der amerikanische Präsident Reagan rüstete mehr und mehr auf und verstärkte die globalen Spannungen. Die Sowjetunion versuchte mitzuhalten. Jetzt hatte Reagan etwas geplant, was er *Strategische Verteidigungsoffensive* nannte. Die Amerikaner nannten es Star Wars. Es würde, wie Alexis überzeugt war, niemals funktionieren. Aber es musste dennoch eine Antwort geben. Und das Frustrierende war, dass Andropow in seiner Blindheit nicht erkannte, dass das Volksprojekt diese Antwort sein konnte.

Aber es war zu visionär für ihn, oder zumindest hatte Wladimir Markow es so charakterisiert. Juri Andropow war kein Mann der Visionen, er war ein Arbeitstier. Es war überhaupt erstaunlich, dass er in der Partei so hoch aufgestiegen war. Er schien einfach nicht in der Lage zu sein, die Möglichkeiten des Volksprojekts zu erkennen und ignorierte es zugunsten eines neuen und schlagkräftigeren Raketensystems. Die Sowjets und die Amerikaner verfügten über genügend Sprengköpfe, um die Welt hundert Mal zu vernichten, und trotzdem wollte Andropow mehr. Bei dem Gedanken an ihn schüttelte Alexis den Kopf. Eisiger Wind peitschte gegen seine Wange.

Er wohnte einen Block weiter in der Petrowkastraße, weniger als einen Kilometer von dem unscheinbaren Bürogebäude entfernt, in dem das Volksprojekt untergebracht war. Andropow verstand das Projekt nicht, aber das änderte nichts an seinem Fortbestand. Seine Finanzierung war vor über einem Jahrzehnt gesichert worden, und daran hatte sich nichts geändert. Das Problem war, dass das Budget nicht erhöht wurde, während die Kosten für alles andere stiegen und stiegen. Der einfachste Bürobedarf, Büroklammern oder Notizbücher, musste auf dem Schwarzmarkt gekauft werden. Wenn einer der Computer ausfiel, musste ihn jemand über Nacht reparieren, bis er wieder funktionierte, da sie sich keinen Ersatz leisten konnten. Aber trotz aller Schwierigkeiten machten die Wissenschaftler und Forscher, die von Anfang an dabei waren, mit ihrer Arbeit weiter. Es gab sogar Fortschritte.

Wenn die Bürgersteige nicht so glatt, wenn der Wind weniger schneidend gewesen wäre. Wenn, wenn ... wenn alles anders gewesen wäre, wäre er ihr vielleicht nie begegnet. Er wäre schneller vom Labor nach Hause gegangen, in Gedanken versunken. Aber so musste er auf seine Schritte achten und immer wieder unter dem Rand seines Schirmes hervorspähen, um sich zu vergewissern, dass er sicher die Straße überqueren konnte und nicht in irgendwelche Pfützen trat.

Und so sah er sie, erhaschte nur einen Blick auf ihre hoch gesteckten blonden Haare, eine kleine runde Brille auf einer winzigen Nase, natürlich rote Lippen und ein festes Kinn, das fast in einem weiten Rollkragenpullover verschwand – erhaschte einen Blick auf sie, wie sie die Tür ihrer Wohnung zuzog und auf die Straße trat. Im selben Moment rutschte er aus.

Er glaubte für den Rest seines Lebens, dass ihr Anblick dafür verantwortlich war. Der kurze Blick, der Moment, in dem er sie bemerkte – er drehte den Kopf, um besser sehen zu können und hielt den Schirm seitwärts, damit er ihm nicht die Sicht versperrte, und all das brachte ihn ein wenig aus dem Gleichgewicht, sodass er, als sein rechter Fuß auf einem Stück Eis ausglitt, nicht darauf vorbereitet war. Er rutschte aus und landete auf seinem Hinterteil. Seine Hosenbeine und Handschuhe waren sofort durchnässt.

Als er verlegen wieder aufblickte, war sie zur Stelle, beugte sich über ihn mit einem Ausdruck auf dem Gesicht, der besorgt und gleichzeitig amüsiert war. Er verstand beides. Er war ein bedeutender Mann, ein Wissenschaftler, der an einem Verteidigungsprojekt arbeitete, obwohl sie das nicht wissen konnte. Aber seine Kleidung und sein Auftreten mussten ihr verraten, dass er ein Bürokrat war, ein Parteimitglied. Sie wollte nicht dafür verantwortlich sein, nicht einmal unabsichtlich, dass er sich verletzt hatte. Gleichzeitig bot ein erwachsener Mann, der im Regen auf seinen Hintern fiel, einen komischen Anblick, dämmerte ihm. Er wandte ein wenig verschämt den Blick von ihr ab, sah sie dann aber wieder an und lächelte.

»Ich ... bin ausgerutscht«, sagte er. »Aber mir ist nichts passiert.«

»Ich habe es gesehen«, erwiderte sie. Sie hatte ihren eigenen Schirm nicht einmal aufgespannt; er lag neben ihr auf dem Boden und wurde ganz nass. »Sind Sie sicher?«

»Nun, ich bin nass und mir ist kalt. Aber ich war schon nass und habe gefroren, als ich ging, sodass der einzige Unterschied jetzt ist, dass ich nass bin und friere und mich etwas ausruhe.«

Sie lachte, und es klang wie das Läuten einer fernen Glocke.

»Meine Wohnung ist direkt hier vorne, Genosse Wischnikoff«, sagte sie. »Ich könnte Ihnen eine Tasse Tee machen, damit Sie etwas trocknen können, bevor Sie Ihren Weg fortsetzen.«

»Nein, ich bin nur – Sie kennen mich?«

»Natürlich«, nickte sie. Jetzt war sie an der Reihe, schüchtern zu reagieren. Sie wandte den Blick von ihm ab, als wäre ihr plötzlich bewusst, dass sie eine Grenze überschritten hatte. »Ich arbeite für das Volksprojekt«, erklärte sie. »Sie kennen mich natürlich nicht. Mein Name ist Valeria Golodkin. Ich bin neu hier, ich habe erst vor ein paar Monaten angefangen.«

»Ich wusste nicht einmal, dass wir neue Forscher einstellen«, sagte Alexis.

Valeria streckte eine Hand aus und half Alexis auf die Beine. »Bitte«, sagte sie. »Kommen Sie ein paar Minuten herein.«

Alexis ließ sich von ihr in ihr Apartment führen. Es war nichts Besonderes, aber sie hatte es hübsch mit ein paar Bildern dekoriert, die sie aus Zeitschriften ausgeschnitten und gerahmt hatte, einigen Fotos des Gorki-Parks und der Küste und ein paar alten, sorgfältig ausgewählten Möbeln in hellen Farben. Sie ließ ihn an einem kleinen Küchentisch Platz nehmen und stellte einen Wasserkessel auf den Herd.

»Ich bin keine Forscherin«, erklärte sie. »Ich bin eine Versuchsperson.«

Alexis war erschüttert. Er hatte geglaubt, über alle Menschen mit übersinnlicher Wahrnehmung Bescheid zu wissen. Die meisten waren sowieso Betrüger, wie er wusste – Leute, die vorgaben, übersinnliche Kräfte zu haben, um sich ein paar Rubel zu ergaunern. Aber er hatte Valeria nie kennen gelernt, erinnerte sich nicht einmal, sie gesehen zu haben, und er war sicher, dass er sich sonst an sie erinnert hätte. Sie sah atemberaubend aus. Selbst hier in ihrer kleinen Wohnung musste er sie dauernd anstarren.

»Ich bin überrascht, dass wir uns noch nie begegnet sind«, sagte er.

»Ich denke, Genosse Markow hat meine Existenz bisher geheim gehalten«, antwortete sie. »Wir sind immer noch in der Testphase. Er will mich erst vorstellen, wenn er sicher ist, dass ich das bin, wofür er mich hält.« Sie löffelte etwas Tee in ein Teesieb und gab es in eine Tasse. Als der Kessel pfiff, goss sie kochendes Wasser über das Teesieb und trug die Tasse zum Tisch. »Milch?«

»Nein, danke«, sagte Alexis. »Was meinen Sie damit, dass Sie sind, wofür er sie hält?«

Sie setzte sich ihm gegenüber an den Tisch. »Als ich Sie draußen berührt, Ihnen beim Aufstehen geholfen habe, da hatte ich ein Gefühl, was Sie anging. Möchten Sie es hören?«

»Sicher.«

»Eigentlich waren es zwei Dinge«, fuhr sie fort. »Ich bin mir nicht sicher, wie sie zusammenpassen, aber sie passen.«

»Nun gut. Weiter.«

»In Ihrer Wohnung hängt ein sehr großes Gemälde an der Wand. Ein Musikinstrument. Eine Harfe, ein Klavier, irgendetwas mit Saiten. Sie haben dieses Instrument nie gespielt, das Gemälde kaum angesehen, aber es ist dort.«

»Ein Cembalo«, erklärte Alexis. »Ich habe ein Gemälde einer Frau, die ein Cembalo spielt.«

»Und die andere Sache ist, denke ich, der Grund dafür, warum Sie so traurig sind. Ein Feuer, als sie noch sehr klein waren.«

»Meine Mutter starb in einem Feuer, als ich elf war«, bestätigte Alexis.

Sie sah ihn an, sah ihn richtig an, und er stellte fest, dass er mit der Geschichte fortfuhr. Er hatte sie noch nie jemand erzählt.

»Sie hatte sich das Bein gebrochen und konnte sich nicht schnell genug bewegen, um aus dem Haus zu kommen. Ich war nicht zu Hause – ich kam gerade von der Schule, als das Haus in Flammen aufging. Als ich den Rauch sah, rannte ich, und als ich näher kam und sie draußen nicht sah, wusste ich, dass sie drinnen sein musste.«

Er holte tief Luft. Er spürte ihren Blick auf sich ruhen und fühlte sich gestärkt und warm, trotz seiner nassen Kleidung und den gefrorenen Erinnerungen. Sein ganzes Leben lang war ein Teil von ihm gefroren gewesen; nichts hatte ihn je zuvor wärmen können. Die Hitze hatte seine Mutter getötet; deshalb war Hitze gefährlich.

»Ich wollte ins Haus laufen«, flüsterte er heiser, »aber unser Nachbar war zu stark – er hielt mich fest. Er hinderte mich daran hineinzugehen. Wahrscheinlich wäre ich gestorben. Stattdessen starb sie.«

»Und sie hat Cembalo gespielt«, warf Valeria mit sanfter Stimme ein.

»Sie spielte Klavier«, berichtigte Alexis. »Aber ich habe kein Gemälde einer Frau gefunden, die Klavier spielt.« Er sah sie an. Sie hielt seinem Blick stand, die blauen Augen ruhig und klar. Eine Strähne ihres blonden Haares löste sich und kitzelte ihre Mundwinkel.

Er räusperte sich. »Sie könnten das alles in meiner Akte gelesen haben«, sagte er schließlich. »Wenn Sie Markows Favoritin sind, haben Sie Zugang dazu.«

»Das wäre möglich«, nickte sie. »Aber ich habe es nicht getan. Und ich denke, Sie wissen es.«

»Wie meinen Sie das?«, fragte er, obwohl er die Antwort bereits kannte.

Sie ergriff wieder seine Hand. »Weil Sie es auch können«, sagte sie. »Sie können so mühelos in mich hineinsehen wie ich in Sie. Schauen Sie.«

Er spürte ihr Fleisch warm an seinem Handteller. Ihre Hände zitterten leicht, und er wusste nicht, ob er es war oder sie. Er schob die Frage beiseite und versuchte seinen Geist von allem zu befreien, als würde er einen Vorhang vor ein Fenster ziehen, um den Blick nach draußen zu versperren.

Als sein geistiges Auge auf eine leere Leinwand blickte, schloss er die Augen und wartete, bis sich von allein ein Bild abzeichnete. Er sah Valeria, aber eine etwas jüngere Version von ihr, gerade aus dem Teenageralter herausgewachsen, wie es schien. Sie spazierte an einer Küste entlang, wahrscheinlich in Odessa, dachte Alexis, am Schwarzen Meer. Ein großer junger Mann mit vollen braunen Haaren und durchdringenden grünen Augen hielt ihre Hand. Diese Augen waren auf Valeria gerichtet, und die Liebe in ihnen war unverkennbar, als er sie beobachtete, wie sie das Meer betrachtete. Alexis wusste, dass dieser junge Mann Berdy hieß, und dass er, mit dreiundzwanzig, drei Jahre älter war als Valeria, und – als er mit Valerias Sinnen Berdys Hand spürte – dass er sie gleich fragen würde, ob sie ihn heiraten wollte.

Aber er wusste auch, dass Berdy ein Jahr später tot sein würde, in einem staubigen afghanischen Dorf in den Hals und das Gesicht geschossen. Das Bild veränderte sich wie eine Überblendung in einem Film, und dann sah er Valeria wieder, wie sie in einem Raum ähnlich diesem hier saß und den Brief des sowjetischen Militärs las, der sie nüchtern darüber informierte, dass ihr Verlobter an der afghanischen Front gestorben war. Tränen strömten über ihr Gesicht und tropften auf das Blatt, das sie in ihrer zitternden Hand hielt.

Alexis ließ ihre Hand los und unterbrach die Verbindung so entschlossen, als würde er einen Hörer auflegen oder einen Stecker herausziehen. Er wusste jetzt, dass sie in Wirklichkeit jünger war, als sie aussah – dass die Tragödie ihrer kurzen Ehe mit einem zum Tode verdammten Mann sie verändert, sie in gewisser Weise älter gemacht hatte. Sie sah noch immer jung aus, aber da waren Sorgenfalten um ihre Augen und an den Mundwinkeln, die den Eindruck erweckten, als hätte sie eine Menge durchgemacht. Eine Aura der Reife hatte sich über sie gelegt, wie eine Nebelbank an der Wolga. Valeria, glaubte er, hatte sich nach Berdys Tod in ihr Innerstes verzogen, dort nach einem Sinn gesucht und ihn bemerkenswerterweise gefunden.

Er glaubte, dass dies der Moment war, in dem er sich in sie verliebte.

Von diesem Tag an waren sie unzertrennlich. Valeria nahm ihn am nächsten Tag mit in Genosse Markows Büro und machte ihm mit deutlichen Worten klar, dass Alexis nicht länger ein Wissenschaftler, sondern eine Versuchsperson war, dass er von nun an mit ihr zusammenarbeiten würde, um ihre Wahrnehmung und Fähigkeiten zu verbessern.

Markow blieb unbeeindruckt – bis sich Valeria und Alexis dem Test unterzogen, den er entwickelt hatte. Sie wählten einen Standardtest – identifizierten Karten, die Markow in der Hand hielt, beschrieben Bilder, die aus einem Stapel in einem Nebenraum gezogen wurden, und sagten die Werte beim Würfeln voraus. Niemand hatte bei diesen kombinierten Aufgaben bisher mehr als sechzig Prozent Trefferquote erzielt, bis Valeria und Alexis es versuchten. Sie brachen jeden Rekord. Sie erzielten bei jedem Durchgang über neunzig Prozent. Markow fiel vor Verblüffung die Kinnlade herunter.

Von diesem Moment an war Markow mit Valeria einer Meinung. Er befreite Alexis von seinen Laborpflichten, damit er ausschließlich, unter Markows wachsamen Augen, mit Valeria zusammenarbeiten konnte. Die weltweit gründlichste und aggressivste regierungsamtliche Untersuchung der militärischen Nutzung paranormaler Kräfte hatte soeben einen enormen Auftrieb erfahren, und Markow plante, dieses Potenzial für die Partei zu nutzen – mit Hilfe von Alexis und Valeria Wischnikoff, denn drei Monate nach ihrer ersten Begegnung heirateten sie.

Los Angeles

Kate Lockley parkte ihren Wagen auf dem Mitarbeiterparkplatz der Benjamin Harrison High in Los Angeles und hinterließ eine POLIZEI-Plakette an der Windschutzscheibe, damit sie keinen Strafzettel bekam oder abgeschleppt wurde, während sie im Gebäude war. Sie musterte die Autoreihen – Toyotas, Nissans, ein Ford Focus, hauptsächlich Wagen, die billig waren und wenig Sprit verbrauchten.

Dann, als sie zum Haupteingang ging, blickte sie zum Schülerparkplatz hinüber. SUV's, höhergelegte Trucks auf riesigen Rädern, Sportwagen, Cabrios. Es standen mehr Mercedes', Porsches und BMW's als VW Käfer auf diesem Parkplatz.

Irgendetwas stimmt doch da nicht, dachte Kate, wenn die Schüler über mehr Einkommen verfügen als ihre Lehrer. Sie glaubte fest daran, dass Lehrer und Polizisten mehr für das Leben und die Sicherheit der Bürger taten als alle anderen, und dennoch rangierten sie fast am Ende der Gehaltsskala. Sie verurteilte Polizeikorruption gnadenlos, aber sie verstand auf einer fundamentalen Ebene, wie frustrierend es war, dass jene, die das Gesetz brachen, mehr Geld machten als jene, die es schützten. Dasselbe Prinzip schien auch hier zuzutreffen – jene, die lehrten, waren im Vergleich zu jenen, die lernten, finanziell im Nachteil. Sie fragte sich, ob reiche Schüler versuchten, Lehrer zu bestechen, damit sie bessere Zensuren bekamen – und ob sie Erfolg hatten, wenn sie es versuchten.

Wahrscheinlich bei zu vielen Gelegenheiten, dachte sie.

Als sie den Haupteingang der Schule passierte, konzentrierte sich Kate auf das aktuelle Problem. Eine Schülerin war verschwunden, eine beliebte Cheerleaderin, und die Schulverwaltung hatte fast gleichzeitig die Polizei, die Presse und die Eltern informiert. Kate hoffte nur, dass sie schneller war als die Presse, um Einfluss auf die Berichterstattung nehmen zu können. Überall in der Stadt waren Jugendliche verschwunden, aber die Medien schienen nur an jenen interessiert zu sein, die aus wohlhabenden Familien stammten, wie Julie Mazullo hier in der BHH.

Die Direktorin, die Cheerleadingtrainerin und der Anwalt von Julies Familie erwarteten Kate im Büro. Zwei uniformierte Officers waren bereits am Tatort eingetroffen; einer von ihnen war im Büro und behielt alles im Auge, während der andere auf dem Trainingsplatz, wo Julie etwa dreißig Minuten zuvor verschwunden war, die Aussagen der anderen Mädchen zu Protokoll nahm. Kate gab Vikki

Castle, der Direktorin, Alice Sheldon, der Trainerin, und Henry Martindale, dem Anwalt, die Hand.

»Sind Julies Eltern hier?«, fragte Kate.

»Sie sind zu Hause und warten, ob ihre Tochter sich meldet«, erwiderte der Anwalt knapp. Er sah vielsagend auf seine Uhr. »Ich würde ihnen gern sagen, dass das LAPD mit dem gebührenden Hochdruck Julies Verschwinden untersucht.«

Kate funkelte ihn an. »Wenn Sie meinen, dass wir alles tun, um diesen Fall zu lösen, Mr. Martindale, dann lautet die Antwort Ja. Unsere Officers waren, wie ich glaube, zehn Minuten nach Eingang der Meldung hier. Ich habe etwas länger gebraucht, weil ich außerdem eine Reihe anderer, ähnlicher Fälle untersuche. Aber jetzt bin ich hier, also lassen Sie uns anfangen, in Ordnung?«

Martindale wirkte nicht im Mindesten verärgert.

»Nun gut«, sagte er und verschränkte die Arme. »Was schlagen Sie vor?«

Kate zog einen Notizblock aus der Manteltasche. »Ich möchte mit den Mädchen von der Cheerleadertruppe reden.«

Alice Sheldon meldete sich zu Wort und hob einen Finger wie eine altmodische Schullehrerin, die einen Schüler zurechtwies. »Das erledigt gerade ein anderer Officer. Ich möchte nicht, dass diese Mädchen mehr als unbedingt notwendig beunruhigt werden. Wir haben am Freitag ein wichtiges Spiel.«

»Ich bin kein Officer«, erinnerte Kate. Sie versuchte ruhig zu bleiben. Oder zumindest ruhig zu klingen. »Ich bin Detective. Ich werde die Aussagen lesen, die sie dem Officer zu Protokoll gegeben haben, aber ich muss auch persönlich mit ihnen sprechen. Und ich denke, Sie können davon ausgehen, dass das Training für heute zu Ende ist.«

Coach Sheldon gab einen hörbaren Seufzer von sich. Sie war eine stämmige Frau mit kurz geschnittenen roten Haaren und trug einen Trainingsanzug in den Schulfarben Blau und Gold. Eine Trillerpfeife hing an einer weißen Baumwollschnur um ihren Hals. Direktorin Castle warf ihr einen gereizten Blick zu, als wäre ihr Seufzer ein regelmäßiges und ärgerliches Ereignis. Kate konnte es nachempfinden – es ärgerte sie ebenfalls.

»Okay«, sagte Sheldon. »Ich schätze, Sie haben Recht.«

»Davon bin ich überzeugt«, meinte Kate. »Können Sie mir jetzt zeigen, wo ich sie finde?«

Sheldon führte sie nach draußen, und sie gingen einen langen Weg hinunter zum gepflegten Sportplatz. Das Stadion sah fast so gut aus wie die professionellen Stadien, die Kate besucht hatte, und war vermutlich sauberer. An einem Ende des Sportkomplexes lag ein Trainingsplatz für die Cheerleadertruppe mit einer kleinen, nicht überdachten Zuschauertribüne. Die Mädchen, noch immer in ihren Uniformen, saßen auf den Holzbänken. Eins von ihnen stand etwas abseits und sprach mit einem uniformierten Officer, der einen kleinen Spiralblock in der Hand hielt und sich Notizen machte. Die anderen Mädchen waren für Cheerleaderverhältnisse ziemlich still; einige blickten erschüttert und ungläubig drein, andere schluchzten.

Einen Moment glaubte Kate, dass Sheldon ihre Pfeife benutzen würde. Aber sie hielt inne, als sie ihre Hand schon halb gehoben hatte und verharrte so.

»Mädchen«, erklärte sie. »Das ist Officer ...«

»Detective«, unterbrach Kate.

»... Detective Lockley vom Los Angeles Police Department. Ich weiß, dass viele von euch bereits mit dem Officer hier gesprochen haben, aber ihr müsst auch mit Detective Lockley reden. Ich bin sicher, dass sie versuchen wird, es kurz zu machen.«

Sie drehte sich zu Kate um, als erwartete sie eine Bestätigung ihres Glaubens.

»Ja. Ich werde alles tun, um es für euch so einfach und schmerzlos wie möglich zu machen«, versicherte Kate der Truppe. Es waren ungefähr zwanzig Mädchen. Mit jedem würde sie etwa fünf Minuten sprechen müssen, was insgesamt rund anderthalb Stunden machte. Zusätzlich zu der Zeit, die die Mädchen hier bereits verbracht hatten. Sie würden begeistert sein.

Wie sich herausstellte – und wie Kate erwartet hatte – konnte keine von ihnen etwas sagen, was ihr weiterhalf. Alle in der Truppe mochten und respektierten Julie. Niemand wünschte ihr etwas Schlechtes. Jedes Mädchen vergoss bei der Aussage mindestens eine

Träne für die arme Julie. Als sie mit den Aussagen fertig und die Tränen getrocknet waren, zauberten sie Taschenspiegel und Lidschatten hervor, um ihr Make-up aufzufrischen.

Aber niemand konnte erklären, was Julie zugestoßen war. Sie hatte vor der Truppe gestanden und mit ihnen eine Tanznummer im Vegas-Stil eingeübt. Bei dieser burlesken Nummer bildeten sie zum Schluss eine Pyramide, wobei die stärkeren Mädchen unten waren und ein schmächtiges Ding namens Missy Champlain die Spitze übernahm.

Julie hatte die Nummer dirigiert und war gleichzeitig ein Stück zurückgewichen, um einen besseren Blick auf die Pyramidenform zu bekommen. Sie rief ihre Anweisungen, während sie rückwärts ging und war dann plötzlich verschwunden. Alle Augen waren auf sie gerichtet gewesen. Niemand hatte sich ihr genähert, niemand hatte irgendetwas gesehen – in dem einen Moment war sie noch da gewesen und im nächsten nicht mehr.

Was, wie Kate wusste, genau dem Muster der anderen Fälle entsprach. Das macht es auch nicht einfacher zu erklären, nur beständiger.

Viel interessanter als die Geschichten der Mädchen fand Kate, was sie zueinander sagten, während sie einer weiteren Cheerleaderin zuhörte, die ihr erzählte, wie sehr sie Julie vermisste.

»... drängt sich immer ins Rampenlicht«, meinte eins der Mädchen. Kate warf einen verstohlenen Blick zu den Bänken hinüber. Das Mädchen, das sprach, war Heather Jamison, eine üppige Unterstufenschülerin, die Kate erst vor ein paar Momenten laut schluchzend erzählt hatte, wie sehr sie Julie liebte und sich ein Leben ohne sie kaum vorstellen konnte. Kate ertappte sich bei dem Wunsch, auf die Tribüne zu steigen und den Saum von Heathers Rock nach unten zu ziehen, damit sie züchtiger aussah.

»Ich weiß«, erwiderte Dede Micklin. »Wen wird Sheldon wohl zur Cheerleaderführerin ernennen? Dich? Oder vielleicht Janice?«

»Janice?«, wiederholte Heather mit hörbarem Unglauben. »Diese Kuh?«

Dede versetzte Heather einen Klaps gegen den Oberschenkel. »Kuh?«, sagte sie. »Du hast es gerade nötig.«

»Ich bin eine Frau, kein Rindvieh«, schoss Heather zurück.

»Sheldon wird Vonna nehmen«, erklärte Dede überzeugt. »Keine Frage.«

»Ja, wahrscheinlich«, sagte Heather. Sie klang resigniert. »Sofern nicht jemand Vonna die Knie bricht.«

Kate wandte ihre Aufmerksamkeit von dem Gespräch ab. Sie wollte nichts mehr davon hören. Allmählich bekam sie das Gefühl, dass sie eine lange Dusche brauchte, wenn der Tag vorbei war. Das Mädchen, mit dem sie sprach, Carly Fortschen, ließ sich darüber aus, wie unheimlich es war, dass Julie mitten in der Pyramidenfigur verschwunden war – als wäre es nicht so unheimlich gewesen, wenn sie erst am Schluss verschwunden wäre. Kate beendete das Gespräch so schnell wie möglich und kehrte zu Coach Sheldon zurück.

»Ich werde mir die Protokolle der Officers geben lassen und den Rest der Mädchen zu Hause aufsuchen«, sagte sie. »Sorgen Sie bitte dafür, dass sie nicht mit der Presse über den Vorfall sprechen, wenn es irgendwie möglich ist. Wir wollen niemanden unnötig beunruhigen.«

»Nach allem, was ich gehört habe«, sagte Coach Sheldon, »verschwinden überall in der Stadt die Jugendlichen. Vielleicht *sollten* die Leute beunruhigt sein.«

»Vielleicht sollten sie das«, erwiderte Kate. »Aber ich finde, eine allgemeine Panik hilft niemand.«

»Ich werde tun, was ich kann, um die Damen zu zügeln«, sagte Sheldon und nestelte an ihrer Pfeife.

»Danke.« Kate wandte sich von den Cheerleadern ab und ließ sie sich weiter darüber streiten, wer die kürzlich verschwundene Julie ersetzen soll.

»Cheerleader?«, fragte Willow. »Ich sage es nur ungern, aber ich bin nicht besonders überrascht.«

»Cordelia war eine Cheerleaderin«, warf Angel ein.

»Genau das meine ich«, sagte Kate. »Es war ein weiteres nettes, aber nicht allzu tiefgründiges Mädchen, wenn Sie wissen, was ich meine.«

»Ich verstehe«, nickte Angel.

Sie unterhielten sich in einem leeren Vorzimmer unweit von Kates Büro. Sie war ins Revier zurückgekehrt und hatte eine telefonische Nachricht von Angel vorgefunden, der eine Idee gehabt hatte, als er mit Cordelia über Willow gesprochen hatte. Auf seinen Wunsch hin hatte Willow versucht, sich über Angels Computer in das interne System des LAPD einzuhacken, war aber auf eine Firewall gestoßen. Sie hatte vorgeschlagen, es an einem Computer zu versuchen, der direkter mit dem Objekt ihrer Suche verbunden war. Es stellte sich heraus, dass das FBI dem LAPD vor einiger Zeit geholfen hatte, eine Reihe von Computern für die Internetsuche zu installieren, die unabhängig von den Schreibtischrechnern der Officers arbeiteten.

Das waren schlechte Neuigkeiten für Willow, die erst vor kurzem herausgefunden hatte, wie sie diese Rechner benutzen konnte, ohne Spuren zu hinterlassen.

Jetzt stand Kate hinter Willow, die sich über die Tastatur beugte.

»Du bist mir unheimlich«, sagte Kate. »Eigentlich solltest du das gar nicht können.«

Willow strahlte. »Danke«, sagte sie, während sie ihre Schultern bewegte und an ihren Fingern zog, bis sie knackten.

»Es macht richtig Spaß. Es ist schon eine Weile her, seit ich zum letzten Mal die Hackerin gespielt habe. Vor allem, ohne Angst haben zu müssen, erwischt zu werden.«

»Erwischt zu werden wäre immer noch eine üble Sache«, erinnerte Kate sie. Sie hatte nach wie vor Bedenken, was diese ganze Idee betraf – eigentlich hatte sie grundsätzlich Bedenken, wenn es um Angel ging. Nun, das stimmte nicht ganz – sie vertraute ihm, sie mochte ihn nur nicht. Oder sie mochte sich nicht, weil sie ihm vertraute. Irgendetwas in der Art. Alles war verwirrend, wenn er in der Nähe war.

»Vor allem, da es mein Computer ist, den du benutzt.«

»Oh, das ist schon okay«, sagte Willow, während sie eilig tippte. »Ich werde *nie* erwischt. Ich habe nur *Angst*, erwischt zu werden. Das ist ein großer Unterschied.«

»Nun, das nimmt eine enorme Last von meinen Schultern«,

knurrte Kate sarkastisch. »Angel, vielleicht ist das doch keine so gute ...«

»Oh, ich bin drin!«, rief Willow. »Wonach suchen wir?«

Kate warf einen Blick auf die Liste, die sie auf einen Notizblock geschrieben hatte. »Diesmal suchen wir nach Peterson. Bo Peterson. Mit einem ›o‹.«

»Bo mit einem ›o‹ oder Peterson mit einem ›o‹?«

»Beide«, sagte Kate.

»Okay, gleich haben wir's.« Willow gab ein paar weitere Befehle ein, lehnte sich zurück und wartete. Sie musste nicht lange warten. »Da kommt's.«

Sie schob ihren Stuhl zurück, und Kate und Angel beugten sich nach vorn, um auf den Monitor zu sehen. Willow hatte sich durch die Sicherheitsfirewall der Los Angeles County First Bank & Trust gehackt und dann in das private Girokonto von Officer Bo Peterson. Petersons Guthaben und Abhebungen flimmerten über den Bildschirm von Kates PC, für die ganze Welt sichtbar.

»Mann«, sagte Kate kopfschüttelnd. »Das ist ein Direktkonto. Ich überlege, ob ich mir nicht auch eins zulegen soll.«

»Kate ...«, mahnte Angel.

»Ja, ich weiß«, sagte Kate. »Ich sollte mich nicht ablenken lassen.«

»Kate«, wiederholte Angel. Er tippte auf den Bildschirm.

Kate beugte sich nach vorn. »Nehmen Sie Ihren Finger weg.«

Angel gehorchte.

»Wow«, machte Kate. »Das ist ja ein Ding.«

»Was ist?«, fragte Willow. Sie hatte ihren Stuhl so weit zurückgeschoben, dass Angel und Kate ihr jetzt den Blick auf den Bildschirm versperrten. Sie drehte den Kopf, um besser sehen zu können. Kate trat zur Seite. Schließlich hätte sie es ohne Willows Hilfe nicht geschafft.

»Ein Guthaben«, erklärte Angel. »Von fünfzigtausend Dollar. Vor zwei Monaten.«

»Von wem?«

»Jemand namens Wischnikoff«, antwortete Kate. »Sagt Ihnen das was?«

»Nur dass es ein russischer Name ist«, meinte Angel. »Was ins Bild passt. Vielleicht ist er ein Mitglied der russischen Mafia und bezahlt Peterson dafür, dass er ihn in Ruhe lässt oder einen Job für ihn erledigt.«

Kate nahm die Maus und suchte mit ihr weiter nach hohen Guthaben, russischen Namen oder beidem. »Hier ist wieder was von Wischnikoff«, sagte sie. »Vor vier Monaten. Weitere fünfzigtausend.«

»Aber sehen Sie sich seinen Kontostand an«, warf Willow ein. »Dieser Peterson hat einige hohe Rechnungen zu bezahlen.«

»Oder teure Hobbys«, erwiderte Kate. »Aber Sie haben Recht, er scheint nicht viel von dem Geld zu behalten, das er verdient.«

»Das scheinen die einzigen zu sein, die aus dem Rahmen fallen«, sagte Angel. »Ein paar hohe Schecks von Wischnikoff. Eigentlich sollte er Bargeld bevorzugen, wenn er sich bestechen lässt.«

»Eigentlich sollte kein Cop dumm genug sein, um sich schmieren zu lassen«, konterte Kate. »Sie werden immer erwischt. Immer. Wenn also jemand dumm genug ist, sich auf so etwas Aussichtsloses einzulassen, ist er wahrscheinlich auch dumm genug, einen Scheck anzunehmen, schätze ich.«

Sie fröstelte und schlang wärmend die Arme um sich. Sie hatte Recht gehabt. Nach ihren Begegnungen mit ehrgeizigen Cheerleadern und korrupten Cops gab es in L.A. wahrscheinlich nicht genug Wasser für sie, um den Gestank des Tages abzuwaschen. Sie trat zurück und verfolgte wie durch ein regennasses Fenster, wie Willow und Angel die anderen Namen auf ihrer Liste überprüften.

8.

Sunnydale

Riley wusste, dass Buffy daran gewöhnt war, nicht viel Schlaf zu bekommen. Als Jägerin patrouillierte sie fast jede Nacht und ging dann an den meisten Tagen zur Uni. Ihre Ausdauer war aber wegen der Kräfte, die mit dem Titel der Jägerin einhergingen, unvergleichlich, sodass sie normalerweise gut damit zurechtkam. Wenn sie schlief, dann schlief sie tief und fest.

Und so zog sich Riley leise an, ließ sie auf Giles' Couch schlummern und schlüpfte aus dem Zimmer. Sie hatte sich nicht einmal gerührt.

Er traf Giles und Xander in der engen Küche an. »Seid ihr bereit?«, fragte er mit gedämpfter Stimme. Sie nickten.

»Wie man's nimmt«, sagte Xander. »Bereit zum Abmarsch. Nein, das ist falsch. Ich weiß nicht, wie bereit wir sind.«

»Wir sind bereit«, warf Giles freundlich ein.

Sie durchquerten leise die Wohnung. Giles' Apartment war nicht besonders groß, und überall schliefen Leute. Die Theorie war, dass sie, solange der Angriff auf Sunnydale andauerte, zusammen sicherer waren, als wenn sie überall in der Stadt verstreut gewesen wären.

Giles, Xander und Riley hatten sich bereit erklärt, nach Spikes verschwundener Freundin Cheryce zu suchen, als Gegenleistung für Spikes Hilfe beim Kampf gegen die Monster. Riley für seinen Teil war bereit, bei der Suche nach der Vampirin zu helfen – sofern er sie pfählen konnte, sobald sie sie fanden. Spike hielt seinen Teil der Abmachung ohnehin nicht ein, und im Gegensatz zu Spike und Angel saugte Cheryce noch immer Menschen aus. Sie musste beseitigt werden.

Und in der Zwischenzeit die Monster.

Oder auch nicht.

Die drei Männer schritten leise über die seltsam stillen Bürgersteige von Sunnydale. Die Bewohner der Stadt blieben in den letzten Tagen zumeist in ihren Häusern, und die Massenselbsttäuschung – die es ihnen ermöglichte, hier zu bleiben, obwohl es das Vernünftigste war, so weit wie möglich wegzuziehen – hatte angesichts der ständigen Angriffe erste Risse bekommen. Aber die Sonne war inzwischen aufgegangen, und trotz einiger weniger Exemplare, die sich auch am Tag herumtrieben, zogen die meisten Monster noch immer den Schutz der Nacht vor.

Als Vampirin würde sich Cheryce irgendwo verkrochen haben und auf den Einbruch der Dunkelheit warten. Obwohl es in der Stadt eine Menge Verstecke für einen Vampir gab, war es trotzdem einfacher, sie zu finden, während sie schlief, als wenn sie wach und in Bewegung war.

Xander schien Rileys Gedanken zu lesen. »Hat einer von euch auch nur die leiseste *Ahnung*, wo sich Spikes Flamme verstecken könnte?«

»Es gibt die üblichen, ähm, Orte«, warf Giles ein. »Friedhöfe. Verschiedene Vampirtreffpunkte.«

»Die wir ausschließen können, weil das die Stellen sind, wo Spike bereits nachgesehen hat«, sagte Riley.

»Wir müssen also nur die unwahrscheinlichste Stelle nehmen, an der sich ein Vampir verstecken würde und dort nachschauen?«, fragte Xander mit einem höflichen Lächeln.

»Das ist unsere beste Chance«, bestätigte Riley.

Xander hob eine Hand. »Sind sonst noch jemand die Worte ›aussichtsloses Unterfangen‹ in den Sinn gekommen?«

»Wir haben Spike gesagt, dass wir sie suchen werden«, bemerkte Giles sanft. »Wir haben nicht versprochen, sie zu finden. Jedenfalls kann es uns nicht schaden, die Stadt zu durchstreifen, falls es noch andere Dämonenaktivitäten gibt.«

»Oder nichtdämonische Monsteraktivitäten«, fügte Riley hinzu.

»Ich habe eine Idee«, sagte Xander. »Wenn ihr in einer Stadt wäret und keinen Platz zum Schlafen hättet, wohin würdet ihr gehen?«

»Äh, in ein Hotel?«, schlug Giles vor.

»Richtig. Man hängt das ›Bitte nicht stören‹-Schild an die Tür, und sie lassen einen den ganzen Tag schlafen.«

»Das ist nicht schlecht«, sagte Riley. »Vielleicht sollten wir die Motels überprüfen. Was meinen Sie, Giles?«

Giles antwortete nicht. Riley bemerkte, dass Giles langsamer geworden war, während er und Xander im gleichen Tempo weitergingen. Er drehte sich um.

Giles war ein paar Schritte hinter ihnen und sah nach links.

Aus dieser Richtung kam aus einem Park eine Gestalt auf sie zu, die vage an einen Baum erinnerte. Sie hatte wurzelähnliche Beine und fuchtelte drohend mit Dutzenden von Ästen. Ihre Glieder hatten die Farbe von Baumrinde und waren von frühlingsgrünen Blättern mit gezackten Kanten bedeckt.

»Mann«, sagte Xander. »Wo ist George Washington, wenn man ihn braucht?«

Riley warf ihm einen fragenden Blick zu.

»Du weißt schon, der Kirschbaum, das Beil und so weiter? Macht nichts.«

»Glauben Sie, dass es bösartig ist, Giles?«, fragte Riley.

»Ich denke, es ist unnatürlich«, erwiderte Giles. »Es gehört nicht hierher. Ich weiß nicht, ob es von Natur aus böse oder ...«

Er verstummte, als sich Riley gegen es warf und es zur Seite schleuderte. Im nächsten Moment zerschnitt eins der Blätter des Baumwesens, wie eine Rakete vom Ende eines Zweiges abgefeuert, die Luft an der Stelle, wo er soeben noch gestanden hatte. Das Blatt bohrte sich hinter ihnen in den Boden, steif und zitternd wie eine Messerklinge.

»Ich würde sagen, böse ist eine gute Einschätzung«, meinte Xander.

Alle drei Männer duckten sich, als zwei weitere Blätter durch die Luft pfiffen und sich hinter ihnen in den Boden bohrten. Eins von ihnen rutschte über die Straßen und schlug Funken, wo es auf das Pflaster traf.

»Wisst ihr, vielleicht wäre Paul Bunyan eine größere Hilfe«, keuchte Xander.

»Ich glaube nicht, dass uns mythologische Waldarbeiter zu Hilfe eilen werden«, sagte Giles. »Wir müssen allein mit diesem Ding fertig werden. Und zwar schnell, würde ich sagen.«

Riley war bereits auf den Beinen und rannte auf das Wesen zu. Er schlug Haken und wich den fliegenden Blättern aus, die das Baumwesen auf ihn abfeuerte. Das Ding richtete sich auf, als fühlte es sich bedroht und zog die Glieder an den Stamm, wie um Riley dort festzuhalten.

Ich muss es also schnell erledigen, dachte er, bevor es mich erledigt. Er zog ein Messer aus einer Scheide an seinem Gürtel und klappte es auf. Einer der Äste peitschte gegen sein Gesicht und zerschnitt ihm die Haut, aber er duckte sich rechtzeitig, um das Schlimmste zu verhindern. Blut rann über seine Stirn. Hinter sich, fast übertönt vom Rascheln der Blätter und dem Knarren der Äste, konnte er Giles und Xander hören. Er hoffte, dass sie sich in sicherer Entfernung hielten.

Ein anderer Ast drückte gegen Rileys Hinterteil, und die scharfkantigen Blätter fügten ihm weitere Schnitte zu. Das Wesen schien Riley gegen den Stamm drücken zu wollen. Aber da er genau das erreichen wollte, wehrte er sich nicht. Er holte so weit er konnte mit dem Messer in der Hand aus und rammte die Klinge mit aller Kraft in den Stamm.

Der Baum erzitterte. Die Blätter raschelten wie unter einem Windstoß.

Riley drückte das Messer nach unten und spaltete den Baum. Harz quoll hervor, rot und dick wie Blut.

Weitere Äste schlossen sich jetzt um ihn, weitere Blätter schnitten überall in sein Fleisch. Er riss die Messerklinge heraus, rammte sie erneut in den Stamm, höher diesmal, und schlug eine zweite Wunde. Der Baum wand und krümmte sich in seinem Griff, hielt ihn aber weiter mit den Ästen fest. Wieder schnitt er nach unten, hielt den Griff des Messers mit beiden Händen fest umklammert und machte die Wunde so groß wie möglich. Immer mehr blutiger Harz floss heraus.

Er wusste, dass er ebenfalls aus einigen Wunden blutete, und zwar heftig. Die Frage ist, dachte er, wer von uns hält länger durch?

Er zog sein Messer heraus und stieß erneut zu. Diesmal gab der Baum einen Schrei von sich, der tief aus seinem Stamm zu kommen schien, ein gequälter, erstickter Laut, der Riley durch Mark und Bein ging. Der Baum schüttelte sich, sodass die Blätter rauschten. Riley stieß sich mit den Händen und Füßen vom Stamm ab, befreite sich aus dem Griff der Äste und warf sich nach hinten.

Der Baum drehte eine langsame Pirouette, fuchtelte wild mit den Ästen, fiel dann nach hinten und schlug auf dem Boden auf. Er zuckte noch ein paar Mal und rührte sich dann nicht mehr.

Riley überprüfte keuchend seine Verletzungen. Es schien noch alles an seinem Platz zu sein, obwohl er eine Menge Blut verloren hatte. Giles und Xander eilten zu ihm. Xander klopfte ihm auf den Rücken. »Gute Arbeit«, lobte er. »Aus dem hast du Kleinholz gemacht, wenn ich das so sagen darf.«

»Du darfst«, keuchte Riley. Er sah zu dem Baum hinüber und entdeckte hinter ihm einen golden schimmernden Kreis, der wie ein Gemälde an der Wand in der Luft zu hängen schien. »Aber kannst du mir sagen, was das ist?«

Giles starrte den Kreis an. Er nahm seine Brille ab, rieb sich die Augen, setzte sie wieder auf und starrte erneut. »Ich würde sagen, ich ahne allmählich, um was es sich handelt«, erklärte er schließlich.

»Nun, ich bin überfragt«, gestand Xander. Er setzte sich Richtung Kreis in Bewegung. »Aber es gibt eine Möglichkeit, es herauszufinden.«

Giles und Riley packten ihn gleichzeitig an den Schultern und zogen ihn zurück.

»Nein«, warnte Giles. »Niemand nähert sich dem Ding, bis wir es untersucht und festgestellt haben, was es ist.«

»Gute Idee«, meinte Riley. Ihm war ein wenig schwindelig. »Jedenfalls muss ich meine Wunden verbinden. Ich verliere Blut.«

»Und ich dachte, du wolltest versuchen, Cheryce aus ihrem Versteck zu locken«, scherzte Xander.

Riley war nicht zum Lachen zu Mute. Er musterte wieder den goldenen Kreis, und während er ihn ansah, verschwand er so plötzlich, als hätte es ihn nie gegeben.

»Wow«, machte Xander. »Habt ihr das auch gesehen?«

»Er war da und dann verschwand er plötzlich«, erklärte Giles. »Unglaublich. Absolut unglaublich.«

»Das würde ich auch sagen«, fügte Xander hinzu. »Allerdings ohne die dramatische Betonung.«

Giles ignorierte Xander und legte einen Arm um Rileys Schultern. »Komm«, sagte er. »Wir bringen dich nach Hause.«

Buffy kauerte im Wohnzimmer von Giles' Apartment auf der Couch, rieb sich die Augen und dachte an Federbetten. Vielleicht in einem ländlichen Gasthof oder in irgendeiner verschneiten Hütte mit einem prasselnden Kaminfeuer, während Rileys starke Arme sie umarmten und sie unter einer dicken Decke schlummerte. Vor ihrem geistigen Auge sah sie, wie Riley ihren Hals küsste und sie ihn wegschob. Schlaf war im Moment *alles*, was sie wollte.

Als sie die Augen wieder öffnete, wusste sie, dass einige Zeit vergangen sein musste. Sie sah sich nach einer Uhr um und stellte fest, dass sie mindestens dreißig, vielleicht sogar vierzig Minuten eingenickt war. Sie fühlte sich – nun, nicht erholt. Aber vielleicht nicht mehr so völlig erschöpft wie vor ihrem kurzen Schlummer.

Im Rest des Hauses war es still, was ungewöhnlich erschien, denn wenn die Scooby Gang hier war, war es in diesem Haus nie ganz still. Sie vermutete, dass die anderen ebenfalls eingeschlafen waren. Tara hatte mit Willow und Doña Pilar per Telefon oder anderen, weniger normalen Methoden kommuniziert und an Suchzaubern gearbeitet, und die Anstrengung hatte ihren Tribut gefordert.

Die Anstrengung, dachte Buffy, und die räumliche Trennung – Tara hasst es, wenn Willow so weit entfernt und möglicherweise in Gefahr ist.

Sie verließ ihren bequemen Platz auf der Couch, um sich im Haus umzusehen, ob noch jemand wach war. Ihr kam der Gedanke, dass alle vielleicht irgendeinem Schlafzauber zum Opfer gefallen waren, was die Stille erklären würde, die in dem kleinen Haus herrschte. Aber ein Rundgang zeigte ihr, dass dies nicht der Fall war. Spike und Anya saßen auf dem Küchenboden. Anya trank eine Tasse Tee und Spike einen Becher Blut, während sie über alte Zeiten redeten. Für Buffy bedeuteten alte Zeiten natürlich die achtziger Jahre, aber die beiden gingen viel weiter zurück, und Buffy hatte das Gefühl, dass die elfhundert Jahre alte Anya es genoss, mit jemandem zu plaudern, der zwar nicht in ihrem Alter, aber erheblich älter als Xander war. Von der Lebenserfahrung ganz zu schweigen – oder in Spikes Fall, der Erfahrung, ein Untoter zu sein.

Spike blickte auf, als Buffy den Raum betrat, und seinen Gesichtsausdruck konnte man nicht gerade als herzlich bezeichnen. »Wir führen hier ein Privatgespräch«, knurrte er. Sein Getränk hatte seine Lippen rot gefärbt. »Das ist doch noch erlaubt, oder, Jägerin?«

»Es gibt keinen Grund, schnippisch zu werden«, entgegnete Buffy. »Ich wollte nur nachsehen, ob noch jemand wach ist.«

»Tara schläft im Loft«, erklärte Anya. »Riley und Giles sind zusammen mit Xander auf Patrouille gegangen – ich schätze, Giles hat Xander mitgenommen, weil er fürchtete, wir würden sonst Sex in seinem Bett haben, obwohl ich in Wirklichkeit ...«

»Und meine Mom?«, unterbrach Buffy hastig.

»Ich bin hier, Buffy«, sagte Joyce Summers. Sie tauchte mit einer Tasse Kaffee hinter Buffy auf. »Ich war nur kurz draußen vor der Tür, um die Sonne zu genießen.«

»Draußen ist es nicht sicher, Mom«, warnte Buffy sie streng.

»Ja, Mr. Sonne ist nicht Ihr Freund, Joyce«, warf Spike ein.

»Es ist nirgendwo sicher«, erwiderte Joyce. »Dann können wir ebenso gut die Zeit genießen, während wir auf die Katastrophe warten.«

»Aber – du solltest keine überflüssigen Risiken eingehen«, protestierte Buffy. »Du bist – du bist meine Mom.«

Joyce stellte ihre Tasse ab und legte ihre Arme um ihre Tochter. Buffy erwiderte die Umarmung und fühlte sich dabei ein klein wenig verlegen, weil Spike und Anya zusahen. »Und ich bin so stolz auf mein Mädchen«, flüsterte Joyce.

Dann flog die Haustür auf, und sie lösten sich voneinander. Riley, Xander und Giles kamen herein. Riley sah aus, als wäre er im Krieg gewesen.

»Riley?«, rief Buffy voller Sorge und Furcht. »Bist du okay?«

Riley lächelte sein Ich-wurde-gerade-grün-und-blau-geprügelt-

Grinsen. »Ja, Buffy, mir geht es gut. Ich hatte nur eine Begegnung mit einem übermäßig aggressiven Gewächs.«

»Gewächs?«, wiederholte sie.

»Du hättest es sehen sollen«, warf Xander ein. »Ich schwöre, ich werde ohne Axt nicht mehr nach draußen gehen. Oder ohne Holzfäller.«

»Wahnsinnig witzig, ha, ha«, meinte Spike säuerlich.

Los Angeles

Angel und Wesley warteten in Bo Petersons Haus, als er mit seinem Truck in die Einfahrt bog. Er stellte den Motor ab und trat einen Moment später durch die Haustür. Zu Angels Glück kannte Peterson nicht den Zauberspruch, der einen Vampir, nachdem er eingeladen worden war einzutreten, wieder ausladen konnte. Peterson riss entsetzt den Mund auf, als er die beiden Männer in seinem Wohnzimmer sitzen sah. Wesley faltete die Zeitung zusammen, in der er geblättert hatte, legte sie neben sich aufs Sofa und stand auf. Angel blieb sitzen.

»Es wird Zeit, dass wir noch einmal miteinander reden, Bo«, sagte er ruhig. Die Ruhe war eine Fassade. Peterson machte ihn krank. Jeder Cop, der seine Dienstmarke dazu missbrauchte, Verbrechen zu begehen und zu vertuschen, stand in Angels Wertschätzung ganz unten. Es gab Todesdämonen, die Angel mehr mochte, weil sie zumindest ehrlich waren, was ihre Absichten anging.

Petersons Treiben auf diesem Planeten erzürnte Angel zutiefst. Wenn er so empfand, musste er sich Sorgen machen – dies war Angelus' Gebiet, wusste er. Die Art von Gefühl, mit der er damals vertraut gewesen war. Wenn man voller Wut war, war es einfach, sie auf andere zu richten. Als Angel bemühte er sich, sie zurückzuhalten, sie in akzeptablere Richtungen zu lenken. Aber Peterson machte es ihm unmöglich.

Peterson sah Wesley fragend an.

»Wesley Wyndam-Pryce«, erklärte Wesley. »Ich kann nicht behaupten, dass es mir ein Vergnügen ist, Sie kennen zu lernen, nach allem, was ich gehört habe. Aber es dürfte eine erhellende Unterhaltung werden. Ich glaube nicht, dass ich schon einmal mit einem korrupten Police Officer gesprochen habe.«

»Von dem du wusstest, dass er korrupt ist«, warf Angel ein.

»Genau.« Wesley neigte den Kopf.

»Habe ich irgendwann einmal versehentlich etwas gesagt, das Sie auf den Gedanken brachte, Sie könnten jederzeit hier hereinspazieren?«, fragte Peterson verärgert.

»Daran hätten Sie denken sollen, bevor Sie sich entschlossen, kriminell zu werden«, stellte Angel fest. Er konnte seine Wut kaum noch zügeln. »Sie haben kein Privatleben mehr. Sie gehören mir.«

Peterson blickte trotzig drein, aber Angel wusste, dass der Widerstand des Mannes gebrochen werden konnte. Mit jedem Mal wurde es leichter, glaubte er.

»Das denke ich nicht«, widersprach Peterson. Aber sein Gesicht war blass und sein Ausdruck unsicher.

»Das denken Sie«, sagte Angel. »Aber Sie werden mir geben, was ich haben will.«

Jetzt blickte er noch unbehaglicher drein. »Und das wäre?«

»Wer ist Wischnikoff?«

Peterson blinzelte. »Ich habe den Namen noch nie gehört.«

»Das wissen wir besser«, erwiderte Wesley. Er ballte die Fäuste und trat einen Schritt auf Peterson zu, der etwa hundert Pfund schwerer war als er und nur aus Muskeln zu bestehen schien. »Sie werden singen wie ein Kanarienvogel«, fügte er in bester Bogart-Manier hinzu.

Peterson sah Wesley an. Wesley sah Angel an. »Nicht hilfreich?«

»Nicht besonders«, meinte Angel.

»Tut mir Leid.« Wesley trat zurück. »Mach du weiter.«

»Wischnikoff«, erinnerte Angel Peterson.

»Ich weiß nicht, wovon Sie reden«, beharrte Peterson, aber wenn er irgendwelche schauspielerischen Ambitionen gehabt hätte, war es gut, dass er bereits einen anderen Beruf ergriffen hatte.

»Wisch-ni-koff«, wiederholte Angel und betonte jede Silbe. »Es ist ein russischer Name, wenn das hilft.«

»Warum sollte das helfen?«

»Sie wollen uns wohl erzählen, dass sie nicht mit den Russen zusammenarbeiten?«, fragte Angel und zwang sich, ruhig in seinem Sessel sitzen zu bleiben. Äußerlich war er gelassen, aber innerlich kochte er vor Wut. Nur seine Stimme verriet seinen Zorn. »Sie wollen mir weismachen, Sie hätten nach unserem ersten Gespräch nicht die Mafia auf mich gehetzt?«

»Die Mafia ist italienisch«, sagte Peterson. »Nicht russisch.«

»Sizilianisch, um genau zu sein«, erwiderte Wesley.

Angel warf ihm einen Blick zu. »Es geht hier um die russische Mafia«, erklärte er. »Wie ich gehört habe, sehen die Sizilianer im Vergleich zu ihr wie eine Bande Amateure aus. Hören Sie endlich auf, unsere Zeit zu verschwenden, Bo, oder ich muss wieder grob werden. Wir wissen, dass Wischnikoff Sie bezahlt hat. Wir wollen nur von Ihnen hören, wer er ist und wo wir ihn finden können.«

Peterson stand noch immer im Türrahmen. Schweiß glänzte an seinen Schläfen und seiner Stirn, und auf seinem T-Shirt zeigten sich bereits dunkle Flecken.

»Ich kann Ihnen nichts über ihn sagen«, erklärte Peterson schließlich. »Sonst ist mein Leben keinen Cent mehr wert.«

Angel fixierte ihn mit einem durchdringenden Blick. »Wie kommen Sie darauf, dass es überhaupt etwas wert ist?«

»Ich atme noch.«

»Das könnte sich ändern. Wollen Sie noch einmal das Gesicht sehen?«

Peterson schüttelte den Kopf.

»Also wer ist Wischnikoff?«

Bo Peterson kapitulierte, machte ein paar Schritte in den Raum und ließ sich schwer in einen leeren Sessel fallen. Seine Schultern sackten resigniert nach unten. »Sie haben Recht, er ist Russe.«

»Vielleicht erzählen Sie uns etwas, das wir noch nicht wissen«, forderte Wesley ihn auf. »Sonst ... nun, sonst wird Angel wütend auf Sie. Was kein schöner Anblick ist.«

Peterson schnappte wie ein Ertrinkender nach Luft. Angel konnte die Furcht sehen, die den muskulösen Cop in ihrem Griff hielt, konnte sie riechen, und gegen seinen Willen genoss er den Anblick. Wieder spürte er, wie der alte Angelus aus den Schatten seiner Seele an die Oberfläche stieg. Er brauchte ihn nur einen kurzen Augenblick aus seiner Kontrolle entlassen, und Peterson würde Hackfleisch sein.

Und der entfesselte Angelus würde erneut über die Erde herfallen.

Er kämpfte gegen ihn an, kontrollierte ihn. Angel ließ Peterson noch eine Weile am Leben. Er brauchte die Informationen, die er besaß.

»Er – er ist ein Wissenschaftler oder so«, sagte Peterson. »Er steht unter ihrem Schutz.«

»Unter wessen Schutz?«, fragte Wesley.

»Sie wissen schon, von der Mafia. Den russischen Banden. Sie kümmern sich um Wischnikoff und seine Familie. Sorgen dafür, dass niemand sie belästigt.«

»Warum?«, fragte Angel. »Wer sind sie?«

»Ich weiß es nicht«, keuchte Peterson. Er blickte flehend auf, und es war wirklich bedauerlich, dass dieser Mitleid erregende Ausdruck bei Angel nicht funktionierte, wenn er ihn auf dem Gesicht eines Schurken sah. »Und das ist die Wahrheit. Ich weiß nur, dass sie einflussreich und wichtig sind. Und was sie tun ...« Er brach ab.

»Ja«, ermutigte Wesley ihn. »Was tun sie?«

»Üble Dinge«, brachte Peterson schließlich hervor. »Richtig üble Dinge. Ich will nichts damit zu tun haben, Mann.« Sein Adamsapfel tanzte auf und ab, und seine Stimme klang jetzt dünn und gepresst. Halb unbewusst schob er die Hände unter die Achselhöhlen, wie um sich selbst und die unglückliche Schutzmauer aus Schuld zu verteidigen, die er um sich herum errichtet hatte.

»Ich bin kein guter Cop gewesen, das weiß ich. Ich habe Geld genommen, ich habe Verbrechen verübt, und ich bin nicht stolz darauf. Aber was auch immer die Wischnikoffs vorhaben, ich kann Ihnen versichern, dass es tausend Mal schlimmer ist als alles, was ich getan habe, und ich will nichts damit zu tun haben.«

»Das müssen Sie auch nicht«, sagte Angel. »Es ist nie zu spät, die Seiten zu wechseln.«

»Doch, ist es«, widersprach Peterson. »Viel zu spät«, flüsterte er.

»Solange Sie am Leben sind, ist es nie zu spät zur Umkehr«, sagte

Wesley. Dann, nach einem Blick zu Angel, fügte er hinzu: »Manchmal ist am Leben zu sein nicht einmal der entscheidende Faktor.«

»Wenn ich jetzt umkehre, werde ich nicht mehr lange leben«, sagte Peterson.

»Aber wenn Sie nicht umkehren, wie viele werden dann sterben?«, fragte Angel ihn.

Peterson blickte an Angel vorbei, als würde er dort eine Zukunft sehen, die ihm Furcht einflößte. Er umklammerte seine Oberarme in einer Pose, die bei einem derart muskulösen Mann peinlich wirkte – es war die Pose eines verängstigten kleinen Jungen.

»Okay«, sagte er. »Ich werde Ihnen sagen, was ich weiß. Es ist nicht viel. Aber ich werde es Ihnen sagen.«

Er erzählte es ihnen.

Wie Peterson angedeutet hatte, wusste er nicht viel. Aber Angel hielt seinen Teil der Abmachung und lieferte Peterson bei Kate Lockley im Büro ab. Seine Hände waren mit Handschellen auf dem Rücken gefesselt, und die wenigen Cops, die sahen, wie sie hereinkamen, starrten ihn mit unverhüllter Neugier an. Einige von ihnen hatten Angel vorher schon mal gesehen, aber die meisten erkannten in Peterson einen Cop, obwohl er keine Uniform trug.

»Er will ein Geständnis ablegen«, sagte Angel. »Er ist bereit zur Umkehr.«

Kate maß Peterson mit einem stählernen Blick. »Ich werde zuhören«, erklärte sie. »Aber ich möchte Sie warnen, korrupte Cops machen mich krank. Es wird mir also nicht gefallen, und Sie können kein Mitgefühl von mir erwarten.«

»Das ist okay«, sagte Peterson niedergeschlagen. »Ich habe genug Selbstmitleid für uns beide.«

Sie führte ihn in einen Verhörraum, und Angel und Wesley machten sich auf den Weg zum Aufzug.

Doña Pilar und Willow gingen einkaufen.

Sie baute die meisten Kräuter, die sie brauchte, selbst an, aber es gab andere Dinge, die sie besorgen musste. Man konnte nur eine begrenzte Anzahl an Wassermolchen züchten, und sie hielt sich keine Klapperschlangen, sodass sie, wenn ein Zauber eine Klapperschlange oder einen Giftbeutel verlangte, zum Markt gehen musste.

Aber dies waren keine Dinge, die man in dem üblichen hell erleuchteten, rund um die Uhr geöffneten Supermarkt erstehen konnte. Einer der Wachmänner der de la Natividads fuhr mit dem Wagen vor und holte sie ab, und fünfundzwanzig Minuten später hielten sie in einer stillen Seitenstraße im Schatten von Downtown an. Die Hochhäuser mit den Banken und teuren Hotels waren nur ein paar Blocks – und eine Welt weit – von dieser Straße entfernt. An der Ecke befand sich ein *mercado* mit handgeschriebenen, auf Spanisch verfassten Werbezetteln im Schaufenster, die *manteca, menudo, cerveza* und andere Waren anpriesen. Bunte *piñatas* hingen am Dachvorsprung und warfen seltsame Schatten auf den Bürgersteig.

Der Laden, den sie suchten, war nebenan.

Doña Pilar stieß die Tür aus Metall und Glas auf, und die kleinen Glocken, die am Griff befestigt waren, klingelten. Eine Frau stürzte aus einem Hinterzimmer und strich ihr Kleid glatt. Sie war nicht größer als Doña Pilar und genauso dunkelhäutig, aber jünger, mit pechschwarzen Haaren und glatter, faltenloser Haut.

Sie sah aus, als hätte sie geweint.

Sie und Doña Pilar führten eine schnelle Unterhaltung auf Spanisch. Willow konnte nur ein paar Worte verstehen, aber es klang nicht gut. Sie vertrieb sich die Zeit, indem sie durch die schmalen Gänge zwischen den Regalen wanderte und das reiche Angebot an magischen Utensilien, Kräutern, Zutaten und Büchern bewunderte. Es war wie eine kleinere Version von Sunnydales Drachenzirkel-Magieladen, wo sie viele dieser Gegenstände zum ersten Mal gesehen hatte.

Nach ein paar Minuten fand Doña Pilar sie zwischen den Regalen. Sie hatte einen Einkaufskorb in der Hand und einen grimmigen Ausdruck auf dem Gesicht.

»Was ist los?«, fragte Willow.

»Ihre Tochter«, erklärte Doña Pilar. »Consuela. Sie hilft ihr manchmal im Laden ...«

»Oh, nein«, stöhnte Willow, als sie begriff. »Verschwunden?«

Die ältere Hexe neigte den Kopf. »*Sí.*«

»Wann?«

»Vor zwei Tagen.« Doña Pilar bekreuzigte sich unbewusst.

»Es tut mir schrecklich Leid«, sagte Willow. »Wir müssen uns beeilen. Wir müssen diese Kids finden.«

»Wir beeilen uns schon. Noch schneller zu handeln wäre riskant«, widersprach Doña Pilar. »Es richtig zu machen ist wichtiger.«

»Ich weiß«, stimmte Willow zu und seufzte. »Es ist nur so frustrierend.«

»Das ist es.« Sie wandte sich ab, um ihre Einkäufe zu erledigen, während Willow einige Dinge bewunderte, von denen sie bisher nur gehört hatte. Sie betrachtete ein großes Glas mit Rattennieren, als sie Taras Stimme hörte.

»Willow?«

»Tara!« Sie sah sich um und stellte sich auf die Zehenspitzen, um über die Regale zu spähen. »Wo bist du?«

»Ich bin in Mr. Giles' Haus«, erklärte Tara. Willow konnte sie nicht sehen, aber sie hörte sie so deutlich, als würde sie neben ihr stehen. »Ich habe dies in einem Buch gefunden«, fuhr Tara fort. »Ich dachte, es könnte sich vielleicht als nützlich erweisen. Es nennt sich Audioprojektion.«

»Macht Sinn. Kann dich sonst noch jemand hören?«

Doña Pilar tauchte am Ende des Ganges auf und starrte Willow an, als hätte sie den Verstand verloren. Willow lächelte sie an. Doña Pilar zuckte die Schultern, schüttelte den Kopf und schlenderte weiter.

»Offenbar nicht«, murmelte Willow. »Muss ich laut sprechen oder kannst du mich hören, wenn ich es nur denke?«

»Ich spreche hier laut«, sagte Tara. »Dies ist nicht dasselbe wie die Gedankenverbindung, die wir schon einmal hergestellt hatten. Laut Mr. Giles' Buch ist es sehr direkt. Ich kann den Empfänger auswählen, und nur er hört mich. Aber wenn ich die Verbindung unterbreche, kannst du mir nur antworten, wenn du das Ritual durchführst.«

»Ist es schwer?«

»Es ist nicht einfach«, sagte Tara. »Ich bin jetzt schon ein wenig erschöpft. Es ist wirklich schwer, gleichzeitig zu sprechen, zuzuhören, meine Atmung zu kontrollieren und mich zu konzentrieren. Während ich auf einem Nagelbrett stehe.«

»Unmöglich!«

»Nein, das mit dem Nagelbrett war ein Scherz.« Tara kicherte. »Ich vermisse dich.«

»Ich vermisse dich auch, Tara. Dies wird bald vorbei sein.«

»Versprochen?«

»Es muss so sein«, sagte Willow. »Ich kann nicht mehr viel länger von dir getrennt sein.«

»Das freut mich«, sagte Tara. »Ich höre jetzt auf.«

»Okay, Tara. Danke für den Anruf!«

Sie suchte Doña Pilar, die am Tresen stand und ihre Einkäufe bezahlte. »Das war so cool!«, rief sie. »Tara hat mich angerufen! In meinem Kopf! Audioprojektion nannte sie es.«

Doña Pilar und die Ladenbesitzerin wechselten einen Blick und lächelten.

»Oh, ihr beide wusstet es schon die ganze Zeit?«

»Es gibt noch eine Menge, das du lernen musst, kleine Willow«, sagte Doña Pilar.

»Ich weiß, ich weiß. Aber ich lerne ziemlich schnell, finde ich.«

»Du bist eine außergewöhnliche Schülerin, Willow. Die beste.«

Willow nahm die Einkaufstüte und trug sie für sie aus dem Laden, nach der Unterhaltung und dem Lob immer noch strahlend.

Dann fiel ihr wieder ein, dass Consuela vermisst wurde, und sie schämte sich.

»Wir müssen mehr tun«, sagte sie nachdrücklich.

Doña Pilar sagte nichts, tätschelte ihr nur die Schulter und ging weiter.

Nicky de la Natividad fühlte sich wie ein Gefangener, und es gefiel ihm ganz und gar nicht.

Sein Gefängnis war ein Apartment über einer Autowerkstatt. Zumindest war es offiziell eine Werkstatt, aber Nicky wusste, dass dort gestohlene Autos umlackiert, repariert und mit neuen Kennzeichen versehen wurden, damit sie weiterverkauft oder von den Mitgliedern der Echo-Park-Band oder anderen befreundeten Banden benutzt werden konnten. Eine der bevorzugten Methoden war, wie er wusste, die Sitze, den Motor und die Reifen auszubauen und die Karosserie irgendwo zu entsorgen. Wenn sie gefunden wurde, wollte der ursprüngliche Besitzer das Auto nicht in diesem Zustand zurückhaben. Die Versicherung zahlte dem Besitzer dann vollen Ersatz. Die Karosserie des Autos wurde billig auf einer Auktion versteigert – an einen Vertreter der Gang, der sie auf einem Anhänger zurück zur Werkstatt brachte, wo der Motor, die Reifen und die Sitze wieder eingebaut wurden. Dann gehörte ein funkelnagelneues Auto rechtmäßig ihnen, komplett mit Papieren.

Niemand wohnte in dem Apartment im ersten Stock. Es diente als Schlupfwinkel, wo man sich eine Weile verstecken konnte. Es hatte drei Schlafzimmer und ein Bad, ein Wohnzimmer und eine Küche, alles ziemlich verdreckt. Da hier niemand auf Dauer wohnte, fühlte sich niemand dafür verantwortlich, sauber zu machen und den Müll zu entsorgen.

Aber für Nicky war es ein Gefängnis, weil sie ihn – subtil, aber unmissverständlich – gegen seinen Willen hier festhielten. Es kam immer jemand »zu Besuch«, aber ihm wurde nicht erlaubt, nach draußen zu gehen. Sie hatten ihm seine Waffe abgenommen und brachten ihm dreimal am Tag etwas zu essen sowie Zigaretten, obwohl er nicht rauchte. Unten hielten sich immer irgendwelche Leute auf, Tag und Nacht, um an den Autos zu arbeiten oder einfach nur herumzuhängen. Nicky wusste, dass sie Anweisung hatten, ihn aufzuhalten, wenn er versuchen sollte, das Apartment zu verlassen, auch wenn es keiner direkt gesagt hatte. Und da sie seine Tür verriegelt hatten und die Fenster vergittert waren, spielte es im Grunde auch keine Rolle. Er saß fest.

Heute war ein junges Mitglied der Echo-Park-Band namens Billy vorbeigekommen. Billy war einer der armen Jungen gewesen, die dieselbe katholische Kirche besucht hatten wie die reichen de la Natividads. Genau genommen war es Salma gewesen, die sich den Wünschen ihrer snobistischen Eltern widersetzt und sich mit ihm angefreundet hatte.

Natürlich hatte Salma nicht gewusst, dass Billy Verbindungen zum organisierten Verbrechen hatte. Aber Nicky schon, und er hoffte von Billy etwas über seine Schwester und Rosalie Estrada zu erfahren, die seit seiner Nacht der langen Messer verschwunden waren.

»He, Nicky, was geht ab?«, fragte Billy. Er saß auf einer stinkenden Matratze, die eine Ecke des kleinen Schlafzimmers einnahm. Ein Ozean aus Papier und Fastfoodverpackungen bedeckte den Boden. Nicky diente es als Alarmanlage, wenn er schlief – jeder, der sich anschlich, würde durch das Meer aus raschelndem Papier waten müssen.

»Ich habe es satt, hier herumzusitzen«, erwiderte Nicky. »Hier gibt's nicht mal Kabelfernsehen, Mann.«

Billy verzog das Gesicht. Er war gut aussehend und hatte immer eine Menge Freundinnen. Selbst Salma hatte eine Zeit lang auf ihn gestanden, damals, als sie alle jünger gewesen waren.

»Das ist echt beschissen, Alter«, meinte er mitfühlend.

»Ich weiß.« Nicky breitete die Hände aus. »Aber immer, wenn ich gehen will, sagen sie mir, dass es draußen noch nicht sicher ist.«

Billy nickte. Er zog eine Zigarette aus einer Packung in seiner Hemdtasche, zündete sie an und inhalierte den Rauch. Nicky rauchte nicht, aber der Geruch erinnerte ihn an die Ölfelder. Dies war *mierda*. Er war *muy macho*; er hatte sein Leben für die Latin Cobras riskiert. Niemand durfte ihn einsperren.

»Das sagt Che auch, Alter«, meinte Billy. »Er sagt, er hätte zusammen mit dir den Russen tüchtig in den Arsch getreten. Nach allem, was ich gehört habe, bist du nach einem Kilometer tot, wenn du draußen herumläufst.«

Nicky biss wütend die Zähne zusammen und sagte sich, dass er diesen Mist nicht länger mitmachen würde. »Ich bin bereit, dieses Risiko einzugehen, Mann. Ich werde hier noch wahnsinnig. Ich habe dieselbe blöde Zeitschrift schon zehnmal gelesen. Außerdem, wie kommt es, dass Che draußen herumlaufen darf und ich nicht? Hat er sich irgendwo versteckt?«

»Che ist im Echo Park, Alter. In seinem Revier. Du bist ein Besucher.« Billy nahm einen Zug von seiner Zigarette und runzelte traurig die Stirn. »Bald, Nicky. Es wird nicht mehr lange dauern. Halt noch ein oder zwei Tage durch.«

»*Mano, no se.*« Er nahm Billy die Zigarette ab, inhalierte den Rauch, dachte an Rosalie und wünschte, dass wenigstens sie hier wäre. »Ich weiß nicht, Billy. Ich glaube, Che will was von mir.«

Billy dachte einen Moment nach, bevor er antwortete. »Natürlich will er was von dir, Nicky. Er will wissen, wie du es geschafft hast, unverwundbar zu sein, auf dem Ölfeld, verstehst du? Wenn du ihm zeigst, wie das funktioniert, wird er dich wahrscheinlich gehen lassen.« Er schlug die Beine übereinander, zündete eine weitere Zigarette an und bedeutete Nicky mit einem Wink, seine zu behalten. »Wie hast du das eigentlich gemacht?«

Nickys Kopfhaut prickelte. Billy hatte seine Befürchtung bestätigt. *Sie halten mich als Geisel fest. Sie werden mich erst laufen lassen, wenn ich ihm das Geheimnis verrate*, dachte er.

»Ich kann das nicht tun, Billy. Nicht für jemand anders«, log er. »Das ist eine einmalige Sache im Leben, und es funktioniert nur bei einem selbst. Es heißt die Nacht der langen Messer und ist ein Zauber – eigentlich eine Kombination von Zaubern, die eine Person eine Nacht lang unbesiegbar macht. Deshalb habe ich all diese Sprengladungen auf DeSolas Ölfeld zünden können, ohne dass mir was passiert ist.«

Billy überlegte. »Aber du könntest ihm zeigen, wie man es macht, nicht wahr?«

Ich muss dafür sorgen, dass ich auch weiter unentbehrlich bin, durchfuhr es Nicky. Ich muss einen Status erlangen, einen Rang.

»Es ist nicht so, als würde man Rad fahren lernen oder so, Mann. Ich bin von einer *bruja* erzogen worden. In meinem Blut fließt Magie. Und trotzdem war es nicht einfach für mich. Che hat diesen Hintergrund nicht.«

Er schob seine Ärmel hoch und zeigte Billy die Wunde, die er sich in der anderen Nacht zugezogen hatte, als der Russe auf ihn geschossen hatte. »Und es hält nicht lange an. Eine Nacht, dann ist's vorbei. Danach kann man erschossen oder verletzt werden. Das schmerzt wie verrückt, Mann. Es juckt.«

»Aber du hattest trotzdem Glück«, meinte Billy, während er die Wunde betrachtete. »Ein paar Zentimeter weiter, und du wärst tot.«

»Ja, ich hatte Glück.« Er rollte den Ärmel wieder nach unten. »Jemand schießt auf mich, und die Leute sagen mir, dass ich Glück hatte. *Orale*, was für eine Art Leben ist das, *mano*? Ist es das, was wir wollten, als wir Kids waren?«

Billy erwiderte nichts und zog an seiner Zigarette. Er legte seinen Kopf zurück und konzentrierte sich darauf, Rauchringe zu blasen. »Es ist das, was ich wollte, Nicky. Mein Onkel, mein Bruder, sie waren beide in der Echo-Park-Band. Es ist genau das, was ich immer wollte. Aber du, Mann, du hast Geld, du hast Möglichkeiten. Was machst du hier?«

Nicky schwieg. Er ging einen Moment im Zimmer auf und ab und spürte die verrottenden Dielenbretter unter seinen Füßen. Die Wohnung roch nach Autoteilen. »Ich weiß es nicht genau«, sagte er schließlich. »Ich denke schon länger darüber nach.«

»Ich denke, du solltest es versuchen, Mann.« Billy beugte sich nach vorn und ließ seine Hände zwischen den Knien baumeln. Er sah seinen *compadre* durchdringend an.

»Ich denke, du musst es Che beibringen, wenn du hier rauskommen willst. Ich meine, du bist ein Cobra, kein Mitglied der Echo-Park-Band. Er hängt nur mit dir herum, damit du sein Kumpel wirst und es ihm beibringst.«

Nicky trat dicht vor ihn, sodass Billy ihm in die Augen sehen oder wegschauen musste. »Ist das etwas, das du weißt, oder vermutest du es nur?«

»Ich *weiß* es nicht genau, wenn du weißt, was ich meine«, erwiderte Billy. »Aber ich bin mir ziemlich sicher, verstehst du?«

Einen Moment lang herrschte Schweigen, und Nicky dämmerte, dass Billy nicht als sein Freund hier war. Er war als Ches Bote hier.

Sein Magen zog sich zusammen.

Sie scheren sich einen Dreck um mich, dachte er.

»Ich hab's kapiert«, sagte er zu Billy.

Billy sagte sanft: »Und wenn ich an deiner Stelle wäre, würde ich es so schnell wie möglich tun.«

»Was ist los?« Nicky versuchte neugierig zu klingen, aber seine Stimme war schrill und verängstigt.

»Ich weiß es nicht genau, Alter. Es ist wahrscheinlich nichts. Aber es passieren eine Menge Dinge, die nicht gut sind.« Billy Stimme klang auf einmal sehr aufrichtig. »Leute verschwinden und so.«

Nicky sagte vorsichtig: »Davon habe ich schon gehört.«

»Na ja. Du hast wahrscheinlich nicht gehört, dass Salma ebenfalls verschwunden ist.«

Oh, Gott, Gott, bestraf sie nicht an meiner Stelle. Ich bin der Böse. Ich bin derjenige, der schwarze Magie benutzt. Tu ihr nicht an meiner Stelle weh, dachte er.

»Das habe ich jedenfalls gehört«, sagte Billy, als sich die Stille zwischen ihnen dehnte.

»Bist du dir sicher?«, krächzte Nicky.

»Ziemlich sicher«, sagte Billy, während er seine Zigarette in einer leeren McDonald's-Verpackung ausdrückte. »Ich meine, vielleicht ist es nichts. Aber ich dachte, du solltest es wissen.«

»Was ist mit Rosalie?«, fragte Nicky. »Ich habe sie seit jener Nacht nicht mehr gesehen.« Sie beide wussten, welche Nacht er meinte: die Nacht der langen Messer.

Die Nacht, in der er es auf katastrophale Weise vermasselt hatte.

»Ich kenne niemanden namens Rosalie«, wehrte Billy ab. »Ist sie eine Cobra-Tussi? Ich kenne keine Cobras, schon vergessen?«

»Aber du kriegst doch einiges mit, oder? Was ist mit dem Rest der Truppe? Little King, Dom, die anderen Typen? Was wird über sie erzählt?«

»Es wird erzählt, dass sie sich bedeckt halten«, sagte Billy. »Diese Ölfeldexplosion war eine große Sache. Zeitungen, verstehst du, Fernsehen. Live auf Kanal Fünf. Sunnydale-Cops, sogar ein paar Bundesagenten, soweit ich gehört habe. Deine *amigos* verstecken sich, bis sich der Sturm gelegt hat.«

»Ich muss hier raus«, sagte Nicky ruhig. »Ich werde von hier verschwinden. Ich kenne mich mit Magie aus, denk dran.«

»Es wird nicht so leicht sein, von hier zu verschwinden«, warnte Billy und klang dabei sehr besorgt. Du *cabrón*, dachte Nicky. Tust so, als würde es dich kümmern, was mit mir geschieht.

»Vor der Tür steht eine Wache und eine weitere unten. Che wird sie umbringen, wenn sie dich entkommen lassen.«

Nicky nahm einen weiteren Zug von seiner Zigarette. Er fühlte sich krank und benebelt und war so wütend, dass es ihn nicht kümmerte, was er sagte oder machte. »Warum hat Che nicht den Mumm, selbst zu mir zu kommen, wenn er etwas von mir will?«

»Alter, du weißt, wie er arbeitet. Er lässt dich schmoren, bis du ihn anflehst, ihm das geben zu dürfen, was er wissen will. Dann bekommt er, was er will, und du hast das Gefühl, das bekommen zu haben, was *du* willst.«

»Das funktioniert nicht mehr«, sagte Nicky unverblümt. »Nicht, solange meine Schwester und Rosalie verschwunden sind.«

Billy zuckte mit den Achseln. »Wenn du dich erschießen lässt, wird sie das auch nicht zurückbringen.«

Nicky kniff die Augen zusammen und sagte: »Ich will mit Che sprechen.«

»Er wird dich aufsuchen, wenn er dazu bereit ist, Mann.«

Nickys Tonfall war entschlossen. »Er wird mich *jetzt* aufsuchen.«

»Das denke ich nicht.« Billys Ton war ruhig und ein wenig traurig. Vielleicht hatte er irgendwo tief in seinem Innersten doch ein Herz. Schließlich hatte Salma ihn gemocht, und sie hatte stets eine gute Menschenkenntnis gehabt.

Nur mich hat sie falsch eingeschätzt. Sie hat zu mir aufgesehen. Weil ich ihr großer Bruder bin, ging ihm durch den Kopf.

Er holte tief Luft und stieß sie wieder aus. »Billy, du wirst dich mir doch nicht in den Weg stellen, oder?«

»Ich sage dir nur, Mann«, erwiderte Billy, »dass draußen Wachen stehen.«

»Hast du eine Knarre?«

»Ja, aber …«

Nicky streckte seine Hand aus. »Gib sie mir.«

Billy schüttelte den Kopf. »Nicky, das kann ich nicht tun …«

Nicky wedelte mit der Hand. »Ich kenne dich schon sehr lange,

Billy. Ich habe dir nie etwas getan.« Er sagte: »Salma mochte dich. Meine Eltern verboten ihr, mit dir zu reden, aber sie hat es trotzdem getan.«

Billys Gesicht rötete sich. Er starrte seine Hände an; Nicky sah das Gangtattoo zwischen seinem Zeigefinger und dem Daumen.

»Zwing mich nicht dazu, dich mit einem Fluch zu belegen, Mann«, drohte Nicky.

Der andere Junge griff nach hinten und zog eine kleine Beretta Automatik aus dem Hosenbund. Er sagte: »Ich will nur nicht, dass einer meiner Leute verletzt wird, Nicky, das ist alles.«

»Ich will sie nicht verletzen.« Er meinte es ernst. Er wollte es wirklich nicht.

»Aber ich weiß, wie wichtig Salma für dich ist«, murmelte Billy.

»So ist es, Billy.« Nicky hatte das Gefühl, als würde er ein Lasso schwingen und es gleich über den Kopf eines wilden Tieres werfen. Machte er es zu schnell, würde der Kojote davonlaufen. »Ich will mich nur um meine Schwester kümmern, verstehst du?«

»Ich weiß, Mann.« Billy seufzte laut. Nicky wünschte, er wäre auf seiner Seite, aber die Zeit war zu knapp. »Bring dich nur nicht in Schwierigkeiten.«

»Es gibt keine Schwierigkeiten, aus denen Nicky de la Natividad nicht wieder herauskommt, Billy.« Er nahm die kleine Pistole aus der Hand seines Freundes, überprüfte das Magazin und schob es mit einem befriedigenden Klicken wieder hinein. Irgendwie beruhigte die Waffe seine Nerven, wie ein Baby, das einen Schnuller bekam. Er wusste nicht, was auf ihn wartete, aber er hatte das Gefühl, dass er damit fertig werden konnte.

»Nicky.« Billy legte eine Hand auf Nickys Arm und hielt ihn fest. »Du musst – du weißt schon, Che wird mich fertig machen, wenn er erfährt, dass ich dich laufen ließ.«

Nicky verstand. Er nahm sich nicht die Zeit, darüber nachzudenken. Mit der Waffe in seiner Faust versetzte er Billy eine wuchtige kurze Gerade gegen das Kinn. Sein Freund brach auf dem Bett zusammen.

Nicky verließ das Zimmer.

Die traumähnliche Landschaft veränderte sich nicht, als Salma weiterging, obwohl sie eine Zeit lang geglaubt hatte, dass es der Fall sein würde, auf dieselbe Art, wie ein träumender Mensch aus einem ihm vertrauten Raum auf einen Schulkorridor und dann übergangslos in einen überfüllten Zug tritt. Aber nichts passierte. Stattdessen veränderte sie sich nur so, wie sich jede normale Landschaft veränderte, wenn man sich bewegte, vielleicht eine Biegung nahm und auf einmal vor sich den unteren Teil von etwas Großem sah, das vorher nur Bäume und Klippen überragt hatte.

Die Umgebung flößte ihr immer noch Angst ein – die Farben waren alle falsch, die Größen schienen irgendwie nicht zu stimmen. Dinge, die klein sein sollten, Büsche und kleine Sukkulenten, waren hier riesig, und während sie auf der Erde grün waren, waren sie hier rot und blau und purpur. Andere Dinge waren ihr völlig fremd – ein gigantisches, felsenähnliches Ding zum Beispiel, das wie ein Herz pulsierte und dann zuckte, als wäre es ein Kokon, dem ein Schmetterling entschlüpfen wollte, wenn sie es anschaute. Wandte sie den Blick ab oder betrachtete sie es nur aus den Augenwinkeln, pulsierte das Ding wieder rhythmisch. Aber wenn sie es direkt ansah, zuckte es, und sie musste wegschauen aus Angst, dass es explodierte.

Sie eilte daran vorbei, aber hinter der nächsten Biegung lauerte stets etwas, das sie genauso ängstigte. Sie ahnte allmählich, wie sich Alice gefühlt haben musste, nachdem sie durch den Spiegel gegangen war. Sie hatte sich immer gefragt, ob man Alice im Spiegel sehen konnte, wenn man aus nächster Nähe in ihn hineinschaute oder sich nur richtig konzentrierte. Oder war Alice – so wie Salma – für alle, die sie gekannt und geliebt hatten, völlig unsichtbar?

Als sie das Klappern und Hufgetrappel von Reitern hörte, war sie zuerst überglücklich. Menschen! dachte sie. Sie werden mir helfen!

Aber sofort schoss ihr ein zweiter Gedanke in den Kopf. Wenn sie so fremdartig sind wie die Pflanzenwelt, werden sie mir dann helfen? Oder werde ich mich so sehr von ihnen unterscheiden, dass sie mich für ein Tier halten oder mich nicht einmal sehen können? Sie versteckte sich hinter einem heruntergefallenen Blatt von der Größe eines Kleiderschranks und wartete.

Ein paar Minuten später waren sie so nah, dass Salma sie sehen konnte.

Sie sahen völlig menschlich aus, aber wie Menschen aus einer anderen Zeit oder einem anderen Land; ihre Kleidung und ihr Auftreten wirkten mittelalterlich. Ihre Rösser waren pferdeähnlich – sie nahm an, dass es nicht ganz falsch war, sie als Pferde zu bezeichnen – aber sie unterschieden sich von den Pferden, die sie kannte. Ihre Beine beispielsweise waren stämmig, nicht dünn und anmutig wie Pferdebeine. Und ihre Mähnen erinnerten mehr an Wasserfälle als an wallende Haare, sie waren halb durchsichtig und veränderten sich ständig.

Aber sie waren nahe genug. Salma nahm ihren Mut zusammen und trat hinter dem Blatt hervor. »Hallo!«, rief sie.

Die Reiter – alles Männer, vermutete sie, obwohl sie genauso fremdartig wirkten wie alles andere hier – drehten sich in ihren Sätteln, um sie anzusehen. Sie sprachen miteinander, doch es war keine bekannte Sprache, und Salma verstand kein Wort von dem, was sie sagten.

»Ich – ich habe mich verirrt«, stammelte sie. Die Männer starrten sie verständnislos an. Schließlich ritt einer von ihnen zu ihr. Sie hatte Angst vor dem, was er vielleicht tun würde, und wollte weglaufen, aber sie war vor Furcht wie gelähmt. Der Mann beugte sich im Sattel nach unten und streckte einen Arm nach ihr aus.

Er will, dass ich zu ihm aufsteige, dachte sie. Soll ich?

Nicht zum ersten Mal ertappte sie sich bei dem Wunsch, Buffy in ihrer Nähe zu haben. Sie hatte großes Vertrauen in die Fähigkeiten der Jägerin entwickelt. Aber Buffy konnte ihr jetzt nicht helfen. Sie war auf sich allein gestellt, diesen Männern ausgeliefert, denen sie sich gezeigt hatte.

Dennoch, dachte sie, wenn sie mich töten wollten, hätten sie es längst tun können. Sie ergriff den Arm des Mannes, und er zog sie hinter sich auf den Sattel. Ein paar von ihnen sprachen miteinander, und sie ritten wieder los. Sie machte ein paar weitere Versuche, mit ihnen zu sprechen, und sie probierten es auch. Aber es funktionierte nicht, und nach einer Weile gaben sie den Versuch auf. Salma fühlte sich einsamer und ängstlicher als je zuvor.

Sie brachten sie zu einer mächtigen Steinburg am Rande einer Ebene, nach einem Ritt, der mehrere Stunden gedauert hatte, so vermutete sie, obwohl sie keine Sonne sehen konnte und so keine Möglichkeit hatte, die Zeit einzuschätzen. In der Burg kamen sie an einer Reihe Räume vorbei, in denen viele Menschen waren, Männer und Frauen, aber stattdessen führte man sie direkt in eine dunkle Kammer, die nur von Dutzenden flackernder Kerzen erhellt war. Sie verriegelten die Tür, als sie gingen.

Salma war völlig allein.

9.

Moskau, 1991

Alles war auseinander gefallen.

In ein paar Tagen würde ein neues Jahr beginnen, und im neuen Jahr würde die Sowjetunion nicht mehr existieren. Mikhail Gorbatschow hatte im Fernsehen erklärt, dass sich die ehemalige Sowjetunion auflöste und die Mitgliederrepubliken unabhängige Staaten wurden. Alexis und Valeria Wischnikoff und ihre junge Tochter Alina waren jetzt russische Bürger, keine sowjetischen mehr.

Doch das war noch nicht das Schlimmste. Mit der Auflösung der Sowjetunion hatten Gorbatschow und seine Verbündeten auch die Machtbasis der kommunistischen Partei zerstört. Die Parteihierarchie war gestürzt und der KGB entmachtet worden. An einem Tag hatte ein Mann noch gewusst, wo er in der Welt stand. Am nächsten war alles anders. Als würde alles von vorn beginnen. Aber Alexis und Valeria hatten hart gearbeitet, um dorthin zu kommen, wo sie jetzt waren. Das Volksprojekt zeigte erste handfeste Resultate. Sie wollten nicht noch mal von vorn beginnen.

Sie waren an dem Tag nach Gorbatschows Erklärung ins Labor gegangen. Aber niemand arbeitete dort. Die Leute saßen mit einem Ausdruck der Fassungslosigkeit auf den Gesichtern an ihren Schreibtischen, viele waren in Tränen aufgelöst. Andere plünderten ihre Arbeitsbereiche, stahlen Computer, Laborausrüstung, Bürobedarf – ein Mann nahm sogar die Uhr von der Wand und ließ den Abfallkorb mitgehen, der neben einem kleinen Tisch stand, sowie eine Kaffeekanne, ein Kännchen Milch und etwas Zucker. Niemand hielt ihn auf oder machte einen Versuch, die anderen Diebstähle zu verhindern. Die Leute, die dies hätten tun können, das Wachpersonal oder die KGB-Agenten, hatten sich nicht einmal die Mühe gemacht, im Labor zu erscheinen.

Alexis und Valeria saßen in Markows Büro. Markow war ebenfalls nicht gekommen – sie sollten später erfahren, dass er sich Minuten nach Gorbatschows Erklärung an den Dachsparren seines Hauses erhängt hatte.

»Wir dürfen nicht zulassen, dass er in die falschen Hände fällt«, sagte Valeria nachdrücklich. »Jeder dieser Leute könnte mit ihm durch die Tür gehen und ihn morgen auf dem Schwarzmarkt verkaufen. Oder ihn direkt an einen amerikanischen Agenten ausliefern.«

»Aber was können wir tun?«, fragte Alexis sie unschlüssig. »Er gehört uns nicht.«

»Uns ebenso wenig wie jedem anderen auf der Erde«, konterte Valeria. Sie blickte entschlossen drein. »Vielleicht gehört er eher Genosse Markow, aber er ist nicht einmal hier. Wer weiß, wann er wieder auftauchen wird? Dann könnte es bereits zu spät sein.«

Sie streckte die Hände aus, als wollte sie ihren Mann bitten, ihr richtig zuzuhören. »Wenn der Realitätsindikator gestohlen oder zerstört wird, dann war alles umsonst, für das wir beide im letzten Jahrzehnt gearbeitet haben. Wertlos. Wir könnten ebenso gut nie geboren worden sein.«

»Sag das nicht«, bat Alexis. »Wir haben uns. Wir haben eine wunderschöne Tochter.«

Das war das stärkste Argument, das ihm einfiel. Alexis war nicht religiös, aber es gab Zeiten, in denen er einfach nicht glauben konnte, dass das herrliche Geschöpf, das sie in die Welt gesetzt hatten, kein Engel war. Die Liebe, die ihn erfüllte, wenn er sie – und ihre Mutter – ansah, war fast unerträglich.

»Unsere Tochter. Die aufwachsen wird, ohne den Kommunismus auch nur kennen gelernt zu haben«, sagte Valeria. »Deren Eltern jahrelang für etwas gearbeitet haben, das nun keinen Sinn mehr hat. Welches Leben erwartet sie? Wie wird die Tatsache, dass wir alles wegwerfen, was wir erreicht haben, auf sie wirken?«

»Was schlägst du also vor, Valeria?«, fragte Alexis. Er sah seine Frau an und erinnerte sich an eine glücklichere Zeit, als er völlig durchgefroren gewesen war und Tee getrunken und ihr von einer weit zurückliegenden Katastrophe in seinem Leben erzählt hatte. »Sollen wir uns eine Waffe besorgen und bei dem Indikator im Labor sitzen, bis Markow zurückkommt?«

Sie vergewisserte sich mit einem kurzen Blick, dass sie nicht beobachtet wurden, und beugte sich dicht zu Alexis. Es war möglich, dass Markows Büro verwanzt war und jemand ihr Gespräch mithörte. Doch bei dem derzeitigen Chaos im KGB konnte sie sich das kaum vorstellen.

»Wir nehmen ihn mit«, flüsterte sie. »Wir nehmen ihn mit nach Hause, und zwar jetzt. Und wir verlassen Russland und fahren nach Jugoslawien, Rumänien – irgendwohin, wo man unserer Sache gewogen ist und uns mit offenen Armen empfangen wird.«

Alexis versuchte seinen Schock zu verbergen. »Das ist Verrat!«

»Verrat an was?«, erwiderte Valeria. »Einer Regierung, die es nicht mehr gibt? Einer Partei, die aufgelöst wurde? Einem System, das gestürzt wurde? Es wäre Verrat, *nichts* zu unternehmen.«

Alexis schwieg. Durch das große Fenster von Markows Büro konnte er sehen, wie ein Forscher den Stecker eines Computers herauszog und sich das Gerät unter den Arm klemmte. Das Volksprojekt war erst vor ein paar Jahren mit Desktop Computern ausgestattet worden – sonst hätte der Mann mit einem Laster vor das Gebäude fahren und riesige Rechner mit einem Kran stehlen müssen.

Die ganze Sache kam ihm immer noch wie ein böser Albtraum vor, aus dem er bald erwachen würde. Aber während er das Treiben in dem Gebäude betrachtete, wurde ihm klar, dass er sich vor der Realität nicht verschließen durfte. Die Welt hatte über Nacht ihr Gesicht verändert. Das Volksprojekt – und im Lichte dieser Entwicklungen bekam dieser Name eine gewisse Ironie – war nur ein Opfer der neuen Weltordnung, und eins, das die meisten Menschen nicht einmal vermissen würden. Nur sehr wenige wussten überhaupt von seiner Existenz.

»Du hast Recht, Valeria«, sagte er, während er ihre glatte Wange berührte und über ihre blonden Haare strich. »Wie gewöhnlich hast du Recht. Machen wir uns an die Arbeit.«

Niemand versuchte sie aufzuhalten. Nur ein paar blickten in ihre Richtung, als sie den Realitätsindikator von den Computern trennten, die ihn steuerten, und vom Stromnetz nahmen. Sie hatten in aller Eile eine Liste der Elemente erstellt, die sie brauchten, um den

Indikator zu betreiben – den Hauptgenerator, die Datenbestände. Aber den wichtigsten Faktor trugen sie in sich: ihre Fähigkeiten und ihr Wissen. Alles andere, was sie brauchten, konnten sie mit einer Fuhre nach Hause schaffen.

Valeria packte die Koffer, während Alexis Alina von der Schule abholte. Das Mädchen war jetzt sechs, eine blonde, pausbäckige Miniaturausgabe ihrer Mutter. Ihren Vater so früh am Tag zu sehen, überraschte sie, aber sie freute sich. Alexis erzählte der Lehrerin, dass er mit ihr einen Ausflug machen wollte, erwähnte aber nicht, dass sie nicht mehr zurückkehren würde. Die Lehrerin würde es noch früh genug erfahren, und in der Zwischenzeit würde sie hoffentlich keinen Alarm schlagen.

Alina spürte natürlich, dass etwas nicht stimmte, aber sie wusste auch, dass sie es niemand sagen durfte. Sie lächelte ihren Vater an und ergriff seine Hand.

Alexis und Valeria hatten jetzt ein Auto, einen Citroën, den sie aus dritter Hand von einem Ungarn gekauft hatten, der in ihrer Straße ein Café betrieb. Als er nach der Fahrt durch chaotische Straßen mit Alina nach Hause kam, stopfte Valeria bereits den Kofferraum des Wagens mit Kleidung, Papieren und persönlichen Dingen voll, die die Familie nicht zurücklassen wollte.

Sie versuchte die Sachen so einzuladen, dass es bei einer flüchtigen Durchsuchung – für den Fall, dass es noch jemanden gab, der ihn durchsuchen wollte – so aussah, als wollte die Familie Urlaub machen. Aber gleichzeitig wollte sie nichts hinterlassen, das darauf hinweisen konnte, woran sie gearbeitet hatten. Sie konnten keine Hinweise auf ihr Ziel zurücklassen, denn sie hatten keinen festen Plan, nur den überwältigenden Drang, aus Russland zu verschwinden, bevor jemand entdeckte, was fehlte. Alexis schickte Alina in ihr Zimmer, damit sie einige ihrer Lieblingsspielzeuge holte, während er Valeria beim Packen half.

Sie waren vor Einbruch der Dunkelheit auf der Straße. Am nächsten Abend machten sie Zwischenstopp in Polen. Von dort fuhren sie durch die ehemaligen sowjetischen Satellitenstaaten, die Tschechoslowakei, Ungarn, Rumänien und schließlich Bulgarien. Kollegen halfen ihnen beim Überqueren der Grenzen, obwohl die

Grenzen jetzt, da alles auseinander fiel, durchlässiger waren als sonst. In Bulgarien mieteten sie ein Apartment, und Alexis nahm einen Aushilfsjob an. Ohne Labor und Personal setzten sie die Arbeit fort, die sie vor so langer Zeit begonnen hatten.

Amerika war ihr nächstes Ziel.

Das Volksprojekt lebte weiter.

Sunnydale

Buffy hielt das Gesicht des jungen Mannes sanft in ihren Händen und fühlte seine Bartstoppeln, die leicht raue Haut seiner Wangen. Sie konnte nicht fassen, dass sich die Ereignisse derart überschlagen hatten, und ertappte sich bei dem Wunsch, die Uhr zurückzudrehen, damit die Welt wieder so wurde, wie sie vorher gewesen war. Aber sie wusste, dass es unmöglich war.

Sie drehte den Kopf wieder mit dem Gesicht auf die Straße, so wie sie es gefunden hatte, und schwor sich im Stillen, die Kreatur zu vernichten, die es irgendeinem ahnungslosen Opfer abgerissen hatte. Sunnydale war voller Ungeziefer, übernatürlicher Wesen, die nur zum Töten hier zu sein schienen. Buffy hatte genug von ihnen.

»Buffy!«, rief Riley ihr von einer Ecke aus zu. Seine Stimme klang gepresst und ungeduldig. Sie eilte an seine Seite. Spike, der heute Nacht mit ihnen patrouillierte, war bereits zur Stelle.

»Was ist los?«, fragte sie kampfbereit.

Der Kampf schien sie schon zu erwarten.

Vier Kreaturen, die nur vage Ähnlichkeit mit Menschen oder selbst Säugetieren hatten, knieten über einem menschlichen Leichnam. Sein Bauch klaffte wie der eines Weihnachtstruthahns, und die vier Monster zogen Eingeweide heraus und stopften sie sich in ihre Mäuler, die so weit aufgerissen waren wie die von Alligatoren. Die Wesen hatten je zwei Arme und zwei Beine und einen Kopf, aber der Körper war wie der eines Insektes segmentiert. Thorax und Abdomen, erinnerte sich Buffy, froh, dass sie sich einen Moment mit Insektenanatomie von der grausigen Zurschaustellung der Anatomie dieses Grauen erregenden Wesens ablenken konnte.

»Das erinnert mich an was«, bemerkte Spike. »Ich muss mir einen Snack machen, wenn wir wieder in Giles' Wohnung sind.«

»Sag mir noch mal, warum wir dich mit auf Patrouille nehmen«, forderte Riley ihn auf.

»Animalischer Magnetismus.«

Eine der Kreaturen entdeckte sie und sah über ihre Schulter zu der Stelle, wo Buffy, Riley und Spike standen. Sie ließ ein Stück Eingeweide fallen und gab aufgeregte Laute von sich. Die anderen blickten auf, lösten sich von der Leiche und wappneten sich für den Angriff. An ihrem Rücken entfalteten sich lange, transparente Flügel.

Buffy sah ihre Freunde nicht einmal an. Ihr Zorn war jetzt grenzenlos. Diese Wesen würden bezahlen. Sie lief die Straße hinunter und stürzte sich auf sie. Als sie angriff, flatterten und summten ihre Flügel. Während Buffy rannte, zog sie einen Pflock aus der Tasche, obwohl sie wusste, dass sie es nicht mit Vampiren zu tun hatte. Aber ein Holzstab, der in das Herz oder ein anderes Organ gebohrt wurde, konnte einigen Schaden anrichten. Als sie sie erreichte, ergriff eins der Wesen bereits die Flucht. Buffy sprang in die Luft und packte das dünne Bein der Kreatur, bevor sie entkommen konnte.

Ihr Gewicht zog sie nach unten. Sie fielen beide zu Boden und landeten einer über dem anderen. Einer von Buffys Stiefeln streifte die Leiche, und sie zog ihn voller Abscheu zurück. Sie rammte der Kreatur, auf die sie gestürzt war, den Pflock in den Rumpf.

Das Wesen stieß einen trillernden, schrillen Schrei aus, der Buffy große Befriedigung verschaffte.

Riley griff in den Kampf ein und packte eine andere Kreatur, als sie zu fliehen versuchte. Während Buffy mit ihrem Gegner rang, sah sie, wie Riley mit seinem kämpfte und den zuschnappenden Kiefern auswich, während er versuchte, dem Wesen das Rückgrat zu brechen. Keine schlechte Idee, dachte sie. Aber sie wählte einen direkteren Weg, umfasste den Kopf ihres verwundeten Gegners, hielt ihm mit ihren kräftigen Händen das Maul zu und schmetterte ihn hart gegen ein Gebäude. Sie hörte ein Knirschen, und der Gegner erschlaffte in ihren Händen.

Spike versuchte eine andere Kreatur zu fassen, aber sie schlug mit ihren Schwingen auf ihn ein, als wären sie Schwertklingen, und er gelangte nicht in ihre Nähe. Doch Buffy war zu wütend, um sich davon abschrecken zu lassen. Sie holte mit dem Fuß aus und trat dem Wesen mit aller Wucht gegen den Brustkorb. Es brach auf dem Boden zusammen, und sie rammte den Pflock, den sie noch immer in der Faust hielt, in seinen Kopf. Es verkrampfte sich zweimal und blieb dann still liegen.

»Netter Trick«, meinte Spike.

Riley hatte seinen Gegner ebenfalls bezwungen, womit nur noch eine Kreatur übrig blieb, aber eine Sekunde lang konnte Buffy sie nirgends entdecken. Dann hörte sie etwas, folgte dem Geräusch mit den Augen und blickte nach oben. Sie war verletzt worden, als Buffy und das andere Wesen auf ihr gelandet waren; einer ihrer Flügel war an einigen Stellen zerrissen, aber sie gewann trotzdem an Höhe.

Nur nicht schnell genug, dachte Buffy.

»Riley!«, rief sie und hielt ihre Hände kurz zu einer Fußstütze zusammen. »Mach's nach!«

Er verstand augenblicklich, was sie vorhatte. Sie hatte dies mit Angel mehrmals geübt, es mit Riley aber noch nie trainiert. Aber es war ziemlich klar, was sie wollte. Er beugte sich nach vorn, wiederholte ihre Bewegung und nickte. Buffy rannte zu ihm, sprang und landete in seinen verschränkten Händen. Riley richtete sich auf und warf sie in die Luft, wobei ihr eigener Schwung den Sprung noch verstärkte.

Die Kreatur flatterte verzweifelt, konnte aber nicht genug an Höhe gewinnen. Parallel zu den Fenster im ersten Stock der Häuser prallte Buffy gegen sie. Das Wesen fiel, und sie stürzte mit ihm ab. Im Fall holte sie mit dem rechten Arm weit aus und schlug dem Wesen mit dem Handrücken gegen das lang gestreckte Maul.

Sein Kopf wurde weit nach hinten geworfen. Sie hörte, wie sein Genick brach, und es war bereits tot, als sie auf der Straße landeten.

Riley half ihr lächelnd hoch. Spike war ebenfalls zur Stelle und wischte ihr ein paar Körperteile des Gegners von den Schultern.

»Das nenne ich Teamwork«, meinte er.

»Komisch«, erwiderte sie. »Ich nenne es Massaker.«

Cheryce hatte schon immer gehasst, dass sie erst eingeladen werden musste, bevor sie ein Haus betreten konnte, denn normalerweise waren nur Freunde und Verbündete dazu bereit. Jene, die sie terrorisieren oder töten wollte, erwiesen sich in diesem Punkt meistens als widerspenstig. Sicher, es gab andere Möglichkeiten, sich Zutritt zu verschaffen, aber sie waren recht mühselig, und Cheryce zog, wenn es irgendwie möglich war, den direkten Weg vor.

Als sie erfuhr, dass sich einige Latin Cobras nur einen knappen Kilometer von ihrem alten Wohnort entfernt in einem Wohnwagen versteckten, beschloss sie, so direkt wie möglich vorzugehen. Sie hämmerte an die Tür.

»He, kommt raus!«, schrie sie. »Ich will ein paar Antworten!«

Es überraschte sie nicht, dass niemand herauskam.

Sie ging zur nächsten Stufe ihres Plans über. Der Wohnwagen ruhte auf einem niedrigen Fundament aus Betonblöcken. Er war eins dieser immobilen »Mobilhäuser«, die in irgendeinem Mobile Home Park aufgestellt wurden und dort blieben. Aber das bedeutete nur, dass es einige Arbeit kostete, es auf einen Truck zu verladen und abzutransportieren; es bedeutete nicht, dass es sich nicht bewegen ließ.

Cheryce trat an eine Ecke des Wohnwagens, ging in die Hocke, nahm die Hände nach hinten und packte den Unterboden des Wohnwagens. Dann spannte sie ihre Muskeln an und richtete sich mit zitternden Beinen auf. Die Ecke des Wohnwagens hob sich mit ihr. Sie hob sie so hoch wie möglich an, und als sie nicht mehr konnte, ließ sie sie wieder los.

Der Wohnwagen krachte nach unten, sodass das Fundament zerbrach und er sich aus seiner Verankerung löste. Die Lichter im Innern gingen aus, als das Stromkabel zerriss. Sie stemmte sich gegen die Wand und schüttelte das ganze Ding durch, als wäre es ein Tamburin.

Einen Moment später zwängten sich drei Latin Cobras durch die Tür.

»He, Mann, was machst du – oh, *mamacita*«, sagte einer und starrte sie wütend an. Er hatte keine Haare auf Kopf und Brust. Als er die Arme verschränkte, tanzte das Tattoo einer aufgerichteten Schlange an seinem muskulösen Unterleib. »Warum bist du so grob, wenn du gekommen bist, um zu spielen?«

»Ich bin nicht hier, um zu spielen«, sagte Cheryce. »Ich bin hier, um Informationen von euch zu bekommen. Wenn ihr mir sie verweigert, werde ich euch drei mit Freuden töten und euer Blut trinken.«

Ein anderer Kerl schlug dem ersten auf die Schulter. Er trug ebenfalls kein Hemd. »Paco«, sagte er leise. »Sie hat den Wohnwagen ganz allein so zugerichtet. Ich denke, wir sollten auf sie hören.«

»Alter«, fauchte Paco, »man braucht einen Kran oder so, um den Trailer so hochzuheben. Also wo ist er, Lady? Wie hast du das gemacht?«

Cheryce blickte auf ihre Fingerspitzen. »Verdammt«, sagte sie ruhig. »Ich habe mir einen Nagel abgebrochen.«

»Was willst du wissen?«, fragte der zweite Kerl.

»Jorge, ich würde nicht ...«

»Halt's Maul, Paco«, bellte Jorge. »Wenn du dich mit ihr anlegen willst, schön. Ich nicht.«

Schließlich meldete sich der dritte Kerl zu Wort. »Jorge hat Recht«, erklärte er. »Wir werden dir alles sagen, was du wissen willst.«

»Schön«, nickte Cheryce. »Reden wir über die Ölfelder.«

Als fünf Minuten später das Gespräch beendet war, hatte Cheryce einen Namen und einen Ort und einen vollen Magen. Morgen Nacht, dachte sie. Ich werde per Anhalter nach Los Angeles fahren und Mr. Nicolas de la Natividad suchen. Ich schätze, dieser Abend war ein voller Erfolg.

Sie kehrte in ihren Schlupfwinkel zurück, um sich etwas auszuruhen und von Rache zu träumen – und von Paris.

Wenn es etwas gab, das Giles mehr fürchtete, als durch Sunnydale zu patrouillieren und auf Dämonen oder Monster zu stoßen, dann war es eine Patrouille mit Xander und Anya, bei der sie auf *keine*

Dämonen oder Monster stießen. Ohne die ständig drohende Gefahr ging ihm ihr fortwährendes Gezanke noch schneller auf die Nerven als sonst. Jeder für sich genommen und in kleinen Dosen war erträglich, aber zusammen machten sie ihn fertig.

Und seit Anya sterblich und mehr und mehr die faktische Mrs. Harris geworden war, waren sie fast unzertrennlich.

Aber manchmal ließ es sich nicht vermeiden. Buffy, Riley und Spike patrouillierten im westlichen Teil der Stadt. Tara arbeitete mit Willow auf der Astralebene, um herauszufinden, was aus Salma, Nicky oder den anderen verschwundenen Teenagern geworden war. Doch momentan war es so gefährlich, dass Giles es nicht riskieren wollte, allein zu patrouillieren. Und so begleiteten ihn Anya und Xander.

Zumindest, tröstete er sich, sind es nicht mehr Xander und Cordelia. Das war wirklich eine Qual.

Auf Xanders Vorschlag hin hatten sie die wenigen Motels in Sunnydale überprüft, um eventuell Cheryce zu finden, während sie die Augen nach weiteren Monsterattacken offen hielten. Sie kamen gerade vom Sleepy-Bye Inn, einem heruntergekommenen Haus mit jeder Menge einst schönem Stuck und verlorenen Hoffnungen, als Anya nach Giles' Ärmel griff.

»Da, sehen Sie«, sagte sie. »Ist das nicht Spikes Liebste?«

»Cheryce? Es ist entweder sie, oder in diesem Viertel finden Fotoaufnahmen für einen Erotikkatalog statt«, meinte Xander.

Die einsachtzig große Blondine trug ein für ihre Verhältnisse konservatives Outfit – ein Leopardenkleid mit einem tiefen Ausschnitt, der kaum ihre Brüste verhüllte, während der Rocksaum tatsächlich ihr gesamtes Hinterteil verdeckte, das sie sonst zum Teil entblößt ließ. Ein schwarzer Lackledergürtel, Schuhe mit zwölf Zentimeter hohen Absätzen und diverse Armbänder und Piercings rundeten ihr Outfit ab.

Cheryce stöckelte in ihre Richtung und zog einen Zimmerschlüssel aus der Tasche. Relativ frisches Blut hatte ihre Lippen rot gefärbt. Sie passierte den Lichtkreis einer Straßenlaterne und schien die drei noch nicht gesehen zu haben.

»Ich schätze, sie wohnt hier«, flüsterte Xander.

»Ich habe den Kerl an der Rezeption auf den ersten Blick nicht gemocht«, sagte Giles. »Er schien für jemanden, der in so einem Motel arbeitet, erstaunlich hochmütig zu sein.«

»Nun, er kennt eben all die vornehmen Leute«, warf Anya ein.

»Was jetzt?«, fragte Xander. »Sollen wir sie pfählen? Oder sie zurück zu Spike bringen?«

»Wir haben es Spike versprochen!«, mahnte Anya.

»Ja, das haben wir«, stimmte Giles zu. »Aber – aber seht sie euch an. Zweifellos hat sie menschliches Blut getrunken.«

»Könnte auch Lippenstift sein«, widersprach Anya.

»Nur wenn es auch Kinnstift gibt«, sagte Xander. »Sie sieht aus, als hätte sie sich hineingetunkt.«

»Nein, ich fürchte, wir haben keine Wahl«, erklärte Giles. »Sie ist eine Gefahr für alle Menschen.«

Anya ergriff seinen Arm. »Spike wird wütend sein«, warnte sie. »Wir haben ihm versprochen, dass wir sie suchen und nicht töten werden.«

»Sie ist tot, schon vergessen?«, warf Xander mit einem Lächeln ein.

Anya erwiderte das freundliche Lächeln nicht. »Ich kann nicht glauben, dass wir ihn auf derartige Weise verraten.«

Xander legte seine Hände um ihre Schultern. »Anya«, sagte er. »Muss ich dich daran erinnern? Du Mensch. Giles Mensch. Ich Mensch. Cheryce Vampir. Spike Vampir.«

»Nur weil jemand ein Vampir ist, heißt das noch lange nicht, dass er auch böse ist«, konterte Anya. »Nun, okay, meistens stimmt es, mit ein paar wohl bekannten Ausnahmen. Und ich garantiere dir, dass sie zur Kategorie ›böse‹ gehört. Aber ein Versprechen ist ein Versprechen, ganz gleich, wem man es gibt.«

»Die Frage ist womöglich müßig«, sagte Giles. »Sie hat uns entdeckt.«

Cheryce blieb ein Dutzend Schritte von ihnen entfernt stehen, legte die Hände an die Hüften und musterte sie. »Seid ihr nicht die kleinen Freunde der Jägerin?«

»Ja«, bestätigte Xander. »Ich meine, so klein wiederum auch nicht. Aber ja, wir sind Freunde der Jägerin.«

»Und von Spike«, fügte Anya hinzu. »Du erinnerst dich an ihn? Der Vampir, der dich liebt?«

»Spike liebt mich nicht«, sagte Cheryce. »Spike liebt nur sich selbst. Alle anderen bekommen nur, was übrig bleibt.«

»Das ist nicht ganz richtig«, erwiderte Anya pikiert. »Er ist sehr empfindsam.«

»Anya, womöglich verbringst du etwas zu viel Zeit mit Spike«, sagte Xander. »Ich fürchte, er hat dich hypnotisiert.«

Anya sah Xander stirnrunzelnd an und wandte sich dann wieder an Cheryce. »Er vermisst dich wirklich.«

»Er vermisst die guten Zeiten, die wir hatten, und er vermisst die Tatsache, dass ich ihm nicht helfen werde, ihn von seinem Chip zu befreien. Und er denkt, ich bin zu dumm, um zu erkennen, dass dies der einzige Grund ist, warum er mit mir zusammen ist.«

»Ich bin sicher, du irrst dich«, fuhr Anya fort. »Du solltest hören, wie er von dir spricht.«

»Wow. Wow, wow, wow«, machte Xander. »Was ist mit dem Chip? Du weißt etwas über den Chip?«

»Und wenn es so wäre?«, fragte Cheryce und warf sich in Pose. »Denn warum – iiih!«

Alle drei drehten sich um, obwohl Giles zögerte, weil er argwöhnte, dass es sich um ein Ablenkungsmanöver handelte. Aber der besorgte Ausdruck auf Cheryces Gesicht sah echt aus, und so folgte er ihrer ausgestreckten Hand. Hinter ihnen war ein Monster, das vage einem wütenden Stier ähnelte und sich ihnen näherte. Kopf und Schultern waren riesig, und es senkte sie, als wollte es sie rammen. Mächtige Hufe trieben es mit hoher Geschwindigkeit vorwärts. Es war pechschwarz, als wäre es aus dem Stoff gemacht, aus dem auch die Schatten bestanden. Einen schrecklichen Moment hielt Giles es für das Schattenmonster, das seit einiger Zeit die Stadt heimsuchte, aber dieses Ungeheuer entsprach nicht der Beschreibung, und es war seit mehreren Tagen auch nicht mehr gesehen worden.

Bevor einer von ihnen reagieren konnte, stürmte Cheryce los und sprang zwischen sie und die herandonnernde Gestalt. Sie breitete die Arme aus. Das Monster rannte direkt in sie hinein, und sie schloss sie um seinen massiven Rumpf. Die Geschwindigkeit und der Schwung des Wesens rissen Cheryce hoch und trugen sie ein Dutzend Schritte weiter, bis es ihr gelang, die Füße wieder gegen den Boden zu stemmen und abzubremsen.

Aber dann war sie in der Lage, dem Untier Paroli zu bieten. Sie sprang auf seinen Rücken und nahm seinen Hals in einen tödlichen Griff. Sie beugte sich dicht zu seinem Kopf und sagte etwas. Giles konnte die Worte nicht verstehen oder gar die Sprache erkennen, aber er hatte den Eindruck, dass sie das Monster etwas fragte. Offenbar war sie mit der Antwort nicht zufrieden, denn sie brach ihm das Genick. Als sie aufstand, wirkte sie erschöpft, war aber unverletzt.

»Was hatte das zu bedeuten?«, fragte Giles scharf.

»Nichts.« Sie nahm ihr Vampirgesicht an. »Bis später.«

Sie machte auf dem Absatz kehrt und verschwand in der Nacht.

»Verdammt«, murmelte Giles.

»Okay, das war unheimlich«, sagte Xander. »Was weiß sie über den Chip? Ist Spike deshalb so besessen von ihr?«

»Es ist in der Tat eine neue Entwicklung«, stimmte Giles zu. »Ich schlage vor, wir suchen Spike und fragen ihn, was hier vor sich geht.«

»Als ich ihn das letzte Mal sah, hockte er in der Wanne und schlürfte Blut, das er in der Mikrowelle gewärmt hatte«, sagte Xander. »Der Faulpelz.«

Aber der Weg nach Hause war recht beschwerlich und voller Hindernisse; das Trio stieß auf ein paar Vampire, die versuchten, die allgemeine Panik zu nutzen und jene wenigen Menschen auszusaugen, die sich noch auf die Straße wagten, sowie einige Monster, die allerdings nicht ganz so grausig wie die Insektenwesen waren, die sie erledigt hatten.

»Also, was ist mit dem Chip, Spike?«, drängte Buffy, als alle wieder im Apartment waren. »Was hast du diesmal ausgebrütet?«

»Sie sagte, sie wüsste, wie man ihn entfernen kann«, antwortete Spike ausdruckslos. »Offenbar hat sie mich angelogen, um mich in ihr Bett zu locken.«

»Oh, mein Gott«, stöhnte Buffy dramatisch. »Mir wird schlecht.«

»Nicht in meinem Klo, Jägerin.«

»Es ist nicht dein Klo.« Buffy streckte ihre Hand aus. »Xander«, flötete sie, »gib mir einen Pflock. Mir reicht's.«

»Sie hat euch vor diesem Monster gerettet«, sagte Spike zu Xander. Er hatte mit verschränkten Armen in einer Ecke gestanden und zugehört, wie die drei über das Untier diskutierten und sich fragten, warum Cheryce sie gerettet hatte. Tara hatte bemerkt, dass das Monster dem Wesen ähnelte, das Doña Pilar aus dem Haus der de la Natividads gelockt hatte.

»Ja, na und?«, knurrte Xander Spike an.

Buffy beließ es dabei. Sie war erschöpfter, als sie zugeben wollte. Kaum berührte ihr Kopf das Kissen, schlief sie auch schon ein.

Ein paar Minuten später träumte sie. Sie beobachtete sich wie aus der Ferne; die Traum-Buffy und die echte Buffy waren voneinander getrennt, als würde sie eine Schauspielerin beobachten, die sie in einer Fernsehserie spielte.

Als würde es je dazu kommen.

Traum-Buffy ging langsam durch einen langen Korridor, der auf beiden Seiten von riesigen Türen gesäumt war. Sie konnte nicht einmal erkennen, wie hoch die Türen waren – sie wusste nicht genau, ob sie im Dunkeln lagen oder hinter Wolken versteckt waren. Sie waren kilometerhoch und etwa zweieinhalb Meter breit und reich mit Schnitzereien verziert, undeutliche Gestalten, die verschwammen und sich bewegten, als sie sie ansah. Sie gab es schließlich auf; Traum-Buffy wollte nach der Klinke der nächsten Tür greifen, aber es gab keine, nicht einmal einen Knauf, und so zog sie stattdessen an einer der Schnitzereien.

Die Tür ließ sich überraschend leicht öffnen, als wären die Angeln oder Kugellager gut geölt.

Vor ihr stand eine Silhouette, umgeben vom Nichts; eine Person oder ein Wesen von menschlicher Gestalt. Die Person wies keine Merkmale auf; Geschlecht oder Alter ließen sich nicht bestimmen, nicht einmal die Größe, da es hinter der Person nichts gab, das als Maßstab dienen konnte. Die Tür führte zu einer riesigen Ebene aus

Nichts, die keine Dunkelheit, kein Rauch, keine Leinwand irgendeiner Art war – nur die Abwesenheit allen Seins.

Ghost Roads, dachte sie, aber sie irrte sich; obwohl sie beobachtete, wie Traum-Buffy Stunden, vielleicht aber auch nur Sekunden auf der Schwelle stand, gab es keinen Wechsel in eine andere Ebene, wie es bei den *Ghost Roads* der Fall sein würde –, die Leere würde dann schließlich Gestalt annehmen, stofflich werden und die Phantome enthüllen, die auf den Wegen des Todes reisten.

Aber hier gab es nur das Nichts und die Gestalt, die durch die Tür sah – ohne Traum-Buffy sonderlich zu beachten –, nur beobachtete, was dahinter lag.

»Hu«, sagte die Gestalt mit einer Stimme, die weder männlich noch weiblich war. »Niemand zu Hause.«

Sie schlug Traum-Buffy die Tür vor der Nase zu.

Sie ging zur nächsten Tür, deren Umrisse ebenfalls verschwommen waren. Sie zog sie auf. Wieder sah sie vor sich ein Feld aus Leere und eine dunkle Gestalt, die im Türrahmen stand.

»Hmm«, sagte die Gestalt. »Hier ist niemand zu Hause.«

Und die Gestalt schlug ihr die Tür vor der Nase zu.

Traum-Buffy machte weiter. Tür um Tür, Gestalt um Gestalt. Jede wartete vor einem unmöglichen Nichts und jede übersah sie, als sie dort stand und hineinschaute. Jede sprach einen Satz, der dem vorherigen ähnlich, aber nicht mit ihm identisch war.

Keine von ihnen konnte sie sehen.

Ihre Stimme versagte, und sie konnte sie nicht ansprechen.

Und schließlich gab es keine Türen mehr. Der Korridor endete in einer Sackgasse. Die Aussichtslosigkeit überwältigte sie, und als sie erwachte, hatte sie das Gefühl, dass ein tausend Pfund schweres Gewicht auf ihrem Herzen lastete.

Sie weckte Riley und erzählte ihm von dem Traum.

Sie setzten sich im Bett auf, und er streichelte ihren Arm, als er sagte: »Ich weiß nicht, ob er überhaupt etwas bedeutet, Buff, abgesehen von der Tatsache, dass du unter großem Druck stehst.«

»Das ist es? Druck? Du warst der technische Assistent einer Psychologiedozentin, nicht ich.«

»Okay.« Er strich über einen nichtexistenten Kinnbart. »Nach meiner besten freudianischen Interpretation würde ich sagen, dass du dich in gewisser Hinsicht unsichtbar fühlst. Du bist wütend, weil die Leute dich scheinbar nicht sehen können.«

»Vielleicht«, räumte sie ein. »Aber ich denke, dass noch mehr dahinter steckt.«

»Zum Beispiel?«

»Es hat etwas mit den Türen zu tun. Erinnerst du dich noch an dieses Ding, das du gesehen hast, als du mit dem Baum gekämpft hast?«

Er hörte ihr aufmerksam zu. Sie liebte es, wenn er ihr zuhörte, ihr richtig zuhörte.

»Es war im Grunde kein Baum. Es sah nur wie einer aus.«

»Ist doch egal. Jedenfalls hast du gesagt, dass hinter ihm ein golden schimmernder Kreis war. Wie der in L.A., durch den Angel fast Sleepy Ramos gefolgt wäre.«

»Er war dem ziemlich ähnlich, ja.«

»Wenn diese Lichtkreise hier sind, wo Wesen von Gott-weiß-woher in unsere Welt eindringen, und sie auch dort sind, wo Leute aus unserer Welt verschwinden ... was ist, wenn es sich um eine Art Tür handelt?«

»Könnte sein«, nickte er.

»Ich denke, wir müssen es überprüfen.«

Riley warf einen Blick auf den Wecker. »Bist du sicher, dass du jetzt gehen willst? Ich könnte nach draußen gehen und mich umschauen. Du hast nicht viel Schlaf gehabt, Buffy, und es ist oh ...«

»Nein«, unterbrach sie ihn. Er würde es tun. Er würde nach draußen gehen und sich dem Unbekannten stellen, damit sie noch ein paar Minuten länger schlafen konnte. Es war süß, es war schmeichelhaft ... aber Buffy fühlte sich von seiner Hilfsbereitschaft seltsam eingeengt. »Ich weiß, dass ihr Militärtypen die Formulierung *Oh-Dunkel-Hundert* benutzt, um die Uhrzeit zu beschreiben, aber wir Zivilisten benutzen richtige Zahlen. Und ich will im Grunde gar nicht wissen, wie spät es jetzt ist, also lass uns einfach rausgehen, ohne auf die Uhr zu sehen.«

Riley setzte sich auf und suchte nach seiner Kleidung. »Also gut«, stimmte er zu. »Überprüfen wir es.«

Fünfzehn Minuten später standen sie in dem kleinen Park, wo Riley gegen die Baumbestie gekämpft hatte.

»Nichts zu sehen«, sagte Riley.

»Es war hier«, beharrte Buffy. »Vielleicht gibt es irgendwelche Energierückstände, die wir messen können, oder ...« Sie brach mitten im Satz ab und verfolgte mit aufgerissenen Augen, wie vor ihr ein leuchtender Punkt erschien und sich aufblähte, bis er die Größe jenes Lichtkreises in Boyle Heights hatte. »Oder vielleicht taucht er wieder auf.«

Das goldene Licht erhellte Rileys Züge, als er hinein- oder hindurchstarrte. Buffy trat näher und lugte um den Rand des Kreises. Sie sah nur die Santa Ysabel Street auf der anderen Seite des Parks. Von dieser Seite aus war der schimmernde Kreis nicht einmal zu sehen. »Auf dieser Seite scheint sich nichts zu tun.«

Riley streckte die Hand nach dem Kreis aus.

»Nein«, warnte Buffy. »Ich würde das nicht tun. Wir wissen nicht, was darin ist.«

Riley zog seine Hand zurück.

»Aber er ist irgendwie schön«, sagte sie.

»Schön wie ein Hai«, meinte Riley.

»Haie sind nicht schön. Sie sehen bösartig aus und haben diese kleinen toten Augen.«

»Okay, schön wie etwas, das so tödlich wie ein Hai, aber schöner ist.«

Sie schwiegen und studierten den Kreis. Dann legte Buffy den Kopf zur Seite, als hätte sie in der Ferne ein Geräusch gehört. »Hast du das gehört?«

»Ja.«

Beide standen still und lauschten. Nach einem kurzen Augenblick wiederholte es sich, leise und dennoch klar und deutlich zu vernehmen.

Es war eindeutig eine Frauenstimme, die Buffys Namen rief.

»Es klingt ... es klingt wie Salma«, sagte Buffy bedächtig. Sie näherte sich dem Kreis.

Riley packte ihren Arm und riss sie zurück. »Nein. Vorher untersuchen, Buffy. Das ist immer eine gute Idee.«

»Manchmal kostet es Zeit«, erwiderte sie frustriert. Sie war eine Jägerin, und Jägerinnen untersuchten nicht. Jägerinnen handelten.

»Sie ist dort drinnen, Riley«, sagte Buffy. »So viel wissen wir.«

Riley schüttelte den Kopf. »Und Sleepy Ramos ist auch hineingegangen und nicht wieder zurückgekehrt. Denk darüber nach. Es könnte eine Einbahnstraße sein. Wir müssen zuerst mehr herausfinden, Buffy.«

»Mehr herausfinden«, wiederholte Buffy. »Und wenn es dann vielleicht zu spät ist?«

»Und wenn wir nicht warten, sterben wir vielleicht. Wir könnten sie auch versehentlich umbringen.« Er blickte sie mit entschlossenem Gesichtsausdruck an, und Buffy sank das Herz. Sie wusste, dass er Recht hatte.

»Ein Punkt für dich. Holen wir Hilfe.«

Als sie sich von dem leuchtenden Kreis entfernten, hörten sie es wieder, deutlicher als zuvor.

»Buffy ...«

Buffy ...

Angel träumte, aber in dem Traum war das, was er träumte, real.

Er war der einzige Vampir auf Erden mit einer Seele und er war das einzige Wesen auf Erden, das sich an einen Tag ... und eine Nacht ... erinnerte, die für immer verloren waren.

Buffy ...

Sie war nach Los Angeles gekommen, um ihn zur Rede zu stellen, weil er ihr in Sunnydale »nachspioniert« hatte. Er hatte ihren Schmerz und ihre Verwirrung verstanden und genau gewusst, warum sie so aufgebracht war: weil sie ihn noch immer liebte. Sie wollte ihn noch immer.

Buffy und Angel waren Seelenpartner; ganz gleich, wie oft er seine Seele verloren und wiedergefunden hatte, sie war die andere Hälfte von seiner.

Sein Herz pochte – in Buffys Brust.

Er ging in der Sonne spazieren – wenn sie es tat.

Buffy ...

Er war zu einem Sterblichen geworden, nachdem ihn das Blut eines Dämons benetzt hatte. Einen Tag lang waren er und Buffy Mann und Frau gewesen; er hatte sie als Mann geliebt, schrankenlos, verzweifelt. Was sie vorher gehabt hatten, war nichts im Vergleich zu diesen vierundzwanzig Stunden; Hitze und Leidenschaft, ja, aber er hatte auch die tiefste Verbindung, die wahre Intimität erfahren – eine Verbindung, die nie wieder getrennt werden konnte …

Oder nur, wenn er es wollte. Er wusste genau, was er verlor, als er das Orakel gebeten hatte, diesen Tag auszulöschen; er opferte seine Sterblichkeit, um Buffy vor einer Vendetta zu retten, die sie sonst getötet hätte.

Buffy …

Ihr Duft, ihre glatte und samtene warme Haut; ihre Unschuld und ihr Mut und ihre tiefe Liebe. Sie hatte all das vergessen; für sie, zumindest bewusst, war die Verbindung unterbrochen worden, als das Orakel den Tag ausgelöscht hatte. Sie erinnerte sich an nichts. Sie wusste nicht, dass sie endlich alle Brücken überquert hatten, die den Abgrund zwischen ihnen überspannten.

Nur er allein trug die Erinnerung in sich.

In seinem unruhigen Schlaf weinte Angel.

Und träumte.

In Sunnydale spürte Buffy Summers einen tiefen, seltsamen Schmerz in ihrem Herzen. Weniger als einen Herzschlag lang trug sie den Hauch eines Gedankens in sich.

Dann war er fort.

Und das Leben der Jägerin ging weiter.

10.

Sunnydale

Es war eine Weile her, seit Giles mit Angel telefoniert hatte, und er hatte nicht gewusst, dass sein Büro in die Luft geflogen war. Buffy hatte ihm die neue Nummer gegeben, und er wählte sie. Das Telefon klingelte zweimal, bevor sich eine weibliche Stimme meldete.

»Hallo?«

»Cordelia?«, fragte er lächelnd. »Bist du das?«

»Nun, wenn man bedenkt, dass in meinem Apartment in der letzten Zeit so viel los ist wie in Grand Central Station, könnte ich es sein oder es könnte einer von schätzungsweise hundert anderen Leuten sein. Aber ich denke, ich weiß noch immer, wer ich bin, und vom Hals abwärts sehe ich wie ich aus, was auch alles ist, was ich von hier aus erkennen kann, also würde ich Ja sagen. Ja, ich bin's. Und in Anbetracht dieses sehr britischen Akzents und der Tatsache, dass Wesley meinen Stammplatz auf der Couch belegt hat und den gesamten Teevorrat dieses Hauses in sich hineinkippt, würde ich eine weitere Vermutung wagen und sagen: Hallo, Giles.«

Dieselbe alte Cordelia, dachte er. Redet wie ein Wasserfall. »Äh, hallo, Cordelia. Ich hoffe, es geht dir gut.«

»Oh, wissen Sie, was könnte besser sein, als Dämonen zu jagen und mit Untoten herumzuhängen?«

»Ja, richtig. Weißt du, das Gesellschaftsleben von Los Angeles findet Eingang in die Tageszeitungen von Sunnydale, sodass ...«

Cordelia schwieg einen Moment. »Giles, war das ein Scherz?«

»Nun, um die Wahrheit zu sagen, ja.«

»Bei Ihnen weiß man das nie genau. Wären sie komischer, könnte man es leichter erkennen.«

Giles wechselte eilig das Thema. »Apropos Wesley, ist er verfügbar?«

»In dem Sinne, dass er sich mit niemand anderem angefreundet hat, oder in dem Sinne, dass er ans Telefon kommen kann?«

»Das Letztere, bitte.«

»Von mir aus. Aber bringen Sie ihn bloß nicht dazu, über die Queen Mum oder so zu reden, denn ich hasse es, wenn er so gefühlsduselig wird.«

»Vielen Dank«, sagte Giles, aber sie war schon nicht mehr am Apparat. Er hörte kurz ein Schlurfen und das Klappern einer Teetasse, die auf einen Tisch gestellt wurde.

»Es ist Giles«, hörte er Cordelia sagen. Buffy, Joyce und Riley hatten das Apartment verlassen, um etwas zu essen zu besorgen, frische Kleidung aus dem Haus der Summers zu holen und nachzusehen, ob es von den Monstern verwüstet worden war. Xander, Anya und Spike hatten sich auf die Suche nach Cheryce gemacht. Das war jedenfalls der offizielle Auftrag; Giles hatte die beiden außerdem gebeten, Spike im Auge zu behalten für den Fall, dass er irgendetwas im Schilde führte.

Zum ersten Mal seit Wochen war das Haus leer.

Es ist absolut himmlisch, dachte Giles.

»Ich habe es zufällig mitgehört«, sagte Wesley. »Die Queen Mum ist für jeden Briten ein emotionales Thema, Cordelia.«

»Gott, was seid ihr seltsam.«

Giles hörte Atemzüge und Wesleys Stimme am Telefon – das erste Mal seit langer Zeit, dass er sie wieder vernahm. Er hatte in dieser Hinsicht gemischte Gefühle. Die beiden Wächter waren sich nie besonders einig gewesen – oder waren sie sich überhaupt je einig gewesen? Aber jeder hatte auf seine Art die ganze Zeit die Sicherheit seiner Jägerin im Auge. »Hallo, Giles. Wie sieht es bei Ihnen aus?«

»Hallo, Wesley, Gott schütze die Königin«, erwiderte Giles leicht verlegen. Er wollte ihm nicht eingestehen, wie verzweifelt die Lage in Sunnydale war, weil es ein schlechtes Licht auf seine Fähigkeiten werfen würde. »Es, äh, könnte besser laufen, denke ich. Und bei Ihnen?«

»Nun, dasselbe, schätze ich. Könnte besser laufen, meine ich.« Giles vermutete, dass Wesley genauso zu Mute war wie ihm und herunterspielen wollte, was in seiner Stadt vorging.

»Richtig. Demnach verschwinden nach wie vor Teenager?«

»Mehr als je zuvor, würde ich sagen.«

»Hier in Sunnydale ist genau das Gegenteil der Fall. Überall tauchen Wesen auf. Erscheinungen aller Art. Aber wir haben offenbar nicht das Problem, dass Menschen verschwinden.«

»Das ist sehr merkwürdig«, meinte Wesley. »Dass es räumlich so begrenzt ist. Es ist fast so, als wäre beides irgendwie miteinander verbunden. Wie ein ... wie ein ...«

»Ein Eingang und ein Ausgang?«, sagte Giles.

»Ja, genau.«

»Mir ist dieser Gedanke auch schon gekommen«, erklärte Giles. Er wechselte den Hörer ans andere Ohr. Dies würde keine kurze Unterhaltung werden, vermutete er. Gespräche mit Wesley waren es selten, wie er sich erinnerte. »Buffy schwört, dass sie gehört hat, wie Salma de la Natividad ihren Namen durch ein ... eine Art Portal gerufen hat.«

»Tatsächlich?«, sagte Wesley. »Das ist interessant.«

»Buffy hat von Türen geträumt«, fügte er hinzu.

»Türen. Portale. Eingänge und Ausgänge«, sinnierte Wesley. »Ja, das ergibt Sinn. Jedenfalls so viel Sinn wie alles andere. Wir haben Nicky noch immer nicht gefunden. Hat Buffy vielleicht auch seine Stimme gehört?«

»Nein.« Giles rückte seine Brille zurecht. »Gehen wir einmal davon aus, dass es eine Art Durchgang gibt – wo er hinführt, wissen wir nicht. Aber Ihre verschwundenen Leute müssen an irgendeinen Ort gelangt sein, und unsere Kreaturen kommen von irgendwoher. Möglicherweise handelt es sich um denselben Ort, möglicherweise um einen völlig anderen.«

»Vielleicht werden unsere verschwundenen Leute in Monster verwandelt.«

»Dies sollte man zweifellos in Betracht ziehen«, sagte Giles. Ihm dämmerte, dass er es in gewisser Hinsicht vermisst hatte, mit Wesley zu reden. Sie hatten ähnliche Lebenserfahrungen gemacht – beispielsweise hatten sie sich beide mit dem Wächterrat überworfen – um einiges gemeinsam zu haben, selbst wenn man von ihrer englischen Herkunft absah.

»Das Portal, oder was auch immer Buffy gesehen hat«, sagte Giles. »Sie und Angel haben etwas Ähnliches auch in Los Angeles gesehen. Sie hat ihn davon abgehalten hindurchzugehen.«

»Gutes Mädchen«, lobte Wesley. »Dann werden wir unsere Arbeit hier fortsetzen. Den Kessel aufsetzen und etwas Tee machen.«

»Oh, klar, noch mehr Tee«, brummte Cordelia im Hintergrund. »*Haben* Sie eigentlich keine Blase?«

»Richtig«, sagte Giles.

»Taras Audiozauber ist überaus nützlich«, fügte Wesley hinzu. »Sie ... Sie haben die Lage dort unten gut im Griff, alter Mann.«

Alter Mann. Ja, ich schätze, ich bin alt. Und ich fühle mich in der letzten Zeit ziemlich überflüssig, dachte Giles.

»Vielen Dank«, sagte er ohne eine Spur von Ironie.

Sie verabschiedeten sich und legten auf. Im Haus war es totenstill.

Giles ging zu seinen Büchern und überflog die Titel, wie er es immer tat.

Dann machte er sich an die Arbeit.

Der Name des Mädchens war Jacquee Anderson, und sie weinte so heftig, dass ihre Beine nachgaben und sie auf den Boden rutschte. Während sie hilflos am Boden lag und mit dem Rücken an der Wand lehnte, wandte sich Gunn an Angel.

»Du sagst also, dieser Kerl in Sunnydale denkt, dass sie hier verschwinden und dort unten wieder auftauchen?«

»Giles.« Angel sah das Mädchen an. Ihr Freund Marcus war einen Block weit von der American Legion Hall in Hollywood verschwunden, wo sie eine große Wohltätigkeitsveranstaltung besucht hatten. Marcus arbeitete für die Wünsch-dir-was-Stiftung und war vorausgegangen, um etwas zu holen.

Dann – *puff!* Und er hatte sich in Luft aufgelöst.

Gunn schuldete Marcus etwas. Der Kerl hatte Gunns Leuten oft geholfen. Jacquee, der eine kleine Cateringfirma gehörte, hatte sie öfter unterstützt, als er sich erinnern konnte.

Vor allem mit großartigem Essen, dachte er.

»Jacquee, ich hole ihn für dich zurück«, sagte Gunn.

Angel sah den Mann scharf an. »Du fährst nicht nach Sunnydale.«

»Ich hole ihren Mann für sie zurück«, erwiderte Gunn. »Ich werde tun, was getan werden muss.«

Bei Einbruch der Nacht hatte Giles einige Fortschritte gemacht. Türen und Portale hatten in Mythen und Legenden eine begrenzte Bedeutung und dienten hauptsächlich als Ein- oder Ausgänge der Unterwelt. Selbst der Höllenschlund hier in Sunnydale fiel in diese Kategorie, und in fast jeder Religion gab es eine Entsprechung, ob es nun die christliche Hölle, der Hades im antiken Griechenland oder der Sipapu der Anasazi-Indianer war, die Öffnung, die es ihnen erlaubt hatte, aus ihrer Unterwelt zu dieser Erde zu gelangen und wahrscheinlich wieder zu ihr zurückzukehren, als sie vor Jahrhunderten von dem Planeten verschwunden waren.

Giles hatte schon fast aufgegeben, als er eine dünne Monographie entdeckte, die er fast vergessen hatte, halb versteckt im Bücherregal zwischen zwei größeren Bänden. »Innen und Außen: Eine Untersuchung der Passagen zwischen den Reichen des Lichtes und der Dunkelheit« war um das Jahr 1650 von einem Italiener namens Tessitore geschrieben und 1879 von zwei walisischen Gelehrten namens Roach und Collins übersetzt worden. Es hatte einen Privatdruck dieser Version gegeben, von der vermutlich nur noch weniger als hundert Exemplare existierten. Giles gehörte eine dieser Ausgaben.

Er setzte sich auf die Couch und las.

Eine Stunde später hatte er das Buch fast durch, als Anya und Xander zurückkehrten. Er brummte ihnen eine Begrüßung zu und konzentrierte sich weiter auf die Monographie. Kurz darauf kamen Buffy und Riley herein. Spike folgte ein paar Minuten später. Im Haus wurde es wieder laut und chaotisch, ein Zustand, an den sich Giles inzwischen traurigerweise gewöhnt hatte, aber er ignorierte alles.

Er fand die Monographie faszinierend. Er bedauerte, dass er sich früher nie die Zeit genommen hatte, sie zu lesen.

Tessitore postulierte, dass all die verschiedenen Unterwelten und jenseitigen Reiche der Mythen und Legenden real waren, wenngleich sie nicht notwendigerweise an den spezifischen Stellen existierten, wo die Gläubigen sie platziert hatten. Die Hölle befand sich nicht zwangsläufig unter der Erdkruste. Das Walhalla und der Himmel waren höchstwahrscheinlich nicht über den Wolken zu finden. Aber diese Orte existierten, und man konnte zu ihnen gelangen, wenn man nur die richtigen Durchgänge fand. Giles vermutete, dass Tessitore, hätte er zu Beginn des einundzwanzigsten Jahrhunderts gelebt, diese Durchgänge vielleicht als »Wurmlöcher« bezeichnet hätte, da sie mit dieser modernen wissenschaftlichen Theorie dieselben Eigenschaften zu teilen schienen. Die Struktur der Raumzeit konnte in sich gefaltet werden, sodass man binnen eines Augenblicks eine ungeheure Entfernung im Raum, in der Zeit oder in beiden Dimensionen zurücklegen konnte, indem man in das eine Ende des Wurmlochs trat und aus dem anderen herausstieg.

Giles spekulierte, dass Tessitore vielleicht sogar die Existenz der *Ghost Roads* erahnt hatte, obwohl er wahrscheinlich nie auf ihnen gereist war. Aber sie hätten gut in seine Theorie gepasst, sofern nicht sie allein für die Theorie verantwortlich waren. Es war denkbar, dass die Portale, mit denen sie es jetzt zu tun hatten, gar nicht sein Thema gewesen waren.

Ohne eine gründliche Untersuchung lässt sich das unmöglich sagen, dachte er.

Und höchstwahrscheinlich musste man für eine gründliche Untersuchung durch ein Portal gehen. Giles fragte sich, ob er Buffy erzählen sollte, was er dachte. Wenn er es ihr erzählte, würde sie vielleicht selbst einen Blick in eins der Portale werfen wollen, und wenn das passierte, würde er sie vielleicht nie wieder sehen.

Tat er es nicht, konnten Hunderte, vielleicht Tausende sterben.

Er wusste nicht, welche Entscheidung er treffen sollte.

Schließlich erzählte er es ihr.

Wie erwartet – und befürchtet – wollte sie kurze Zeit später das Haus verlassen. Sie zog an Rileys Arm. »Wir müssen es überprüfen«, erklärte sie.

»Buffy«, sagte Giles. »Du musst ...«

»Ich bin immer vorsichtig«, unterbrach Buffy.

Giles griff nach seiner Brille und blickte sie über den Rand der

Gläser hinweg an. Er bemerkte, wie täuschend zerbrechlich sie aussah. »Ja, aber ...«

»Ich werde vorsichtiger sein«, versprach sie ihm. »Noch vorsichtiger als sonst. Riley wird mich begleiten und beobachten, wie vorsichtig ich bin.«

»Das ist schön, Buffy. Los. Beeilt euch.«

»Danke, Giles«, sagte sie und drückte kurz seinen Arm. »Tschüss.«

Und schon waren sie wieder unterwegs und ließen ihn in seiner Gelehrtenrolle zurück. Seiner Wächterrolle.

Ich bin die Theorie, dachte er. Sie ist die Praxis. So war es schon immer, seit der Wächterrat gegründet wurde.

Meine Aufgabe ist es, sie anzuleiten, ihre Fähigkeiten zu verbessern und ihr Wissen zu erweitern. Das ist es, was ich mache. Das ist was, was ich bin.

Dann kam Spike durch die Haustür herein, warf ihm einen verächtlichen Blick zu und schlenderte an ihm vorbei zur Küche, wie Giles annahm.

Giles ergriff seinen Arm. Spike blieb stehen, sah auf Giles' Hand hinunter, die seinen Unterarm festhielt, und sagte: »Nun, Giles, Zeit für Schuljungenspiele, nicht wahr?«

»Meine Jägerin ist dort draußen«, stieß Giles hervor. »Sie leben nur, weil wir Ihre Hilflosigkeit achten. Aber Sie können Monster töten.«

»Ich war den ganzen Abend draußen und habe genau das getan«, protestierte Spike.

»Ich weiß nicht, was Sie getan haben«, sagte Giles. »Aber wenn Sie nicht wieder nach draußen gehen, Buffy finden und ihr helfen, werde ich Sie pfählen, wenn ich Sie das nächste Mal sehe.« Giles funkelte ihn an. »Und das ist ein Versprechen.«

»Nun ja.« Spike zog die Schultern hoch. »Lassen Sie mich wenigstens etwas zu trinken aus dem Kühlschrank holen.«

»Nichts. Sie bekommen nichts, solange sie dort draußen ist.«

»Cheryce?«, fragte Spike hoffnungsvoll. »Oh, Sie meinen Buff. Schon kapiert, Alter.« Spike befreite sich aus Giles' Griff. »Sie schnüren mir das Blut ab.«

»Sie haben keins. Raus mit Ihnen«, fauchte Giles.

»Sie sind wohl auf Viagra, was?«, sagte Spike. Dann verschwand er wieder durch die Haustür.

Giles nahm ein Buch, starrte es an, starrte wieder die Tür an und seufzte.

Los Angeles

Der Laden hieß *Got Game Card Room and Casino* und war zur Tarnung für die Öffentlichkeit geöffnet, die sich dort Poker, Black Jack und anderen Glücksspielen hingeben konnte. Doch die Vertreter der Öffentlichkeit, die sich hineinwagten, fanden schnell heraus, dass sie weder willkommen noch erwünscht waren, und niemand betrat das Casino mehr als einmal.

Sofern er nicht dazugehörte.

In Wirklichkeit handelte es sich um einen Treffpunkt – der als Geldwaschanlage diente, da es ein reiner Bargeldbetrieb war – einer spanischen Gang namens East Side Kings. Die Kings waren mit der Echo-Park-Band verbündet, und Ches ältere Schwester hatte ein Jahr zuvor in einer großen katholischen Trauung im Echo Park einen Anführer der Kings geheiratet.

In dieser Nacht waren etwa ein Dutzend Kings und eine Hand voll Queens, ihre »weiblichen Hilfstruppen«, anwesend. Sie spielten gelangweilt Karten, tranken Bier, scherzten und lachten. Es war zu heiß, um nach draußen zu gehen, und das *Got Game* hatte eine Klimaanlage.

Kurz nach Mitternacht hielten vor dem Club drei Autos. Sie waren den letzten Block mit ausgeschalteten Scheinwerfern gefahren und die Innenbeleuchtung war ebenfalls gelöscht worden. Im Casino hätte man sich schon anstrengen müssen, um die Autos zu hören, aber die Klimaanlage rauschte laut, Musik spielte, die Leute schwatzten. Niemand im Innern bemerkte die Wagen.

Bis die Mündungsblitze der Gewehre die Nacht erhellten und die Scheiben barsten und die Leute, die an den Fenstern saßen, mit Glassplittern überschütteten. Kugeln pfiffen durch das Casino, wirbelten Chips durch die Luft und zerfetzten den grünen Filzbezug der Spieltische.

Als die Autos davonrasten, waren sieben Kings und zwei Queens tot, neun weitere verwundet oder von herumfliegenden Glassplittern verletzt. Sie hatten nicht einmal einen Schuss auf die Wagen abgeben können.

Alle im Innern wussten, dass der Angriff eine Kriegserklärung war.

Nicky de la Natividad wusste nichts von dem Angriff auf das Casino.

Er hatte seine eigenen Probleme. Er musste seine Schwester retten und stand einer Stadt voller Gangmitglieder gegenüber, die in diesem Moment zweifellos hinter ihm her waren.

Er war unten am Olympic gewesen. Es gab dort unten eine *carniceria*, deren Fleischer er kannte. Nicky hatte dem Kerl hin und wieder einen Gefallen getan und dieser hatte sich stets revanchiert, wenn er konnte. Nicky hatte ihn bei einer Einkaufstour mit seiner Großmutter kennen gelernt; sie hasste Supermärkte und spazierte lieber von Laden zu Laden, um ihre Einkäufe zu tätigen, als auch nur einen Fuß in einen Supermarkt zu setzen. Aber Nicky hatte genug von den Gesprächen zwischen seiner Großmutter und diesem Fleischer mitgehört, um zu wissen, dass dem Fleischer bekannt war, wo seine Großmutter die Zutaten für ihre Zauberrituale kaufte. Nicky kannte in etwa die Gegend, konnte sich aber nicht mehr an die Straße oder den genauen Namen des Ladens erinnern. Es war nicht ratsam, ins falsche Geschäft zu gehen und zum Beispiel nach Skorpionlarven zu fragen. Schließlich wurde er gejagt.

Und so eilte er zu der *carniceria* und wollte nur kurz hineingehen, ein paar Fragen stellen und dann wieder verschwinden. Aber bevor er die Tür erreichte, sah er die beiden Kerle um die Ecke schlendern und in seine Richtung kommen. Sie trugen Baggy Jeans und T-Shirts, und einer von ihnen hatte ein Stirnband um seine vollen schwarzen Haare geschlungen. Beide hatten dunklen Lidschatten aufgetragen.

Nicky hatte die beiden früher schon gesehen. Sie waren bewaffnet. Der große Kerl trug seine Pistole in einem kleinen Holster am Rücken. Der kleinere hatte ein Wadenholster, das von dieser weiten Hose verdeckt wurde.

Es gab keine Garantie, dass sie nach ihm suchten. Aber es gab auch keine Garantie, dass dies nicht der Fall war.

Nicky hoffte, dass sie ihn noch nicht bemerkt hatten. Er machte auf dem Absatz kehrt und schlüpfte in einen Waschsalon. Er ging zu einem Trockner im hinteren Teil, öffnete die Tür und steckte den Kopf hinein. Durch das Fenster des Trockners verfolgte er, wie die beiden am Schaufenster vorbeispazierten und nicht einmal einen Blick ins Innere warfen. Als sie fort waren, schloss er den Trockner wieder.

Im Waschsalon gab es ein Münztelefon, aber eine Frau in einem knappen Top und Hotpants – eine Frau, deren Figur Nickys Meinung nach für diese Aufmachung auf spektakuläre Weise unvorteilhaft war – hatte den Hörer am Ohr und lamentierte über ihre Kinder, ihre Eltern, ihre Sorgen und Wehwehchen. Nachdem er sie ein paar Minuten mit einem bösen Blick bedacht hatte und ignoriert worden war, ging er zu ihr.

»Hören Sie, Lady, ich muss dringend telefonieren.«

»Es tut mir Leid, ich bin noch nicht fertig«, sagte sie.

»Sind Sie doch.«

»Nein, bin ich absolut nicht. Nein, Carol«, sagte sie in den Hörer. »Nur ein sehr ungehöriger junger Mann, der das ...«

Nicky griff an ihr vorbei und legte einen Finger auf die Gabel. »Tut mir Leid, Ma'am«, sagte er honigsüß. »Aber ich schätze, Sie sind jetzt fertig.«

Sie verzog das Gesicht und stolzierte an ihm vorbei, mit erhobenem Kopf und hochgezogenen Schultern, als wäre es unter ihrer Würde, ihn zu beachten. Es kümmerte ihn nicht. Aus Gewohnheit überprüfte er die Münzrückgabe und steckte ein paar Münzen in den Schlitz. Dann wählte er eine Nummer in Sunnydale.

Nach dem dritten Klingeln wurde abgehoben.

»Ja.«

»Little King? Bist du das?«

»Ja, he, Nicky? Mann, wo hast du gesteckt, Alter?«

»Hier und dort, du weißt schon. L.A.«

»Alle wollen wissen, was du vorhast, Nicky. Kommst du zurück oder schließt du dich der Echo-Park-Band an oder was?«

»Ich glaube nicht, dass ich mich den Echo Parks anschließe«, erklärte Nicky.

»Ja, das glaube ich auch nicht.«

»Wie meinst du das, King?«

»Oh, du weißt schon, Mann, man hört so einiges, aber man weiß nie, ob es stimmt oder nicht.«

»Was hast du gehört?«, fragte Nicky.

»Dass du ein toter Mann bist, Nicky. Auf deinen Kopf wurde eine Belohnung ausgesetzt. Die Echo Parks sind ganz wild auf dich. Was hast du getan?«

»Es geht darum, was ich nicht tun wollte, King. Danke für die Information. Genau das wollte ich wissen. Ich musste wissen, wie heiß ich bin.«

»He, Nicky«, sagte Little King. Er schwieg einen Moment, als würde er nach den richtigen Worten suchen, und fuhr dann fort. »He, ich würde an deiner Stelle auch nicht nach Hause kommen.«

»Wieso? Wollen mich die Cobras auch nicht mehr haben? Nachdem ich für euch dieses Ölfeld in die Luft gejagt habe?«

»Nun, du weißt schon, Mann. Wir haben eine Vereinbarung mit den Echo Parks. Jeder ihrer Feinde ist auch ... du weißt, was ich meine.«

»Ja. Ja, ich schätze, ich weiß es«, sagte Nicky. Der Mann ohne Land, dachte er. Ich kann nirgendwo hin. Kein Ort ist sicher. »He, kann ich mit Rosalie sprechen, King? Ein letztes Mal, verstehst du?«

Little King zögerte erneut.

»Was ist los, Mann?«, fragte Nicky ihn.

»Äh, Rosalie ist tot, Nicky.«

Nicky hatte das Gefühl, den Boden unter den Füßen zu verlieren. »Was ist passiert?«

»Ich weiß es wirklich nicht. Vielleicht ein Unfall oder so.«

Nicky wusste, dass Little King log. Er wusste auch, dass ihm der

Mann nicht mehr verraten würde. Er war fertig mit Nicky – die Latin Cobras waren fertig mit Nicky.

Ich habe es für euch getan, dachte er. Die ganze Nacht-der-langen-Messer-Geschichte – seine Nacht der magisch erzeugten Unverwundbarkeit – hatte er für die Cobras getan. Er hatte Del DeSolas Sunnydaler Ölfeld in die Luft gejagt, um Del zu zwingen, Drogen auf seinen Schiffen zu schmuggeln, eine Partnerschaft, die der Gang Millionen eingebracht hätte.

Und es schlug alles auf ihn zurück. Rosalie tot. Salma verschwunden. Er, Nicky, ein gejagter Mann – gesucht von den Cops, von der Echo-Park-Band, von seinen eigenen *compadres* der Latin Cobras.

Wie war es nur möglich, dass alles so schief gegangen war?

Er stolperte aus dem Waschsalon, von Tränen der Wut fast blind. Jemand muss dafür bezahlen, dachte er. Jemand wird dafür bezahlen.

Sunnydale

»Bist du sicher, dass du es tun willst, Buffy?«, fragte Riley sie, als sie den Park an der Santa Ysabel Street erreichten.

Sie betrachteten das Portal, das wieder in der dunklen Nacht aufgetaucht war. Es schien zu flackern, in dem einen Moment nicht zu existieren und im nächsten die gesamte Breite der Straße einzunehmen. Wie in den vergangenen Tagen waren die Straßen wie leergefegt, sodass von ihm keine Gefahr für vorbeifahrende Autos oder Fußgänger ausging.

Nur dass in diesem Fall die Straße nur frei von Menschen war.

Monstermäßig hatte es eine richtige Bevölkerungsexplosion gegeben.

Sie waren vier Blocks von der Stelle entfernt, wo das Portal gesichtet worden war, in die Santa Ysabel Street eingebogen. Zwei Blocks entfernt stießen sie auf die Monstermassen. Sie reichten bis zum Portal selbst, füllten die Straße und drängten sich auf den Bürgersteigen. Es erinnerte an eine Monsterversammlung, und mit jedem Moment schienen noch mehr von ihnen aus dem Portal zu strömen. Es gab eine Vielzahl hässlicher Wesen jeder Art – groß, klein, mit Tentakeln, Zähnen, Fell und Flossen – und jeder vorstellbaren Farbe, vom reinsten Weiß über tiefstes Schwarz bis hin zu dem wunderschönen strahlenden Blau eines über zwei Meter langen Tausendfüßlers, der so viele zähnestarrende Mäuler wie Beine zu haben schien.

Riley hatte den Wagen angehalten und die Scheinwerfer gelöscht. Sie saßen still im Dunklen und fragten sich, ob es klug war, sich in diese Bestienmenge zu begeben. Buffy fand, dass Riley ungewöhnlich vorsichtig war.

»Giles will, dass wir es überprüfen«, drängte Buffy. »In Büchern über sie zu lesen ist schön und gut, aber er sagt, dass wir Informationen aus erster Hand über die Portale brauchen, da sie der Brennpunkt all dieser Aktivitäten zu sein scheinen.«

Riley deutete auf die Monstermassen vor ihnen. »Ja«, sagte er. »Ich weiß. Aber ich frage mich, wie wir zu dem Portal gelangen sollen, wenn all diese Wesen im Weg sind.«

»Andererseits können wir nicht einfach gehen und zulassen, dass diese Kreaturen die Bevölkerung terrorisieren.«

»Wahrscheinlich nicht. Aber werden wir mit so vielen Dämonen fertig?«

Buffy musterte die vor ihnen liegenden zwei Blocks voller Monster. »Wir haben schon einer größeren Übermacht gegenübergestanden.«

Riley blickte sie im trüben Licht des Wageninnern an. »Wann?«

Buffy zuckte unsicher die Schultern. »Jedenfalls glaube ich es. Oder vielleicht auch nicht. Aber ich schätze, wir haben keine andere Wahl.«

Riley schüttelte den Kopf. »Wir könnten hier die Initiative gebrauchen.«

»Das wäre praktisch«, stimmte Buffy zu, »nur dass sie in alle vier Himmelsrichtungen verstreut ist. Und wir wissen nicht, wie vielen von ihnen wir wirklich vertrauen könnten, selbst wenn sie hier wären.«

»Nun, da hast du Recht.«

»Jedenfalls müssen wir es versuchen«, fuhr Buffy fort. »Was ist, wenn es eine Möglichkeit gibt, die Tür zu schließen, bevor noch mehr dieser Wesen herauskommen? Wenn es einen Weg gibt, müssen wir ihn finden. Schnell.«

»Es könnte gefährlich werden«, stellte Riley fest. »Du würdest auch nicht einfach in den Höllenschlund hineinspazieren, ohne ihn vorher gründlich zu untersuchen, oder?«

»Wenn aus ihm Dämonen wie aus einem kaputten Hydranten herausströmen vielleicht schon.«

»Das dachte ich mir«, sagte Riley. »Nun, wir haben Pflöcke. Schwerter. Ein oder zwei Äxte.«

Buffy versuchte zuversichtlich zu lächeln, doch sie wusste, dass es ihr nicht gelang. »Positiv ist zu vermerken, dass sie anscheinend nicht bewaffnet sind.«

»Außer ihren Zähnen und Klauen«, entgegnete Riley. »Und sie sind in der Überzahl.«

»Das lässt sich nicht ändern.«

Buffy beugte sich zu Riley und küsste ihn. »Tun wir's«, sagte sie und öffnete die Autotür – die den Vampir ins Gesicht traf, der draußen stand und durch das Fenster spähte.

»He!«, schrie Spike. »Pass doch auf. Das war meine Nase, die du gerade mit der Tür getroffen hast. Vielleicht brauche ich sie irgendwann noch mal.«

»Was machst du hier, Spike?«, fragte Buffy ohne Umschweife.

»Als ich zurück in Giles' Wohnung kam, meinte er, dass du Hilfe brauchst«, erklärte Spike. Er zuckte die Schultern. Wie stets trug er seinen schwarzen Ledermantel. »Ich kann vielleicht keine Menschen angreifen, aber niemand sagt, dass ich einer Bande interdimensionaler Scheusale, oder was immer sie auch sind, nicht die Fresse polieren kann. Um ehrlich zu sein, ich freue mich sogar darauf.«

»Wir können deine Hilfe gebrauchen«, sagte Riley, als er aus dem Wagen stieg.

»Ich mach das nicht für dich, Soldat«, erklärte Spike.

»Mir ist es egal, warum du es tust«, versicherte Buffy ihm. »Hauptsache, du bist hier.«

»Warum stehen wir noch hier herum?«, fragte Spike, während er hin und her sprang und gegen fiktive Monster boxte. »Wenn wir es tun müssen, lasst es uns tun.«

Riley verteilte die Waffen. Jeder von ihnen steckte einige Pflöcke ein. Spike weigerte sich zuerst, die Pflöcke anzunehmen, sah aber rasch ein, dass es nützlich sein konnte, für den Notfall ein paar dabei zu haben. Er akzeptierte außerdem eine doppelschneidige Streitaxt. Buffy und Riley entschieden sich für Schwerter mit breiten, flachen Klingen, die an beiden Seiten geschärft waren.

»Töten wir sie«, sagte Buffy gepresst.

»Ich bin dabei«, stimmte Spike zu. Riley schwieg.

Die drei näherten sich den Monstern.

Sie waren nur noch einen Block von ihnen entfernt, als eins sie entdeckte, ein geiferndes Wesen, das mehr hüpfte als lief, auf kräftigen Hinterbeinen, die an ein Känguru erinnerte. Es gab ein durchdringendes Krächzen von sich und deutete mit drei dünnen Armen auf sie.

»Es geht los«, stellte Riley fest und schwang das Schwert. »Schnappen wir sie uns.«

Sie wappneten sich für den Kampf und hörten, wie hinter ihnen jemand rief: »Leute! He, Leute! Buffy!«

Buffy drehte sich um. Anya und Xander rannten auf sie zu. Anya hatte für den Kampf ein gelbes, mit Blümchen gemustertes Sommerkleid und Sandalen angezogen. Xander trug ein orange-weißes Hockeytrikot und eine Khakihose. »Was macht ihr hier?«, fragte sie.

Kaum setzte Xander zu seiner Antwort an, wusste sie, was er sagen würde. »Giles dachte, ihr könntet etwas Hilfe gebrauchen.«

»Er hat sich geirrt«, widersprach Buffy.

»Er hat Recht«, korrigierte Riley. »Buffy, wir können jede Hilfe gebrauchen, die wir kriegen können.«

»Riley, sie sind ...« Sie sah Xander und Anya an. Xander wirkte zutiefst geknickt, weil sie seine Nützlichkeit angezweifelt hatte. Anya schien es nicht sonderlich zu kümmern, aber sie wusste, dass Xander es nur gut meinte. Und er hatte sich in der Vergangenheit als hilfreich und tapfer und sehr, sehr loyal erwiesen. Er ist, dachte sie, der Fleisch gewordene, leicht tollpatschige Pfadfindereid, vom

Pathos vielleicht abgesehen. »Die Waffen sind im Wagen!«, schrie sie. »Er ist offen!«

Sie riskierte einen Blick über die Schulter und sah, wie Xander Anya eine Armbrust reichte und selbst nach einer Axt griff. Sie wandte sich wieder ab und war bereit für den Kampf.

Inzwischen waren die Kreaturen natürlich auf sie vorbereitet. Aber sie wurden trotzdem überrascht, als Anyas Armbrustbolzen über ihre Köpfe hinwegpfiffen und inmitten der Geschöpfe einschlugen. Einige gingen zu Boden, und die Monster kreischten alarmiert.

Buffy musste wieder an das enthauptete Gesicht denken, das sie auf der Straße gefunden hatte. Sie wusste, dass diese Kreaturen nicht zögern würden, alle Bewohner Sunnydales zu töten, wenn sich ihnen die Gelegenheit bot. Sie hatten keine Gnade gezeigt, und sie hatten ihre Stadt terrorisiert und Dutzende von Leichen zurückgelassen.

Sie würden sterben. So einfach war das.

Sie schwang wild ihr Schwert und griff sie an. Die Klinge bohrte sich in Monsterfleisch, und dickflüssiges grünes Blut befleckte ihre Stirn. Das erste Ungeheuer, ein Wesen mit vielen Tentakeln, das an einen Tintenfisch erinnerte, ging unter ihrem Angriff zu Boden. Sobald es fiel, waren zwei andere zur Stelle und griffen mit klauenbewehrten Gliedmaßen nach ihr. Sie senkte die Schwertklinge, riss sie hoch und trennte eins dieser Gliedmaßen ab, sodass es durch die Luft flog und in dem Gewirr der Monster verschwand. Eine weitere Gliedmaße packte sie und zerrte mit einer Klaue an ihrem langärmeligen T-Shirt. Buffy löste sich aus seinem Griff, schwang das Schwert und schlitzte die Bestie auf.

Hinter einer katzenähnlichen Kreatur mit grauer Schuppenhaut erhaschte Buffy einen Blick auf Riley. Er ließ sein Schwert in Kopfhöhe durch die Luft sausen und mähte alles in seiner Nähe nieder. Köpfe flogen und Monsterblut spritzte. Neben ihm schwang Spike seine Axt wie ein Zimmermann, der Nägel einschlug. Sein Arm bewegte sich in einem stetigen Rhythmus auf und nieder. Ein angedeutetes Lächeln spielte um seine Lippen, aber seine Augen waren hart.

Buffy konzentrierte sich wieder auf ihre eigene Situation. Ein großes, muskulöses humanoides Wesen stürmte auf sie zu und stieß kleinere Kreaturen zur Seite. Es schien nach ihrem Blut zu lechzen. Speichelfäden verbanden seine obere Zahnreihe mit der unteren, und sein Maul klaffte weit genug auf, um einen Fußball zu verschlingen.

Sie wappnete sich für den Angriff und hielt das Schwert mit beiden Händen. Als das Ungeheuer in Reichweite kam, stieß sie mit aller Kraft zu. Die Klinge durchbohrte seine hornige Haut.

Die Kreatur blieb abrupt stehen, starrte das Schwert an, das in ihrem Rumpf steckte, und packte die Waffe an der Klinge. Sie riss das Schwert aus ihrem Leib, warf es zu Boden und sah dann Buffy mit funkelnden gelben Augen an.

Buffy gefiel nicht, was sie in ihnen sah.

Statt dem Monster die Offensive zu überlassen, machte sie zwei Schritte nach vorn, sprang in die Luft und trat ihm mit dem rechten Fuß wuchtig gegen den Hals. Es riss eine Hand hoch, um sie abzuwehren, packte ihren Absatz und wirbelte sie in der Luft herum. Sie schlug hart mit der Schulter auf dem Boden auf. Als es sich bückte, um nach ihr zu greifen, schmetterte sie ihm beide Füße gegen das Kinn. Diesmal wurde es überrumpelt und konnte sie nicht abwehren, und es stolperte zurück. Buffy sprang auf und griff weiter an, deckte es mit einer blitzschnellen Kombination aus Schlägen und Tritten ein. Seine rasiermesserscharfen Zähne streiften ihren Knöchel, sodass Blut hervorquoll, aber sie riss ihre Hand zurück und ersetzte sie durch einen gestiefelten Fuß. Sie spürte, wie Zähne an ihrem Absatz brachen, und als sie ihren Fuß zurückzog, rann Blut aus der Nase und dem riesigen Maul des Monsters. Es schien sich nur noch mit Mühe auf den Beinen halten zu können.

Aber während sie sich mit ihm beschäftigt hatte, war sie von anderen Kreaturen umzingelt worden. Sie spürte, wie Hände nach ihr griffen, hörte in nächster Nähe ihr Stöhnen und Grunzen und Knurren. Sie musste dieses Ding so schnell wie möglich erledigen. Sie täuschte einen weiteren Tritt vor, und es wich zurück. Sie sprang nach dem Schwert, das noch immer auf dem Boden lag, wo das Monster es hingeworfen hatte. Als sie wieder hochkam, täuschte sie es erneut und stieß diesmal mit der Klinge nach seinem Bauch. Es senkte abwehrend die Arme, und sie riss die Klinge hoch und bohrte sie in seine Kehle. Das blutverschmierte Schwert kam auf der anderen Seite wieder heraus. Dennoch packte es mit seinen kräftigen Händen die Klinge, sodass Buffy sie um fünfundvierzig Grad drehte, bevor sie sie herauszog.

Endlich brach das Monster zusammen. Buffy verschwendete keine Zeit, sondern schwang die Klinge in einem Halbkreis, und die anderen Kreaturen wichen zurück. Ein paar von ihnen wurden von Anyas Armbrustbolzen getroffen und gingen zu Boden, und als sie einen Blick über die Schulter wagte, sah sie, wie Xander mit seiner Axt auf eins der Monster einschlug. Es stürzte, und Xander stieß ein Kriegsgeheul aus.

Dann spürte sie Riley an ihrer Seite. Er atmete schwer. Monsterfleischfetzen klebten an seinem Gesicht und seiner Kleidung, und er roch wie ein offener Abwasserkanal, aber seine Gegenwart tröstete sie.

Dann stürzte sich ein neuer Monsterschwarm auf sie und brachte sie zu Fall. »Riley!«, schrie Buffy, aber sie konnte ihn in dem Gewirr aus ledrigen Beinen und klauenbewehrten Füßen nicht sehen. Etwas trat auf ihren Rücken und etwas anderes auf ihre Hände. Sie war am Boden festgenagelt.

Sie nahm sich einen Moment Zeit, sich zu sammeln, und versuchte dann, sich nach oben zu stemmen. Ohne Erfolg.

Ein menschlicher Schmerzensschrei schickte Jägeradrenalin durch ihre Jägermuskeln, und sie biss die Zähne zusammen, als sie sich erneut nach oben stemmte.

Dann packte etwas ihre Haare mit den Zähnen und zog.

Sie hörte einen weiteren menschlichen Schrei und dann einen Schuss.

Was auch immer ihre Haare in seinem Maul hatte, fiel zu Boden und landete mit einem dumpfen Klatschen neben ihr.

Eine Hand packte ihren Oberarm und riss sie auf die Beine.

»Jägerin?«, fragte ein gut aussehender Kerl, den sie nicht kannte. »Gunn.«

Sie nickte ihm zu, und sie machten sich an die Arbeit. Gunn war gut, und es war klar, dass er auf ihrer Seite kämpfte. Sie arbeiteten sich schlagend und tretend zu Riley vor, befreiten ihn und erledigten seine Gegner.

Endlich gab es eine kurze Atempause, und Buffy fand sich neben Riley wieder, ohne dass ein Monster in der Nähe war.

»Sie hauen ab«, keuchte er.

Sie blickte auf und sah, dass er Recht hatte. Ihre Zahl war dezimiert worden, und die Überlebenden rannten zu dem Portal, um dort Schutz zu suchen. Spike, von Schweiß und Geifer durchweicht, verfolgte sie und schwang seine Axt wie ein verrückter Holzfäller, der fliehende Bäume hetzte.

»Gehen wir«, sagte sie. Zusammen mit Riley rannte sie Spike hinterher. Er hatte es fast bis zu dem Portal geschafft, als sie ihn einholten. Buffy packte seine Schulter und hielt ihn fest, bevor er einer fliehenden reptilienähnlichen Bestie durch das Portal folgen konnte.

»Nicht, Spike«, warnte sie.

Er schüttelte wütend ihre Hand ab, fuhr herum und holte mit der Axt aus, bevor er erkannte, wer hinter ihm war. Als er Buffy sah, entspannte er sich und senkte die Waffe.

»Ich schätze, ich habe mich etwas zu sehr in die Conan-Rolle hineingesteigert«, sagte er. »Ich muss sagen, es tat gut, wieder etwas Blut zu vergießen, auch wenn das meiste eine komische Farbe hatte und wie alter Kohl stank.«

Riley wischte ein Stück Gehirn von seiner Stirn. Er musterte es kurz und warf es dann in das Portal. »Ja«, stimmte er zu. »Es ist ein schmutziges Geschäft, nicht wahr?«

»Ich schätze, deshalb ist Martha Stewart keine Jägerin«, meinte Buffy. Sie deutete auf den Neuankömmling in ihrer Mitte. »Das ist Gunn.«

Er nickte. Sie nickten. Dann hatten sie genug genickt.

Gunn sagte: »Ist das eins dieser Portale, von denen Jowls Angel erzählt hat?«

Spike kicherte. »Jowls«, wiederholte er. »Und was jetzt? Lassen wir sie einfach entkommen?«

»Viel mehr können wir nicht tun«, entgegnete Buffy. »Solange sie in Sunnydale keinen Ärger machen, sind sie nicht unser Problem.«

»Deins vielleicht nicht«, knurrte Spike und berührte eine Wunde an seinem Unterarm. »Eins hat mich mit der Klaue erwischt, und ich hatte noch keine Gelegenheit, ihm dafür die Eingeweide herauszureißen.«

»Wahrscheinlich wird es zurückkehren«, meinte Riley. »In der Zwischenzeit sollten wir ein Experiment durchführen, solange das Portal noch hier ist.«

»Das ist richtig«, sagte Buffy. Sie rannte in einen nahen Hof und kehrte mit einem kleinen Ast mit Blättern an der Spitze zurück. »Das sollte genügen.«

»Giles sagte, es müsste organisch sein«, erinnerte Riley. »Ich dachte, er meinte damit, eine Katze an einer Leine zu benutzen.«

»Bei ihm kann man nie sicher sein«, sagte Xander. Er und Anya näherten sich aus der Richtung des Wagens. Xander hatte die Axt über seine Schulter gelegt und Anya hielt noch immer ihre geladene Armbrust schussbereit, als könnten jeden Moment weitere Monster auftauchen.

Buffy packte den Ast an einem Ende und schob ihn durch das Portal. Einen Moment spürte sie einen leichten Widerstand wie von Wasser oder vielleicht Gelee. Aber sobald er den Widerstand durchstoßen hatte, ließ er sich mühelos bewegen und verschwand in dem Portal wie Sleepy Ramos in L.A. verschwunden war. Sie wartete einen Moment und zog ihn dann wieder heraus.

Er sah nicht wie der Ast aus, den sie hineingesteckt hatte. Die Blätter waren verschwunden, das Holz war gesplittert und schwelte. Etwas Gewalttätiges war mit ihm auf der anderen Seite passiert, und Buffy, die das andere Ende fest gehalten hatte, hatte nicht das Geringste gespürt.

»Ich bin froh, dass ich nicht reingegangen bin«, sagte Spike.

»Ich auch«, stimmte Anya zu. »Derart angenagt und in Brand gesteckt würdest du scheußlich aussehen.«

Spike warf ihr einen Blick zu. »Danke.«

»Keine Ursache«, erwiderte sie fröhlich.

Gunn blickte frustriert drein. »Also kann keiner rein und keiner kommt raus, was?«

Buffy warf den verunstalteten Ast weg. »Warum fragst du?«

»Es sind ein paar Leute verschwunden«, sagte er schlicht.

»Hat Angel dich hierher geschickt?«, fragte Riley. Seine Stimme war kontrolliert, und wahrscheinlich bemerkte niemand außer Buffy, dass es ihn einiges kostete – zumindest Stolz –, diese Frage zu stellen.

Gunn schüttelte den Kopf. »Er wollte nicht, dass ich mich einmische. Sieht aus, als hätte er vielleicht Recht gehabt.« Er sah Buffy an. »Wie ist der Plan?«

»Ich schätze, wir sollten Giles Bericht erstatten. Ich frage mich, ob er genau das erwartet hat.« Als sie zu den Autos zurückkehrten, warf Buffy einen Blick über die Schulter zurück zu dem Portal, das bereits wieder verblasste. Wie Spike war sie froh, dass sie nicht hindurchgegangen war.

Und dass ich Angel davon abgehalten habe, dachte sie. Ich schätze, er schuldet mir was.

11.

Sunnydale

»Kannst du mir noch mal erklären, warum wir hier sind, Angel?«, fragte Cordelia. Aber, dachte Angel, ihre Frage klingt mehr wie eine Bitte. »Ich meine, ich weiß, dass du an derartigen Orten nachts herumhängst, aber es ist eigentlich nicht meine bevorzugte Aktivität am Abend.«

Sie waren in Downtown Los Angeles und gingen durch die Straßen eines Viertels, das laut den korrupten Cops von der russischen Mafia kontrolliert wurde.

»Wir suchen nach Hinweisen«, sagte Angel, der sich bemühte, geduldig zu klingen. Er wusste, dass sie Angst hatte, aber er wollte, dass mehr als ein Augenpaar Ausschau hielt, und Wesley war für eine Weile mit Nachforschungen beschäftigt – und außerdem bestand immer die Möglichkeit, dass einige Leute lieber mit einem hübschen Mädchen als mit einem Vampir redeten. Bei seiner Zusammenarbeit mit Buffy hatte sich dies oft als richtig erwiesen. Aber er schob diesen Gedanken beiseite – er wollte im Moment nicht an Buffy denken. Er wollte wachsam und auf alles vorbereitet sein.

Außerdem wusste er, dass Cordelia sehr mutig war – er hatte gesehen, wie sie sich schon bei einigen Gelegenheiten sehr tapfer gezeigt hatte, was alle, die sie kannten, überraschte –, doch sie selbst sah es nicht so. Cordelia hielt sich für einen Feigling, der sich lieber vor einer Konfrontation versteckte, als sich seinen Ängsten zu stellen. Aber das war eine Selbsttäuschung, keine Tatsache. Sie hatte sich als einer der mutigsten Menschen erwiesen, die Angel in seinem langen und seltsamen Leben je kennen gelernt hatte. Als er sie gebeten hatte mitzukommen, hatte sie ohne einen Moment zu zögern zugesagt und erst im Wagen gefragt, wohin sie fuhren. Er hatte ihr erklärt, dass sie Wischnikoff suchen würden.

»Was wollen wir von Wischnikoff?«, hatte sie wissen wollen.

»Er führt etwas Übles im Schilde«, erwiderte Angel. »Ich weiß nicht was. Aber es gibt irgendeine Verbindung zwischen der Mafia und diesen korrupten Cops, von denen ich dir erzählt habe, und an was auch immer er arbeitet, es macht den besten Gesetzeshütern von L.A. Angst.«

Cordelia lachte gekünstelt. »Das war sarkastisch gemeint, stimmt's? Das mit den besten Gesetzeshütern von L.A.?«

»Das ist richtig. Aber korrupt oder nicht, diese Kerle sind Cops – und wahrscheinlich Mörder. Wenn sie vor Wischnikoff Angst haben, dann muss er ziemlich Furcht einflößend sein.«

»Sie haben Angst vor *dir*«, erinnerte Cordelia ihn.

»Genau das meine ich.«

Jetzt gingen sie durch die Straßen dieses Viertels, und sie sah ein wenig besorgt aus. »Vielleicht ist mir etwas entgangen«, sagte sie, »aber wie sollen wir hier draußen Hinweise finden? Es kommt mir vor wie die Suche nach der Nadel im Heuhaufen. Sollten wir nicht ein Vergrößerungsglas und einen komischen Hut dabei haben?«

»Es gibt zwei Möglichkeiten, nach Hinweisen zu suchen, Cordelia«, informierte Angel sie. Intellektuell verstand er ihre Besorgnis. Aber für ihn war ein Spaziergang durch die nächtlichen Straßen so natürlich wie für die meisten Leute das Atmen. Er hatte Jahrhunderte auf ihnen verbracht, in einer Stadt nach der anderen, von Kontinent zu Kontinent. »Man stellt den Leuten Fragen, und wenn man Antworten bekommt, werfen diese noch mehr Fragen auf, die man den nächsten Leuten stellt, bis man jemanden findet, der etwas weiß.«

»Klingt langweilig«, meinte Cordelia.

»Ist es meistens auch. Aber so funktioniert die Polizeiarbeit.«

»Du sagtest, es gibt zwei Möglichkeiten.«

»Richtig. Die zweite ist, im Hinterhof des Schurken Ärger zu machen. Früher oder später wird er es bemerken.«

Cordelia betrachtete die hohen, dunklen Gebäude, die sie umgaben. Ein leeres Taxi rollte langsam durch die Straßen, fuhr an ihnen vorbei und verschwand hinter der nächsten Ecke. »Und das ist Wischnikoffs Hinterhof?«

»Wir wissen noch nicht, wo sein Hinterhof ist«, sagte Angel. »Deshalb probieren wir beide Möglichkeiten aus. Wir machen Ärger, bis wir die Leute finden, die wir befragen können.«

»Überaus wissenschaftlich«, stellte Cordelia fest. »Weißt du, ich könnte in diesem Moment in meinem sicheren Apartment sein.«

»Um mit Wesley in staubigen alten Büchern zu blättern.«

»Ein Punkt für dich. Wo stecken diese nervtötenden russischen Gangster überhaupt? Ich würde sie mir zu gern vorknöpfen.«

Sie erreichten eine Ecke und bogen nach rechts ab. »Sie sind in der Nähe«, sagte Angel. »Sie wollten bis jetzt nur nicht gesehen werden.« Dann blieb er abrupt stehen, berührte Cordelias Arm und zeigte auf einen dunklen Hauseingang vor ihnen. Er glaubte, dort eine Bewegung bemerkt zu haben.

»Du bleibst hier«, flüsterte er.

Cordelia nickte, hielt sich aber weiter dicht hinter ihm. Er glaubte, dass ihr keine direkte Gefahr drohte, und ließ sie gewähren. Er näherte sich dem dunklen Eingang. Er führte in ein Bürogebäude, aber die Büros waren geschlossen und die Türen vermutlich versperrt, sodass derjenige, den er gesehen hatte, wahrscheinlich noch immer dort war. Natürlich vorausgesetzt, er hatte keinen Schlüssel.

Er hoffte auf russische Gangster, jemanden, der ihm vielleicht die Adresse von diesem Wischnikoff geben konnte, wer immer er auch war. Aber als er in den Eingang trat, sah er zwei verängstigte Mädchen, jünger als Cordelia, die sich an die Glastüren drückten. Die eine war klein und schwarz, mit der Figur einer Eiskunstläuferin oder Turnerin. Die andere war blond und einen Kopf größer, aber ebenfalls dünn wie eine Bohnenstange.

»Entschuldigung«, sagte er. »Ich habe euch mit jemandem verwechselt.«

»Jean?«, fragte Cordelia hinter ihm. »Nicole?«

»Wir haben nichts getan«, sagte die Blonde. Ihre Stimme klang schrill; Angel befürchtete, dass alle, die jetzt noch in den Gebäuden des Blocks arbeiteten, ihre Beteuerung hören konnten.

»Ja, also lasst uns in Ruhe«, fügte das schwarze Mädchen hinzu.

»Kein Problem«, sagte Angel. Er sah Cordelia an. »Du kennst diese Mädchen?«

»Nein«, beharrte die laute Blondine. »Niemand kennt uns.«

»Sie sind Freunde von Kayley Moser«, erklärte Cordelia. »Sie gehören zu den Bibliotheksmädchen, von denen ich dir erzählt habe. Du weißt schon, die Möchtegern-Vampire.«

Die Mädchen drückten sich weiter in die Ecke des Eingangs. Cordelia trat auf sie zu. »Erinnerst du dich nicht an mich, Nicole?«, fragte sie. »Jean? Ich bin Cordelia Chase. Ich habe euch etwas zu essen gekauft und euch vor den Vampiren gerettet.«

»Wir haben dich noch nie gesehen«, sagte Nicole ausdruckslos.

»Das stimmt«, nickte Jean. »Ich weiß nicht, wovon du redest.«

»Sie sind es«, sagte Cordelia zu Angel. »Ich irre mich nicht.«

Angel führte sie weg von den Mädchen. »Sie haben vor irgendetwas Angst«, meinte Angel. »Todesangst. Ich glaube nicht, dass sie zugeben werden, irgendjemanden zu kennen.«

»Aber ... ich war gut zu ihnen.«

»Vielleicht sind sie das nicht gewohnt«, vermutete Angel. »Am besten lassen wir sie in Ruhe. Sie wollen unsere Hilfe nicht.«

»Bist du sicher?«

»Er hat Recht«, fauchte Nicole. »Außerdem kann uns sowieso keiner sehen. Haut ab und lasst uns in Ruhe.«

»Wie, halten sie sich etwa für unsichtbar?«, fragte Cordelia.

»Sie könnten es durchaus sein«, sagte Angel, »soweit es den Rest der Welt betrifft. So ist es für sie wahrscheinlich sicherer.«

Cordelia gab nach, und Angel ging weiter den Bürgersteig hinunter in die Richtung, die sie vorher schon eingeschlagen hatten. Noch immer keine Russen, dachte er. Was wahrscheinlich ganz gut ist, denn diese beiden Mädchen dahinten sehen wie erstklassige Opfer aus.

Als er fast die nächste Ecke erreicht hatte, bemerkte er, dass Cordelia nicht mehr an seiner Seite war. Er drehte sich um und sah, dass sie an einer Wand lehnte und sich den Kopf hielt. Offenbar hatte sie Schmerzen. Er eilte zu ihr. Cordelias Gesicht war alabasterweiß und ihre Stirn von einem Schweißfilm bedeckt.

»Vision ...«, stieß sie hervor. »Mir platzt der Kopf ...«

Er hielt sie einen Moment in den Armen, bis der Schmerz nachließ.

»Besser«, keuchte sie. »Ich muss mir also doch nicht den Kopf abhacken. Diesmal.«

»Was hast du gesehen?«, fragte er sie.

»Nicht viel, das uns weiterbringt«, sagte sie. »Einen Jungen. Neunzehn, vielleicht zwanzig. Volles blondes Haar. Gut gebaut. Ich würde gern mit ihm ausgehen.«

»Cordelia, was ist sein Problem? Wie können wir ihn finden?«

»Keine Ahnung und dito. Ich habe nur sein Bild und seinen Namen. Mischa.«

»Das ist ein russischer Name«, stellte Angel fest.

»So ist es.« Cordelia nickte. »Oh, okay. Russen. Kapiert.«

Sunnydale

Wieder zurück im Hauptquartier wurde Gunn vorgestellt und der zerfetzte Ast besprochen. Giles' Reaktion war ein wohl überlegtes »Hmmm«.

Buffy und Riley wollten wieder nach draußen gehen, um nachzusehen, ob die Monster, gegen die sie gekämpft hatten, ein zusammenhängender Haufen gewesen waren, oder ob diese Nacht eine besonders schlimme Nacht für sie war.

»Nur weil wir eine Horde dieser Ghule zurück in ihr Loch getrieben haben, heißt das noch lange nicht, dass es nicht noch andere gibt«, sagte Buffy.

»Oder Vampire«, erinnerte Riley sie.

»Die hatte ich fast vergessen«, gestand Buffy. »Wir scheinen in der letzten Zeit nicht viel von ihnen gehört zu haben.«

»Ich denke, sie kommen mit diesen interdimensionalen Kreaturen nicht zurecht«, meinte Spike. »Mir machen sie jedenfalls eine Heidenangst.«

»Nun, das ist ein Pluspunkt«, sagte Buffy. »Wir werden nach draußen gehen und uns umschauen.«

»Mach das«, nickte Spike. »Ich werde ebenfalls nach draußen gehen und ... kämpfen, kämpfen, kämpfen.«

»Okay«, warf Anya ein. »Das können wir auch.«

»An, wir haben gerade erst gegen eine halbe Million Monster gekämpft«, beschwerte sich Xander.

»Es waren nicht mehr als vierzig oder fünfzig«, widersprach Anya. »Und Buffy und Riley haben die meisten erledigt. Du hast wahrscheinlich nicht mehr als ein halbes Dutzend getötet.«

»Trotzdem ...« Xander schmollte.

»Ja, und ich habe auch geholfen, nicht wahr?«, sagte Spike. »Ich habe meinen Teil der Abmachung gehalten.«

»Ja. Und Mr. Gunn auch.« Anya lächelte den Neuankömmling an. »Okay, Xander, du musst nicht mitkommen. Aber ich gehe. Und ich bin sicher, Giles auch.«

Giles hatte sich die Augen gerieben und hielt seine Brille locker in der rechten Hand. »Hmmm? Oh, gewiss. Ich meine ... ja, ich kann das tun.«

»Dann ist das geklärt«, sagte Anya. »Kommst du jetzt mit oder nicht, Xander?«

Xander gab nach. »Ich schätze schon.«

Buffy und Riley gingen, bevor das Gespräch wieder in einen Streit ausartete.

»Ich bin dabei«, sagte Gunn leise und folgte dem Duo.

Wie erwartet machte Sunnydale einen stillen, fast verschlafenen Eindruck – wie in den guten Nächten vor der plötzlichen Monsterinvasion. Es gab Nächte, in denen Buffy einen Vampir nach dem anderen pfählte, und es gab Nächte, in denen ihre Patrouille nicht mehr als ein schöner, flotter Spaziergang durch eine schlafende Stadt war. Diese Nacht schien eher letzterer Art zu sein. Wie die Nacht, erinnerte sie sich, in der sie und Angel nur spazieren gegangen waren und bis zum Morgen geredet hatten – okay, hin und wieder hatten sie eine Pause eingelegt, um sich zu küssen, aber dann waren sie weitergegangen und hatten wieder geredet. In gewisser Hinsicht schien dies schon lange her zu sein; sie war damals viel jünger und unschuldiger gewesen.

Ist das nur der Unterschied zwischen Highschool und College?, fragte sie sich. Oder steckt mehr dahinter?

»Das also ist das berühmte Sunnydale«, sagte Gunn. »Es sieht gar nicht so schlimm aus.«

»Das täuscht«, erwiderte Riley.

»Da hast du Recht.« Gunn war ein guter Beobachter, und Buffy war froh, dass er bei ihnen war.

Während sie durch die Stadt gingen, kamen sie am *Willy's* vorbei, und der Anzahl der Autos und Motorräder nach zu urteilen, die davor geparkt waren, musste in der Bar eine Menge los sein. Riley sah Buffy an, die mit den Schultern zuckte. »Ich schätze, es lohnt sich, einen Blick hineinzuwerfen«, sagte sie.

Er stimmte zu, und die drei zwängten sich an den Autos vorbei zum Eingang.

Es waren ein paar Dämonen da, die ihren Kummer an den Tischen ertränkten und jedes Gebräu hinunterstürzten, das Willy ihnen servierte. An der Bar standen ein paar einzelne Trinker, die vielleicht Menschen waren, vielleicht aber auch nicht. Aber an einem Tisch saßen acht hispanisch aussehende Kerle, angespannt, mit hochgezogenen Schultern. Einige von ihnen redeten miteinander, andere hockten schweigend, mit düsteren Mienen da. Ihre Kleidung war eine Mischung aus Jeans, Plaid und weißer Baumwolle. Der Tisch war von leeren Flaschen übersät. Ein paar der Männer hatten Tattoos an ihren muskulösen Armen: »L.C.«

Buffy nickte in ihre Richtung und flüsterte Riley und Gunn zu: »Latin Cobras.«

»Ich frage mich, was sie hierher führt.«

»Keine Feier«, stellte Buffy fest.

Willy hatte Buffy und ihre Begleiter beim Eintreten bemerkt. Er verdrehte die Augen und fuhr sich verzweifelt mit einer Hand durch das dunkle Haar. Buffy fixierte ihn und trat an die Bar.

»Meine Lieblingsjägerin«, sagte er wenig begeistert.

»Erspar's dir, Willy. Was ist mit den Cobras los? Sie sehen aus, als kämen sie gerade von einer Beerdigung.«

»Nur wissen sie noch nicht, wessen Beerdigung es war«, sagte Willy.

»Was soll das bedeuten?«, fragte Riley.

Willy sah nervös zu den Cobras hinüber, beugte sich dann über die Theke und sprach flüsternd weiter. »Krieg«, sagte er. »Die russischen und mexikanischen Gangs in L.A. führen Krieg miteinander. Bis jetzt ist er auf L.A. beschränkt, aber die Cobras haben Verbündete dort, einen Vertrag mit einer Gang namens Echo-Park-Band. Vielleicht müssen sie nach L.A., um zu helfen – oder die Russen kommen vielleicht hierher. So oder so wird Blut vergossen werden.«

Buffy runzelte die Stirn. Sie hatte Angel in L.A. zurückgelassen, damit er dort nach dem Rechten sah, und Willow war ebenfalls noch dort, weil sie mit Doña Pilar zusammenarbeiten sollte.

Am besten setze ich mich so schnell wie möglich mit ihnen in Verbindung, dachte sie.

Erst dann dämmerte ihr, was Willy noch gesagt hatte. Ein Gangkrieg in Sunnydale, zusätzlich zu der bizarren dämonischen Invasion, die bereits stattfand, konnte katastrophale Auswirkungen haben. Buffys Einfluss auf die Stadt war größtenteils auf übernatürliche Angriffe beschränkt, aber sie wollte auch nicht erleben, dass die Straßen von gewöhnlicher menschlicher Gewalt verunsichert wurden.

»Tut mir einen Gefallen und legt euch nicht mit ihnen an«, fuhr Willy fort. »Sie sind mit den Nerven am Ende. Wenn ihr sie anmacht, werden Kugeln fliegen, und ihr wisst, dass das schlecht fürs Geschäft ist.«

»Ich werde sie nicht anrühren«, versprach Buffy. »Aber was meinst du – werden die Russen wirklich nach Sunnydale kommen?«

»Ich fahre nach Hause«, sagte Gunn plötzlich.

»Nach Hause?«, fragte Buffy. »Du bist gerade erst gekommen.«

»Ich weiß«, brummte Gunn. Er sah nicht glücklich über seine Entscheidung aus. »Und ich muss Marcus nach Hause zu Jacquee bringen. Meine Leute leben auf den Straßen, verstehst du? Wenn ein Gangkrieg losbricht, wird es Verletzte geben. Meine Truppe befindet sich mitten im Zielgebiet. Wenn ihnen irgendetwas zustößt, während ich hier in der Vorstadt bin, werde ich es mir nie verzeihen.«

Riley nickte ihm zu. »Wir bleiben in Verbindung. Wenn wir etwas über die Portale herausfinden, werden wir dich sofort anrufen.«

Riley streckte seine Hand aus. Gunn ergriff sie.

Sie sahen sich an, zwei Soldaten.

»Gut.«

Gunn machte auf dem Absatz kehrt.

»Willkommen in Sunnydale«, sagte Del DeSola, »und dem Haus, das mit Öl erbaut wurde.« Er breitete seine Arme aus, als seine Gäste sein Arbeitszimmer betraten. Ein Butler hatte Teodor Nokivov und sieben Soldaten an der Tür des palastartigen Hauses empfangen und sie ins Innere gebeten, wo sie von zwei bewaffneten Männern durchsucht worden waren. Nokivov wies seine Leute an, ihre Waffen abzugeben. Er erklärte ihnen, dass sie in DeSolas' Haus sicher waren.

»Vielen Dank, Mr. DeSola«, sagte Teodor Nokivov, als er seinem Gastgeber die Hand schüttelte. »Es ist mir ein Vergnügen, hier zu sein.«

»Aus der Stadt herauszukommen ist immer ein Vergnügen«, erwiderte DeSola. Auf diese Art empfing er gern Gäste – wenn sie von ihm erwartet und von seinen Leuten hereingeführt wurden –, und nicht, nachdem sie zuerst seine Wachmänner getötet hatten, wie Cheryce es getan hatte. Er wartete noch immer darauf, etwas von ihr zu hören und zu erfahren, ob sie Fortschritte gemacht hatte. Schließlich hatte er ihr einen Vorschuss gezahlt.

»Ich habe selten die Gelegenheit dazu«, sagte Nokivov. »Zuerst Moskau, jetzt Los Angeles. Offenbar fühle ich mich nur in großen Städten wohl.«

»Ich hoffe, Sie werden sich hier wohl fühlen«, sagte DeSola. Er bot Nokivov an, Platz zu nehmen. Bevor er sich setzte, schickte Nokivov die Soldaten hinaus. Nur einer blieb, ein großer Mann mit einem zerfurchten Gesicht und langen, zu einem Pferdeschwanz gebundenen Haaren, den er als Karol Stokowitsch vorstellte. Stokowitsch nahm hinter Nokivov Platz, der in einen teuren Ledersessel sank. DeSola setzte sich ihm gegenüber auf ein Ledersofa. Vor ihm stand ein moderner gläserner Couchtisch mit einem Drink. DeSola ließ die Eiswürfel in seinem Glas klirren.

»Einen Drink?«, fragte er. »Wodka?«

»Für mich nichts, danke«, erwiderte Nokivov. Stokowitsch antwortete nicht, und es war klar, dass er nicht zählte. Dies war ein Treffen von DeSola und Nokivov; Stokowitsch war nur hier, um seinem Boss den Rücken zu decken.

Nokivov studierte DeSola, als dieser aus dem Kristallglas trank. Reiche Leute unterschieden sich vom Rest der Welt, und DeSola war zweifellos reich. Er war um die Sechzig und hatte eine durchtrainierte Figur, als würde er viel Zeit mit einem persönlichen Trainer im Fitnessstudio verbringen. Sein gut aussehendes Gesicht war, wie Nokivov glaubte, wahrscheinlich einmal geliftet worden, und er hatte seine Haare gefärbt, um das Grau zu verbergen. Nur seine wachsamen und klugen Augen verrieten sein tatsächliches Alter. Er trug einen Zweitausenddollaranzug von Perry Ellis, der für sein wahres Alter etwas zu jugendlich geschnitten war, aber zu dem Alter passte, das er vortäuschte, und Schuhe von Prada, wie Nokivov bemerkte.

DeSola schmatzte und stellte das Glas wieder auf den Couchtisch. »Wir haben einiges gemeinsam, Sie und ich«, sagte er.

»So ist es.«

»Die Latin Cobras und die Echo-Park-Band haben uns beiden etwas Wertvolles genommen. Sie haben mich ein Ölfeld gekostet und führen jetzt Anschläge auf meine Lagerhäuser durch.«

»Und sie haben mich meinen Sohn gekostet«, sagte Nokivov.

»Nach allem, was ich gehört habe, trifft dies nicht zu«, erklärte DeSola. »Ich habe aus zuverlässiger Quelle erfahren, dass Ihr Sohn nicht von meinen Landsleuten getötet wurde, sondern von vier Police Officers – von jenen, die den Verdächtigen verhaftet haben, der später vom Bezirksstaatsanwalt freigelassen wurde.«

Nokivov war von dieser Enthüllung erschüttert. »Sind Sie sicher?«

»Meine Quellen sind einwandfrei«, sagte DeSola. »Ich habe Interessen in verschiedenen Gemeinden. Es ist das, was ich gehört habe. Ich würde es nicht einfach behaupten, nur weil ich auch aus Mexiko stamme – der Anschlag meiner Landsleute auf das Ölfeld hat meinen Hass auf diese Kriminellen noch verstärkt.«

Nokivov saß einen Moment schweigend da. Er sah Stokowitsch an, der fast unmerklich mit den Schultern zuckte. Stokowitsch wusste so gut wie er, dass diese vier Police Officers von ihm bezahlt wurden; obwohl auf den Schecks der Name Wischnikoff stand, kamen sie im Endeffekt alle von derselben Quelle. Nokivov war der Chef der Schutzgelderpresser der Mafia in Südkalifornien – er kommandierte die Gangster, die das Geld eintrieben. Bei der Verteilung dieser Gelder musste er im Hintergrund bleiben. Aber wenn dies der Fall war, wenn die Police Officers die Täter waren, dann war eine Menge Blut für nichts vergossen worden.

In der letzten Woche war zwischen den russischen und mexikanischen Gangs der totale Krieg ausgebrochen. In Culver City war ein von seinen Leuten geführtes sicheres Haus entdeckt und im Morgengrauen mit automatischen Waffen und Handgranaten angegriffen worden. Der Überfall hatte neun tüchtigen Soldaten das Leben gekostet. In Hermosa Beach hatten die Russen zurückgeschlagen und ein mexikanisches Restaurant, das einigen hochrangigen mexikanischen Anführern als Treffpunkt diente, in einer belebten Freitagnacht bis auf die Grundmauern niedergebrannt. In den russischen und mexikanischen Vierteln waren Schießereien aus fahrenden Autos inzwischen an der Tagesordnung.

»Wenn es stimmt, was Sie sagen«, murmelte Nokivov, »habe ich Antworten auf viele Fragen. Ich habe im Namen meines Sohnes Leuten den Krieg erklärt, die nichts mit seinem Tod zu tun haben.«

DeSola schüttelte den Kopf. »Sie haben den Leuten den Krieg erklärt, deren Geschäftsinteressen Ihren eigenen im Weg stehen«, sagte er. »Sie haben in einer Sackgasse gesteckt – das Geschäft konnte sich nicht weiterentwickeln, solange sie die Viertel und Branchen kontrollierten, die in ihrer Hand sind. Sie brauchen mehr als Versicherungsbetrug, Erpressung, Banken und Heroin. Sie brauchen Marihuana, Kokain, Prostitution, den Autohandel. Richtig?«

Nokivov neigte den Kopf. »Ja, natürlich.«

»Der Krieg war unausweichlich«, sagte DeSola unverblümt. Er gestikulierte mit den Händen. »Der Auslöser spielt keine Rolle – es musste so kommen. Und jetzt, da er begonnen hat, muss er gewonnen werden.«

»Und Ihr Interesse daran ist reine Rache?«, fragte Nokivov, während er sich in seinem Sessel zurücklehnte, als erwartete er eine lange Unterhaltung.

»Nicht ganz«, sagte DeSola schulterzuckend. Er machte eine weit ausholende Handbewegung, die sein luxuriöses Haus umschloss, und beugte sich dann nach vorn, als wollte er Nokivov ins Vertrauen ziehen. »Ich bin ein normaler Geschäftsmann. Öl, Reedereien, Grundbesitz – ich brauche nicht die kriminellen Aktivitäten wie Sie. Die mexikanischen Gangs glauben, ich müsste auf ihrer Seite sein, weil ich ebenfalls Mexikaner bin.«

Er knurrte und schüttelte müde den Kopf. »In Wirklichkeit jedoch bringen mich ihre Verbrechen in eine schlechte Lage – sie werfen ein unvorteilhaftes Licht auf alle mexikanischen und mexikanisch-amerikanischen Geschäftsaktivitäten.«

»Wie bei den Italienern«, nickte Nokivov.

»Ja. Ständig werden meine Schiffstransporte verzögert, weil DEA-Agenten sie vom Heck bis zum Bug nach Drogen durchsuchen. Meine Mitarbeiter werden wegen ihrer Haut- und Haarfarbe von der Einwanderungsbehörde belästigt. Ich bezahle meine Leute gut, und es ist für sie und für mich eine Beleidigung, so behandelt zu werden.«

»Aber Sie versuchen nicht, mit den mexikanischen Gangs zu einer Einigung zu kommen?«

»Nein«, erwiderte DeSola. »Ich weiß, dass hier historische und ökonomische Kräfte am Werk sind. Meine Leute wandern schon seit Generationen nach Kalifornien aus, auf der Suche nach Reichtum und einem besseren Leben.« Er machte ein nachdenkliches Gesicht; vielleicht erinnerte er sich an seine eigene Familiengeschichte. Nokivov respektierte sein Schweigen und wartete, bis der andere Mann fortfuhr.

»Sie finden es nicht immer«, sagte DeSola leise. »Sie ziehen in Gettos oder rein mexikanische Viertel. Es gibt Revierkämpfe. Sie sind arbeitslos oder unterbeschäftigt, und sie wenden sich dem Verbrechen zu, um ihre Familien zu ernähren und Brot auf dem Tisch zu haben. Ihre Väter, ihre Onkel, ihre Brüder waren in diesen Gangs, und sie wachsen in sie hinein.«

»Wie bei der ursprünglichen Mafia«, warf Nokivov ein.

»Ich verstehe es«, fuhr DeSola fort, »aber es gefällt mir nicht, und ich möchte, dass es noch zu meinen Lebzeiten aufhört. An diesem Punkt kommen Sie ins Spiel. Es hat in den Vereinigten Staaten noch nie eine kriminelle Organisation wie die Ihre gegeben. Sie haben das Potenzial, den mexikanischen Gangs ein für alle Mal das Rückgrat zu brechen – meine Leute nach Generationen der Knechtschaft zu befreien.« Er hatte intensiv darüber nachgedacht und war zu dem Schluss gelangt, dass die kriminellen Banden so lange weitermachen würden, wie sich Profit herausschlagen ließ. Er wollte ihnen diesen Profit nehmen und die Mitgliedschaft in einer Gang teurer machen als legale Arbeit. Wenn dies bedeutete, dass die Russen die kriminellen Geschäfte der Nation kontrollierten, sollte es ihm recht sein. Irgendjemand würde es ohnehin tun. Er wollte nur nicht, dass es seine Leute waren. »Ich möchte, dass Sie dies tun«, sagte er.

»Es bedeutet, dass viele sterben werden«, wandte Nokivov ein.

»Aber noch viel mehr werden überleben und frei von dieser Geißel sein«, sagte DeSola nachdrücklich. »Ich bin bereit, den Preis dafür zu zahlen.«

»Wie wollen Sie uns bei diesem Unternehmen helfen?«

DeSola stand auf und trat an einen großen Safe, der hinter seinem Schreibtisch auf dem Boden stand. Er drehte schnell am Nummernschloss und öffnete ihn. Er nahm eine große Segeltuchtasche heraus, trug die Tasche zum gläsernen Couchtisch und zog den Reißverschluss auf.

Sie war voller Hunderter.

»Das sind eine Million Dollar«, erklärte er. »Sehen Sie sie als Vorschuss an. Ich habe neunundvierzig weitere derartige Taschen bereitgestellt. Fünfzig Millionen Dollar in bar. Mit diesem Geld können Sie die besten Waffen und Soldaten kaufen. Informationen. Geheimnisse. Das Gesetz. Die Gerichte. Mir ist es egal, ob sie sterben oder ins Gefängnis wandern – ich will nur, dass sie verschwinden. Die Echo Parks, die Latin Cobras hier in Sunnydale, die Inglewood Razas … alle. Aber Sie können mit den Cobras anfangen.«

»Ihnen ist doch klar, dass ich meine eigenen Pläne habe«, sagte Nokivov, fasziniert von der Entschlossenheit dieses Mannes … und von seinem Geld.

»Natürlich.« DeSola sah ihn an. »Ich glaube, dass die Ihrigen aber meine Pläne ergänzen. Ich denke nicht, dass es irgendetwas gibt, das sie daran hindert, in meinem Interesse zu handeln.«

Nokivov überlegte. Er glaubte nicht, dass DeSola sich irrte. Und er konnte DeSolas Geld zweifellos gebrauchen. Der Industrielle hatte Recht – mit fünfzig Millionen konnte man sich eine Menge Hilfe kaufen, und er sah eine gewisse poetische Gerechtigkeit darin, sie von einem waschechten Kapitalisten zu bekommen.

Er nahm die Tasche an sich, drückte die Geldscheinbündel zusammen und zog den Reißverschluss zu. Sie war schwer – zehntausend Hundertdollarnoten wogen einiges.

»Die Abmachung gilt«, sagte Nokivov. Er streckte seine Hand aus und DeSola ergriff sie.

Dank dieser Geldspritze würde der Krieg wahrscheinlich nicht lange dauern. Und wenn er vorbei war, würde Teodor Nokivov der unangefochtene Verbrecherboss von Südkalifornien sein.

Dann konnte die eigentliche Arbeit beginnen.

12.

Los Angeles, 2000

Alina Wischnikoff wusch sich das Gesicht, trocknete sich mit einem flauschigen Handtuch ab und verließ dann das Bad. Sie hatte ein eigenes Schlafzimmer und ein eigenes Bad, und obwohl diese Räume nicht so ausgestattet waren wie jene, die sie im Fernsehen bewundert hatte, wusste sie von ihren Eltern, dass ihnen diese Art von Luxus völlig unbekannt gewesen war, als sie noch in der Sowjetunion gelebt hatten. Sie hatte sich beschwert und erklärt, dass die Zimmer im Fernsehen viel farbiger und größer waren, voller Poster, Kissen und Stofftiere. Warum konnten sie nicht ein paar dieser Dinge kaufen? Die Antwort ihres Vaters hatte darin bestanden, dass er den Fernseher aus dem Haus geschafft und ihr gesagt hatte, dass sie arbeiten müsse.

Alina musste immer arbeiten. Es war in vielerlei Hinsicht das einzige Leben, das sie je gekannt hatte. Sie wusste, dass andere Sechzehnjährige zur Schule gingen. Sie hatte nie eine Schule besucht. Ihr Vater und ihre Mutter hatten ihr alles beigebracht, was sie ihrer Meinung nach wissen musste – Russisch und Englisch, sowjetische Geschichte, Mathematik und Naturwissenschaft. All das hatte in dem Haus hier an der Ecke Mount Vernon und Fairway Street stattgefunden – ihre Erinnerung an das Leben vor der Ankunft in Amerika, das Leben in Bulgarien in diesem winzigen, engen Apartment über einer Metzgerei, beschränkte sich auf flüchtige Bilder, die dann und wann in ihr aufblitzten.

Bevor sie an diesem Morgen ins Labor ging, kehrte sie noch einmal in ihr Zimmer zurück. Alles Notwendige war vorhanden, mehr aber auch nicht: ein Bett, ein Schrank für ihre Kleidung, eine Kommode für andere Dinge, ein Bücherregal für ihre Schulbücher, ein Schreibtisch, um zu lernen. Der Schreibtisch hatte eine Schublade, und am Boden der Schublade – unter dem Boden, sodass sie sie herausziehen, auskippen und umdrehen musste – hatte sie mit Klebeband ein Foto befestigt. Alina wusste genug über amerikanische Teenager, um zu wissen, dass die meisten von ihnen das Foto eines Sängers oder eines Schauspielers, irgendeiner Berühmtheit aufbewahrten. Aber Berühmtheiten bedeuteten Alina Wischnikoff nichts – selbst wenn sie die Namen hörte, hatte sie kaum eine Vorstellung davon, wer sie waren oder was sie darstellten.

Das Foto, das Alina dort befestigt hatte, nachdem sie es heimlich aus einer Zeitschrift herausgerissen hatte, die von einem Besucher oder Handwerker im Haus zurückgelassen worden war, zeigte einen Ort. Dieser Ort hieß laut der Zeitschrift Grand Canyon. Der Grand Canyon, vermutete sie, war für Amerikaner ein besonderer Ort, und sie konnte den Grund dafür erkennen. Er bot einen überwältigenden Anblick – ein riesiger Spalt in der Kruste der Erde, über anderthalb Kilometer breit und sehr, sehr tief.

Auf diesem Foto konnte sie nicht den ganzen Canyon sehen; er reichte zweifellos in beide Richtungen über die Ränder des Fotos hinaus, und der Grund war nicht einmal sichtbar. In der Nähe standen ein paar knorrige Nadelbäume, und dann fiel der Boden steil ab, und auf der anderen Seite der gewaltigen Schlucht war eine andere Wand mit roten, rosa, braunen und weißen Streifen.

Ihre Eltern hatten ihr genug über Geologie beigebracht; sie wusste, dass sie hier die geologische Geschichte des Planeten vor sich hatte, dass jedes der übereinander liegenden Bänder eine Sedimentschicht war und eine längst vergangene Epoche repräsentierte. Sie vermutete, dass das Schluchtensystem im Lauf der Äonen von einem Fluss in das Gestein gefressen worden war, der mitten durch den Canyon führte – und wenn dies stimmte, musste es ein mächtiger Fluss gewesen sein. Der Fluss oder ein Erdbeben von unmöglicher Stärke waren die einzigen Kräfte, die ihrer Ansicht nach die Erdkruste auf diese Weise aufgerissen haben konnten.

Außer dem rein geologischen Spektakel, das das Bild bot, und dem Beweis für unglaubliche Kräfte, die jede menschliche Kontrolle überstiegen, gab es noch einen dritten Aspekt, der sie anzog – es waren keine Menschen zu sehen. Zweifellos hatte jemand das Foto gemacht, und laut dem Artikel in der Zeitschrift wurde der Grand Canyon von Menschen aus der ganzen Welt besucht. Aber es gab keine menschlichen Siedlungen.

Alina hatte zwar in einem Flugzeug den Ozean überquert, ein Flug, an den sie sich kaum erinnern konnte, aber sie war nie an einem Ort gewesen, wo sie nicht andere Häuser sehen konnte. Sie hatte nie an einer Stelle gestanden, wo man in allen Richtungen die Werke der Natur statt denen des Menschen sah. Eines Tages, dachte sie, werde ich dort stehen, genau dort, wo der Fotograf gestanden hat, und mich im Kreis drehen und nichts sehen, absolut nichts, das von Menschenhand erbaut wurde.

Während sie davon träumte, fiel ihr Blick zufällig auf den schlichten Wecker, der auf ihrem Schreibtisch stand, und ihr dämmerte, dass sie zu spät ins Labor kommen würde, wenn sie sich nicht beeilte. Hastig setzte sie die Schublade wieder ein und warf den Inhalt hinein. Sie konnte später aufräumen.

Sie schob die Schublade zu und lief durch das Haus zum Labor, das in einem Raum im Erdgeschoss eingerichtet war, der früher das Esszimmer gewesen war. Die Räume im ersten Stock dienten der Familie zum Wohnen, aber das Erdgeschoss war im Lauf der Jahre zu Büros, Akten- und Computerräumen und dem Labor umgebaut worden. Von draußen sah das Haus wie ein vorstädtisches Ranchhaus aus, aber an jedem beliebigen Tag arbeiteten mehr als ein Dutzend Menschen darin.

Heute, hatte man ihr gesagt, würde der Beginn von etwas Großem sein. Das Volksprojekt würde – endlich, hatte ihr Vater mit einem strahlenden Lächeln erklärt – Früchte tragen.

Sie kam zu spät, und ihre Eltern warteten bereits auf sie, als sie das Labor betrat. Aber ihre Aufregung und Freude waren zu groß, als dass ihr Ärger lange anhielt. Sie neigte den Kopf und nahm ihren Platz hinter dem Realitätsindikator ein. Diese Version der Maschine – etwa von der Größe eines Toasters, ganz aus rostfreiem Stahl und beleuchteten Kontrollleisten – war warm gelaufen und summte leise. Ihre Mutter trat vor, befestigte die Elektroden an Alinas Stirn und Schläfen und wickelte eine Manschette um ihren Unterarm, wie man sie auch zum Blutdruckmessen benutzte, nur dass diese Manschette ebenfalls mit dem Indikator verbunden war. Sie saß fest, engte sie aber auch nicht ein, und Alina nickte, um zu zeigen, dass sie bereit war.

Von Anbeginn ihrer Kindheit hatte man ihr die Geschichte des Volksprojekts immer wieder erzählt – zumindest bis es offenkundig geworden war, dass sie das fehlende Teil war, das es zum Durchbruch bringen konnte. Sie wusste, dass sowjetische Wissenschaftler, die Schizophrene in Nervenheilanstalten in der gesamten Sowjetunion untersucht hatten, auf eine überraschende Ähnlichkeit vieler dieser so genannten Visionen gestoßen waren, die diese Menschen sahen, und der Stimmen, die sie hörten. Sie katalogisierten diese Übereinstimmungen, und dann wurde die Studie ausgedehnt. Leute, die Dinge sahen oder Dinge hörten, aber nicht in Kliniken eingeliefert worden waren, wurden in diese Studie mit einbezogen. Dann hatte man sich an Schriftsteller und Künstler, Dichter und Musiker gewandt – Leute, die Bilder und Ideen scheinbar aus dem Nichts holten – als klar wurde, dass einige ihrer Ideen den Visionen der Schizophrenen auf faszinierende Weise ähnelten. Fiktionale Charaktere, Märchenmotive aus großen Gemälden, alles schien in den verrückten Visionen der Geisteskranken seine Entsprechung zu haben.

Und so hatten sie folgende Theorie aufgestellt: Was war, wenn diese Leute nicht Bilder aus den Tiefen ihrer Phantasie sahen, sondern stattdessen auf irgendeine Weise Zugang zu anderen Welten hatten, anderen Realitäten, wo diese Dinge real waren?

Als die Studie weiter ausgedehnt wurde, zog man theoretische Physiker hinzu, die ihre eigenen Ideen entwickelten. Eine davon, die rasch akzeptiert wurde, postulierte Paralleluniversen. Diese Theorie behauptete, dass wenn eine Person eine ihr Leben verändernde Entscheidung traf, eine neue Realität erschaffen wurde, in der diese Entscheidung anders ausfiel. Das Resultat war eine unendliche Anzahl an Alternativrealitäten, in denen die Evolution zum Teil einen bemerkenswert anderen Verlauf nahm.

Es gab Universen, so wurde spekuliert, in denen Monster die Welt beherrschten und die Menschen als ihre Sklaven oder Beute betrachteten, oder schon vor langer Zeit ausgestorben waren. Es gab andere Universen, in denen die Menschen erstaunliche Kräfte entwickelt hatten, entweder in körperlicher oder geistiger Hinsicht oder beides. Alles, was vorstellbar war, existierte auch irgendwo in einer dieser Realitäten.

Und wenn Menschen Fragmente dieser Realitäten oder »Alternitäten«, wie manche sie inzwischen nannten, sehen und hören konnten, dann konnte man auch zu ihnen und durch sie reisen.

An diesem Punkt kam der Realitätsindikator ins Spiel.

Wenn Reisen zu diesen Alternitäten möglich waren, dann konnte theoretisch ein Gerät entwickelt werden, um die Türen zu öffnen. Die militärischen Nutzungsmöglichkeiten lagen auf der Hand – Monster oder eine unbegrenzte Anzahl an Soldaten konnten in unsere Welt transportiert werden, um Kriege zu führen; feindliche Soldaten oder unfreundliche Politiker konnte man mühelos in andere Welten versetzen. Und es gab auch friedliche Nutzungsmöglichkeiten für den Indikator – mit seiner Hilfe war es möglich, das menschliche Wissen zu erweitern, jede Krankheit zu heilen und den Tod zu besiegen.

Das einzige Problem war, dass die Maschine nicht funktionierte.

Sie näherten sich der Lösung immer mehr an. Sie lernten, wie man Portale erschuf, aber sie konnten nichts hindurchschicken und wieder zurückholen. Experimente zeigten, dass die Dinge, die sie hindurchschickten, verändert, auf schreckliche Weise entstellt wurden. Es schien unmöglich, die Portale unversehrt zu passieren. Niemand wagte einen Test mit Menschen, da die Resultate wahrscheinlich so grausig sein würden.

Aber die Sowjets verbrachten Jahrzehnte mit der Arbeit an diesem Problem und machten allmählich Fortschritte. Jemand namens Markow, mit dem Alinas Eltern zusammengearbeitet hatten, erzielte schließlich den Durchbruch – da die Menschen, die zuerst die Existenz dieser anderen Realitäten enthüllt hatten, geistig mit ihnen in Verbindung standen, musste man, so seine Schlussfolgerung, die Kraft des Geistes mit einbeziehen. Also holte er die mächtigsten Medien der UdSSR zusammen und verband sie mit dem Indikator, um sein Feld geistig zu steuern.

Doch auch er blieb ohne Erfolg, obwohl es leichte Fortschritte bei der Erzeugung der Portale gegeben hatte.

Nach der Auflösung der Sowjetunion und der Geburt Alinas, deren Eltern hoch begabte Medien waren, kam ihre Mutter Valeria auf die Idee, Alinas mediale Fähigkeiten zu testen. Das Ergebnis überraschte sie beide. Alinas Kräfte übertrafen die ihrer Erzeuger bei weitem – Alina war wahrscheinlich das mächtigste Medium, das die Sowjetunion je gesehen hatte.

Von klein auf hatten sie mit ihr gearbeitet, ihre Fähigkeiten entwickelt, sie an den Indikator angeschlossen, um ihre Theorien zu überprüfen. Sie waren diesem Tag näher und näher gekommen, dem Tag, an dem sich ihre Arbeit praktisch auszahlen würde. Es gab noch immer ernste Beschränkungen, aber diese konnte man nur untersuchen, wenn das System funktionierte.

Beispielsweise gab es deutliche geographische Beschränkungen – der Indikator konnte den Präsidenten der Vereinigten Staaten nicht aus dieser Realität schleudern, sofern sich die Maschine nicht in unmittelbarer Nähe des Weißen Hauses befand. Und selbst dann war die »Zielsicherheit« des Indikators gering. Alina konnte ihn auf Politiker richten, aber die Chance, den Präsidenten zu treffen, tendierte gegen Null.

Diese Schwierigkeiten konnten nur überwunden werden, so glaubten ihre Eltern, durch Versuch und Irrtum, im praktischen Einsatz. Weitere Tests hatten keinen Sinn. Sie mussten ihn in der Praxis erproben.

So würde es beginnen. Sobald sie angefangen hatten, fürchteten ihre Eltern, würde die Welt von dem Indikator erfahren. Die Vereinigten Staaten waren der ideale Ort für ihre Arbeit gewesen, da es in diesem Land Gesetze gab, die die Bürger vor der Einmischung der Regierung schützten. Aber sobald die Behörden erfuhren, was dort vor sich ging, würden sie, davon waren die Wischnikoffs überzeugt, zuschlagen und ihnen den Indikator wegnehmen. Es gab nur einen Ort, wo der Realitätsindikator sicher war, einen Ort, wo man die Wischnikoffs schätzen und ihnen erlauben würde, ihr Werk fortzusetzen.

In einer neuen sozialistischen Sowjetunion.

Wieder auferstanden zu ihrer einstigen Größe vor der Andropow-Ära.

Es war möglich – sie *würden* es schaffen. Aber es würde eine Menge kosten.

Nur eine Nation hatte das Geld, die Sowjetunion neu zu errichten, Russland aus seiner derzeitigen ökonomischen Krise herauszuholen und die abtrünnigen Satellitenstaaten wieder zu vereinigen. Die USA hatten das Kapital. Die Wischnikoffs und ihre Helfer, Teodor Nokivov und seine Mafia, besaßen den nötigen eisernen Willen und die Entschlossenheit.

Die erste Aufgabe des Realitätsindikators würde deshalb Erpressung sein. Von heute an würde Alina die Jugend von Los Angeles aus dieser Welt schleudern. Sobald das Entsetzen und die Besorgnis der Öffentlichkeit ihren Höhepunkt erreichte, würden die Wischnikoffs Milliarden fordern und Unterstützung und Anerkennung des neuen Sowjetstaats verlangen.

Die Amerikaner würden keine andere Wahl haben als zuzustimmen – oder sie würden weiter nach und nach ihre Teenager verlieren.

Eine so stark an der Jugend orientierte Kultur wie der Westen würde dies nicht durchstehen können. Ohne Teenager würde die Wirtschaft zusammenbrechen. Sie würden ein paar Tage debattieren, aber sie würden nachgeben.

Alina machte sich an die Arbeit.

Als ihre Häscher sie badeten, wusste Salma de la Natividad noch immer nicht, ob sie eine Prinzessin oder eine Gefangene war.

Sie war fast eine Stunde lang allein in dem großen Raum gewesen, schätzte sie. Endlich hatten sich die Türen geöffnet und Leute waren hereingekommen. Sie redeten miteinander und sprachen beruhigend auf sie ein, obwohl sie kein Wort verstand. Sie schienen kein Interesse daran zu haben, ihre Sprache zu lernen oder Salma ihre beizubringen. Es war fast so, als wäre sie unwichtig, nicht mehr als ein Zeitvertreib.

Jetzt hielten neun wunderschöne junge Frauen in grünen Gewändern Salmas Arme auf dem Rücken fest. Als sie sich wehrte, verstärkten sie nur ihren Griff und lachten über ihren Widerstand. Eine Armee, bestehend aus muskulösen Männern mit Lendenschürzen, die Köpfe und Körper rasiert, brachte Schüssel um

Schüssel mit heißem Wasser herein, die sie in eine große Metallwanne gossen.

Als die Wanne mit Wasser gefüllt war und dampfte, verließen die Männer den Raum, und die jungen Frauen streiften Salma die Kleidung ab. Eine von ihnen streute Blütenblätter einer großen gelben Blume in die Wanne, und Salma fand den Duft, als sie das warme Wasser berührten, süß und beruhigend. Erneut versuchte Salma sich zu befreien, überzeugt, dass die Blütenblätter sie in einen Rausch versetzen und willenlos machen sollten, aber sie konnte ihren Griff nicht abschütteln und gab nach kurzer Zeit auf.

Sie ließ sich von den Frauen in die Wanne setzen, und während sie ihre Arme festhielten, wuschen sie jeden Quadratzentimeter ihres Körpers mit dem duftenden Wasser und weichen Schwämmen. Zu diesem Zeitpunkt fragte sie sich, ob sie wirklich eine Gefangene oder vielleicht eine Art Königin war, die für eine Zeremonie vorbereitet wurde. Was sie machten, fühlte sich so gut an, und die einschläfernde Wirkung der im Wasser treibenden Blütenblätter dämpfte ihre Furcht und erfüllte sie mit Frieden. Keine weiteren Tränen flossen, und sie ertappte sich dabei, dass sie lächelte und die sanfte Behandlung genoss. Die Frauen arbeiteten harmonisch zusammen, als hätten sie dies schon tausend Mal getan.

Als sie sauber war – und so entspannt, dass sie das Gefühl hatte, in einer Wolke zu baden –, halfen sie ihr aus der Wanne und trockneten sie mit dicken grünen Handtüchern ab. Die neun Frauen tupften sorgfältig jeden Teil von ihr ab, um sicher zu gehen, dass sie trocken war, und dann machten sich zwei von ihnen an ihren Haaren zu schaffen, kämmten sie wieder und wieder und massierten ihre Kopfhaut. Sie schlief dabei fast ein. Als sie fertig waren, halfen sie ihr in ein gelbes Gewand, das sich nur farblich von den ihren unterschied. Der weiche, glatte Stoff fühlte sich auf ihrer sauberen Haut himmlisch an.

Sie dachte daran, erneut zu versuchen, sich mit ihnen zu verständigen, vielleicht mittels einer Art Zeichensprache. Aber irgendetwas warnte sie, dass ein derartiger Versuch nur zu weiterer Enttäuschung führen und die Ruhe und den Frieden zerstören würde, die sie jetzt spürte, und so verzichtete sie darauf. Stattdessen blieb sie schweigend und gefügig sitzen, während eine der Frauen ihre Stirn, Wangen und ihr Kinn mit einer Art moschusähnlichem Duftöl betupfte.

Als sie ihre Arbeit beendet hatte, traten nacheinander alle neun Frauen zu ihr. Jede kniete vor ihr nieder und berührte den Ölfleck an ihrer Stirn. Salma glaubte, dass sie damit ihre Verehrung für sie ausdrückten oder sie vielleicht aus irgendeinem Grund kennzeichneten. Aber die narkotische Wirkung des Bades hielt an, und sie verfolgte diesen Gedanken nicht weiter.

Als die Frauen damit fertig waren, halfen sie ihr auf die Beine und führten sie durch eine Reihe von Korridoren zu einer massiven Tür. Mühsam öffneten vier der Frauen sie mit vereinten Kräften. Dahinter lag eine schmale, in die Tiefe führende Treppe. Kerzen brannten in Haltern an den Wänden. Die Frauen führten Salma zu der Treppe und bedeuteten ihr hinunterzusteigen.

Als sich die mächtige Tür hinter ihr schloss, setzte Salmas Herzschlag aus. Einen Moment wurde sie trotz der Wirkung der Pflanzendroge von Panik übermannt. Aber der Moment verging, und sie stieg weiter die Treppe hinunter. Ein Teil von ihr wollte sehen, welche neuen Wunder dort unten auf sie warteten, auch wenn sich der Rest von ihr nach Hause sehnte.

Am Ende der langen, steilen Treppe stieß sie auf eine weitere Tür. Sie stemmte sich dagegen, und sie öffnete sich mühelos, fast wie die automatische Tür eines Supermarkts. Als sie über die Schwelle trat, fiel sie mit einem lauten Krachen hinter ihr zu. Sie drehte sich um, doch die Tür war verschwunden, völlig mit der Wand des Tunnels verschmolzen, in dem sie sich nun fand. Es gab also kein Zurück mehr, nur noch den Weg nach vorn.

In das dunkle Unbekannte.

Sunnydale

Xander hatte inzwischen fast genug von Spike. Er konnte den Kerl sowieso nur eine Zeit lang ertragen – immer stänkerte er herum, immer machte er die anderen nieder. Vor allem mich, dachte er. Als wäre ich sein persönlicher Prügelknabe. Und es wurmte ihn, dass Spike und Anya so viel Gemeinsamkeiten zu haben schienen; ihr Alter, ihre dämonische Vergangenheit, die Tatsache, dass sie beide im Grunde gezähmt worden waren. Sie hatten lange, ernste Gespräche miteinander geführt. Wenn Xander versuchte, sich ernsthaft mit Anya zu unterhalten, landeten sie gewöhnlich im Bett. Worüber ich mich nicht beklagen will, dachte er. Aber trotzdem, manchmal will auch ich einfach nur kuscheln und reden.

Er und Anya gingen voraus, während Spike ihnen folgte und trotz seiner Ankündigung, Dämonen in den Hintern treten zu wollen, entschlossen zu sein schien, jeden Strauch, jeden Müllcontainer, jeden Ort zu untersuchen, an dem sich eine Person von Cheryces Größe verstecken konnte. Nach Xanders persönlicher Theorie würde sie sich nicht an einem normalen Ort verstecken – sie war unberechenbar, exzentrisch und eine Angeberin.

Während sie durch die dunklen Straßen gingen, blieb Spike hin und wieder stehen, um einen Blick in einen Mülleimer zu werfen.

»Hör auf damit«, warnte Xander. »Ich bekomme Hunger.«

»Beiß mich, Harris«, knurrte Spike.

»Das würde dir gefallen, was? Weil du mich nicht beißen kannst?« Er hatte zumindest das Vergnügen, tröstete sich Xander, Spike zu ärgern, da er jetzt keinem mehr etwas zu Leide tun konnte. Natürlich war ihm auch bewusst, dass dieser Zustand nicht ewig währen würde, was bedeutete, dass er Spikes erstes Opfer sein würde, wenn sich die Situation änderte.

Ein paar Blocks vom Stadtzentrum entfernt, in einem gemischten Geschäfts- und Wohnviertel, bogen Xander und Anya um eine Ecke, und dort stand sie. Spikes Ticket ins chiplose Land. Cheryce hielt den Kopf eines jungen Mannes in den Händen – *glücklicherweise*, dachte Xander, ist er noch immer an einem Körper befestigt. Der Mann sah in seiner weiten Hose und dem karierten Hemd wie ein Gangmitglied aus. Er schluchzte, und Cheryces Gesicht war sehr dicht an seinem Hals.

»Lass ihn los«, sagte Xander. Er zog einen Pflock aus der Tasche.

Cheryce lachte. Sie schlenderte zu Xander, und dann, als sie nahe genug war, verwandelte sich ihr Gesicht und es wuchsen ihr Reißzähne. Xander holte mit dem Pflock aus und stieß nach ihr, aber sie packte seinen Arm, bevor er sie durchbohren konnte.

»He!«, schrie er, während er sich wehrte. Ihr Griff war zu stark.

»Lass meinen Freund in Ruhe!«, forderte Anya. »Spike!« Sie zog ebenfalls einen Pflock aus der Tasche und sprang auf Cheryces Rücken, aber die Vampirin schüttelte sie einfach mit einer Hand ab und schleuderte sie gegen die Wand. Der Pflock landete klappernd auf dem Boden.

»Nicht der schon wieder«, seufzte Cheryce. »Bist du denn nie mit interessanteren Leuten zusammen?« Sie senkte ihr Gesicht zu Xanders Hals. »Oh, nun ja. Nicht weiter wichtig.«

Xander spürte, wie ihre Zähne über seine Haut kratzten. Er schloss die Augen und bereitete sich auf das Unvermeidliche vor.

Plötzlich wurden sie beide zu Boden geschleudert.

Xander öffnete die Augen. Cheryce lag auf ihm, was er unter anderen Umständen vielleicht angenehm gefunden hätte. Doch auf ihr befand sich ein vielgliedriger, kupferfarbener Humanoider. Er trat mit seinen beiden Beinen um sich, während er seine sechs Arme um Cheryces Leib schlang und mit den Klauenhänden nach ihrem Gesicht hackte. Sie versuchte ihn abzuwerfen, aber er war zu stark und hatte zu viele Hände, mit denen er sich festklammern konnte. Schließlich gelang es ihr, von Xander zu rutschen und sich dann nach hinten gegen die Wand zu werfen, gegen die sie Anya geschleudert hatte. Das Wesen geriet so zwischen sie und die Wand und bekam die größte Wucht des Aufpralls ab. Es ließ Cheryce los, aber nur einen Moment, und dann holte es mit allen Armen aus und schlug mit einem halben Dutzend Fäuste auf sie ein. Einige der Hiebe trafen, und sie fiel auf den Bürgersteig.

Dann kam Spike um die Ecke gerannt, alarmiert von Anyas Schreien und dem Kampflärm. Er sah, was vor sich ging, und warf sich auf das Monster. Es packte ihn mitten im Sprung, fuhr herum und schleuderte ihn auf die Straße, wo er fluchend aufschlug.

Das Wesen wandte sich Anya zu, die an Xanders Seite geeilt war, als er und Cheryce gestürzt waren. »Nein!«, schrie Xander und versuchte aufzustehen. Aber die Kreatur schlug ihn wieder mit zwei ihrer Hände nieder und packte Anya mit den anderen. Sie legte ein paar ihrer Hände um Anyas Kopf, als wollte sie ihn von ihrem Hals reißen.

Dann erschlaffte dieses abscheulich menschenähnliche Gesicht. Cheryce war hinter dem Wesen aufgetaucht und hatte es irgendwie angegriffen. Als es sich fast in Zeitlupe umdrehte, sah Xander zwei Löcher in seinem Rücken – handgroße Löcher. Schwarzes Blut quoll aus ihnen heraus, und Cheryces Hände waren von derselben zähen Flüssigkeit bedeckt.

Sie hatte ihr das Leben gerettet. Er fragte sich, ob ihr das klar war.

Aber während er zusah, sprang das Monster sie an; offenbar war es noch nicht ganz erledigt. Zwei seiner Hände packten die Vorderseite ihrer Bluse und seine anderen Hände legten sich um einen ihrer Arme. Es riss an ihr und brachte sie aus dem Gleichgewicht, und sie stolperte und landete wieder auf dem Bürgersteig.

Spike rannte auf sie zu, den Mund zu einem stummen Schrei geöffnet. Er hatte bereits bemerkt, was Xander noch nicht aufgefallen war – eine andere Hand des Wesens hatte Anyas heruntergefallenen Pflock ergriffen. Alle sahen zu, unfähig, Cheryce rechtzeitig zu erreichen, wie das Monster den Pflock in ihr Herz rammte.

Cheryce explodierte in einer Staubwolke.

Spike sank auf die Knie und schrie: »Verdammt!«

Anya warf Xander einen Blick zu. Er konnte nicht genau erkennen, was sie meinte, aber er wusste, dass es besser war, einfach den Mund zu halten. Sie trat an Spikes Seite und kniete neben ihm nieder. Er legte seinen Kopf an ihre Schulter und weinte.

»Schon gut, schon gut, du wirst eine andere finden«, tröstete sie ihn.

»Ja, aber wird sie wissen, wie man diesen verfluchten Chip aus meinem Kopf entfernt?«, jammerte er. »Ich bin verdammt. Elendig verdammt!«

Los Angeles

Wesley blickte von einem Laptopcomputer auf, den er an Cordelias Telefonbuchse angeschlossen hatte. Der Rechner stand auf dem

Küchentisch, und er saß schon seit Stunden vor dem Monitor. »Es gibt Dutzende, vielleicht mehr als tausend Mischas in Los Angeles«, sagte er. »Ich fürchte, wir brauchen genauere Angaben, um weiterzumachen.«

»Angel sucht nach Hinweisen«, erklärte Cordelia, froh, dass er endlich mit ihr sprach. Sie hatte bereits den Inhalt ihrer Speisekammer alphabetisch geordnet, was, um die Wahrheit zu sagen, nicht sehr lange gedauert hatte, weil sie ziemlich leer war. Sie hatte gedacht, dass es unhöflich wäre, eine Zeitschrift zu lesen, während er im Internet suchte, und dann entschieden, dass es ihr egal war, und es war immer noch besser als in ihre leere Speisekammer zu starren und sich zu fragen, ob sie Erbsensuppe unter »S« für Suppe oder »E« für Erbsen einordnen sollte.

Oder »K« für Konserve?

Sie schlug *Vanity Fair* zu. »Eigentlich glaube ich, dass er nach Leuten sucht, die er zusammenschlagen kann. Aber es müssen die richtigen Leute sein. Er hat die Phase seines Lebens hinter sich, wo er nur zum Spaß Leute zusammengeschlagen hat; jetzt macht er es nur noch, um Informationen zu bekommen. Sobald die Sonne unterging, ist er nach draußen gegangen, um jemanden zu finden, den er zusammenschlagen kann, damit der ihn zu Wischnikoff oder Mischa führt. Oder zu beiden.«

»Zumindest kommen nur die Leute in Frage, die etwas über Russen wissen«, meinte Wesley, während er die Arme über den Kopf streckte. Cordelia konnte hören, wie seine Schultern knackten. »Das ist immerhin etwas.«

»Ich fühle mich schon viel besser«, sagte Cordelia. »Obwohl ich mich schlecht fühle, denn als ich meinen Kopf in die Speisekammer gesteckt habe, musste ich an all das leckere Essen denken, das mal in den Regalen stand. Mir ist etwas über die Mischa-Vision eingefallen, von dem ich Angel nichts erzählt habe. Es ergab zu der Zeit einfach keinen Sinn.«

»Was ist es?«, fragte Wesley sie.

»Ich habe versucht, mich an Namen, Orte, Gesichter und ähnliche Dinge zu erinnern. Deshalb habe ich diesen Geruch ignoriert, aber vielleicht war er doch wichtig.«

»Ein Geruch? Was für einer?«

»Süß«, antwortete Cordelia. »Wie in einer Bäckerei. Kuchen, Kekse, Brot, solche Sachen.«

»Das reduziert die Möglichkeiten«, sagte Wesley bedrückt. »Es kann im Großraum Los Angeles nicht mehr als tausend Bäckereien geben.«

»Russische Bäckereien?«, fragte Cordelia. »Ich meine, es ist nicht notwendigerweise eine russische Bäckerei, aber da mehrere Aspekte dieses Falles auf Russen hinzudeuten scheinen ...«

Wesley wandte sich wieder dem Computer zu und tippte. »Gutes Argument«, sagte er. »Lass uns mal nachsehen.«

Jede russische Bäckerei auf der Liste aufzusuchen erwies sich als Zeit raubendes Unterfangen. Zunächst gab es mehr davon, als sie erwartet hatten, und sie waren über ein größeres Gebiet verteilt, als man an einem Tag bewältigen konnte. Angesichts der Ausdehnung von Los Angeles hätte Cordelia eigentlich nicht überrascht sein dürfen, doch als sie sah, wie die Sonne unterging, bevor sie mit der Liste fertig waren, war sie es doch.

Die ersten neun Bäckereien, bei denen sie Halt machten, hatten keinen Mischa. Die zehnte schon, aber er war Mitte fünfzig, grauhaarig und hatte einen riesigen Bauch, der aussah, als würde darin ein Strandball stecken. Sie dankten ihm, kauften einen Keks und gingen. Wesley hatte darauf bestanden, dass es nur höflich war, etwas zu kaufen, um die Mühe auszugleichen, die sie den Bäckern machten.

»Wenn das so weitergeht«, sagte Cordelia, während sie auf dem Weg zum Auto den Keks aß, »werden wir aussehen wie er, wenn wir den richtigen Mischa finden.«

Die Bäckereien elf, zwölf und dreizehn hatten auch keinen Mischa. Es gab einen in der vierzehnten in Baldwin Hills, aber er arbeitete an diesem Abend nicht. Cordelia beschrieb ihn, und die ältere Frau am Tresen blinzelte hinter ihrer Brille mit den dicken Gläsern und nickte.

»Das ist er, das ist Mischa«, sagte sie. »Er ist ein guter Junge.«

Aber sie weigerte sich, ihnen Mischas Nachnamen, Adresse oder Telefonnummer zu geben.

Sie kauften erneut etwas, und Cordelia zeigte Wesley auf dem Weg nach draußen den nach oben gerichteten Daumen. »Jetzt müssen wir nur noch warten, bis Mischa auftaucht. Das kann nicht länger als ein paar Tage dauern.«

»Sofern er nicht in Schwierigkeiten steckt, die tödlich sind«, meinte Wesley. »In diesem Fall ...«

»Ja, ich hab's kapiert. Wir sind also vielleicht nicht besser dran als vorher.«

»Um genau zu sein«, erwiderte Wesley, »wir sind vielleicht sogar viel schlechter dran.«

Cordelia folgte seinem Blick. Ihr Wagen war von einer Menschenmenge umringt – von Männern, die alle Mitte zwanzig waren und gefährlich aussahen. Als Cordelia und Wesley sich ihnen näherten, verteilten sie sich auf dem Bürgersteig und standen im Lichtkreis einer Straßenlampe.

»Mir gefällt diese Bande nicht«, flüsterte Wesley.

»Niemand hat dich gebeten, mit ihnen auszugehen«, entgegnete Cordelia. »Lass uns von hier verschwinden.«

Sie machten kehrt, um in die entgegengesetzte Richtung zu gehen, aber zwei Männer traten aus einem Hauseingang, den sie soeben passiert hatten, und versperrten ihnen den Weg. »Verdammt«, fluchte Wesley.

»Ihr sucht nach Mischa«, sagte einer der Männer, als sie Wesley und Cordelia umringten. Es war keine Frage, und Cordelia glaubte nicht, dass es nur daran lag, weil er Schwierigkeiten mit der englischen Sprache hatte. Er war über einsachtzig groß und wahrscheinlich zweihundert Pfund schwer. Seine Muskeln sprengten fast sein Hemd. Er sprach Englisch mit russischem Akzent. »Warum?«

»Wir, äh, haben gehört, dass er in Schwierigkeiten steckt«, sagte Cordelia. »Wir wollten ihm nur helfen.«

»Schwierigkeiten?«, wiederholte der Mann. »Welcher Art?«

»Äh, er ... hat etwas gewonnen. Und wir haben den Auftrag, ihm seinen Gewinn zu überreichen. Geld, glaube ich. Eine Menge.«

»Kennt ihr Mischa eigentlich?«

»Nein, überhaupt nicht«, gestand Wesley mit einem kurzen, gepressten Lachen. »Sie macht Witze. Wir haben nur gehört, dass er in der besten russischen Bäckerei von Los Angeles arbeitet.« Er hob die kleine weiße Tasche, die er in der Hand hielt. »Wir wollten etwas russisches Gebäck kaufen.«

Cordelia lächelte zustimmend und sagte: »Und, Junge, es ist lecker.«

»Ich hörte, ihr habt in der ganzen Stadt nach Mischa gesucht«, fuhr der Mann fort und sah Wesley finster an. »Wahrscheinlich seid ihr an Ärger interessiert, nicht an russischem Gebäck.«

»Wenn wir an Ärger interessiert wären«, sagte Wesley höflich, während er seine Brille zurechtrückte, »könnten Sie uns zweifellos weiterhelfen. Allerdings ...«

»Allerdings«, fiel eine andere Stimme ein, »würde ich empfehlen, dass ihr sie in Ruhe lasst und verschwindet.«

»Angel?«, sagte Cordelia. Sie fuhr herum. Tatsächlich war Angel hinter ihnen auf dem Bürgersteig und näherte sich mit geballten Fäusten.

»Und was hast du damit zu tun?«, fragte der Russe.

»Ihr seid acht Kerle, die zwei Leute belästigen, die nur etwas Gebäck gekauft haben«, sagte Angel. »Das kommt mir ein wenig unfair vor.«

»Tötet sie alle«, befahl der Mann seinen Kumpanen.

Angel bewegte sich schneller als jeder Mensch. Er stürzte sich auf die Männer und trat zu. Zwei Männer gingen sofort mit zerschmetterten Knien zu Boden. Angel wirbelte herum, rammte einem anderen sein Knie in den Bauch und erledigte ihn mit einem schnellen Schlag gegen das Genick.

Zwei weitere griffen ihn gleichzeitig an, und er schaltete beide mit Kinnhaken aus. Zwei andere Männer rannten weg, und Angel wandte sich dem augenscheinlichen Anführer der Gruppe zu, jenem, der Cordelia und Wesley bedroht hatte.

»Sieht aus, als wäret ihr nicht so hart, wie ihr dachtet«, bemerkte Angel.

»Du hast es noch nicht bei mir versucht«, grollte der Mann.

»Irgendwie glaube ich nicht, dass du ein Problem sein wirst«, sagte Angel ruhig. Er griff sich an die Brust. »Ich werde gerade erst warm. Mein Herz schlägt nicht mal schneller. Willst du dich selbst überzeugen?« Er nahm sein Vampirgesicht an, während er sprach.

Der Mann wich einen Schritt zurück. Das Selbstvertrauen auf seinem Gesicht war von etwas ersetzt worden, das für Cordelia wie nacktes Entsetzen aussah. Angel trat vor, um die Distanz zwischen ihnen zu verringern.

»Du hast gesehen, wozu ich fähig bin«, sagte Angel. Seine Stimme klang noch immer ruhig und leise. »Du hast noch nicht das Schlimmste gesehen, nur eine Demonstration. Ich will dir nicht wehtun, doch ich werde es tun, wenn du mir nicht sagst, was ich wissen will.«

Der Mann antwortete nicht.

»Ich will Wischnikoff«, sagte Angel. »Bring uns zu Wischnikoff oder bring uns zu Mischa.«

»I-ich kann nicht«, stammelte der Mann. »Es wäre nicht sicher.«

»Es ist zu spät, sich Sorgen um deine Sicherheit zu machen«, erwiderte Angel. Er machte einen weiteren Schritt nach vorn. Der Kerl wollte zurückweichen, aber er stand bereits mit dem Rücken an der Wand. Seine Augen waren weit aufgerissen und er schluckte mehrmals. Angel streckte eine Hand aus, packte den Bizeps des Mannes und drückte zu. »Du hast einen Punkt erreicht, wo du dich fragen musst, ob ich dich töten oder nur verkrüppeln werde, wenn du mir nicht sagst, was ich wissen will.«

Angel machte Cordelia Angst, wenn er sich so benahm. Sie wusste, dass er übertrieb, um dem riesenhaften Gangster Furcht einzuflößen. Aber es wirkte so natürlich, als würde er eine Rolle spielen, die ihm nur zu vertraut war, als spreche er einen Text, den er auswendig kannte. Sie war froh, dass sie rund zweihundert Jahre zu jung war, um ihn damals gekannt zu haben.

Die Methode funktionierte. Der Russe schrieb Angel eine Adresse auf. Angel warnte ihn, dass er zurückkommen würde, wenn die Adresse nicht stimmte, und der Russe schwor, dass sie richtig war, während seine Augen feucht wurden, weil Angel seinen Griff verstärkte.

Es war eine Adresse drüben in Hawthorne, ein Haus an der Ecke Mount Vernon und Fairway.

13.

Los Angeles

Sie saßen in Angels Belvedere GTX Kabrio, das Verdeck offen, und blickten zu dem Haus hinüber. Es sah so prächtig aus wie die anderen Häuser in der Straße. Zwei Stockwerke, errichtet im Bauboom der Nachkriegszeit, als sich L.A. plötzlich ausgedehnt und jeden Hügel und jedes Tal überwuchert hatte, so weit das Auge reichte und noch weiter. Dieses Haus war gelb gestrichen, mit braunen Leisten. Es lag an einem Hang und hatte eine steile Einfahrt.

Eine breite Rasenfläche führte vom Bürgersteig bis zu dem Haus, und ein gepflasterter Weg teilte den Rasen in der Mitte. Der Fassadenanstrich war verblasst, ein paar Jahre alt, und der Rasen war gemäht, aber nicht sonderlich gepflegt. Einige der Häuser in der Nachbarschaft waren von Leuten bewohnt, die sie liebten, und andere waren nur bewohnt. Dieses gehörte zu den letzteren.

Ein paar Autos parkten vor dem Haus, als fände im Innern eine Party statt. Die Fenster des Erdgeschosses waren erhellt. Aber kein Partylärm, nicht einmal Stimmengewirr drang aus dem stillen Gebäude.

»Was machen wir jetzt, Angel?«, fragte Wesley. »Brechen wir ein? Oder klopfen wir nur an die Tür und warten ab, ob Mischa zum Spielen nach draußen kommt?«

»Es ist ein Haus«, sagte Angel. »Ihr könnt reingehen, aber ich muss zuerst eingeladen werden.«

»Guter Einwand«, stimmte Wesley zu. »Wir brauchen also einen Verbündeten im Inneren.«

Angel nickte.

In diesem Moment deutete Cordelia auf ein Auto, das an der Ecke hielt. Ein junger Mann mit vollen blonden Haaren stieg auf der Beifahrerseite aus. Ein enges blaues T-Shirt mit einem Surflogo umspannte seine breiten Footballspielerschultern. »Wie wäre es mit Mischa?«, fragte sie. Das Auto fuhr davon, während sie sprachen, und Mischa folgte dem Bürgersteig zum Haus.

»Ist er das?«, fragte Angel.

»Er sieht für mich wie er aus«, erklärte Cordelia. »Und da es meine Vision war …«

»Rede mit ihm«, drängte Wesley sie. »Schnell.«

Sie sah Angel an, der erneut nickte.

Sie verließ den Wagen und eilte den Bürgersteig hinauf zu Mischa. Als sie bemerkte, dass er sie ansah, stolperte sie. »Ohh!«, rief sie, als sie im Gras landete. »Mein Knöchel. Ich glaube, er ist verstaucht.«

Mischa bog sofort von seinem Weg ab und eilte an ihre Seite. Er kniete nieder und tastete den Knöchel ab.

»Tut es weh?«, fragte er sie.

»Sehr«, stöhnte sie und hoffte, dass sie nicht übertrieb. Nicht, dass ich Schauspielunterricht nur genommen habe, um einen Mann zu umgarnen, dachte sie. Aber es ist schön, dass er sich jetzt bezahlt macht.

»Ich kann etwas Eis aus dem Haus holen«, sagte er. »Eis ist gut dafür, nicht wahr?«

»Eis? Nach dem, was ich gehört habe, ist Eis gut für fast alles. Vielleicht abgesehen von einem gebrochenen Herzen, und das habe ich nicht. Nur diesen verstauchten Knöchel.« Sie zog einen Schmollmund und lächelte ihn dann strahlend an. »Ich denke, ich kann gehen, wenn Sie mir aufhelfen.«

Er streckte seine starken Hände aus und half ihr auf die Beine. Sie humpelte demonstrativ und hielt sich an seinem Arm fest, während sie auf dem Bürgersteig zum Haus gingen. Mischa wirkte nervös, und sie wusste nicht, ob es daran lag, weil er eine Fremde mit hineinbrachte, oder an etwas anderem. Aber schließlich, erinnerte sie sich, hatte sie eine Vision von ihm gehabt, und das bedeutete, dass er in ernsten Schwierigkeiten steckte.

Also ist seine Nervosität ganz natürlich, dachte Cordelia.

Sobald er die Tür öffnete, wurde ihr klar, dass dies nicht das normale Haus war, dass es von draußen betrachtet zu sein schien. Hinter der Tür lag ein Foyer, in dem ein Empfangstisch stand, wie man ihn vielleicht in der Lobby eines teuren Hotels erwartete. Aber kein Portier saß an ihm. Stattdessen überwachte eine Videokamera das Foyer und den Eingang.

An der Wand hinter dem Schreibtisch hing ein schwarzes Brett mit Namen und Stecknadeln mit bunten Köpfen, die offenbar dazu dienten festzustellen, wer sich auf dem Grundstück befand. Ein Schild mit Mischas Namen hing am Brett, und er brachte daneben eine Stecknadel an, um anzuzeigen, dass er da war. Auf dem Schreibtisch stand eine Ablage mit Post und eine Telefonanlage.

Hinter dem Foyer war das gesamte Erdgeschoss umgebaut worden. Cordelia sah ein Labyrinth aus Korridoren, mit Teppichboden ausgelegt und grau gestrichen, die in entgegengesetzte Richtungen führten und von geschlossenen Türen gesäumt waren. Sie hörte gedämpfte Stimmen hinter einigen der Türen. Es sah aus, als hätte jemand ein Wohnhaus zu einem Miniaturbürogebäude umfunktioniert, und das mit einem Minimum an Stil.

»Ich wage zu vermuten, dass dies kein normales Haus ist, nicht wahr?«, fragte sie.

»Nein, das ist es nicht«, erwiderte Mischa. »Aber stellen Sie bitte keine weiteren Fragen. Ich kann Ihnen nichts sagen.« Er führte sie durch den rechten Korridor in eine Küche, die größtenteils wie eine Küche aussah. Nur der riesige Kühlschrank aus rostfreiem Stahl, der große Herd und die überdimensionierte Kaffeemaschine verrieten, dass hier mehr als nur eine kleine Familie kochte.

In der Küche schloss Cordelia die Tür hinter sich und wandte sich an ihren Gastgeber. »Mischa«, sagte sie. »Mein Name ist Cordelia Chase. Ich weiß, dass Sie in irgendwelchen Schwierigkeiten stecken. Ich kann nicht erklären, woher ich es weiß – es ist eine lange und komplizierte Geschichte, zu der ein Dämon –, oder jedenfalls ein Halbdämon namens Doyle gehört, und … Nun, vergessen Sie's. Wie ich schon sagte, ich kann es nicht erklären.«

Er starrte sie mit offenem Mund an. »Woher kennen Sie meinen Namen?«

»Ich weiß mehr als nur Ihren Namen«, sagte sie. »Haben Sie mir nicht zugehört? Ich weiß, dass Sie in Schwierigkeiten stecken, und ich weiß, dass wir Ihnen helfen können.«

»Wir?«, fragte er.

»Meine Freunde Angel und Wesley und ich.« Sie versuchte ruhig zu erscheinen, aber innerlich sagte sie: Komm schon, komm schon, glaub mir einfach.

»Wie können Sie mir helfen?«, fragte er. Seine Stimme bebte, als er sich umsah. Seine Augen und die Fältchen um sie herum, die Tränensäcke unter ihnen, verrieten ihr, dass er schon sehr lange in Furcht lebte. »Wie kann mir irgendjemand helfen?«

»Ich kann diese Frage erst beantworten, wenn Sie uns sagen, um was für Schwierigkeiten es sich handelt«, erklärte Cordelia geduldig. »Aber wenn Sie sie hereinbitten, können wir darüber reden und feststellen, was zu tun ist. Sie haben vor irgendetwas Angst, es steht Ihnen ins Gesicht geschrieben. Wir sind die Leute, die Ihre Probleme lösen können. Ist es hier sicher? Kann man hier reden?«

»Es gibt keinen Ort, wo man sicher reden kann«, sagte Mischa. Sorgenfalten furchten seine Stirn. »Sie haben Recht, es gibt Schwierigkeiten. Es ist Alina ... aber ich weiß nicht, was ich für sie tun kann.«

»Erzählen Sie es nicht mir«, sagte Cordelia und hob eine Hand. »Sparen Sie es sich für Angel auf. Er kann etwas tun. Vertrauen Sie mir.«

»Wie kann ich das?«, fragte er. »Ich kenne Sie nicht einmal.«

»Wie können Sie nicht?«, konterte sie. »Alina ist in Schwierigkeiten. Sie sind in Schwierigkeiten. Es gibt hier niemand, der Ihnen helfen kann, oder?«

Mischa schüttelte den Kopf. »Sie haben sie dazu gebracht, zu weit zu gehen«, sagte er. »Zu viele Menschen sind verschwunden ... wie will sie die je zurückholen?«

»Mischa«, sagte Cordelia eindringlich. »Holen wir Angel herein. Jetzt. Er kann Ihnen wirklich helfen. Sie haben keine andere Wahl. Angel ist direkt dort draußen, und er kann helfen, wenn Sie es zulassen. Wenn Sie es nicht zulassen, wird er einen anderen Weg finden. Sie können also ebenso gut kooperieren.«

Mischa blinzelte und nickte dann bedächtig. Er und Cordelia gingen zur Haustür, und sie winkte Angel und Wesley aus dem Auto zu sich. Cordelia warnte sie vor der Videokamera, aber sie entschieden, dass sie keine Zeit hatten, sich darum Sorgen zu machen.

Nach Mischas Einladung konnte Angel das Haus betreten, und sie kehrten alle in die Küche zurück.

»Okay«, sagte Cordelia. »Fangen wir am Anfang an. Wer ist Alina und in was ist sie verwickelt?«

Der Mann brauchte eine Weile, um seine Bedrückung abzuschütteln. Es war seine Entscheidung, seine letzte Chance, auf Nummer sicher zu gehen oder sich Cordelia und den anderen anzuvertrauen. Sie saß wie auf glühenden Kohlen und sah ihn flehend an. Wenn sie ihn richtig eingeschätzt hatte, würde er reden. Er hatte eine Zeit lang auf einem Vorsprung über einem Abgrund überlebt, und jetzt war endlich jemand da, der auf festem Boden stand und ihm eine helfende Hand reichte. Er musste sie ergreifen.

Er tat es.

»Alina ist das Mädchen, das ich liebe«, begann Mischa. »Sie ist Wischnikoffs Tochter. Und sie ist dafür verantwortlich, dass überall in Los Angeles Teenager verschwinden.« Er richtete seine Aufmerksamkeit auf die drei vor ihm und blickte ihnen nacheinander ins Gesicht. »Sie wissen davon?«

»Wir wissen es«, bestätigte Wesley. »Es ist Alinas Werk?«

»Ja«, erwiderte Mischa. »Sie wollte es nicht tun. Ihre Eltern haben sie dazu gezwungen. Aber irgendetwas ging schief, es gab irgendeine Störung. Sie glaubt, dass sie magischer Natur ist. Deshalb hat sie die Portale nicht mehr unter Kontrolle, und sie sind in beiden Richtungen offen.«

»Portale?«, wiederholte Angel bedächtig. »Vielleicht sollten wir mit Alina sprechen.«

»Ja, einverstanden«, stimmte Mischa nickend zu. Er hatte Angst. »Ich werde nachsehen, ob ich Sie zu ihr bringen kann.«

Er führte sie aus der Küche und durch das gewundene Labyrinth der schmalen Korridore. Als sie die entsprechende Tür erreichten, bedeutete er ihnen zurückzubleiben, während er sie öffnete und hineinsah. Zufrieden winkte er ihnen zu.

Sie befanden sich in einem kleinen, sterilen Raum mit nackten weißen Wänden. Eine Maschine dominierte ihn, ganz aus glänzendem Stahl und Plastik, mit Kabeln, die auf dem Boden hingen. Der Raum hatte ein Fenster, aber es war hinter einem dicken Vorhang verborgen.

Ein junges Mädchen von vielleicht fünfzehn oder sechzehn Jahren, mit fein geschnittenen Gesichtszügen, saß neben der Maschine auf einem Küchenstuhl mit gerader Rückenlehne. Ihre blonden Haare waren zu einem strengen Pferdeschwanz gebunden. Beim Anblick der unerwarteten Besucher riss sie die blauen Augen auf. »Mischa?«

»Alina, diese Leute sagen, dass sie uns helfen können«, sprudelte er hervor. »Ich glaube, wir sollten ihnen vertrauen …«

Er verstummte, als auf dem Korridor ein Geräusch ertönte. Schritte, die sich ihnen schnell näherten. Dann wurde die Türklinke nach unten gedrückt.

Sunnydale

Sofort nach seiner Rückkehr nach Los Angeles hatte Teodor Nokivov mit einigen seiner vertrauenswürdigsten Leute einen Schlachtplan entwickelt und diesen noch mal überarbeitet. Da er das Gefühl hatte, dass eine sofortige Demonstration seiner Wertschätzung Del DeSolas angebracht war, schickte er am nächsten Abend Karol Stokowitsch mit einem Wagen voller Soldaten nach Sunnydale, um den Latin Cobras einen Besuch abzustatten. Seine Informanten in L.A. hatten ihm verraten, wo sie sich versteckten, und so war es kein Problem, das Hauptquartier der Gang zu finden.

Eine Wache, die an der Straßenecke gegenüber dem Haus postiert war, das die Cobras als Hauptquartier benutzten, entdeckte den Wagen voller Männer und pfiff laut. Eine Salve aus einem MAC-10 brachte ihn allerdings nach kurzer Zeit zum Schweigen.

Als das Eis gebrochen war, richteten die Russen ihre Aufmerksamkeit auf das Haus selbst und deckten die Türen und Fenster mit Blei ein. Nach ein paar Momenten sprangen sie aus dem Wagen und stürmten das Haus. Das halbherzige Gegenfeuer konnte die Russen nicht entmutigen. Binnen fünf Minuten waren die Mafia-Soldaten durch das Haus gestürmt und hatten jeden getötet, den sie im Innern fanden. Ein paar Cobras entkamen durch die Hintertür, als die Schießerei begann, und befanden sich wahrscheinlich immer noch auf der Flucht.

Karol Stokowitsch durchforstete das Haus, von Zimmer zu Zimmer, und trat mit seinem automatischen Gewehr im Anschlag die Türen auf. In fast jedem Raum stieß er auf Leichen, und Blutspritzer befleckten die Wände. Beißender Rauch hing schwer in der Luft. Stokowitsch atmete ihn zufrieden ein.

Als er wieder in den Wagen stieg, hatte er das Gefühl, den Job gut erledigt zu haben. Die Cobras hatten eine unmissverständliche Botschaft bekommen, und wenn DeSola davon hörte – was unvermeidlich war –, würde er wissen, wer sie überbracht hatte.

Los Angeles

Nicky de la Natividad kroch durch die dunkle Gasse hinter Ches Haus. Eine Straßenlaterne am Ende der Gasse warf einen Lichtkreis, den er umging, indem er sich dicht an der Wand hielt. Als das Licht hinter ihm lag, eilte er zum Tor von Ches Hinterhof. Es war ein kleiner eingezäunter Hof und bestand hauptsächlich aus vertrocknetem Gras und alten Spielplatzgeräten, die schon da gewesen waren, als er das Haus gemietet hatte. Nicky war bei seinen Besuchen in L.A. ein paar Mal zum Grillen eingeladen worden, sodass er wusste, was ihn erwartete, als er sich dem Tor näherte.

Er wusste außerdem, dass Che hier hinten keine Wachen aufgestellt hatte, nur an der Frontseite stand ein Posten. Oder zumindest glaubte er, dass Che hinten keine Wachen aufgestellt hatte. Bei den Grillfesten hatte es keine gegeben. Aber schließlich waren beim Grillen alle im Hinterhof gewesen, sodass es vielleicht nichts zu bedeuten hatte. Plötzlich war er nicht mehr so sicher, was seinen Plan anging.

Dies war nicht eine von Nickys besseren Wochen gewesen, auch wenn sie gut begonnen hatte. Die Nacht der langen Messer war eine unglaubliche Erfahrung gewesen, aber seitdem war ihm auf schmerzhafte Weise klar geworden, dass das Gefühl der Macht nicht von Dauer war. Man hatte auf ihn geschossen – sein Arm brannte noch immer von der Kugel, die ihm der Russe verpasst hatte. Er war von seinen eigenen Freunden aus der Gang eingesperrt worden und hatte die Hilfe eines alten Kumpels gebraucht, um fliehen zu können. Es war eine gute Sache, dass Nicky sich in L.A. auskannte – wäre er nur irgendein Cobra aus Sunnydale gewesen, würde er wahrscheinlich noch immer in diesem dreckigen Apartment festsitzen, oder er wäre bereits tot.

Aber er war am Leben und kannte sich in der Stadt gut aus. Er hatte jetzt zwei Ziele: Er wollte sich Che vorknöpfen, weil der für seine Gefangenschaft verantwortlich war; danach wollte er nach Hause fahren, um herauszufinden, was mit Salma passiert war. Wenn sie wirklich verschwunden war, würde jemand dafür bezahlen. Dann würde er diese ganze Ganggeschichte ein für alle Mal hinter sich lassen – sie brachte ihm einfach keinen Vorteil. Er brauchte das Geld nicht, und der Respekt verlangte einen zu hohen Preis, wie er festgestellt hatte.

Als er Ches hinteres Tor erreichte, duckte er sich und versuchte durch den Spalt zwischen zwei Brettern zu spähen. Er konnte in dem dunklen Hinterhof nichts erkennen. Nicky zog die Beretta, die er Billy Cruz abgenommen hatte, entsicherte sie und drückte die Klinke des Tores. Es öffnete sich. Er stieß es auf und hob es dabei ein wenig, damit es nicht quietschte. Gleichzeitig schob er die Beretta durch die schmale Öffnung, bereit, sofort zu schießen, sollte sich ihm jemand entgegenstellen.

Aber der Hof war leer. Er sah genauso aus, wie er ihn in Erinnerung hatte – rostende Spielplatzgeräte auf einer Seite, ein paar Grills auf einer Betonveranda und eine Hintertür, die in Ches Küche führte. Ein paar Lichter brannten in dem zweistöckigen Haus, aber nicht in den Zimmern, die zum Hinterhof lagen.

Mit der Beretta in der Hand rannte Nicky über den Hof und presste sich an die Küchentür. Er erstarrte und lauschte, ob irgendjemand ihn gehört hatte. Eine Minute blieb er so stehen und wartete, bis das Hämmern seines Herzens nachließ. Inzwischen hatte er Mühe, die Waffe ruhig in seinen zitternden Händen zu halten.

Die Küchentür ließ sich mühelos öffnen. Nicky schlüpfte hinein. Che war wahrscheinlich oben, aber Nicky wusste nicht genau wo oder wie viele bei ihm waren. Statt das Haus zu durchsuchen und vielleicht erschossen zu werden, entschloss sich Nicky zu warten, bis Che zu ihm kam.

Er machte in der Küche Licht und öffnete dann die Kühlschranktür. Er fand ein Bier im Innern – eigentlich bestand der Inhalt fast nur aus Bier. Ein Milchkarton, ein paar Eier in einer Eierschachtel aus Plastik und eine Tupperware-Schüssel, die mit straff gespannter Frischhaltefolie abgedeckt war und etwas enthielt, das wie Moos aussah. Nicky schraubte den Deckel ab, stieß die Kühlschranktür zu und knallte die Flasche auf den Tisch. Er öffnete ein paar Wandschränke und knallte die Türen ebenfalls zu. Er schaltete den Müllzerkleinerer ein, der knirschende Geräusche machte, die nicht gesund klangen. Nicky wusste, dass man den Zerkleinerer nur bei fließendem Wasser laufen lassen sollte, und so drehte er das Wasser voll auf, schaltete den Zerkleinerer ab und beließ es dabei. Dann setzte er sich an einen Tisch mit gelber Vinyldecke und wartete.

Nach einer Minute stürmte Che in die Küche. Seine Haare waren vom Schlaf zerzaust und er trug nur ein weißes Unterhemd und blaukarierte Boxershorts. Zahllose Narben bedeckten Ches Arme und Schultern und gaben Nicky zunächst das Gefühl, dass es ein Zeichen von Schwäche sein würde, sich über seine eigene Schusswunde zu beklagen. Dann überlegte er es sich anders und war ein wenig verlegen, dass er überhaupt eine Kugel abbekommen hatte. Sein Vater und sein Großvater hatten sich ihr Leben lang an die Gesetze gehalten, und niemand hatte je auf sie geschossen. Was war los mit ihm, fragte er sich, dass er es nicht wie sie machen konnte?

Che stellte das Wasser ab und starrte ihn mit zusammengekniffenen Augen an. »Was geht hier vor?«, fragte er verärgert.

Nicky richtete die Beretta auf sein Herz. »Setz dich, Che. Lass uns reden.«

»Nicky? Mann, was ist los, Alter? Was machst du hier?«

»Ich wollte dich sprechen, Che. Du wolltest mich nicht in diesem Loch besuchen, in dem du mich festgehalten hast.«

Che schüttelte den Kopf. »Nein, du hast alles missverstanden, *hombre* …«

»Das denke ich nicht, Che«, sagte Nicky.

»*Pues*, hör zu, steck diese Knarre weg, wenn du in meinem Haus mit mir reden willst.«

»Ist sonst noch jemand im Haus, Che?«, fragte Nicky. Er machte keine Anstalten, die Waffe zu senken.

»Nur meine alte Dame.«

»Keine Wachen?«

»*Orale*. Ein Mann ist vorne, in seinem Auto, das ist alles. Hör zu, Alter...«

Nicky schnitt ihm das Wort ab. »Du wolltest etwas von mir, Che, und du hättest nur zu fragen brauchen. Du wolltest unverwundbar sein, deine eigene Nacht der langen Messer haben. Ich kann dir das nicht geben. Du müsstest dir Zeit zum Lernen nehmen, es gründlich vorbereiten, du müsstest eine Großmutter haben, die eine Hexe ist und dir bei den schwierigen Teilen helfen kann. Dann ist es machbar. Aber ohne diese Dinge kannst du's vergessen. Es gibt keine Abkürzungen, Che. Nicht dabei.«

Che brach der Schweiß aus und der rann an seinen Schläfen hinunter. Er fuhr sich mit der Hand durch die dichten schwarzen Haare. »Du brauchst diese Waffe nicht«, sagte er.

»Ich denke schon«, konterte Nicky. »Du hast hier die Macht. Ich bin in deinem Revier, deinem Haus, und du bist der Anführer der Echo-Park-Band. Ein Wort von dir, und ich bin ein toter Mann. Zum Teufel, ich bin jetzt schon ein toter Mann, da du deine Leute bereits auf mich angesetzt hast.«

»Dann ändert es auch nichts, dass du diese Knarre hast«, sagte Che.

»Oh doch, solange sie auf dich gerichtet ist.«

»Hör mal, was willst du?« Er fuhr sich mit den Händen durchs Haar und ließ sie dann in seinen Schoß fallen. »Ich hab's vermasselt, okay? Ich wusste nicht, ob ich dir vertrauen kann, und ich wollte wissen, wie du es gemacht hast. Hättest du es mir einfach gesagt, so wie jetzt, dass du es mir nicht beibringen kannst, wäre die Sache erledigt gewesen. Jetzt machst du alles nur noch schlimmer. Jetzt muss ich dich töten.«

Nicky kniff die Augen zusammen. Er wurde mit jeder Minute wütender.

»Nach allem, was ich gehört habe, akzeptierst du ein Nein nicht als Antwort. Denn ich habe Nein gesagt, und niemand ist gekommen, um mich freizulassen.«

»Ich wollte morgen zu dir kommen«, sagte Che wenig überzeugend.

»Lüg mich nicht an, Che. Das macht es nur noch schlimmer.«

»Nun, was kann ich jetzt tun?« Er streckte sein Kinn nach vorn und straffte die Schultern. »Willst du mich einfach erschießen? Macht es das irgendwie besser?«

»Nein, Che«, sagte Nicky. »Ich will dich nicht erschießen. Ich wollte es. Deshalb bin ich hierher gekommen. Aber als ich hier saß und darauf wartete, dass du nach unten kommst, wurde mir klar, dass ich es nicht will. Ich will dich nur wissen lassen, dass ich nicht jemand bin, den du einfach so herumschubsen kannst, verstehst du? Kapierst du, was ich sage?«

Che nickte hastig. »Ich hab's kapiert, Mann.«

»Manche Leute kannst du so behandeln, mich nicht.«

»Okay, es tut mir Leid, *mano*«, sagte Che und atmete aus. Er sah Nicky gleichmütig an und senkte dann den Blick. »Ich wusste es nicht.«

»*Orale*. Jetzt weißt du's.« Nicky hielt die Waffe weiter auf Che gerichtet. Er hatte noch nie jemanden getötet, aber ihm dämmerte, dass er es tun konnte und tun würde, wenn er musste. Es war eine Erkenntnis, die ihn mit einem Gefühl der Macht erfüllte und gleichzeitig irgendwie traurig machte.

»Jetzt weiß ich's.« Che holte tief Luft und trommelte mit den Fingern auf den Tisch. Er rückte auf seinem Stuhl hin und her. Er hatte Angst. »Und was sonst noch? Was muss ich tun, um die Sache zwischen uns zu bereinigen?«

»Jemand sagte, dass meine Schwester verschwunden ist. Salma. Hast du davon gehört?«

Che blickte ernst drein. »Das habe ich gehört. Ich weiß nicht, wo sie ist, Mann. Ich schwöre es.«

»Ich werde sie finden«, versicherte Nicky. »Wenn ich deine Hilfe brauche, wirst du dann da sein?«

»Ich werde da sein«, versprach Che. »Wir alle werden da sein.«

»In Ordnung. Zieh das Kopfgeld zurück, das du auf mich ausgesetzt hast. Ich muss mich frei bewegen können, ohne auf meinen Rücken achten zu müssen, bis ich sie gefunden habe.«

»Schon erledigt«, nickte Che.

»Noch etwas«, sagte Nicky. »Ich habe diese Waffe Billy Cruz abgenommen. Ich will nicht, dass ihm etwas passiert.«

Che zögerte. »Äh, dafür ist es zu spät, *chico*. Als wir hörten, dass du mit seiner Waffe entkommen bist, haben wir ihn bestraft.«

»Wie bestraft?«

»Lass mich nur so viel sagen, dass er keine weiteren Waffen mehr verlieren wird, da wo er jetzt ist. Oder höchstens an einen Fisch.«

Nicky stieß die Luft aus und fluchte leise. Er spürte den Drang, Che nach Rosalie zu fragen. Vielleicht wusste der Boss der Echo Parks, was mit ihr in Sunnydale passiert war. Aber er verzichtete darauf. Wahrscheinlich hatte Che noch nie von Rosalie gehört – die Latin Cobras waren eine kleine Gang im Vergleich zur Echo-Park-Band, zumindest bis Nicky in seiner Nacht der langen Messer Del DeSolas Ölfeld gesprengt hatte. Und ein totes Gangmädchen würde ihm nicht viel bedeuten.

Che musste sein Zögern bemerkt haben. »*Sí, hombre*?«

»Nein«, seufzte Nicky. »Ich fühle mich okay, wenn du vor mir stehst, Che«, sagte er. »Aber ich will dich bestimmt nicht hinter meinem Rücken wissen.«

14.

Als Salma den Tunnel betrat, bemerkte sie, dass die Dinge hier unten ganz anders waren. Die Wände, der Boden und die Decke bestanden aus glattem Fels, als wäre er im Lauf der Jahrhunderte von Wasser oder Wind geschliffen worden. Keine Fackeln oder Lampen brannten hier, doch die Oberfläche leuchtete in einer Art blauer Phosphoreszenz. Und als sie die Wände abtastete, fühlten sie sich glitschig an.

Dasselbe galt für den Boden und, wie sie annahm, für die Decke, obwohl sie sie nicht erreichen konnte. Es war schwierig, auf dem schlüpfrigen Untergrund zu gehen, und sie musste sich oft mit einer Hand an der unangenehm schleimigen Wand abstützen. Der Tunnel roch wie feuchte, frisch umgegrabene Erde, aber da war noch etwas anderes, etwas Säuerliches und Fauliges.

Die Wirkung der Droge ließ langsam nach. Als sie weiter in das blau erleuchtete Labyrinth der Tunnel drang, zitterten ihre Hände, und Verzweiflung stieg in ihr hoch. Irgendwann begann sie zu laufen, von einem Tunnel in den nächsten quer verlaufenden Stollen und dann um eine andere Ecke. Aber alle Tunnel sahen gleich aus; ob sie sich wieder an ihrem Ausgangspunkt befand, oder ob sie Kilometer zurückgelegt hatte, konnte sie nicht mit Bestimmtheit sagen. Und Laufen war gefährlich, wenn der Boden so rutschig war – sie war bereits ein paar Mal gestürzt und hatte sich die Knie und Hände abgeschürft.

Ihr kamen wieder die Tränen. Salma blieb stehen, nach vorn gebeugt, die Hände an den Knien, und schluchzte, während die Tränen von ihren Wagen auf die glitschigen Steine tropften. Die Schluchzer erschütterten ihren Körper, schüttelten sie wieder und wieder durch, bis ihre Rippen schmerzten und ihre Kehle brannte. Schließlich setzte sie sich in den Schleim, entschlossen, einfach hier zu bleiben, bis jemand kam oder sie verhungerte.

Sie weinte nicht mehr, und in der plötzlichen Stille hörte sie es. Ein Rauschen wie von Wasser, das durch ein Rohr strömte. Aber es war kein Wasser, es war etwas Festeres. Es schien sich mit der

Geschwindigkeit einer U-Bahn zu bewegen, von einem Tunnel zum anderen zu rasen und immer näher zu kommen. Dann schien das Licht in einem Quertunnel trüber zu werden, und Salma presste sich an die Wand, und ihr Herz klopfte so laut, dass sie dachte, es würde ihren Aufenthaltsort verraten.

Etwas – sie konnte es nicht benennen und wollte es auch nicht versuchen – huschte durch diesen Tunnel und raste so schnell an dem Durchgang zu ihrem Tunnel vorbei, dass sie es nicht genau erkennen konnte. Sie sah nur, dass es riesig war.

Und es schien auf der Jagd zu sein …

Sunnydale

Buffy und Riley hatten sich unter die anderen Schaulustigen gemischt. Die Blaulichter der Kranken- und Streifenwagen, die kreuz und quer auf der Straße und der Einfahrt vor dem verwüsteten Hauptquartier der Cobras standen, tauchten die Nachbarhäuser und die Gaffer in flackerndes Licht. Etwa fünfzig Schaulustige, von gelbem Polizeiabsperrband und ein paar Officers in Schach gehalten, verfolgten das Geschehen.

Sanitäter brachten Leichen in schwarzen Säcken auf Tragen heraus und luden sie in die wartenden Rettungswagen. Sobald die Krankenwagen einen Block von der Menge entfernt waren – obwohl man sie noch sehen konnte –, schalteten sie die Blaulichter und Sirenen ab. Geschwindigkeit hatte für diese Leute jetzt keine Bedeutung mehr.

An einer anderen Stelle des Blocks standen eine Reihe Reporter, die alles beobachteten oder vor dem viel sagenden Hintergrund des verwüsteten Hauses in Mikrofone sprachen. Der Überfall auf das unauffällige Vorstadthaus – auch wenn alle gewusst hatten, dass dort Gangmitglieder wohnten – wurde groß in den Lokalnachrichten gemeldet. Buffy hatte sogar mitgehört, wie einer der Nachbarn einem Reporter erzählt hatte, dass die Gangster für die Sicherheit in diesem Viertel gesorgt hatten – dass sie in der Nähe ihres Hauptquartiers keinen Ärger machten und andere Unruhestifter davon abhielten, ihr Unwesen zu treiben.

Aber es hatte Ärger gegeben, und im Gegensatz zu der übernatürlichen Sorte, mit der es Buffy regelmäßig zu tun hatte, war diese Sorte, aus Feuer und Blei geboren, ein gefundenes Fressen für öffentliche Spekulationen. Alle sahen natürlich die Nachrichten aus Los Angeles und wussten, dass zwischen den russischen und hispanischen Gangs in dieser Stadt ein Krieg ausgebrochen war. Da die Latin Cobras mit einigen L.A.-Gangs verbündet waren, brauchte man nicht viel Verstand, um die Schlussfolgerung zu ziehen, dass die Russen hinter diesem Angriff steckten. Eine Theorie, die von Reportern mit ernsten Gesichtern vor laufenden Kameras vorgetragen wurde.

Nachdem sie eine Weile zugeschaut hatten, wandte sich Buffy an Riley, der mit den Händen in den Taschen neben ihr stand. »Lohnt es sich überhaupt, noch länger hier herumzustehen?«, fragte sie ihn. »Glaubst du, wir können hier irgendetwas erfahren, das uns weiterhilft?«

Er gab die Antwort, die sie erwartet hatte. »Nein«, sagte er. »Sie tragen nur die Leichen heraus. Sie werden das Haus durchsuchen, aber sie werden nur Kugeln finden, die aus nicht registrierten Waffen stammen, und die Fingerabdrücke der Typen, die dort wohnten. Wenn es irgendwelche Augenzeugen gab, werden sie den Mund halten, oder sie werden sagen, dass sie unbekannte Männer gesehen haben, die aus einem Wagen stiegen, das Haus beschossen und wieder ins Auto stiegen. Niemand wird die Schützen identifizieren.«

»Du klingst so sicher«, sagte Buffy.

»So funktionieren diese Dinge eben«, erwiderte Riley. »Dann geht die Sache weiter. Schließlich wird jemand reden, die überlebenden Cobras, ihre Familien oder Freunde werden davon erfahren, und dasselbe wird irgendwo mit dem Hauptquartier einer russischen Gang passieren. Sie werden behaupten, dass sie sich nur um ihre eigenen Probleme kümmern, während es in Wirklichkeit nur um eine Fortsetzung der Gewalttätigkeiten geht.«

Er klang müde. »Es ist wie bei der Auseinandersetzung zwischen den Hatfields und den McCoys, nur dass es nicht in Appalachia passiert, sondern in Südkalifornien.«

Sie wandten sich von dem Spektakel ab und gingen den Block hinunter, fort von den flackernden Lichtern. Sie schwiegen einen Moment. Riley legte seinen linken Arm um Buffys Schultern, und sie schmiegte sich an ihn, schlang ihren rechten um seine Hüfte und drückte ihn an sich. Ihre Hüften stießen aneinander, als sie weitergingen.

»Du bist ziemlich klug«, sagte sie nach einem Block. »Ich wünschte nur, du wüsstest nicht so viel über Gewalt, aber mir gefällt trotzdem, dass es so ist.«

»Ich könnte dasselbe über dich sagen«, erwiderte er. »Was das Wissen und die Gewalt betrifft.«

Sie blieb stehen und Riley blieb ebenfalls stehen. Sie drehte sich ihm zu und hielt weiter seine Hüfte fest. Sie legte ihre andere Hand an seine andere Seite, und er hob seine linke Hand und legte sie auf ihre rechte Schulter. Sie sah ihm in die blauen Augen, obwohl sie in der Dunkelheit unter den tief hängenden Ästen der Bäume ihre Farbe nicht erkennen konnte.

»Es heißt, dass Cops und Soldaten Mühe haben, funktionierende Beziehungen einzugehen«, sagte sie. »Sie sind zu oft von zu Hause weg, erleben zu viel Gefahr, zu viel Stress. Hohe Scheidungsraten. Glaubst du, dass es stimmt?«

»So heißt es jedenfalls«, nickte Riley.

Buffys Augen waren groß. Ihre Nervosität war noch größer. »Dann – haben wir eine Chance? Sollten wir es überhaupt versuchen?«

»Buffy, ich – du musst es versuchen. Wenn nicht, gibst du dich geschlagen, bevor du überhaupt angefangen hast, stimmt's?«

Und dann war da dieses Lächeln in Rileys Gesicht, dieses Lächeln, bei dem er die Grübchen zeigte, und das so freundlich und so verständnisvoll und so stark war. Sie entspannte sich dabei und sie liebte ihn dafür.

»Macht Sinn.« Sie lächelte. »Vielleicht wollte ich es nur von dir hören.«

»Ich mag es nicht, zu verlieren«, sagte Riley offen. »Und ich mag es nicht, besiegt zu werden. Du kannst also sicher sein, dass ich bei allem, das ich versuche, das ziemlich gute Gefühl habe, es auch zu schaffen.« Wieder blitzte dieses Lächeln auf. Riley lächelte sie oft an.

Er lächelt an einem Tag mehr als Angel in der ganzen Zeit, in der ich ihn geliebt habe ..., dachte Buffy.

Sie schmiegte sich an ihn, umfing ihn mit den Armen und genoss das Gefühl, von ihm umarmt zu werden. Sie drückte ihr Gesicht an seinen Pullover.

»Optimismus«, murmelte sie. »Das ist auch etwas, das ich an dir mag.«

Allerdings sagte sie nicht, dass Optimismus nie ihre Stärke gewesen war. Sie hielt sich für eine Realistin – eine Selbsteinschätzung, die typisch für Pessimisten war, wie sie sich eingestehen musste.

Riley schien es zu spüren, auch ohne dass sie es aussprach. Er drückte seine Lippen an ihr Haar. »Ich bin optimistisch genug für uns beide«, sagte er leise.

Das musst du auch sein, dachte Buffy. Aber sie schwieg, genoss seine tröstende Nähe und ertappte sich bei dem Wunsch, ihn nie wieder loslassen zu müssen.

Los Angeles

»Wer ist da?«, rief Alina mit ihrer hohen, singsangähnlichen Kleinmädchenstimme und dehnte dabei jedes einzelne Wort.

»Ich bin's, dein Vater«, drang Alexis Wischnikoffs barsche Stimme von der anderen Seite der Tür. »Mach sofort die Tür auf.«

Mischa war bereits zu den Vorhängen geeilt, zog sie zurück und öffnete das Fenster. Angel half zuerst Cordelia, dann Wesley nach draußen. Er zögerte, bevor er ihnen folgte. Alina sah ihn an, als sie sich zur Tür wandte.

»Sind Sie sicher, dass ich nicht bleiben soll?«, flüsterte Angel.

»Nein, gehen Sie«, sagte Mischa. Er berührte die Tasche, in der die Visitenkarte steckte, die er von Cordelia bekommen hatte, nachdem sie die alte Adresse und Telefonnummer durchgestrichen und die Anschrift ihres Apartments notiert hatte. »Wir werden Sie finden.«

Angel sprang zu Boden, als Mischa die Vorhänge zuzog. Alina hörte, wie er draußen leise landete, und dann schloss sie die Tür auf und öffnete sie für ihren Vater.

Obwohl er ein begabtes Medium war, konnte ihr Vater nicht immer seine Gedanken vor seiner weitaus talentierteren Tochter verbergen. Sie hatte oft in seinen innersten Kern geblickt. Sie wusste, dass seine äußere Erscheinung – grau und faltig, mit einem kurzen Bart und traurigen Augen – nicht dem Bild entsprach, das er von sich selbst hatte. Er sah sich noch immer als den jungen Mann, der er damals in der UdSSR gewesen war, als er und seine Braut rund um die Uhr am Volksprojekt gearbeitet und ihr Leben allein dieser Aufgabe gewidmet hatten. Dies war seine schönste Zeit gewesen, voller junger Liebe und intellektueller Herausforderungen, erfüllt von dem Gefühl, dass er etwas Wertvolles für die Partei und den Staat leistete.

Als er mit zornesrotem Gesicht in den Raum stürmte, machte diese Erkenntnis Alina ärgerlich. Zur schönsten Zeit ihres Vaters, dachte sie, sollte auch seine einzige Tochter gehören. Er dachte voller Zärtlichkeit an jene Tage zurück, als sie noch ein Baby gewesen war und er sie abgöttisch geliebt hatte. Aber als sie älter wurde, als ihre parapsychischen Fähigkeiten den seinen entsprachen, sie dann übertrafen, hatte er sich verändert. Es war, als hätte ihre Existenz irgendwie das Ende der Dinge beschleunigt, statt ein neuer Anfang zu sein. Alina glaubte, dass er eifersüchtig war, weil sie es geschafft hatte, den Indikator zu kontrollieren, während er versagt hatte – dass er ihre Kräfte nur akzeptierte, weil sie es ihm ermöglichten, seine kostbare Arbeit fortzusetzen. Ansonsten hätte er ebenso gut gar keine Tochter haben können.

»Du darfst diese Tür niemals abschließen«, stieß er hervor. »Und Sie« – er deutete auf Mischa – »was machen Sie hier drinnen bei ihr?«

»Wir haben uns unterhalten, Vater«, sagte Alina. Mischa stand schweigend neben ihr. »Wir wollten nur ungestört über ein paar Dinge reden, das ist alles.«

»Du hast keine Privatsphäre«, erklärte er. »Du bist kein Individuum, sondern eine Komponente des Volksprojekts und eine Dienerin der Sowjetunion.«

»Ich bin ein sechzehnjähriges Mädchen«, widersprach Alina. »Und manchmal brauche ich meine Privatsphäre.«

Alexis stapfte durch den Raum, zog die Vorhänge zurück und spähte in die Ecken. »Ich dachte, ich hätte hier drinnen noch andere Stimmen gehört«, sagte er.

»Nur Mischa und ich«, erwiderte Alina ruhig.

Alexis blieb stehen und zögerte einen Moment, als würde er über diese Antwort nachdenken. »Und deine Arbeit?«, fragte er.

»Es ist sehr spät, Vater«, sagte sie. »Ich bin müde. Ich will für heute Schluss machen.«

Alexis Wischnikoff funkelte sie an. »Du hörst erst auf, wenn ich es dir sage. Ich habe nicht jahrzehntelang wie ein Verrückter geschuftet, damit du Schluss machen kannst, wenn du ein wenig müde wirst.«

Sie machte ein finsteres Gesicht. »Der Indikator funktioniert nicht richtig. Das wissen wir jetzt. Er lässt Leute verschwinden, ohne dass wir es wollen. Und er lässt andere Dinge in diese Welt eindringen. Ich weiß nicht, warum oder wie, aber er erzeugt Portale an anderen Orten. Ich habe Dinge gehört ...«

»Denen solltest du keine Beachtung schenken.« Er fuhr zu Mischa herum. »Haben Sie ihr diesen Unsinn in den Kopf gesetzt?«, fragte er scharf.

»Alina braucht niemanden, der ihr etwas in den Kopf setzt«, erwiderte Mischa. »Sie ist durchaus in der Lage, ihre Informationen selbst zu sammeln.«

»Vermutlich«, sagte Alexis Wischnikoff. Sein Zorn war verraucht, aber seine Stimme und Haltung verrieten seinen Ärger. »Wir können es uns nicht leisten, jetzt aufzuhören«, erklärte er. »Wir sind so weit gekommen, stehen so dicht vor dem Ziel.«

Alina verschränkte die Arme und trat einen Schritt zurück. »Ich fürchte, ich habe das Gefühl, dass ich die Kontrolle über den Indikator verliere. Und wenn das geschieht ...«

»Wenn das geschieht, dann geschieht es eben«, unterbrach ihr Vater. »Die Amerikaner hätten niemals die Auflösung unserer Union verlangen sollen.«

»Wenn es wirklich schief geht, wird nicht nur Amerika darunter leiden«, sagte sie. »Selbst Russland ...«

»Ein Risiko, das wir eingehen müssen«, knurrte Alexis. Er tat den Einwand herrisch wie ein Zar ab. Dann ging er zur Tür und drückte mehrmals die Klinke. »Schließ diese Tür niemals ab, wenn deine Mutter oder ich nicht bei dir sind«, befahl er ihr. »Niemals.«

Er stapfte nach draußen und schloss die Tür hinter sich.

Alina wandte sich an Mischa. »Er wird sich das Überwachungsvideo ansehen«, flüsterte sie nervös. »Er hat nicht geglaubt, dass außer uns niemand hier war. Er dachte, er hätte fremde Stimmen gehört.«

»Was sollen wir jetzt tun?«, fragte Mischa verzweifelt. »Cordelia und Angel und Wesley sind bestimmt auf dem Band. Cordelias Anwesenheit hätte ich erklären können, aber nicht, dass wir nach draußen gegangen sind und die anderen hereingeholt haben.«

»Warum hast du das getan?«, fragte Alina. Sie verzichtete bewusst darauf, Mischas Gedanken zu lesen, denn er war ihr bester – und auch ihr einziger – Freund, und sie hatte das Gefühl, ihm diese Rücksichtnahme zu schulden.

»Sie sagten, sie könnten uns helfen«, erklärte Mischa mit ernster, unbehaglicher Miene. »Sie schienen eine Menge zu wissen – dass ich und auch dein Vater Verbindungen zur Mafia haben. Dass ich in Schwierigkeiten stecke.«

Das erregte ihre Aufmerksamkeit. »Was für Schwierigkeiten?«, fragte sie.

»Es sind nicht meine Schwierigkeiten«, sagte er. »Sondern deine. Ich weiß, dass du dir Sorgen wegen der Fehlfunktion des Indikators machst, und ich mache mir Sorgen um dich. Große Sorgen. Wegen dem, was dir passieren könnte oder … oder was du tun könntest.«

»Du meinst, dass ich vielleicht Selbstmord begehen könnte, um ihn abzuschalten?«, fragte sie.

Mischas Wangen röteten sich, und er wandte den Blick ab.

»Das würde ich niemals tun«, versicherte Alina ihm. »Ich habe es in Erwägung gezogen und entschieden, dass es das nicht wert ist. Aber ich werde lernen, ihn besser zu kontrollieren.«

»Danke«, murmelte er.

»Doch deine Besorgnis rührt mich, Mischa.« Sie legte ihm ihre Hand auf die Schulter und schenkte ihm ein kurzes Lächeln. Dann senkte sie ihre Hand und ballte sie zur Faust. »Aber das hilft uns bei dem aktuellen Problem nicht weiter. Mein Vater wird sich das Band ansehen, und wenn er das macht, wird er zurückkommen und dich zur Rede stellen.«

»Dann sollte ich verschwinden?«, fragte er und wandte sich zum Fenster.

»Ich denke schon«, sagte sie und streckte eine Hand nach ihm aus. »Um genau zu sein – wir sollten beide gehen.«

»Meinst du es ernst?«, fragte Mischa. »Du willst weglaufen?«

»Ich kann hier nicht mehr bleiben«, sagte Alina. Sie sank in sich zusammen und presste die Fingerspitzen gegen ihre Schläfen. »Ich kann nicht für sie weiterarbeiten. Was sie tun – es ist einfach falsch. Ich kann nicht länger mitmachen.«

Er griff nach ihr. »Dann gehen wir zusammen.«

»Nein«, wehrte Alina ab. »Jedenfalls jetzt noch nicht.«

Mischas Miene verdüsterte sich. »Warum nicht?«

»Meine Eltern sind mächtige Medien«, erinnerte Alina ihn. »Wenn wir zusammenbleiben, werden sie mit ihren Kräften nach uns suchen und uns mühelos aufspüren. Wenn wir uns eine Weile trennen, sind wir schwieriger aufzuspüren, und wir haben eine bessere Chance, uns nach einer Weile wieder zusammenzutun.«

»Dann müssen wir einen Treffpunkt ausmachen«, meinte er. »Irgendeinen sicheren Ort, wo sie uns niemals finden werden.«

»Ich kenne einen Ort«, sagte Alina. Ihr Gesicht leuchtete auf, und einen Moment war sie von einer Art verrückter Hoffnung erfüllt, dass sie beide den heraufziehenden Sturm tatsächlich überstehen würden. »Er heißt der Grand Canyon.«

15.

Los Angeles

»Du musst sie finden, Großmutter«, sagte Nicky. Doña Pilar saß auf einem Sofa im großen Wohnzimmer des Hauses, wo sich alle nach Nickys Rückkehr versammelt hatten. Ihre Beine reichten nicht ganz bis zum Boden.

Nicky war mit Ches Boxter gekommen. Die Familie hatte sich zu einer improvisierten Feier eingefunden, und alle umarmten und küssten sich, die Hausangestellten eingeschlossen, aber die Stimmung wurde durch die Tatsache gedämpft, dass Salma noch immer verschwunden war. Jetzt war Nicky allein mit Doña Pilar und Willow.

»Ich fürchte, ich bin nicht so gut darin, Leute zu finden«, gestand Doña Pilar. »Ich habe tagelang nach dir gesucht, und *nada.*«

»Nun, es war nicht total *nada*«, erinnerte Willow sie. »Denken Sie an den Flug der Krähe.«

»Das war ein besonderer Fall«, sagte Nicky. »Ich hatte einen Tarnzauber gewirkt, um nicht gefunden zu werden. Und ich hatte meine Nacht der langen Messer – ich war immun gegen Magie.«

Willow musterte Doña Pilars Gesicht, während er dies sagte. Sie sah niedergeschlagen aus – die Tatsache, dass ihr Enkel sich mit schwarzer Magie beschäftigt hatte, bedrückte sie sichtlich. Nach allem, was Willow gehört hatte, hielt sie es zumindest für schwarze Magie. Doña Pilar hatte in den Tagen, in denen sie zusammengearbeitet hatten, nicht darüber gesprochen – aber da waren sie auch darauf konzentriert gewesen, Nicky und Salma zu suchen und, oh, die Welt zu retten, vor was auch immer.

Sie hatten eine Menge zu tun gehabt.

»Ich habe ein paar *compadres* auf sie angesetzt«, fuhr Nicky fort. »Wenn sie in der Stadt ist, werden wir sie finden. Aber ich fürchte, sie ist nicht in der Stadt.«

»Wir wissen nicht, wohin die vermissten Kinder verschwunden sind«, sagte Doña Pilar. Sie wandte sich an Willow. »Ich habe versucht, einen Hinweis zu finden, irgendeinen Anhaltspunkt. Wir wissen, dass es sich um Türen handelt und die jungen Leute hindurchgehen. Aber die Türen erscheinen und verschwinden, und sie scheinen auf keinen unserer magischen Kontrollversuche zu reagieren.«

»Heißt das nun, dass sie magischer Natur sind?«, fragte Nicky. Er überraschte Willow – sie hielt Nicky für einen Gangster, einen Ganoven, und vergaß dabei, dass er als Salmas Bruder wahrscheinlich hochintelligent war. Die scharfsinnige Frage traf den Kern des Problems. Seit sie von den Portalen erfahren hatten, versuchten sie genau das herauszufinden. Selbst die Nachforschungen, die Giles und Wesley anstellten, hatten diese Frage noch nicht beantwortet.

»Das wissen wir noch nicht genau«, gestand Doña Pilar. »Wenn sie wissenschaftlichen Ursprungs sind, dann unterliegen sie anderen Regeln und Gesetzen als magische Phänomene. Wir müssen diese Frage klären, bevor wir hoffen können, sie zu beeinflussen.«

Willow rutschte auf ihrem Stuhl hin und her. »Äh, ich würde gerne etwas wissen«, sagte sie. »Nicky. Als du verschwunden warst und gezaubert hast – das war etwa zu der Zeit, glaube ich, als die ersten Kids in L.A. vermisst wurden. Ist es möglich, dass das, was du getan hast, irgendwie die Durchgänge manipuliert hat? Könnte das erklären, warum auch in Sunnydale die Portale erscheinen? Vielleicht war dieses Schattenmonster nur das erste, das hindurchkam.«

Bei der Erwähnung Sunnydales schauderte Doña Pilar und bekreuzigte sich. »*Boca del Inferno*«, sagte sie. »Brrr.«

»Wir haben eine Menge Brrr«, stimmte Willow zu. »Aber glaubst du, Nicky, dass es eine Verbindung gibt?«

Nicky sah seine Großmutter an.

»Es ist möglich, denke ich«, sagte sie. »Du hast auch in Sunnydale gezaubert, Nicky?«

Er nickte ernst.

»Dann könnte alles Erdenkliche passiert sein«, sagte Doña Pilar. »Das macht ebenso viel Sinn wie alles andere, das wir in Betracht gezogen haben. Sunnydale ist ein böser Ort, und man sollte dort nicht leichtfertig Magie benutzen.«

»Also gibt es irgendeine Verbindung zwischen den Wesen, die dort erscheinen, und den Kids, die hier in L.A. verschwinden?«, fragte Willow. »Das war Wesleys Theorie, glaube ich. Oder Giles'. Jedenfalls hat einer von ihnen sie aufgestellt. Diese Wächter klingen nach einer Weile alle gleich, wissen Sie. Oder vielleicht wissen Sie es nicht. Wahrscheinlich wissen Sie es nicht. Sie sind schließlich keine Jägerin oder so.« Sie lehnte sich auf ihrem Stuhl zurück.

»Das ist eine unheimliche Vorstellung«, sagte Nicky. »Aber daran hatte ich nicht gedacht, als ich in Sunnydale gezaubert habe. Ich schätze, es war dumm von mir.«

»Nein«, sagte Doña Pilar und sah ihren Enkel liebevoll an. »Nicht dumm. Impulsiv vielleicht. Du wusstest nicht, was passieren würde.«

Er atmete aus und blies dunkle Haarsträhnen aus seinem Gesicht. »Das stimmt. Ich wusste es nicht.«

»Also, was machen wir jetzt? Suchen wir nach Salma?«, fragte Willow.

Doña Pilar überlegte. »Wir gehen wieder an die Arbeit, du und ich«, sagte sie schließlich. Sie lächelte ihren Schützling an. »Du hättest nie gedacht, dass Magie derart harte Arbeit ist, nicht wahr?«

Willow schüttelte den Kopf. »Ich hatte keine Ahnung.«

Los Angeles machte Alina Angst.

Sie hatte dort gelebt, seit sie ein kleines Mädchen war. Aber sie war nie allein nach draußen gegangen. Immer hatte ein Elternteil oder einer der anderen Leute, die für sie am Volksprojekt arbeiteten, sie gefahren und die ganze Zeit begleitet, wenn sie irgendwohin musste. Und da sie in demselben Haus lernte und arbeitete und ihre Eltern nicht einkauften oder ins Kino oder Museum oder essen gingen, kam sie nur selten nach draußen. Sie war bei verschiedenen Gelegenheiten durch verschiedene Teile der Stadt gefahren worden, hatte sich aber nie ein klares Bild von der Metropole und seinen Bewohnern machen können.

Jetzt bekam sie einen Eindruck davon. Und er gefiel ihr nicht.

Sie und Mischa hatten das Haus zusammen verlassen, durch das

Fenster. Er führte sie weg von dem Vorstadthaus zu einem Restaurant im Schatten des Freeways, und dort hatten sie zwei Taxis angehalten. Er gab ihr zweihundert Dollar und setzte sie in eins, während er das andere nahm, da sie überzeugt waren, dass man inzwischen ihre Abwesenheit bemerkt hatte und ihre Eltern mental nach ihnen suchten. Er wies den Fahrer an, sie zum Greyhoundbahnhof in Downtown zu bringen, und er würde sie in drei Tagen am Südrand des Grand Canyon treffen. Er würde nicht mit dem Bus fahren, erklärte er, sondern auf andere Weise ans Ziel kommen, um nicht entdeckt zu werden.

Im letzten Moment beugte er sich noch einmal in das Taxi und gab ihr Angels Karte. »Wenn du in Schwierigkeiten gerätst, ruf ihn an«, schärfte Mischa ihr ein. »Ich weiß zwar nicht genau, wer er ist, aber ich glaube, er kann dir helfen.« Sie dankte ihm, und dann war er fort.

Sie hatte keine Kleidung dabei, nur die Sachen, die sie am Leib trug, und als einziges Gepäck den Realitätsindikator, als sie die erste Taxifahrt ihres Lebens antrat.

Und unterwegs »hörte« sie die Gedanken des Taxifahrers.

Er beobachtete sie im Rückspiegel. Zuerst glaubte sie, dass er sie für hübsch hielt, was sie zwar abstieß, aber damit hätte sie leben können. Doch seine Gedanken waren viel schlimmer, und er machte keinen Versuch, sie zu verbergen. Er wollte sie am Greyhoundbahnhof absetzen und dann sofort nach Hawthorne zurückfahren, da er vermutete, dass jene, die nach ihr suchten, noch immer in der Nähe waren. Er würde ihnen gegen Geld verraten, wo er sie abgesetzt hatte, und man würde sie noch vor dem Morgen aufgreifen.

Während sie durch die nächtlichen Straßen von Downtown fuhren, sagte sie ihm, dass sie ihre Meinung geändert hatte. Sie wollte nicht mehr zum Busbahnhof, sondern würde in der Stadt bleiben. Als sie ein Gebäude passierten, an dem Avalon Hotel stand, bat sie ihn anzuhalten. Sie würde eine Weile in dem Hotel wohnen, erzählte sie ihm. Sie bezahlte und stieg aus dem Taxi, und er wendete und fuhr davon, um ihre Eltern zu suchen und ihnen zu sagen, wo das Avalon Hotel war.

Kaum war das Taxi um die Ecke gebogen, machte sie kehrt und rannte in die andere Richtung. Im Vorbeilaufen griff sie nach den Gedanken der anderen Menschen auf der Straße und suchte in ihnen nach Hinweisen, wo der Greyhoundbahnhof lag. Sie musste noch immer die Stadt so schnell wie möglich verlassen.

Alina machte sich unterwegs Sorgen um Mischa. Er legte sich nicht nur mit ihrem Vater, sondern auch mit der Mafia an, seiner eigenen Organisation. Er war praktisch ein Neuling, der sich erst noch seinen Rang verdienen musste, und mit Sicherheit kein wichtiges Mitglied. Er trug nicht einmal eine Waffe.

Aber er war auf dem Weg nach oben und er hatte gewusst, dass er mit harter Arbeit und etwas Glück eines Tages ein reicher Mann sein würde. Er hatte Alina von diesen Träumen erzählt und davon geschwärmt, eines Tages mit all seinem Geld nach Russland zurückzukehren und dort wie ein Zar zu leben.

Alina hatte ihn ausgelacht – sein Ziel unterschied sich grundlegend von ihrem eigenen. Seit sie ein Kind gewesen war, hatte ihr Vater ihr eingeschärft, dass es nur darum ging, die Sowjetunion als sozialistischen Staat wiederherzustellen. Sie wusste, dass ihr Vater die Mafia benutzte, um seine Operation zu schützen, dass er mit ihren illegalen Aktivitäten das Volksprojekt finanzierte und Police Officers bestochen hatte, um die Behörden in Schach zu halten, während er, ihre Mutter und Alina ihre Arbeit fortsetzten. Sie hatte Mischa kennen gelernt, weil er manchmal für einige höherrangige Vertreter der Organisation den Chauffeur spielte.

Aber obwohl sie Mischas selbstgesteckten Zielen keine Achtung entgegenbrachte, mochte sie den Jungen. Er war witzig und freundlich und nett zu ihr, und sie war nicht daran gewöhnt, dass die Menschen nett zu ihr waren. Und so freute sie sich bald auf seine Besuche, und sie wusste – wie sie es immer wusste –, dass er sich ebenfalls auf sie freute. Er mochte sie sehr.

Zu sehr.

Sie war erst sechzehn, und obwohl sie wusste, dass viele Mädchen in ihrem Alter sich für Jungen interessierten, hatte sie mit derartigen Dingen keine Erfahrung. Sie studierte und arbeitete von morgens bis abends und konnte nicht sehen, wie ein Rendezvous oder ein Freund in ihre Welt passten. So hielt sie Mischa auf Armeslänge und genoss seine Besuche, ohne den Eindruck zu erwecken, dass für sie mehr daraus werden würde.

Und dann das. Mitten in der Nacht von zu Hause weglaufen, den Realitätsindikator stehlen, damit sie ihn nicht weiter benutzen und die Lage vielleicht noch verschlimmern konnten. Und jetzt war sie allein auf den schäbigen Straßen von Downtown Los Angeles unterwegs, wo die Obdachlosen, die Verzweifelten und die Gefährlichen sie anstarrten wie Wölfe, die ein verirrtes Lamm belauerten. Auf dem Bürgersteig roch es nach Müll und schlimmeren Dingen.

Sie *musste* den Busbahnhof finden, und zwar schnell.

Alina hielt den Realitätsindikator wie ein Baby in den Armen, als sie von einer Straßenlaterne zur anderen eilte und vor den dunklen Streifen dazwischen floh, als würde sich dort etwas Böses verstecken.

Sie »hörte« sie, bevor sie sie sah. Sie hatten sie aber gesehen und schrien mit ihren Gedanken praktisch in ihre Richtung. Und sie führten nichts Gutes im Schilde.

Trotz ihrer aufgewühlten, chaotischen Gedanken konnte sie erkennen, dass sie zu fünft waren. Aber seltsam und vielleicht noch beängstigender als das, was sie dachten, war die Tatsache, dass sie nur die Gedanken von zweien lesen konnte. Sie wusste, dass die drei anderen existierten, aber ihre Gedanken waren ihr verschlossen. Nur ein paar der mächtigsten Medien, die sie getroffen hatte, waren dazu in der Lage gewesen.

Sie waren etwas mehr als einen Block hinter ihr, schlichen vorsichtig durch die Schatten und versteckten sich in Hauseingängen oder hinter geparkten Autos, wenn sie sich umschaute. Sie folgten ihr.

Sie sieht nach Geld aus, dachten sie. Und diesen Computer oder was sie da trägt kann man bestimmt im Pfandhaus versetzen. Außerdem ist sie ziemlich hübsch. Das wird bestimmt ein Spaß.

Und Alina hörte noch drastischere Gedanken, die sie aber verdrängte. Sie wollte nicht »hören«, was sie mit ihr vorhatten, sie wollte sie nur beobachten, während sie nach einem Fluchtweg suchte.

Das Problem war nur, dass die Verfolger alle Straßen kannten, während sie sie noch nie zuvor gesehen hatte.

In der Nacht.

Allein.

Sie schlenderte fast gelassen zu einer Ecke, und sobald sie hinter ihr verschwunden war, rannte sie los, überquerte eine Straße und lief in eine Gasse hinein. Sie lief weiter, den Realitätsindikator noch immer an ihre Brust gedrückt.

Und blieb abrupt stehen.

Denn es war eine Sackgasse mit einer hohen Ziegelsteinwand am Ende, der Rückwand eines Geschäfts, wie es schien. Keine Türen, nur ein paar Fenster im zweiten und dritten Stock der Gebäude und Feuerleitern, die nicht bis zum Boden reichten.

Sie konnte sie hinter sich »hören«. Sie waren um die Ecke gebogen und kamen immer näher. Die Tatsache, dass sie außer Sicht war, verriet ihnen, dass sie Verdacht geschöpft hatte, und die eigentliche Jagd begann nun. Sie schwärmten lautlos aus und sahen sich wachsam um.

Einer von ihnen musterte die Gasse. Er sprach mit einem anderen, und die beiden bewegten sich in ihre Richtung.

Alina saß in der Falle.

Sie fuhr herum, bereit, sich ihnen entgegenzustellen, wenn sie sie fanden. Sie wollte ihnen unter keinen Umständen den Rücken zudrehen. Wenn sie kämpfen oder sterben musste, wollte sie ihnen in die Augen sehen.

Die beiden Männer blieben am Eingang der Gasse stehen. Starrten sie an. Einer pfiff, und die drei anderen kamen herbeigerannt. Sie grinsten und lachten. Und sobald sie die Münder geöffnet hatten, verstand Alina, warum sie die Gedanken dieser drei Gestalten nicht lesen konnte.

Vampire. Ihre langen Reißzähne verrieten sie. Vampire waren keine Menschen, und sie konnte nur die Gedanken von Menschen lesen. Sie wusste, dass die meisten Teenager nicht einmal bereit waren zu akzeptieren, dass es Vampire gab, aber die meisten Teenager hatten auch nicht ihre Lebenserfahrung. Sie war ihrem ersten in Ungarn begegnet, vor über einem Jahrzehnt. Sie fürchtete und hasste sie, aber sie wusste, dass sie existierten.

»He, Süße«, sagte einer von ihnen. »Du hast uns ein nettes, ruhiges Plätzchen gesucht, was? Scheint so, als wärest du in Stimmung.«

»Gib mir einfach diesen Computer«, forderte ein anderer. Er stürzte sich auf den Indikator und schlug ihn aus ihren Händen. Er landete krachend auf der Straße. »Ich glaube, ich habe so ein Modell schon mal bei Radio Shack gesehen.«

»Ich bin zuerst dran«, sagte ein dritter. »Ich kann mich kaum noch beherrschen.«

Zusätzlich zu ihren Worten konnte sie weiter die Gedanken der beiden anderen »hören«, die noch immer Menschen waren, sie konnte sie aber kaum abblocken, so laut waren sie in ihrem Kopf. Und unter all den Bildern, die ihr demonstrierten, was sie mit ihr tun wollten, stach eins hervor.

Es verriet ihr, was sie wirklich wollten.

Sie waren zusammen mit den Vampiren unterwegs. Sie wollten Vampire werden. Um diese Vampire dazu zu bringen, sie zu verwandeln, mussten sie zuerst beweisen, dass sie würdig waren.

Obwohl sie noch immer Menschen waren, wollten diese beiden Blut kosten.

Ihr Blut.

Alina wappnete sich.

Und ein pfeifendes Geräusch zerschnitt die Stille, gefolgt von einem *Puff*, als einer der Männer in einer Staubwolke explodierte. Die vier anderen wirbelten herum und blickten auf eine Gruppe zerlumpter junger Leute, die Holzpflöcke und Armbrüste in den Händen hielten.

In der Mitte der Gruppe stand ein gut aussehender Afroamerikaner, bekleidet mit einem Kapuzenpullover und einer weiten Hose, der einen Pflock in jeder Faust hielt. Er lächelte. Alina fand das Lächeln freundlich, wusste aber gleichzeitig, dass ihre Angreifer anders darüber dachten.

»Nur eins ist schlimmer als eine Bande Vampire – eine Bande abgerissener, krimineller Vampire«, sagte der junge Mann. »Die versuchen, dieses Mädchen auszurauben und sie dann auszusaugen.«

»Gunn«, knurrte einer der Angreifer.

»Das hast du richtig erkannt«, sagte der namens Gunn. Er nickte den anderen zu, und seine Gruppe trat in Aktion. »Es sieht aus, als würde L.A. mich mehr brauchen als Sunnydale.«

Der Kampf war in Sekunden vorbei. Er endete mit der Vernichtung der drei Vampire, die wie der erste in Staubwolken explodierten. Die beiden Menschen rannten schreiend davon und verschwanden in der Nacht.

Als es vorbei war, lächelte der Mann, den sie Gunn nannten, sie an. Sie hatte Recht, es war ein freundliches Lächeln. »Du bist jetzt in Sicherheit«, sagte er.

»Vielen Dank, Mr. Gunn«, erwiderte Alina. Alles drehte sich um sie. Sie hatte fast so viel Angst vor ihm wie vor den Vampiren, und das nur, weil er ein Fremder war.

Ich bin so unerfahren, dachte sie. Ich bin wie ein kleines Baby.

»Kein Problem.« Er legte den Kopf zur Seite. »Was ist das für ein Akzent? Russisch?«

»Ja.« Sie schluckte hart und fragte sich, ob sie ihre Nationalität besser für sich behalten hätte.

»Solange er nicht transsilvanisch ist, ist es okay«, meinte Gunn.

»Nein, Sie haben Recht«, versicherte sie ihm, während sie sich fragte, ob er sie aufzog. Sie verstand nicht, warum er keine Transsylvanier mochte. »Er ist russisch.«

Sie horchte kurz nach Gunns Gedanken, um sich zu vergewissern, dass er ihr nichts antun wollte. Sie glaubte nicht daran, aber sie hatte gerade erst gelernt, wie wichtig es war, besonders vorsichtig zu sein.

Und sie sah ein bekanntes Gesicht in seinen Gedanken.

Sie musste es wissen.

»Verzeihen Sie«, sagte Alina. »Aber kennen Sie einen Mann namens Angel?«

»Ich wollte, dass Sie es von mir erfahren«, erklärte Kate. »Bevor Sie es morgen früh in der Zeitung lesen.«

»Angel ist kein Freund der Morgenausgabe«, warf Cordelia ein.

Kate sah sie an.

»Sonnenlicht«, fügte Wesley hinzu.

»Ich hab's kapiert«, sagte Kate schroff.

Angel erhob sich von seinem Platz und legte seinen Finger in einen seiner staubigen Wälzer. Er wusste, dass es Kate eine Menge Überwindung gekostet hatte, zu ihm in Cordelias Apartment zu kommen. Deshalb wollte er nicht, dass Cordelia und Wesley sie bedrängten. Er wollte ihr dies so leicht wie möglich machen und sie dann hinauskomplimentieren, damit er seine Arbeit fortsetzen konnte.

»Gut«, sagte Kate. »Jedenfalls wird die *Times* morgen einen Artikel über Polizeikorruption im LAPD veröffentlichen. Ich habe die Story noch nicht gelesen und ich glaube nicht, dass Ihr Name darin erscheinen wird, aber ich weiß das nicht mit Sicherheit.«

»Danke für die Warnung«, sagte Angel, trotz allem erfreut.

Sie seufzte. »Ich dachte, das wäre das Mindeste, was ich für Sie tun kann.«

»Wie ist es herausgekommen?«, fragte er und schlug das Buch zu. Staub stieg auf und Cordelia nieste. Sie hatte ihn letztens gefragt, ob eine Stauballergie von der Lohnfortzahlung im Krankheitsfall abgedeckt würde.

»Peterson hat sich als Kronzeuge zur Verfügung gestellt und wird im Gegenzug eine mildere Strafe erhalten. Und mit milder meine ich, dass er nicht wegen Mordes, sondern wegen Totschlags verurteilt wird, aber er ist damit einverstanden. Er hat uns alles über Manley, Castaneda und Fischer erzählt. Es hat sich außerdem herausgestellt, dass noch mehr Cops in dieser Abteilung korrupt sind.«

Es war ihr anzusehen, wie schmerzhaft es für sie war, darüber zu sprechen, aber Angel brauchte die Einzelheiten und vermutete, dass Kate es sich von der Seele reden musste. Ihre Verbitterung zerfraß sie, und er war nicht der Einzige, der es bemerkte. Sie hatte inzwischen einen schlechten Ruf in ihrer Abteilung. Die Kollegen lachten ihr ins Gesicht und nannten sie »Scully.«

»Diese vier sind die Einzigen, die an Nokivovs Ermordung beteiligt waren, aber es gibt andere Officers, die in alle möglichen illegalen Aktivitäten verstrickt sind. Sie haben Beweise gegen Leute gefälscht, die sie von der Straße weghaben wollten, oder gegen Informanten, die ihre schmutzigen Geschäfte hätten auffliegen lassen können. Sie haben ihnen Drogen, Waffen oder andere Beweismittel untergeschoben. Und auf alle Fälle ein paar der anderen Morde. Diese Jungs waren sehr aktiv.«

Wesley sagte sanft: »Aber Sie denken, dass Sie sie mit Petersons Hilfe verurteilen können?«

»Wir haben die ganze Nacht Verhaftungen durchgeführt«, erwiderte Kate. Ihre Scham und Frustration waren offensichtlich. »Wir können von Glück reden, wenn es morgen überhaupt noch jemanden in der Abteilung gibt.«

»Die Stadt wird nicht glücklich darüber sein«, stellte Cordelia fest.

»Überhaupt nicht.« Sie hob den Kopf. Ihre blonden Haare strichen über ihre Schultern. »Wir haben schon genug mit dem Gangkrieg und den verschwundenen Teenagern zu tun. Jetzt kommt noch Polizeikorruption hinzu – dabei hatte das LAPD noch nie einen besonders guten Ruf. Es ist ein Riesenskandal.«

Sie verschränkte die Arme vor der Brust. »Hoffentlich legt sich die Aufregung wieder, sobald wir diese Cops vor Gericht gestellt und verurteilt haben. Aber bis dahin wird es nicht angenehm sein.«

Ein Klopfen an Cordelias Tür hinderte Angel an einer Antwort.

»Was ist das? Besuchsstunde im Zoo?«, fragte Cordelia, als sie aufstand. »Keine Beleidigung, Kate. Wenn überhaupt, dann sollte Angel beleidigt sein, denn Sie sind bloß die Besucherin und er sitzt sozusagen im Käfig. Aber schließlich ist es mein Apartment, sodass ...«

Sie öffnete die Tür. Dort stand Alina Wischnikoff und hielt die Maschine in den Armen, die Angel in ihrem Zimmer in dem Haus gesehen hatte. Das Gerät sah ein wenig ramponiert aus.

»Alina?«, sagte Cordelia.

»Alina«, wiederholte Angel.

»Okay, jetzt bin ich neugierig«, warf Kate ein. »Wer ist Alina?«

»Du kannst ruhig hereinkommen«, sagte Cordelia zu ihr. »Die Nachbarn hassen es, wenn ich Partys im Hausflur feiere.« Sie machte einen Schritt zur Seite und ließ Alina eintreten.

»Detective Kate Lockley«, begann Angel, »ich möchte Ihnen Alina Wischnikoff vorstellen.«

»Angenehm«, sagte Kate leichthin, doch Angel wusste, dass Kate die Verbindung hergestellt hatte: Petersons Bankkonto. Hohe Zahlungseingänge.

»Ihr Vater«, fügte Angel hinzu.

Kate blieb gelassen. Sie war ein guter Cop.

»Ich werde es erklären«, erbot sich Cordelia stolz. »Alina und ihr tapferer kleiner Toaster sind irgendwie verantwortlich für das Verschwinden all der Teenager in der Stadt. Ihr Freund Mischa hat uns mit ihr bekannt gemacht, obwohl er seltsamerweise heute Nacht noch nicht an meine Tür geklopft hat. Wie Alina hierher gekommen ist, weiß ich nicht.«

»Gunn hat mich hergebracht«, sagte Alina.

»Gunn?«, wiederholte Cordelia verdutzt. »Und ich habe ihn noch immer nicht kennen gelernt. Existiert er wirklich? Ich meine, Phantom-Dennis ist sichtbarer als er.«

»Er sagte, er wäre gern mitgekommen, aber er hätte keine Zeit und müsste zu Jacquee«, wandte sich Alina an Angel. »Er sagte, Sie wüssten, was das bedeutet.«

Kate musterte das junge Mädchen. »Du bist also diejenige, die alle verschwinden ließ?«

»Ja ... nun, mit Hilfe dieses Geräts.« Sie hielt den Realitätsindikator hoch.

»Kannst du es rückgängig machen?«, fragte Kate sie.

»Vielleicht«, entgegnete Alina, doch ihr Ton und ihre ganze Haltung verrieten, dass sie nicht daran glaubte. »Das Problem ist, dass dieses Gerät nicht richtig funktioniert hat. Und heute Nacht hat einer dieser ...« Sie schauderte. »Ich habe es fallen lassen. Ich muss es auseinander nehmen und feststellen, was alles defekt ist. Allerdings bin ich technisch nicht besonders begabt.«

Angel und Cordelia sahen sich an. »Willow«, sagten beide gleichzeitig.

»Telefon«, fügte Cordelia hinzu.

Alina verfolgte mit aufgerissenen Augen, wie Phantom-Dennis den Hörer in Cordelias Hand drückte und sie die Nummer des Anwesens der de la Natividads wählte.

»Ich kann nicht glauben, dass ich noch mehr Leute zu mir einlade«, seufzte sie.

16.

Los Angeles

»Alle ... alle sind jetzt für eine Minute still!«, befahl Willow. »Ich kann keinen klaren Gedanken fassen, wenn ihr alle durcheinander redet.«

Alle verstummten. Willow sah sich um. »Alle« waren sie selbst, Cordelia – es war schließlich ihr Apartment, auch wenn es mehr wie der Treffpunkt der Scooby Gang aussah –, Angel, Wesley, ein Police Detective namens Lockley, die einen sehr ungeduldigen Eindruck machte, als würde sie am liebsten jemand verhaften oder retten, das russische Mädchen namens Alina Sowieso und wahrscheinlich Cordelias Hausgeist. Sie hatten Alina über Dennis und offenbar auch über Angel aufgeklärt, bevor Willow eingetroffen war, und das Mädchen schien mit beiden Konzepten zurechtzukommen.

Cordelia hatte Willow gebeten, sich Alinas defekte Maschine anzusehen, und sie war einverstanden gewesen. Aber jetzt, als sie offen vor ihr auf Cordelias Küchentisch stand, dämmerte ihr, dass sie so etwas noch nie zuvor gesehen hatte. Selbst die Einzelteile kamen ihr fremd vor, aber laut Alina war das Gerät vor Jahrzehnten in der Sowjetunion gebaut worden, was es erklärte.

»Mein Vater sagte, der erste Realitätsindikator hätte die Größe eines sibirischen Yaks gehabt«, informierte Alina sie. »Sie brauchten Jahre, um ihn auf diese kompakten Ausmaße zu verkleinern.«

»Und dennoch ist die Technik völlig undurchschaubar«, sagte Willow. Sie pfiff leise. »Das muss man sich mal vorstellen.«

»Ich habe nicht erwartet, dass du ihn dazu bringst, perfekt zu funktionieren«, fuhr Alina fort. »Aber ich dachte, vielleicht gelingt es uns beiden, den Schaden zu beheben, den er erlitten hat, als ich ihn fallen ließ. Dann muss ich ihn nur noch justieren und mich an ihn anschließen.«

»An ihn anschließen?«, wiederholte Willow und machte sich im Geist eine Notiz.

»Er wird telepathisch gesteuert«, erklärte Alina. Sie sah unschuldig und ängstlich aus, gleichzeitig aber auch stolz. »Deshalb ist er so kompliziert. Er ist nicht nur eine Maschine, sondern eine Maschine, die von einem Telepathen bedient wird und seine geistigen Frequenzen absorbiert und neu fokussiert.«

»Wow.« Willow war tief beeindruckt. Sie und Alina hatten mit Hilfe von Wesley das rostfreie Stahlgehäuse des Geräts abmontiert und es auf den Tisch gestellt. Das Innere bestand aus einem bizarren Gewirr aus Drähten, Transistoren, Sicherungen und Platinen. Es sah aus wie etwas, das von einem seltsam geschickten Schimpansen aus Ersatzteilen zusammengebaut worden war. Aber einige Drähte hatten sich gelockert und eine Sicherung war zerbrochen, wahrscheinlich bei dem Sturz.

Sicherungen. Man muss praktisch in ein Antiquitätengeschäft gehen, um welche zu bekommen, dachte Willow. Sie machte sich daran, die Drähte zu befestigen, und Wesley verschwand nach draußen, um aus Angels Wagen eine passende Sicherung zu holen.

»Was genau macht er?«, fragte Willow.

»Wie bitte?«, sagte Alina.

Willow nahm den Schraubenzieher aus dem Mund. »Was genau macht er?«

»Oh. Er öffnet Türen.«

»Die Türklinke ist eine hervorragende Erfindung, die dasselbe macht«, sagte Willow mit einem schlauen Grinsen.

»Nicht diese Art von Türen, Dummerchen.« Alina kicherte. »Türen zwischen Realitäten. Paralleluniversen.«

»Die verschwundenen Teenager«, erklärte Cordelia. »Diese Maschine ist dafür verantwortlich.«

»Mit meiner Hilfe, fürchte ich«, sagte Alina.

»Hu.« Willow war noch beeindruckter.

»Meine Eltern haben mich dazu gezwungen«, fügte Alina hinzu. »Sie wollten für die Teenager riesige Summen Lösegeld fordern, um die Sowjetunion wiederherzustellen.«

Okay, dachte Willow, das gehört wohl in den Bereich der Illusion, wie es oft der Fall ist, wenn es um Paralleluniversen und alternative Realitäten geht.

»Ziemlich größenwahnsinnig«, meinte Cordelia.

»Es hätte funktionieren können«, sagte Angel. »Die Eltern einiger verschwundener Kids sind steinreich. Zum Beispiel die Eltern von Salma und Kayley Moser.«

Wesley trat an den Tisch. »Sie würden eine Menge zahlen und die Regierung veranlassen, noch mehr zu zahlen. Und da es angesichts der scheinbar zufälligen Natur dieses Phänomens jeden Jugendlichen treffen kann, würden alle Eltern von Minderjährigen die Regierung ebenfalls zur Zahlung drängen, damit ihr Kind nicht das nächste ist.«

»Aber die Sowjetunion wiederherstellen?«, fragte Willow. »Braucht man dazu nicht viel mehr als Geld?«

»Ja, sicher«, nickte Alina. »Man müsste unabhängige Nationen dazu bringen, sich wieder dem Willen der Partei zu unterwerfen. Aber der Realitätsindikator lässt die Menschen nicht nur verschwinden, er kann auch Menschen – oder andere Objekte – aus anderen Alternitäten herbringen.«

Willow legte den Kopf zur Seite und sah Alina an. »Hä?«

»Alternitäten. Alternative Realitäten. Wir könnten Monster oder Armeen von Soldaten oder unvorstellbare Waffen herschaffen.«

»Und du kontrollierst den Indikator?«, fragte Willow bedächtig.

»Ich bin bis jetzt die Einzige, die ihn kontrollieren kann, ja. Er ist mehr oder weniger auf meine Frequenz eingestellt, und nur ich bin laut meinen Eltern die einzige Telepathin, die stark genug ist, um ihn zu steuern.«

Die anderen sahen sich an, und Alina fügte hinzu: »Aber das heißt nicht, dass es dort draußen nicht noch andere geben könnte. Deshalb habe ich die Maschine mitgenommen, als ich weggelaufen bin. Um sicher zu gehen, dass kein anderer sie benutzt.«

»Und wir reparieren sie, statt sie zu zerstören, weil ...?«

»Weil all diese Kids in verschiedene Alternitäten versetzt wurden«, erklärte Alina. »Wir können sie nur zurückholen, wenn wir mit dem Indikator die richtigen Türen öffnen und sie finden.«

»Hu«, machte Willow wieder. Sie schloss ein paar weitere Kabel an. Wesley reichte ihr eine Sicherung.

»Hier«, sagte er und sah Angel an. »Dein Blinker wird erst wieder funktionieren, wenn du dem Auto-Ersatzteilladen einen Besuch abstattest.«

»Hat er nachts geöffnet?«, fragte Angel trocken.

»Ich kann es morgen früh auch selbst erledigen«, bot Wesley an.

Angel nickte knapp. »Gute Idee.«

Willow nahm die Sicherung und befestigte sie an der Stelle, wo sie die defekte entfernt hatte.

»Sieht es so richtig aus?«, fragte sie Alina.

Alina studierte den Indikator eine Weile. »Soweit ich mich erinnern kann, ja«, sagte sie.

Willow war zufrieden. »Jetzt müssen wir ihn nur noch einschalten und können dann die Leute zurückholen, oder?«

Alina schwieg einen Moment. Ihre Wangen röteten sich.

»Was?«, fragte Willow.

»Weißt du noch, was ich gesagt habe?«, erwiderte Alina.

»Du sagtest, wir könnten mit ihm Türen öffnen, sie finden und zurückbringen.«

»Sie zu finden«, sagte Alina, »ist nicht so einfach. Sie wurden mehr oder weniger zufällig in verschiedene Alternitäten transportiert. Ich kenne nur unser Universum näher. Deshalb weiß ich wirklich nicht, wohin sie versetzt wurden. Nur, dass sie nicht hier sind.«

»Wie sollen wir sie dann finden?«, fragte Cordelia. »Brauchen wir eine Art Zielsuchgerät?«

»Nicht direkt«, entgegnete Alina. »Eigentlich nicht. Ich fürchte ... ich fürchte, dass jemand gehen und sie suchen muss. Sie müssen zu den Portalen gebracht werden, bevor ich sie zurückholen kann. Aber ich bin mir nicht sicher, ob irgendein Mensch dazu fähig ist.«

Ein langer Moment des Schweigens schloss sich an.

Schließlich konnte Cordelia es nicht länger ertragen. »Wer soll es dann tun?«

Alina sah sich in der Küche um, bis ihr Blick schließlich auf Angel ruhte. Willow dämmerte, dass auch sie Angel ansah. Wie alle anderen auch.

Angel bemerkte es.

»Es ist sehr gefährlich«, sagte Alina. »Wir wissen nicht, was wir auf der anderen Seite der Türen vorfinden werden. Und wer hindurchgeht, muss auf bestimmte Weise vorbereitet werden – wenn ich Sie einfach auf die andere Seite schicke und wieder zurückhole, werden Sie sofort sterben.«

»Was ist mit den Leuten, die bereits hindurchgeschickt wurden?«, meldete sich Kate Lockley erstmals zu Wort.

»Um ehrlich zu sein«, sagte Alina, »ich weiß nicht, ob sie noch am Leben sind.«

»Du solltest besser hoffen, dass sie noch leben«, erwiderte Kate scharf.

Alina schluckte. Ihre Stimme klang dünn und beschämt. »Theoretisch sollten sie noch leben – bis ich versuche, sie zurückzuholen. Dann wird es schwierig. Wir hatten nie Probleme, irgendwelche Objekte hindurchzuschicken, aber bei dem Versuch, sie zurückzuholen, ging immer alles schief.«

»Das sagtest du bereits«, erinnerte Angel.

»Es muss doch irgendwelche Vorkehrungen geben, die wir treffen können«, meinte Willow. »Schutzzauber oder so.«

»Du meinst Hexerei?«, fragte Alina.

Willow lächelte matt. »Etwas in der Art.«

»Das ist möglich«, sagte Alina nachdenklich. Sie rieb sich die Stirn, als hätte sie starke Kopfschmerzen. »Viele der Forscher, die an dem Projekt arbeiteten, hatten einen rein wissenschaftlichen Standpunkt. Aber ich würde Magie oder Hexerei nicht von vornherein ausschließen. Wenn du jemanden kennst, der Zauber wirken und eine Person auf der Reise durch die Alternitäten schützen kann, sollten wir es versuchen.«

»Ich denke, uns wird schon etwas einfallen«, erklärte Willow. Sie fuchtelte mit dem Schraubenzieher herum, als sie aufstand. »Ich werde Doña Pilar anrufen und mich mit ihr an die Arbeit machen.«

»Natürlich, wenn ihr möchtet, dass alle zurückkehren …«, begann Alina. Sie brach ab.

»Das möchten wir«, versicherte Angel. »Was?«

»Ich weiß nicht, ob eine Person genügt«, gestand Alina. »Es gibt viele Alternitäten und viele verschwundene Teenager. Es könnte dort gefährlich sein. Ich denke, Zeit spielt eine große Rolle.«

»Wie gewöhnlich«, sagte Cordelia. Sie verdrehte die Augen. »Ich möchte nur einmal alle Zeit der Welt haben, um die Welt zu retten.«

»Das nennt sich menschlicher Fortschritt, glaube ich«, warf Wesley trocken ein. »Zivilisation.«

»Wir brauchen also noch eine zweite Person, die in völlig andere Dimensionen reisen und vielleicht mit Gott-weiß-was kämpfen muss, um einen Haufen Fremde zu retten«, sagte Willow. Sie sah sich im Raum um. »Wo sollen wir bloß so jemand finden?«

So plötzlich, wie sie vorhin alle Angel angesehen hatten, sagten sie alle dasselbe Wort.

»Buffy.«

Ein weiteres Portal hatte sich in der Nähe des Weatherly Parks geöffnet und die verschiedensten Kreaturen waren ins nächtliche Sunnydale eingedrungen. Zwei unschuldige Jogger waren bereits getötet worden, und wieder einmal verbreitete sich in der Stadt schnell die Nachricht, dass es gefährlich war, das Haus zu verlassen.

Oder im Haus zu bleiben.

Oder sich irgendwo innerhalb der Stadtgrenzen aufzuhalten.

Das Police Department hatte alle zur Verfügung stehenden Officers eingesetzt, aber Sunnydales tapfere Gesetzeshüter wussten nicht, was sie von den Kreaturen der Nacht halten sollten, den Ghulen und Kobolden, wandelnden Schatten und Rieseninsekten, Mondmenschen und Marsianern, von denen die – zweifellos hysterischen – Bürger berichteten.

Und Buffy war im Moment äußerst beschäftigt.

Angel hatte vor einer Stunde angerufen. Sie hatte ein paar Minuten mit ihm gesprochen, dann eine Weile mit Willow. Sie und Willow hatten später, während Tara die notwendigen Zutaten für den Zauber besorgt hatte, zwei weitere Male miteinander gesprochen. Dann hatte sie Giles zum Magiegeschäft geschickt, um ein spezielles Pulver zu kaufen, das aus Beeren bestand, die man nur in einer bestimmten Höhenlage des argentinischen Dschungels fand.

Anschließend hatte Tara erklärt, dass sie bereit war.

Was bedeutete, dass Buffy bereit war.

Oder wenn nicht bereit, dann wenigstens nicht so total unvorbereitet wie noch vor einer Weile.

Einige Details waren ihr noch immer ein wenig unklar. Zum Beispiel wohin sie gehen und was sie tun sollte, wenn sie dort ankam. Angel würde ihr alles erklären, hatte man ihr gesagt. Aber sie würde Angel erst sehen, wenn sie durch ein Portal in irgendeine andere Realität gelangt war.

Mir ist klar, warum sie sich so vage ausdrücken, dachte sie. Wenn ich wirklich wüsste, auf was genau ich mich einlasse, hätte ich niemals zugesagt.

Aber sie wusste auch, dass dies nicht ganz stimmte. Es war wichtig, denn sonst hätte Angel sie nicht angerufen. Niemand sonst konnte es tun. Und das Endergebnis konnte durchaus sein, dass es ihnen gelang, die Portale zu schließen, durch die alle möglichen unheimlichen Kreaturen nach Sunnydale reisten – und durch die Jugendliche aus L.A. verschwanden.

Diese Aussicht war fast jede Unannehmlichkeit wert. Und obwohl es nicht gerade der Punkt eins auf der Jobbeschreibung der Jägerin war, stand es auch nicht ganz unten auf der Liste.

Und so bereitete sie sich auf die von Willow empfohlene Art vor. Sie badete und cremte sich mit einem Spezialöl aus Orchideenblüten ein – Riley wollte ihr dabei helfen, doch sie lehnte höflich ab, und als Xander sich erbot, lehnte sie etwas weniger höflich ab. Dann zog sie Kleidung aus reiner Baumwolle an. Schwarze Jeans, ein langärmeliges T-Shirt und alte Freizeitschuhe aus Segeltuch. Willow hatte darauf bestanden, dass sie keine Sachen wählte, die tierischer Herkunft waren, sodass sie sogar einen Gürtel aus Metall statt aus Leder trug. Als sie angezogen war, meditierte sie zwanzig Minuten, wobei sie sich auf das Bild einer Tür konzentrierte, und sobald sie mit jeder Einzelheit vertraut war – der Farbe des Lacks, den Kratzern an der Klinke, dem Rost, der von den Angeln blätterte –, übte sie das Öffnen und Schließen der Tür und prägte sich ihr Quietschen und das Knirschen ein, mit dem das Schloss einrastete.

Bei ihrer Meditation waren Giles, Riley, ihre Mutter, Xander, Anya, Tara und Spike anwesend. Buffy musste mit dem Beerenpulver, das Giles besorgt hatte, einen magischen Kreis auf dem Boden malen – sie wählte Giles' Wohnzimmer, da es am geeignetsten war. In Abständen von sechzig Zentimetern stellte sie Kerzen aus reinem Bienenwachs um den Kreis auf, jede brandneu und dreißig Zentimeter hoch. In ein paar Minuten, wenn Willow zurückrief, würde sie jede Kerze mit einem Stück Holz entzünden, das nie Kontakt mit einem menschlichen Werkzeug gehabt hatte – Xander hatte für diesen Zweck einen morschen Ast abgebrochen –, und das brennende Holz an die Dochte halten. Dann würde sie sich in den Kreis stellen, und Willow und Tara und Doña Pilar, die mit jemandem namens Alina zusammenarbeiteten, würden eine Tür für sie öffnen.

Sofern ich so lange lebe.

Angel hatte in ihr den Eindruck erweckt, dass es gefährlich war. »Ich werde dich bitten, etwas zu tun«, hatte er es ausgedrückt. »Ich möchte, dass du es ablehnst.«

»Was ist es?«, hatte sie gefragt.

»Ich mache eine Reise. Man hat mir gesagt, dass es notwendig ist, um die verschwundenen Kids zurückzuholen. Vielleicht wird es sogar die Monster davon abhalten, weiter in Sunnydale aufzutauchen.«

»Salma auch?«

»Wahrscheinlich.«

»Ich nehme an, diese Reise geht nicht nach, sagen wir, Paris. Oder Disneyland.«

»Es könnte ein wenig von beidem sein«, erwiderte Angel. »Ich werde es erst wissen, wenn ich dort ankomme.«

»Und du brauchst jemanden, der dir Gesellschaft leistet?«

»Offenbar brauche ich jemanden, weil eine Person allein niemals schnell genug diese Kids aufspüren kann, um ihr Leben zu retten.«

»Und du willst, dass ich ablehne, weil ...«

»Weil die Chancen, überhaupt lebend anzukommen, sehr gering sind. Die Chancen, die vermissten Kids zu finden und zurückzukehren, sind lachhaft gering.«

»Aber du gehst.«

»Ich muss.«

»Ich gehe auch«, war alles, was Buffy gesagt hatte.

»Das dachte ich mir schon.«

Sie sah jetzt auf die Uhr. In zwei Minuten musste sie die Kerzen anzünden. Sie ging durch das Zimmer und fing bei Spike an. »Du wirst dich benehmen«, warnte sie ihn.

»Bitte, dieses Wort macht mich krank«, knurrte er.

»Behalte Xander im Auge«, sagte sie zu Anya.

»Wirst du Sex mit Angel haben, wenn ihr dort ankommt?«, fragte Anya; ihre Augen funkelten aufgeregt. »Gefahr kann sehr stimulierend sein, weißt du.«

Buffy spürte, wie sich ihre Wangen ein wenig röteten. Riley sah sie durchdringend an. Sie würde ihn ein wenig beruhigen müssen, bevor sie aufbrach.

Xander schüttelte den Kopf. »Diese Frau hat nur eins im Kopf«, sagte er. »Glücklicherweise ist es dasselbe, was auch ich im Kopf habe, also will ich mich nicht beschweren.«

»Das habe ich auch nicht erwartet«, entgegnete Buffy. Sie umarmte ihn und ging weiter.

»Sei vorsichtig, Schätzchen«, mahnte ihre Mutter.

»Das werde ich«, versprach Buffy. »Keine unnötigen Risiken. Und Angel wird mir den Rücken decken. Du weißt, wir sind ein gutes Team.« Sie drückte Joyce Summers an sich und Joyce nahm sie so fest in die Arme, als wollte sie sie nie wieder loslassen. Als sie sich schließlich voneinander lösten, waren Tränen in ihren Augen.

Tara war bereits halb in einem Trancezustand und starrte die Kerze an, an der Buffy das Holzstück anzünden würde. Buffy lächelte und verzichtete darauf, sie zu stören. Außerdem wusste sie, dass sie Tara unterwegs sehen würde. Tara schien sie dennoch zu bemerken. »Ich segne dich«, flüsterte sie.

»Danke«, sagte Buffy.

Giles war der Nächste. »Ich weiß, dass du vorsichtig sein wirst«, begann er ernst. »Deshalb werde ich es nicht wiederholen. Denk einfach an das, was du gelernt hast, was ich, äh, dich gelehrt habe und was du dir selbst beigebracht hast. Du bist die Beste, die ich je gekannt habe, und nach den historischen Aufzeichnungen des Wächterrats vielleicht auch die Beste, die es je gegeben hat.«

»Ich bin früher schon an gefährlichen Orten gewesen«, sagte sie. Ihr Stimme klang belegt. Er sorgt sich wirklich um mich, dachte sie. »Ein Kinderspiel.«

»Gewiss.« Er lächelte. Es war ein gezwungenes, tapferes Lächeln, und sie liebte ihn dafür.

»Danke, Giles«, sagte Buffy. Sie umarmte auch ihn. Als sie zurücktrat, blinzelte er hinter seiner Brille.

Sie wandte sich an Riley.

»Ich wünschte, ich könnte mit dir gehen«, sagte er.

»Ich weiß. Aber dieses russische Mädchen, Alina, sagt, dass Menschen es nicht können.«

»Du bist ein Mensch.«

»Ich bin die Jägerin«, widersprach Buffy. »Das ist ein Unterschied. Mir wird schon nichts passieren.«

»Das weiß ich«, sagte Riley. »Ich würde nur gern dabei sein, um selbst dafür zu sorgen.«

»Jemand muss hier bleiben und den Monstern in den Hintern treten«, erinnerte sie. »Bis es uns gelingt, die Türen zu schließen, werden sie weiter hindurchkommen.«

»Ich werde ihnen in den Hintern treten«, versicherte Riley. »Verlass dich auf mich.«

»Ich verlasse mich immer auf dich, Riley Finn.« Sie berührte sein Gesicht. »Es ist gut zu wissen, dass auf dich Verlass ist.«

Er lächelte sein breites, offenes Lächeln. Sie berührte seine Hände. »Mach dir keine Sorgen um mich«, flüsterte sie.

Er lächelte weiter, aber sie sah die Furcht, die sich dahinter verbarg. »Ich weiß besser als jeder andere, wie zäh du bist.«

»Ja«, sagte sie. Sie schmiegte sich an ihn, schlang ihre Arme um seine Hüften und hob ihr Gesicht. Er neigte leicht den Kopf und küsste sie. Er schmeckte so vertraut. Sie wollte den Kuss nicht beenden, aber sie tat es. Sie wusste, dass es Zeit war.

Als sie sich von Riley abwandte, war diesmal sie es, die die Tränen zurückhalten musste.

Tara hatte bereits einen leisen Singsang angestimmt.

Buffy wusste, was sie zu tun hatte. Sie trat an den Tisch, nahm das Holzstück und hielt es in die Flamme der Kerze. Als es brannte, ging sie zu den anderen Kerzen, die den Kreis umgaben. Nacheinander zündete sie sie an.

Willow und Doña Pilar hatten in den letzten Tagen oft genug zusammengearbeitet, um sich nonverbal verständigen zu können – selbst wenn sie, wie in diesem Fall, nicht an demselben Ort waren.

Willow spürte einen mentalen Stoß, und als sie sich umdrehte – zumindest hatte sie das Gefühl, dass sie sich umdrehte –, sah sie Doña Pilar an ihrer Seite stehen. Aber es war nicht wirklich Doña Pilar, sondern nur ihr Abbild auf der Astralebene. Der Geist der Frau – in Ermangelung einer besseren Bezeichnung – war durchscheinend, und hinter ihr konnte Willow eine rote Wand erkennen. Sie betrachtete ihre eigene Hand und konnte auch durch sie hindurchsehen. Sie und Doña Pilar schienen in einem kleinen roten Raum zu stehen, erhellt von einem roten, diffusen Leuchten. Nach einem Moment gesellte sich Tara – oder eine durchscheinende Tara – zu ihnen. Die drei bildeten einen Kreis und fassten sich an den Händen, und ihr Singsang – den auch, kaum hörbar, ihre materiellen Körper in Cordelias Apartment, Giles' Bungalow und dem Haus der de la Natividads anstimmten – wurde lauter und kräftiger.

In Cordelias Wohnzimmer spürte Angel einen Luftzug. Er sah die Tür an, dann das Fenster. Beide waren fest geschlossen.

Es geht los, dachte er.

Die Haare an seinem Körper richteten sich auf, als befände er sich in der Nähe eines starken elektrischen Feldes. Er musterte Alina, die vor dem Realitätsindikator saß und durch Elektroden mit ihm verbunden war. Sie konzentrierte sich auf ihn und drehte stufenweise einen Schalter an der Maschine, doch hauptsächlich schien sie auf eine Weise, die er nicht ganz verstand, ihren Willen auf sie zu projizieren.

Niemand beobachtete Doña Pilar in ihrer kleinen Küche. Sie saß an dem alten Holztisch und starrte in eine flackernde Kerzenflamme. Sie spürte nicht den Luftzug, der um ihren Körper strich, denn sie war ganz auf Willow und Tara konzentriert.

In Giles' Wohnzimmer spürten mehrere der Anwesenden den Wind, aber niemand sprach. Buffy hatte alle Kerzen um den Kreis angezündet und war in sein Zentrum getreten. Tara stand vor ihr und setzte ihren Singsang fort, aber er hörte sich jetzt wie eine Art Echo an, als wären andere Stimmen in unnatürlicher Harmonie eingefallen.

Buffy selbst spürte nichts. Sie stand in dem Kreis und lauschte Taras Singsang, der wie sinnlos aneinander gereihte Silben klang. Aber er versetzte sie zurück in ihre Meditation, wo sie die Tür sah, die sie sich erst vorgestellt hatte. An einigen Stellen blätterte die rote Farbe ab und unter dem Schloss wies sie Kratzer von Schlüsseln auf. Sie war häufig mit den Schuhspitzen aufgestoßen worden, und die Fußleiste war zerschrammt. Rost befleckte die stumpfen Angeln. Buffy wusste, dass die Tür, die sie sah, nicht die wirkliche Tür war, und dass das, was sich in Giles' Haus vor ihr öffnen sollte, ein golden schimmerndes Portal war, wie sie es in der Santa Ysabel Street gesehen hatte. Aber dieses geistige Bild stand für dieses Portal, und das war alles, was zählte.

Während sie die Tür ansah, schwang sie langsam auf.

Angels Tür aus genietetem Stahl öffnete sich wie ein Kameraverschluss. Alina und Willow hatten ihm versichert, dass er Buffy vorfinden würde, wenn er hindurchtrat. Er verließ sich darauf – sie wusste ebenso wenig wie er, was sie auf der anderen Seite erwartete. Er wollte in der Lage sein, ihr beizustehen und gemeinsam das in Angriff zu nehmen, was sie dort erledigen mussten. In seinem Hinterkopf war die Gefahr präsent, vor der Alina gewarnt hatte – er wollte nicht, dass Buffy überrascht wurde.

Als die Tür sich öffnete, trat er vor.

In Sunnydale machte Buffy dasselbe.

Ihre Tür hatte sich ganz geöffnet, und von der anderen Seite drang strahlend gelbes Licht. Es hatte die warme, sonnige Qualität eines Sommertages, doch dahinter verbarg sich eine Kälte, die ihr einen Schauer über den Rücken jagte. Sie holte tief Luft und zögerte nur den Bruchteil einer Sekunde.

Sie trat durch die Tür.

»Geh mit Gott«, murmelte Giles, als Buffy verschwand.

Der Kreis verschwand. Ein kollektiver Seufzer folgte.

Niemand rührte sich bis auf Giles, der die Lieblingsarmbrust der Jägerin und einen Köcher mit Bolzen nahm.

Ohne ein Wort marschierte er aus dem Haus.

Er schoss auf das erste Monster zu, das er sah, und tötete es.

Und das zweite.

Und das dritte.

Ich werde solange töten, bis sie zurückkehrt, dachte er.

Buffy, komm bloß zurück.

Pass auf dich auf. Sei vorsichtig.

Und komm zurück.

Wird fortgesetzt …

BUFFY – IM BANN DER DÄMONEN

Yvonne Navarro
Buffy – Im Bann der Dämonen
Unheilvolle Schöpfung

James Laurence
Buffy – Im Bann der Dämonen
Die Ankunft der zweiten Jägerin

Diana G. Gallagher
Buffy – Im Bann der Dämonen
Teuflische Ergebenheit

Nancy Holder
Buffy – Im Bann der Dämonen
Der Pakt mit dem Bösen

Scott Ciencin
Buffy – Im Bann der Dämonen
Die Versuchung

Yvonne Navarro
Buffy – Im Bann der Dämonen
Gefallene Engel

Mel Odom
Buffy – Im Bann der Dämonen
Mörderisches Spiel

Rebecca Moesta
Buffy – Im Bann der Dämonen
Welle der Verwüstung

Christopher Golden
Buffy – Im Bann der Dämonen
Kreaturen des Meeres

Ashley McConnell & Dori Koogler
Buffy – Im Bann der Dämonen
Theater des Grauens

Egmont vgs verlagsgesellschaft, Köln

www.vgs.de

Petra Hammesfahr

«Spannung bis zum bitteren Ende» Stern
«Es gehört zu den raffinierten Konstruktionen von Petra Hammesfahr, dass dann doch alles ganz anders sein könnte» Marie Claire

Das Geheimnis der Puppe
Roman 3-499-22884-X

Der gläserne Himmel
Roman 3-499-22878-5

Der Puppengräber
Roman 3-499-22528-X

Der stille Herr Genardy
Roman 3-499-23030-X

Die Chefin
Roman 3-499-23132-8

Die Mutter
Roman 3-499-22992-7

Die Sünderin
Roman 3-499-22755-X

Lukkas Erbe
Roman 3-499-22742-8

Meineid
Roman 3-499-22941-2

Roberts Schwester
Roman 3-499-23156-5

Merkels Tochter
Roman
Merkel war Kriminalbeamter, als er den Liebhaber seiner Frau erschoss. Als er nach 15 Jahren Haft zu seiner Tochter Irene zieht, hat er seine eigenen Vorstellungen von Gerechtigkeit...

3-499-23093-3

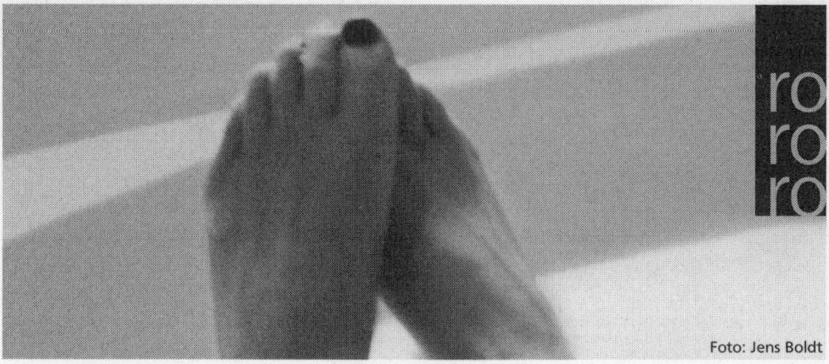

Foto: Jens Boldt

Die weibliche Problemzone heißt Mann!

Kathrin Tsainis
Dreißig Kilo in drei Tagen
Roman
3-499-22925-0
Vicky ist nicht dick, aber sie fühlt sich fett. Sie hätte gern wilden Sex mit ihrem neuen Schwarm, traut sich jedoch nicht, ihn anzumachen. Und eines weiß Vicky ganz genau: Ihr Leben sähe anders aus, wenn ihr Bauch flacher wäre, ihre Beine straffer und ihr Hintern kleiner. Abnehmen ist angesagt. Egal wie. Hauptsache, schnell fünf Kilo runter. Denn dann kommt das Glück von ganz allein. Oder nicht?

Tagediebe
Roman
3-499-23302-9

Christine Eichel
Wenn Frauen zu viel heiraten
Roman
3-499-23369-X

Ildikó von Kürthy
Mondscheintarif
Roman
3-499-22637-5
«Ich musste eine Schlaftablette nehmen, weil Lachzwang mich am Einschlafen hinderte.» (Wolfgang Joop)

3-499-23287-1

Alexa Hennig von Lange
Ich habe einfach Glück

«Alexa Hennig von Lange – die Antwort der Literatur auf die Spice Girls.» Die Zeit

Arthur und Lelle sind auf der Suche nach Lelles Schwester Cotsch. Lelle ist fünfzehn, Cotsch siebzehn, und Lelles Vater hält Arthur für einen Stricher. Aber ihr Papa kennt sich mit den Menschen nicht besonders aus: mit Arthur nicht und schon gar nicht mit Cotsch. Ihren Brief, in dem sie ihm mal richtig die Meinung sagt, hat er ungeöffnet weggelegt. «Papa hat mein Leben zerstört», erklärt Cotsch. Und jetzt ist sie weg ...

Alexa Hennig von Langes dritter Roman ist eine abenteuerliche Geschichte über das Erwachsenwerden, traurig und fröhlich – und manchmal auch schockierend.

Bereits mit ihrem Debüt «Relax» (rororo 22494) sorgte die in Berlin lebende Autorin für Aufsehen – sowohl in der literarischen Szene als auch bei ihrem jugendlichen Publikum, die gleichermaßen von dem ungeschminkten Stil wie den zeitgemäßen Themen der 1973 geborenen Alexa Hennig von Lange begeistert waren.

«Ich habe einfach Glück» wurde mit dem Deutschen Jugendliteratur Preis 2002 ausgezeichnet.

3-499-21249-8

B56/1